L'amour est une question de (mal)chance

ALIX MARIN

L'amour est une question de (mal)chance

roman

HARPERCOLLINS FRANCE

83-85, boulevard Vincent-Auriol, 75646 PARIS CEDEX 13.
Service Lectrices — Tél. : 01 45 82 47 47

www.harlequin.fr

ISBN 978-2-2804-2061-7

À toutes les victimes de la malédiction du 31.

1

Manon

Alerte rouge, alerte rouge ! Raphaël, le beau brun ténébreux qui s'occupe de la première partie de soirée à la radio, vient de poser sa bouche parfaite sur la mienne. Gourdasse que je suis, je me fige sur place avec des yeux de merlan frit. Mon cerveau refuse de se mettre en veille, je frise l'hyperventilation, au lieu d'en profiter et de m'abandonner. Mais c'est plus fort que moi, je n'en reviens toujours pas. Des mois que je tente d'attirer son attention en lui lançant des œillades enfiévrées dans les couloirs, en essayant de le faire rire avec des vannes pourries et en multipliant les rencontres fortuites à la machine à café... Jusque-là, il n'avait pas l'air réceptif.

Pourtant, notre première rencontre ne fait assurément pas partie de celles qu'on oublie. C'était à mes débuts, à Tube Radio. Nous venions de finir le tour des locaux et Bruno Duvic, le grand patron, m'avait accordé une courte pause avant qu'on reprenne notre réunion. Cigarette ou café, je n'avais pas le temps de tout faire. Drame de ma vie, je n'ai jamais aimé choisir et trépignais sur place en regardant le jus de chaussette s'écouler de la machine, pensant pouvoir tromper la montre. Quand mon pseudo-cappuccino a été enfin prêt, j'ai attrapé le gobelet brûlant et foncé tête baissée vers la sortie et là, *pam !* Je me suis mangé un obstacle. Ce que je croyais être un mur s'est en fait avéré être un homme, le plus beau que j'aie jamais vu du haut de mes vingt-huit ans. Mais ça, je ne m'en suis rendu compte qu'après. Le mur s'est mis à jurer salement, m'accusant de l'avoir ébouillanté. En effet, mon café décorait fièrement sa chemise blanche. Dans ma panique pour rattraper mon faux pas, j'ai commencé à le déshabiller afin de lui éviter une brûlure au troisième degré. J'avais défait trois boutons quand mes poignets ont été doucement écartés de leur tâche.

— On ne se connaît pas encore assez pour ça, et je ne suis pas un garçon facile.

Gah ! J'ai relevé la tête au son de sa voix grave, croisé ses yeux noirs rieurs, et ça s'est produit. Comme dans les films, j'étais amoureuse, sous le charme de cet éphèbe bien trop beau pour moi. Disney l'avait prédit, mon prince charmant était arrivé. Je n'avais plus qu'à lui faire comprendre que c'était lui.

Plus facile à dire qu'à faire, je ne suis pas la seule sur le coup, toutes les filles de la radio tentent de l'attirer dans leurs filets. On doit s'attendre à de la compétition quand on flashe sur le beau gosse du boulot. Ça fait beaucoup de signaux à réceptionner pour un seul homme, le mien a dû se perdre quelque part dans l'espace saturé de phéromones. Je commençais à perdre espoir et j'étais à deux doigts de jeter l'éponge quand il a pénétré dans le studio, toujours là plus de deux heures après la fin de son émission, me proposant de me tenir compagnie. Un coup d'œil discret sur mon écran de téléphone m'a permis de vérifier que mon eye-liner noir signature n'avait pas coulé et que mon rouge à lèvres rubis ne s'était pas étalé sur mes dents ou autour de ma bouche quand j'avais mangé mon sandwich avant de prendre l'antenne. Rassurée par mon capital séduction, je l'ai jouée détachée jusqu'à ce que, à ma grande surprise, il m'embrasse. Au prix d'un effort surhumain, je me sors de ma transe et romps le baiser.

— Tu n'en as pas envie ?

— Tu n'as pas idée, je réponds tout en tâtonnant maladroitement sur mon ordinateur à la recherche de ma playlist de secours, intitulée « Batmobile », que j'ai toujours sous le coude en cas de pépin.

— C'est la fin des pubs, il faut que j'envoie et après, je suis toute à toi.

Je clique, et la musique se lance. La transition avec la page de publicité n'est pas des plus fluides, mais cela fera l'affaire. De toute façon, ce n'est pas comme si les auditeurs remarquaient quelque chose à cette heure-ci. Quand on anime entre minuit et 3 heures du mat', on a un peu plus le droit à l'erreur qu'en journée. J'enroule mes bras autour de Raph et murmure avec une assurance feinte :

— On reprend ?

Il ne se fait pas prier. Je finis par trouver mon rythme, séduite par sa langue experte, qui abreuve mon cerveau d'un cocktail de dopamine, lulibérine et toutes leurs copines en *-ine*. Emportés par le moment, enfiévrés, nous finissons par glisser au pied de la table de mixage, et il s'allonge sur moi. Le changement de position a l'air de lui plaire si j'en crois ses petits miaulements d'extase. Il me plante ses griffes dans le bras. Je me détache de lui, déconcertée, et il en profite pour venir titiller mon cou du bout des lèvres, puis mon oreille. Il se lâche, la mordillant, puis la parcourant du lobe au pavillon de sa langue râpeuse. On dirait qu'il cherche à me la nettoyer plutôt qu'à m'émoustiller. C'est très perturbant. Il ronronne de plaisir avec la puissance d'un moteur de Harley. Qu'est-ce que c'est que ce bordel ? !

BIP BIP BIIIIIIIIIIIIPPPPPPPPPPPPPPPP !

Huuummm. Nooooonnnnnnnnn. J'attrape mon oreiller et essaye d'étouffer ce bruit désagréable. Je veux me rendormir et retourner au septième ciel avec Raphaël. Mon chat Bruce en a décidé autrement et mon oreille n'étant plus accessible, il se rabat sur ma main, qu'il lèche allègrement. Fichue bestiole ! À regret, j'émerge lentement du cocon béni de ma couette. *Où est-ce que j'ai bien pu planquer ce satané réveil ?* Adepte du bouton « snooze », je cache l'appareil tous les matins pour m'obliger à sortir de mon lit. Bruce se joint au concert en miaulant à fendre l'âme. C'est bel et bien l'heure de se lever.

— Mais oui, Bruce, je suis une mauvaise mère qui ne te nourrit pas. Tiens encore cinq minutes, pépère, il faut d'abord que j'arrête l'engin de torture.

Je déniche l'invention du diable au fond de mon panier à linge sale et l'éteins d'un doigt vengeur. Encore dans le coaltar, je me dirige gauchement vers le coin cuisine de mon studio, Bruce sur les talons. L'odeur de viande aigre de sa pâtée me soulève le cœur, mais si j'en crois son ronronnement imitation turbine lorsque je pose sa gamelle devant lui, c'est un grand cru. Une fois la bête nourrie et caressée, je le laisse savourer et j'ouvre mes volets.

La lumière blafarde des lampadaires et la petite pluie fine qui tombe en cette fin décembre sont assez déprimantes. Je me fais un café et le sirote emmitouflée dans mon édredon. Pff, j'aurais dû me douter que ce n'était qu'un rêve. En vérité, un an après notre rencontre, c'est à peine si Raphaël me calcule. En plus, samedi, c'est le 31. *Vie de merde.* J'ai envie d'aller me recoucher. C'est fou ce que le temps passe vite. L'heure des bilans et des bonnes résolutions est arrivée. Déjà trois mois que je me coltine les « tu fais quoi le 31 ? ». *Spoiler alert* : je méprise cette question. On a une longue relation d'espoirs déçus, teintés d'humiliation, le 31 décembre et moi. Tous les ans c'est pareil. Comme bien des personnes j'en suis sûre, je n'ai jamais rien de prévu. À la dernière minute, je jette mon dévolu sur un plan qui s'annonce sympa en apparence et me retrouve donc à manger ou faire la bringue chez des amis, amis d'amis ou des illustres inconnus, assez inconscients pour inviter dans leur appart. Peu importe ce que je choisis de toute manière, à chaque fois, la malédiction du 31 me rattrape et quelque chose de terrible et de mortifiant me tombe sur le coin de la figure.

Tout a commencé l'année de mes quatorze ans, lorsque je suis allée à la teuf du siècle chez Éric Bauer, le beau gosse de la classe. J'étais complètement raide de lui, comme toutes les filles de 2e C. Munie d'un courage éthylisé, fourni par les copines à coups de mélanges douteux où il y avait plus d'alcool que de jus de fruits, j'ai tenté un rapprochement. Près de quinze ans après, je me demande encore s'il a accepté mes avances à cause de mes charmes ou s'il était dans le même état que moi. Toujours est-il que mes prières ont été entendues et le résultat à la hauteur de mes espérances. Son goût sur mes lèvres et son corps d'ado mâle si près du mien, j'étais au nirvana. Les heures étaient des secondes, sauf pour ma vessie extra-pleine. J'ai essayé de l'ignorer mais l'envie se faisait de plus en plus pressante. Je me suis décollée à grand-peine d'Éric, lui promettant de revenir très vite, puis me suis précipitée aux toilettes les plus proches et, bonheur intense, j'ai pu relâcher les chutes du Niagara. Aussitôt soulagée, aussitôt rhabillée, je me suis empressée d'aller le retrouver la jupe coincée dans ma culotte en coton imprimé chatons. J'ai passé quinze minutes sous les regards insistants et les chuchotements agrémentés de petits rires des autres convives avant que ma meilleure amie s'en aperçoive et me prévienne. Mais le mal était fait, *New Moon*[1] était née bien avant *Twilight* !

L'année de mes quinze ans, j'étais aux États-Unis, chez les Clemsons pour un échange scolaire. Autre grosse soirée, chez un camarade de lycée, alcool procuré par son grand frère étudiant. Bien que je sois un peu patraque, il était hors de question de rater l'événement. Échaudée par l'année précédente, j'ai levé le pied sur la boisson et j'ai passé un très bon moment à danser un slow avec mon *date* quand une puissante nausée m'a prise aux tripes. Impossible de me contenir, je me suis retrouvée à vomir violemment sur ce pauvre Jason. Dégoûtées par cette vision, l'odeur ou le bruit de mes râles, plusieurs personnes s'y sont mises. Il s'est avéré que nous avons tous été victimes d'une intoxication alimentaire fulgurante due aux pizzas loin d'être de première fraîcheur.

L'année suivante, j'ai décidé de rester à la maison, mes expériences passées s'étant très mal déroulées. Une soirée entre filles, masques beauté faits maison, manucure, pédicure, karaoké, films et pop-corn à gogo. Qu'est-ce qui pouvait mal tourner ? Nous étions en train de regarder *Freaky Friday, dans la peau de ma mère* (en tant qu'ado rouquine, Lindsay Lohan était mon héroïne), une pâte jaune odorante fraîchement appliquée sur nos visages, quand ma peau a commencé à me picoter et à me brûler. J'ai foncé à la salle de bains et rincé ma frimousse à grande eau. Mon reflet dans le miroir m'a fait pousser un cri de

1. En anglais, *to moon somebody* signifie « montrer ses fesses à quelqu'un ».

goret : rouge tomate et parsemée de boutons, j'étais méconnaissable. C'est comme ça que j'ai découvert mon allergie au curcuma...

Et ainsi de suite, mes Saint-Sylvestre se sont toutes révélées plus désastreuses les unes que les autres, sans exception. Effet papillon ou boule de neige, la montagne de casseroles que je me traîne est monumentale. Qui sait ce que cette année a en réserve pour moi. Malgré le duvet qui m'entoure, un frisson désagréable me parcourt. Mon portable sonne, et je décroche machinalement.

— Allô ?

— Manon, c'est Raph, tu vas bien ?

Raph ? Comme Raphaël de la radio ? ! Je me pince pour être sûre que je suis bien réveillée. Ouch. Oui, ce n'est pas un rêve. *Joue-la cool, joue-la cool.*

— Ah, salut, Raph. Ça va bien et toi ? Prêt à prendre l'antenne ?

— Tu lis dans mes pensées ! Je t'appelle à propos de l'émission, j'aurais besoin que tu me rendes un petit service... JD a une urgence. Il ne peut pas venir ce soir, et j'ai besoin de quelqu'un pour animer avec moi.

— Je ne sais pas trop. Ça va me faire une longue nuit.

— S'il te plaît, j'ai besoin de toi.

Le beau Raphaël qui me supplie, je n'en demandais pas tant. C'est un miracle de Noël après Noël ou je ne m'y connais pas. J'étais prête à accepter à « Allô ».

— OK, c'est d'accord mais tu m'en dois une !

— Super, merci, Manon, merci ! Je savais que t'étais une meuf sur qui je pouvais compter. Tu peux venir trente minutes avant ? Que je te briefe un peu ?

— Yep, à toute !

— Bye.

Il est 19 heures, et je mets une demi-heure en

scoot pour aller au boulot. Ce qui veut dire que je vais devoir me passer de douche, de « petit déj' » et m'habiller en vitesse si je veux être dans les temps. Ce que je ne ferais pas pour les beaux yeux de ma cible... J'attrape mon jean slim préféré avec un genou déchiré et farfouille dans mon tiroir à sous-vêtements pour trouver mon plus bel ensemble en coton liberty (ne pas contrarier le sort, peut-être ai-je eu mon tout premier rêve prémonitoire). Un peu de déo, mon pull loose col V gris, deux pschitts de parfum au creux du cou, et je file à la salle de bains. Brossage de dents en vitesse, anticernes, mascara, un poil de blush, et ça ira bien. Je dompte ma crinière en deux coups de peigne et jette mon liner et mon rouge à lèvres préféré dans mon sac, je pourrai toujours faire des retouches à la radio. Un bisou à Bruce, mon casque, une grosse écharpe en laine, et je suis partie.

Arrivée dans les locaux après un voyage des plus frigorifiants sous la pluie, je me précipite au chaud. Je salue Djibril, le responsable de la sécurité, et me dirige vers le studio A, où se déroule l'émission de Raphaël. Il est 19 h 45, son émission débute à 20 heures. Des fois, je m'épate. Je l'observe à travers la vitre. Seigneur, qu'il est beau, j'en ai les jambes qui flanchent. Ça devrait être interdit d'être aussi séduisant, il pourrait être en couverture d'un magazine. Il relève la tête et me surprend en train de le regarder comme la débile énamourée que je suis. Je rattrape le coup en lui faisant un petit signe de la main, comme si je venais juste de surgir, et il vient m'ouvrir la porte avec un grand sourire.

— Merci d'être venue aussi vite, j'apprécie. Viens t'installer. Tu veux un café, quelque chose à boire ? Tu as mangé ?

— Un Coca Zéro si tu as et, non, je n'ai pas eu le temps. J'ai super faim.

Il retire une bouteille de soda du petit frigo qu'il a à disposition dans son studio et me la tend. Ça paye d'être la star de la maison. Moi, c'est à peine si j'ai une ampoule qui fonctionne dans le placard qui me sert de studio. Il s'adresse ensuite à un jeune garçon assis autour de la table ronde en lui donnant un billet de vingt euros.

— Tiens, Benjamin, tu ne veux pas aller nous chercher des grecs ? Tu peux t'en prendre un pour toi aussi, si tu veux. Salade, tomates, oignons, harissa et sauce blanche. Tu l'aimes comment, Manon ?

Hum, oignons. Je suppose que ce n'est pas ce soir qu'il va m'embrasser ou alors ce ne sera pas prémédité. Qu'importe s'il a une haleine de chacal, je serai prête si l'occasion se présente. Et tant qu'à faire, autant être deux.

— Pareil.

Benjamin acquiesce et part en mission ravitaillement.

— Mon stagiaire, précise Raphaël devant mon air étonné. Je rends service à un ami de la famille en permettant à son fils d'observer.

— Et Bruno est d'accord ?

Ça me surprend quelque peu de notre patron, lui qui est toujours si prompt à éconduire la moindre de mes suggestions.

— Bruno ne peut rien me refuser, me confie-t-il d'un air enjôleur.

Tu m'étonnes, difficile de lui dire non quand il sort son sourire hollywoodien. Je suis éblouie mais Raphaël ne perd pas le nord.

— Bon, alors on débute toujours en se saluant et en donnant des nouvelles de l'équipe. Ensuite, on prend les appels en ligne que Moha a sélectionnés. Tiens, voici ceux qu'on a pour ce soir...

Quatre heures plus tard, nous finissons avec un dernier auditeur, avant que je ne prenne la relève.

— Salut l'équipe, Tim de Dijon, je suis super content de vous avoir au téléphone.

— Nous aussi ! Alors qu'est-ce qu'il t'arrive ?

— Je vous appelle parce que je suis complexé par ma taille, j'ai seize ans et je suis le plus petit garçon de ma classe.

— Mais ce n'est pas grave d'être petit, demande à Manon, répond Raph avec un sourire taquin à mon égard.

— Hé ! Je suis dans la moyenne de la taille des Françaises, je te ferais dire !

— Ne te vexe pas, tout ce qui est petit est mignon.

Est-ce que c'est sa manière de me dire qu'il me trouve à son goût ? Je ne m'emballe pas et essaye de rester concentrée malgré l'excitation qui m'envahit.

— Je doute que ce soit ce que Tim a envie d'entendre. Est-ce que tu es allé voir un médecin ?

— Non.

— Je pense que tu devrais. Ne serait-ce que pour savoir s'il y a réellement un problème.

— Je suis d'accord avec Manon, cela ne coûte rien d'aller consulter un spécialiste. Tu mesures combien, Tim ?

— Un mètre soixante.

— Tu sais qui d'autre est dans cet ordre de taille ?

— Non ?

— Bruno Mars, je l'ai rencontré, et je peux te dire que l'on se sent minuscule à côté de lui. Sa taille ne l'empêche pas de faire chavirer les filles. Le physique importe peu au final, le plus important c'est la personnalité, ce que l'on a à l'intérieur.

— Je veux bien, mais moi, je ne sais pas chanter ou écrire d'aussi jolies chansons. Ça aide un peu quand même.

Raph éclate de rire.

— Oui, c'est sûr mais tu es encore jeune. Tu as le temps de trouver ton truc à toi ou de grandir. Les ados ont des poussées de croissance jusqu'à leurs vingt et un ans, donc ne perds pas espoir.

Sa manière de remonter le moral de son auditeur, son accessibilité et son humour me font le désirer encore plus. Comme si j'avais besoin de ça !

— Sur ce, le temps est venu pour nous de rendre l'antenne. Je remercie Manon, qui a été une partenaire de choc ce soir et vous laisse entre ses mains pour la suite.

— Restez avec moi, après une page de publicité, je vous promets une playlist qui va vous faire vibrer.

Le voyant micro s'éteint, et nous reposons nos casques.

— C'était vraiment fun de travailler avec toi, Raph, j'ai passé un très bon moment.

— Moi aussi. J'ai un bon feeling avec toi.

Sentiment partagé, mon très cher Raph... Je suis à deux doigts de lui faire ma déclaration mais je me tempère et remets mon manteau mine de rien, histoire d'aller faire une pause clope avant d'enchaîner. Sans prévenir, il me pose la question qui tue.

— Alors, tu fais quoi pour le nouvel an ?

Nooonnn ! *Tu quoque mi collegi*[1] *?* Si je n'étais pas aussi mordue, il perdrait des points.

— Hum, je ne sais pas encore. J'ai tellement d'options

1. Référence au *Tu quoque mi fili*, qui signifie « toi aussi, mon fils », prononcé par Jules César lors de la trahison de Brutus.

que c'est dur de choisir, je lâche en gloussant comme une dinde.

Au secours, est-ce que je pourrais avoir l'air encore plus niaise ?

— Je vais me décider au dernier moment comme d'habitude, j'arrive à sortir, blasée.

— J'ai de la concurrence, on dirait... Laisse-moi te simplifier la tâche. J'organise une grosse soirée dans la maison de mes parents dans le 77. C'est un peu loin mais y a un jacuzzi et plein de chambres pour rester dormir. Un pote DJ va venir mixer, ça va être dément ! Ambiance de folie garantie, ce serait dommage de rater ça.

Je rêve ou il est en train de me faire une *proposition* ?

— Je vais y réfléchir, c'est vrai que ce n'est pas la porte à côté mais tu as des arguments de choc, je lui réponds en battant des cils.

Ça le fait rigoler.

— Ramène des copines, plus on est de fous... Ça me ferait plaisir que tu viennes. Bien, tiens-moi au courant, dit-il pendant qu'il me claque une bise sur la joue. Bonne émission et à demain.

Il s'éloigne en me regardant par-dessus son épaule jusqu'à ce qu'il atteigne la porte du studio. Un clin d'œil séducteur, et le voilà parti. D'un coup, je relâche la respiration que je retenais sans m'en rendre compte et m'affale sur ma chaise, au bord de la pâmoison. Est-ce *le* coup de pouce du destin ? Celui que j'attends depuis des lustres et qui vient signer le glas de plus d'une décennie de poisse ? C'est terriblement tentant et quand il s'agit de Raphaël, je suis si faible. Je vais probablement le regretter mais il y a de fortes chances pour que je passe la Saint-Sylvestre en Seine-et-Marne cette année...

2

Manon

Le lendemain, je convoque une assemblée générale chez Marylou, un bar-bistrot dans le 11e arrondissement de Paris et accessoirement notre QG. Il faut battre le fer tant qu'il est chaud, et j'ai besoin que mes meilleures amies m'empêchent de faire une bêtise et d'accepter l'invitation de Raphaël à laquelle je meurs d'envie de dire oui malgré le mauvais sort qui me pend au nez. Je pousse la porte vitrée et suis assaillie par la bonne odeur de nourriture qui se répand dans la salle. Le décor est chaleureux avec un bar en bois clair et poli qui court le long du côté droit de la pièce. Derrière celui-ci des hauts miroirs surmontés de cabinets où sont entreposés des bouteilles d'alcool et des verres. Des tables recouvertes de nappes en papier blanches font face au bar en une ligne, puis sont disposées devant des banquettes et des chaises en bois avec une assise de cuir dans les salles de droite et de gauche. Le sol est carrelé de blanc et noir, et les murs sont décorés de manière hétéroclite avec les mêmes grands miroirs aux moulures repeintes en vert d'eau, et autres tableaux, luminaires, papiers peints décalés et affiches de spectacles de quartier. On s'y sent bien, comme chez son meilleur pote et, d'ailleurs, les Parisiens ne s'y trompent pas. C'est le début de la soirée, et ils sont déjà nombreux à avoir bravé le froid pour venir déguster la bonne cuisine et partager la convivialité du lieu.

Je salue Loubna, la patronne qui se trouve derrière le bar, et elle me fait signe que notre table habituelle est libre. Je m'y installe et suis rapidement rejointe par Lorna. D'origine italo-américaine, Lorna Smith est une force de la nature qui renverse tout sur son passage. J'ai rencontré cette jolie blonde lors de mon échange scolaire aux États-Unis et bien qu'elle ne fût pas ma correspondante, nous nous sommes liées d'une forte amitié et jamais perdues de vue. Elle a déménagé à Paris après ses études, souhaitant voir du pays pour mon plus grand bonheur. Elle est chef de projet dans la communication événementielle, et sa personnalité exubérante et attachante cache une vraie femme d'affaires qui mène sa barque d'une main de fer et ne fait pas de cadeaux à ses adversaires. Plus intéressée par sa carrière que par sa vie personnelle, Lorna croque les hommes, les recrache à moitié mâchonnés quand ils ne sont pas à la hauteur ou les dévore tout crus dans le cas contraire et le vit très bien.

— *Hello, sweetie*, me salue-t-elle de son accent chantant en me faisant la bise, tout va bien ?

— À part le pire jour de l'année qui se profile, oui. Et toi ?

Elle s'esclaffe en secouant la tête.

— Ne sois pas si mélodramatique. Il n'y a pas de raison pour que celui-ci se passe mal vu que tu refuses de faire quoi que ce soit malgré toutes mes propositions. Je ne vois pas ce qu'il pourrait t'arriver en restant enfermée chez toi ! Ça va, je suis pressée d'être en vacances et de pouvoir souffler un peu. À moi, la mer azur, le sable chaud et les beaux gosses au teint hâlé ! La soirée de Noël a été une réussite, le boss est content, alors moi aussi. On n'a pas eu le temps de faire l'entretien bilan annuel mais il m'a fait comprendre à demi-mot qu'il m'avait en tête pour une promotion ! Enfin, depuis le temps que je l'attends ce poste de directrice !

— Oh ! ce serait le top ! Tu le mérites tellement ! J'espère du fond du cœur que ça va le faire. Tu m'étonnes qu'il soit content ! Tu as organisé une super soirée et récolté des fonds pour une association. Employés ravis et bonne presse pour l'entreprise sans avoir à lever le petit doigt. C'est tout bénef pour lui !

— Que veux-tu, si je ne m'en étais pas occupée, on aurait juste eu droit au repas de Noël de la cantine. Super comme ambiance ! Bref, Julien va-t-il laisser Lou sortir ce soir ?

— T'es bête ! C'est son mec, pas son geôlier, je lui réponds en jetant un œil à mon portable. Pas de nouvelles, mais elle ne devrait pas tarder. Tu sais, être en couple ne signifie pas être privé de sortie.

Camille-Lou Tan dite Lou complète notre petit trio de choc. Je la connais depuis la maternelle, et nous avons fait toute notre scolarité ensemble. Enfin, jusqu'au moment où elle a choisi S et moi L, mais cela ne nous a pas éloignées. C'est une tête et son intelligence m'impressionnera toujours. Elle a fait une thèse en nanophysique et travaille comme postdoc dans un laboratoire de recherche. Lou a rencontré Julien au début de ses études en classe préparatoire dans un grand lycée parisien. Presque dix ans qu'ils sont ensemble, et même si Julien a beaucoup changé au fil des ans, il reste quand même quelqu'un que j'apprécie beaucoup. Contrairement à Lorna, qui n'a jamais pu le piffer.

— Tu parles, c'est un rabat-joie de première ! Je

ne comprends vraiment pas ce qu'elle lui trouve. Si encore il était bon au pieu, mais d'après ce qu'elle en raconte, rien n'est moins sûr...

— C'est son choix ! Mais bon, j'avoue qu'il n'était pas comme ça avant. Il est de plus en plus casse-bonbons.

— Ah, tu vois ! Même toi, tu dis que...

— Chut ! je la fais taire d'un coup de coude dans les côtes. La voilà.

Lou arrive à pas pressés, tête baissée, et complètement inconsciente du regard de certains clients qui la suivent. Longiligne avec le teint doré, des yeux noirs en amande et de longs cheveux ébène hérités de ses origines cambodgiennes, elle se déplace avec la grâce d'une danseuse. Finalement, peut-être que je comprends la réticence de Julien à ce qu'elle passe des soirées sans lui.

— Désolée, les filles, je suis en retard. J'ai attendu mon métro plus longtemps que prévu.

— Ah oui, évidemment, c'est la faute des transports, persifle Lorna.

Je lui fais les gros yeux.

— C'est pas grave, on n'est pas là depuis très longtemps.

Elle nous fait la bise et s'installe. Alex, le serveur, en profite pour venir prendre nos commandes pour l'apéro, trois verres de rouge avec une planche de charcuterie et fromage, qu'il nous apporte rapidement. Nous trinquons, et Lorna met les pieds dans le plat.

— Alors, qu'est-ce qui nous vaut cette réunion extraordinaire urgence 2 000 ?

Je grimace intérieurement et me lance :

— Vous vous souvenez de Raphaël ?

— Raphaël, ton collègue canon pour qui tu en pinces grave, ce Raphaël ?

— Le seul et l'unique. Eh bien, il m'a invitée à sa soirée du nouvel an, et je crois que j'ai envie d'y aller.

Silence. Les filles ont les mirettes rondes comme des soucoupes et la bouche grande ouverte. De toute évidence, je les ai prises de court.

— S'il vous plaît, dites quelque chose.

— Mais, je croyais que tu voulais rester seule chez toi pour conjurer le mauvais œil ! s'exclame Lou.

— Je sais, mais ça, c'était avant qu'il m'invite. Il m'a enfin remarquée, je crois que je lui plais et je ne veux pas laisser passer ma chance. Vous êtes invitées aussi d'ailleurs. C'est une méga-soirée avec DJ, jacuzzi et tout le toutim ! j'explique avec un enthousiasme forcé pour essayer de leur vendre l'idée alors que tout ce concept pour un 31 me file des sueurs froides.

— Si tu veux y aller, je t'accompagne. Hors de question de te laisser seule, Dieu sait ce qui pourrait arriver. Tu es comme un aimant à problèmes en cette période. Tu vas avoir besoin de soutien moral ou de quelqu'un pour appeler une ambulance.

— Merci, Lolo, j'apprécie.

— J'en suis aussi ! On n'avait rien de prévu avec Julien pour le moment. Je lui en parle en rentrant, je suis persuadée qu'il sera partant.

En entendant Lou inclure d'office son chéri dans nos plans, Lorna se rembrunit. Je ne suis pas hyper-emballée non plus mais je prends sur moi. L'expérience m'a appris qu'il valait mieux la boucler dans ces moments-là, Lou ne comprenant pas notre manque d'engouement quand il est concerné. Lorna n'a, de toute évidence, pas encore enregistré la leçon.

— Tu es sûre que tu veux lui proposer ? À tous les coups, il voudra partir juste après le décompte pour ne pas se coucher trop tard. Ça fait longtemps qu'on ne s'est pas fait une soirée entre filles.

— Euh, rappelle-moi ce qu'on fait ici, Lorna ?

— Tu sais très bien ce que je veux dire, Lou ! Une soirée où on fait des folies et où on se la colle !

— Han han, non, je t'arrête tout de suite, moi, je ne boirai pas. Pas question de faciliter la tâche à la fatalité ! Et puis, comme ça, je serai le Sam si vous ne voulez pas rester dormir.

— Pourquoi il y aurait besoin de Sam ? Ce n'est pas à Paris ?

— Non, ça tombe bien que tu poses la question, j'avais oublié de mentionner ce tout petit détail. Trois fois rien vraiment. C'est en Seine-et-Marne.

— QUOI ? ? ? ! T'aurais pu prévenir que c'était dans les DOM-TOM... J'aurais réfléchi à deux fois avant d'accepter.

— T'exagères, Lorna ! Ce n'est pas si loin que ça. Arrête de faire ta Parisienne.

— À vol d'oiseau peut-être, marmonne-t-elle dans sa barbe.

— Je pense que c'est mieux qu'on reste dormir là-bas de toute manière. Même si tu ne bois pas, tu risques d'être fatiguée après avoir fait la fiesta toute la nuit. On prendra notre voiture.

— Merci, Lou, c'est sympa de proposer. Merci, les filles, d'avoir dit oui, ça compte beaucoup et savoir que vous serez avec moi me rassure tellement.

— Ce qu'on ne ferait pas pour que tu arrêtes de nous rabâcher les oreilles avec lui...

— Quelle que soit votre raison pour m'accompagner, je vous en suis très reconnaissante. Maintenant que nous avons abordé les choses qui fâchent, place aux ragots ! Quelles sont les nouvelles du labo ?

Lou se lance dans un récit détaillé des dernières péripéties de ses collègues. On pourrait croire que l'ambiance est studieuse et ennuyeuse dans un laboratoire de recherche, mais il n'en est rien. Politique et stratégie pour obtenir des postes, sans parler des relations qui se font et se défont, on se croirait dans *Gossip Girl*, les gosses de riches de Manhattan en moins.

— Il a dit quoi ? je m'égosille dans le combiné.

— Qu'il n'avait pas envie d'aller perdre son temps en pleine cambrousse avec des inconnus et qu'il avait de toute façon prévu de partir en Normandie avec des potes, me répond Lou d'un ton dépité et agacé. Il soutient qu'il m'en a déjà parlé mais je n'en ai aucun souvenir.

Julien, espèce de petit bâtard. Nous sommes jeudi soir, alors que je pensais que tout était réglé pour samedi, Lou m'a appelée pour m'annoncer cette mauvaise nouvelle. Je suis partagée entre la colère contre Julien, qui change d'avis comme de chemise, et l'angoisse, car j'ai déjà dit à Raphaël que nous viendrions tous les quatre. Bon, je ne pense pas qu'une ou deux personnes en moins fassent une grande différence pour lui, mais si Lou ne vient pas, je serai très déçue.

— Du coup, tu y vas avec lui ?

— Non, je n'ai aucune envie de fêter le nouvel an avec ses copains qui s'estiment supérieurs à moi, parce qu'ils sortent d'une grande école et que j'ai une carrière d'universitaire. L'angoisse. Je veux le passer avec Lorna et toi.

— T'es sûre ? Je ne voudrais pas causer des problèmes entre vous deux.

— On s'est déjà disputés, et cela n'a rien à voir avec toi et tout avec son comportement d'abruti.

— D'accord, je suis désolée, Lou...

— T'en fais pas. Il va le regretter, je le connais par cœur.

— Bon, j'imagine qu'on n'a plus de voiture alors ?

— Bah non, il part avec.

— Je m'en doutais. Tu sais ce que ça veut dire ?

— Yep... Je peux toujours demander la leur à mes parents si tu ne veux pas le faire, tu sais.

— Non, non, ça fait un moment que je ne l'ai pas vu de toute façon.

— OK, bon courage, je suis avec toi.

— Merci, je te tiens au courant. Bisous.

Je raccroche en maudissant Julien intérieurement et jette mon portable sur mon lit. Mes doigts se perdent dans la fourrure de Bruce, que j'étais en train de câliner avant que Lou n'interrompe notre petit rituel du lever. Grâce à Julien et son attitude d'égoïste rempli de préjugés, je vais devoir quémander un moyen de transport auprès de la plaie de mon existence : mon grand frère. Si les hommes viennent de Mars et les femmes de Vénus, Antoine Boulanger trouve son origine dans une autre galaxie, lointaine, très lointaine. Brillant ingénieur en informatique, il a développé de multiples applications pour smartphone qu'il a revendues à prix d'or, ce qui lui laisse le temps de se consacrer à ses autres passions. J'ai nommé la culture geek, le paranormal, les extraterrestres, le survivalisme et les théories du complot. Nos interactions sont toujours pour le moins... intéressantes et uniques, pour ne pas dire autre chose. Mon grand frère est un cas, et je me demande ce que j'ai fait pour le « mériter ». Même si je l'aime, à contrecœur tellement il est horripilant, nous avons une relation de chien et chat. Déjà toute petite, j'étais sa victime préférée : il s'amusait à tirer sur mon popotin recouvert d'une couche avec son fusil à fléchettes (à pointes ventouses), à m'extorquer des bonbons pour éviter le sacrifice de mes doudous dans des mises en scène macabres ou à me terrifier avec ses histoires de monstres sous le lit. Il me racontait les pires bobards et moi, à l'époque, crédule et sur la foi de « la vérité sort de la bouche de mon frérot », je gobais tout, ce qui m'a valu bien des ennuis quand je répétais ce que j'avais entendu à l'école. Quand il a eu son permis et que je lui demandais de me déposer quelque part ou de venir me chercher, le saligaud a profité de mon statut non motorisé pour mettre en place une grille de tarifs avec un prix au kilomètre. Je n'ai jamais eu des jambes aussi musclées qu'à cette époque à force de marcher. Tout se monnaye avec lui, je l'ai compris à mes dépens, et c'est pourquoi je m'arrange en général pour ne rien avoir à lui demander. Malheureusement pour moi, c'est un cas de force majeure. Je regarde Bruce, qui étire le cou et ferme les yeux, alors que je le gratouille entre les oreilles. Ce n'est pas lui qui va m'aider à prendre une décision. Il faut que je me fasse une raison, même si ça va probablement piquer. Je ravale ma fierté et lui envoie un message.

Est-ce que tu pourrais me prêter ta voiture samedi soir, stp ?

Il répond du tac au tac :

Si ce message vient de Scrat, merci de donner le mot de passe pour que je continue l'échange.

Purée, Antoine, t'es sérieux ? ! Tu sais très bien que c'est moi. Personne d'autre que ta petite sœur ne t'écrit, t'as pas d'amis. Et arrête de m'appeler Scrat, tu sais très bien que je déteste quand tu fais ça !

Une minute passe, puis cinq, puis dix. Toujours pas de retour. Il est têtu comme une mule, c'est pas possible. Le chat s'est fait la malle, mécontent d'être privé de papouilles. Je le relance :

Antoine ?

Toujours rien. *Reste zen, Manon, ton ticket de transport pour la soirée de samedi dépend de cet idiot.* Je souffle un grand coup et lui renvoie un dernier message qui débute par l'émoji du salut vulcain.

Longue vie et prospérité[1], Antoine, ta sœur adorée souhaiterait te demander un service.

Ce coup-ci, il se manifeste, ce qui a le don de me mettre en rogne.

Longue vie et prospérité, Scrat, ça roule ? Ah non, t'as pas de voiture !

Eh ba, dis donc, t'es toujours aussi drôle toi. Alors, c'est oui ou c'est non ?

Je sais, c'est un talent que de nombreuses personnes m'envient. J'accepte à une condition.

Bien sûr, c'était trop facile sinon. Il ne peut pas se contenter de dire oui ou non comme tout le monde ? Je lui demande laquelle à contrecœur. J'ai un mauvais feeling.

Je n'ai pas encore décidé. J'attends qu'une occasion se présente mais quoi que je te demande, tu devras accepter sans discuter.

Je grince des dents à la lecture de son message et manque de m'esquinter une molaire. Je l'enverrais bien paître en le traitant de profiteur, mais je n'ai pas le choix. La réussite de mon opération séduction de Raphaël en dépend.

Deal. Je passerai prendre la caisse samedi vers 18 heures.

1. Dans l'univers de Star Trek, cette phrase vient après le geste de main appelé « salut vulcain ».

Très bien, je te recontacterai au sujet de notre accord. Paix et longue vie.

À tous les coups, il s'attend que je continue son petit jeu et le salue à la mode vulcaine. Il peut toujours courir ! Comme si je n'appréhendais pas suffisamment ce jour fatidique, il faut en plus que j'ajoute mon frère à l'équation. Tout porte à croire que je suis en train de faire une erreur monumentale mais la machine est lancée. Il est trop tard pour faire marche arrière.

3

Thomas

— Ça va, Rach, je te jure. Arrête de t'inquiéter pour moi. Ça suffit déjà avec maman, j'implore ma grande sœur tout en faisant rebondir la balle de tennis contre le mur d'un geste machinal.

Les cadres photo qui y sont accrochés tremblotent à chaque fois et menacent dangereusement de se décrocher. Je continue cependant, bercé par le *tap-tap* rythmique de l'impact du caoutchouc feutré sur la surface recouverte de peinture. Ça m'apaise.

— C'est normal que je m'en fasse, non ? Tu viens de rentrer, la plupart de tes potes vivent à l'étranger ou ont pris son parti et tu es revenu habiter chez les parents. J'aurais envie de me coller une balle à ta place !

— Et moi qui croyais naïvement que tu appelais pour me remonter le moral !

— Nan, mais tu vois ce que je veux dire.

— Oui, oui...

Rachel a la franchise un peu trop libérale et acérée pour moi en ce moment, mais cela me fait quand même du bien de lui parler. Depuis ma rupture avec Sarah il y a trois mois, j'ai besoin de ses discours rassurants, que quelqu'un me dise que les décisions que j'ai prises sont les bonnes et que ça va aller. À commencer par quitter le poste d'ingénieur acoustique dans une grosse boîte d'automobiles allemande que j'occupais depuis trois ans dans la région de Munich pour rentrer à la maison. J'ai réglé le problème épineux du travail en trouvant un poste similaire à Paris, mais le marché de l'immobilier étant ce qu'il est, je suis hébergé chez mes parents en attendant que ma période d'essai soit validée. À trente ans. C'est vrai que ça craint... Pas vraiment ce que je visualisais quand je pensais à mon futur, tout gamin. Mais la vie et ses aléas sont tout sauf prévisibles. Je laisse échapper un profond soupir et repousse mes lunettes carrées à bord noir épais sur l'arête de mon nez en me répétant que ce n'est que temporaire. Du moins, je l'espère, l'attitude excessivement protectrice de ma mère commence à me peser. C'est drôle, avec le retour au bercail, je m'imaginais mettre fin à mon questionnement existentiel et aller mieux. Rien de tel qu'un petit séjour chez les miens pour recharger les batteries et mieux repartir. Je me suis peut-être un peu trompé sur ce point. Comme sur beaucoup de choses récemment.

Le domicile parental est pourtant tel que je l'avais quitté. Des petites manies de mes géniteurs que j'avais oubliées, aux horaires des repas quasi militaires, en passant par les cadres photo qui prennent la poussière. Le seul hic, c'est que je ne m'y sens plus à ma place. Ce n'est pas leur faute, Dieu sait qu'ils font tout ce qui est en leur pouvoir pour que je me sente accueilli et que je me requinque. Est-ce que l'on peut se fatiguer de l'endroit où l'on a grandi ? Je me suis bien lassé des posters de mangas et de films d'action qui ornent les murs de ma chambre d'ado. Pareil pour ma collection conséquente de figurines Lego. Et pas juste parce que quand on marche dessus, ça fait plus mal qu'un supplice chinois. Non, j'ai changé, grandi tout simplement, et mon incapacité à retrouver la sérénité dans ce lieu qui était mon sanctuaire me rend mélancolique. J'avais la vie devant moi, tout était encore possible, facile et, en un claquement de doigts, tout est parti en fumée. Je ne sais plus. Où c'est chez moi, ce que je dois faire de ma vie maintenant, quand est-ce que je redeviendrai moi et pas ce mec-là. Le paumé sans substance qui se demande pourquoi il se lève le matin et où sa vingtaine s'est envolée. Ce mec à la dérive, entouré mais seul, sans attaches avec son passé et ceux qui se disaient ses « amis ».

— Je t'aurais bien proposé de venir dormir à la maison mais avec la petite..., continue Rach dans mon oreille, inconsciente de mes idées noires.

— Je sais, Rachel, ne t'en fais pas. Elle dort un peu mieux en ce moment ?

— Ça dépend des soirs. Parfois, on la recouche cinq fois par nuit.

— Aïe, c'est un progrès ?

— Attends un peu quand ce sera ton tour ! Et ne pense pas que ton changement de sujet m'ait échappé. Il faut que tu sortes de la maison et que tu échanges avec d'autres adultes que ceux qui t'ont fait, sinon tu vas devenir dingue. Des gens de ton âge, ça te ferait du bien ! Et fais-moi plaisir, reprends le sport ! À passer tes soirées en tête à tête avec Netflix, ça m'étonne que tu n'aies pas encore épuisé leur catalogue.

— T'exagères des fois, je regarde la télé avec les parents ou je lis.

— Hashtag Papi ! Ce n'est pas en te transformant en larve que tu auras envie d'aller de l'avant. D'accord, la séparation a été violente, un gros choc, et tu as le droit d'être triste. Mais la période « je me morfonds dans mon coin, laissez-moi mourir en paix » a assez duré ! J'espère que tu te laves quand même, parce que ton emploi du temps pue le mec à l'hygiène douteuse.

— On ne m'a pas encore offert de gel douche au boulot...

J'omets le petit détail de mes ablutions qui font le pont du vendredi soir au lundi matin. Elle est suffisamment remontée comme ça.

— Tu as rappelé Raph ? Il m'a invitée à sa soirée pour le 31. Toi aussi, d'ailleurs ! Tu le saurais si tu prenais la peine de répondre à ses messages ou de décrocher. Il souffre aussi, Tom-Tom, et il est malheureux comme les pierres sans toi. Bref, je sais que ce n'est pas ce que tu as envie d'entendre mais c'est vrai. Tu lui manques. Il m'a demandé de t'en parler pour être sûr que tu sois au courant. Je crois que ça signifierait beaucoup pour lui si tu faisais cet effort. Ça s'annonce énorme en plus, tu le connais. Comme au bon vieux temps. On ne pourra pas y aller à cause d'Hannah mais ça te ferait du bien de voir de nouvelles têtes, te soûler, faire la fête. L'occasion rêvée de piquer une tête dans la piscine sociale. Qui sait, tu pourrais même t'amuser ! Tu te souviens comment on fait ? !

Je me crispe à l'évocation de mon ex-meilleur ami, avec qui les relations sont plus que tendues en ce moment. Autre point de contention avec ma famille, ils ne comprennent pas du tout que j'aie totalement coupé les ponts avec lui. Rompre avec la fille avec qui je sors depuis cinq ans, d'accord, mais rompre avec sa copine *et* son meilleur ami en même temps, hérésie. Le signe indéniable que je dois aller très mal et perdre la boule. Ce qu'ils ignorent, c'est que mon amitié avec Raphaël était déjà sur le déclin et que j'aurais mis fin à notre relation que je reste avec Sarah ou pas. L'électrochoc de la séparation n'a fait qu'accélérer les choses pour cette rupture amicale qui nous pendait au nez. Je n'ai soudain plus envie de l'écouter.

— *Bye-bye*, je vais raccrocher.

— *Bye*, Tom-Tom, je te lâche la grappe pour le moment, soupire-t-elle. Mais sache que je suis à deux doigts de lancer une intervention. Promets-moi d'au moins y réfléchir !

— Ouais... Bisous.

Je mets fin à la conversation avec la boule au ventre. Sa tournure inattendue en remontage de bretelles me laisse comme un goût amer dans la bouche. Le message est passé, ma famille commence à être fatiguée de mon comportement de loque humaine. Jouer les romantiques maudits est passé de mode, il est de mauvais ton d'afficher sa sinistrose. Ses remontrances tourbillonnent dans ma tête mais celles qui tapent le plus fort sont les insinuations sur ma capacité à m'amuser. Bien sûr, elle me charrie quand elle me dit que je ne sais pas comment prendre du bon temps mais je ne peux m'empêcher de me demander s'il n'y a pas une part de vérité dans ses paroles. Peut-être que je suis devenu chiant. Que je suis réellement ce mec pas drôle et trop sérieux que Sarah me reprochait d'être. Je me déteste de penser comme ça, de penser à elle tout court après la manière dont ça s'est terminé et surtout de lui donner raison. Je voudrais pouvoir l'oublier, gommer tous les souvenirs avec la même facilité que j'ai eue à faire disparaître toutes les photos et autres preuves tangibles de nos années ensemble, mais j'ai beau vivre à 850 kilomètres d'elle, ce n'est pas assez.

Sarah. Ma jolie Sarah aux boucles noires, aux yeux rieurs et à la moue de poupée qui me faisait fondre. Nous étions parfaits ensemble, notre couple avait du sens... Je pensais que nous avancions dans la même direction avec pour cible le mariage, les enfants et tout le reste. Quel imbécile. Quand est-ce que ça a dérapé ? Qui est responsable ? La routine ? Moi ? Elle ? Le grain de sable qui est venu enrayer la machine ? Ma situation est d'une banalité à pleurer et pourtant si unique dans son effet dévastateur sur ma petite existence bien tranquille que j'ai beaucoup de mal à m'en relever. Une de perdue, ben, une de perdue... J'étais trop présomptueux à croire que j'avais tout bon, que j'avais presque coché toutes les cases pour être considéré comme ayant une « vie réussie » par la société. Tiré d'affaire, quelle blague. La chute est bien plus dure quand on ne s'y attend pas, que l'on n'a rien vu venir.

— Thomas, à taaaaaaaaaaaaaaaable ! Je t'ai préparé des boulettes !

Je ferme les yeux et inspire profondément. Ma mère, en digne maman juive d'Algérie, croit pouvoir tout régler à coups de boulettes magiques comme quand j'avais dix ans. À sa décharge, ça marchait vraiment lorsque j'étais plus jeune et j'aimerais que les choses soient aussi simples aujourd'hui. Retour à la case départ en effet.

Je quitte ma chambre d'ado et me dirige vers la cuisine. Ça sent rudement bon quand même. Si la nourriture ne peut pas faire disparaître tout mon chagrin, elle peut au moins me rappeler qu'il y a des personnes qui m'aiment encore dans ma vie et qui veulent me faire plaisir. J'ai intérêt à en profiter, car si je me base sur l'attitude de Rachel, la situation pourrait vite dégénérer. Il n'y a rien de pire que ma famille avec de bonnes intentions qui fourre son nez dans mes affaires. Le cliquetis frénétique des griffes de Gaylord, le yorkshire de ma mère, sur le parquet est le seul avertissement que j'ai avant que celui-ci ne bondisse sur ma jambe et essaye de lui faire des petits illico. Je baisse des yeux consternés pour observer les efforts de la créature. Il donne tout. C'est triste à dire, mais ces jours-ci même le Lord a plus de libido que moi. Gaylord a beau peser trois kilos et ne plus avoir de coucougnettes, cela ne l'empêche pas de se frotter contre tout ce qu'il trouve. Je secoue discrètement le tibia pour qu'il s'en détache, mais c'est peine perdue. Résigné, j'avance en le traînant comme un prisonnier du bagne son boulet.

Nous débouchons dans la salle à manger où maman a dressé la table pour trois. Mon père est déjà installé. Il soulève un sourcil interrogateur à mon entrée pas très digne et secoue la tête devant les facéties du chien avec un petit sourire de commisération. Ses cheveux d'un noir de jais légèrement grisonnants aux tempes et aux racines sont très fournis comme ses sourcils. Il est rasé de près et ses petites lunettes rondes sont perchées sur le bout de son nez. Le passage du temps n'a pas beaucoup affecté André Zimmerman et son aura de dignitaire. Conducteur de travaux dans le bâtiment depuis plus de trente ans, il n'a rien perdu de sa poigne et de son autorité. Il a du mal à lâcher du lest et travaille toujours autant au grand désespoir de ma mère Doria, qui elle a fait carrière dans l'architecture et est aujourd'hui en semi-retraite. Cette dernière arrive de la cuisine avec un plat fumant qu'elle porte dans ses mains protégées de maniques. Elle le dépose sur la table puis se retourne vers moi. Son visage souriant se durcit quand elle aperçoit le chenapan qui me colle, littéralement, aux basques.

— Gaylord ! glapit-elle en tapant dans ses mains d'un coup sec.

Je ne sais pas comment elle fait, mais la réprimande fonctionne instantanément. Il relâche mon tibia et va se planquer dans la cuisine. Pas bête, il a bien compris que le temps est venu pour lui de se faire discret. Le rejeton turbulent maté, l'attention de ma mère se reporte sur son fils en plein spleen.

— Installe-toi, mon chéri, sinon ça ne va plus être bon, m'intime-t-elle en me scrutant de ses yeux foncés pour distinguer le moindre signe de mal-être.

J'obéis car tout retard est preuve de sédition, et mieux vaut ne pas la contredire. Satisfaite, elle rejette ses cheveux caramel sur ses épaules et nous sert. Inutile de protester et de lui demander de s'asseoir afin que je m'occupe du service. Elle prendrait cela comme un affront. Alors en bon fils, je fais ce qu'on attend de moi, je coupe une boulette et prends une bouchée. La viande hachée, épicée comme il faut, accompagnée d'une pointe de harissa fond sur ma langue. Le goût de mon enfance me met un peu de baume au cœur, l'étau qui me comprime la poitrine se desserre de manière infinitésimale, et je respire un peu mieux.

— C'est délicieux, maman !

Son visage s'illumine, éclatant de joie.

— Bien, je suis contente que tu te régales. Il faut que tu manges, tu es tout maigre. Ce n'est pas comme ça que tu vas te retrouver quelqu'un. Même une goy, je m'en fiche, je ne suis plus à ça près...

— Maman... Je suis bien tout seul pour le moment.

— Hum. Cette fille, je t'avais dit qu'elle n'était pas pour toi. Mais tu ne m'as pas écoutée. Toujours faire confiance à l'instinct de la mère, la femme qui t'a fait et te connaît comme personne.

Je lève des yeux implorants vers mon père mais il a le nez dans son assiette, à faire semblant d'être trop occupé à manger pour me venir en aide. Tous les jours depuis que j'ai réintégré mes pénates adolescents, c'est le même discours mais ce soir, je ne sais pas pourquoi, je la sens un poil plus virulente. Il ne manquerait plus qu'elle se ligue avec Rachel. Dans une tentative de mettre fin à mon supplice et d'étouffer toute velléité d'intervention pour mon bien, je dis la première chose qui me passe par la tête.

— Ça va, maman, pas la peine de t'emballer, c'est fini maintenant de toute manière. Et je vais bien. C'est du passé. J'ai repris une vie normale, j'ai des projets, je vois des amis. D'ailleurs, je ne vous ai pas dit, je passe le nouvel an chez Raphaël.

Mon père relève la tête brusquement pour me regarder. Ma remarque coupe la chique à ma mère quelques secondes, mais elle se reprend rapidement.

— C'est vrai ? Alors là, je suis ravie, *Mazel Tov* ! C'est une super nouvelle ! Tu ne trouves pas, André ?

Il est plus suspicieux et m'observe en plissant les yeux derrière ses lunettes. Son regard de détecteur de mensonge. Je suis mal barré et retiens ma respiration. Il finit par lâcher :

— Si, si. Il était temps qu'ils mettent leurs différends derrière eux.

Je fais un effort qui me coûte pour ne pas serrer les poings et rester stoïque. Ils ne connaissent pas toute l'histoire, et je ne suis pas persuadé que cela changerait quelque chose dans le cas contraire. L'aura de golden-boy de Raphaël met de la poudre aux yeux à tout le monde, y compris mes parents, pour qui il est inconcevable que ce dernier agisse d'une manière répréhensible. Même au détriment de leur propre fils. Cela ne devrait pas me faire mal, j'y suis habitué, alors pourquoi mon cœur se serre de dépit dans ma cage thoracique ? Je déglutis avec peine et bois une gorgée d'eau pour me laisser le temps de me calmer.

— Oui, tu as raison, papa. Avec le recul, j'ai compris que c'était trop bête de ne pas accepter sa main tendue, j'annonce à travers mes mâchoires contractées.

Il mastique lentement, continuant de me sonder avant de rebondir.

— C'est bien, Thomas, je suis fier de toi pour avoir agi en adulte.

Son visage est détendu, serein. Le problème a été abordé et dépassé. L'approbation paternelle pour quelque chose que je n'envisageais pas me coupe l'appétit. Un coup d'œil vers maman. Elle est rayonnante, rassurée, et en oublie sa diatribe désapprobatrice sur Sarah. Il est trop tard pour reculer, si je veux qu'on me fiche la paix, je vais devoir l'appeler et surtout le revoir alors que j'en ai autant envie que d'avaler de l'acide. Ça va être aussi douloureux, j'en ai l'intime conviction.

Après m'être forcé à terminer avant que maman ne pousse le vice jusqu'à m'interdire de sortir de table si je ne finis pas, je débarrasse mon assiette et me réfugie dans mon sanctuaire. Je retrouve mon téléphone là où je l'avais laissé, sur mon lit. Autant m'en débarrasser ce soir, avec un peu de chance, je vais tomber sur le répondeur et...

— Thomas ?

Entendre sa voix fait remonter plein d'anciennes rancœurs à la surface, mon estomac se contractant douloureusement en réaction. L'envie de lui raccrocher au nez me démange, le silence est pesant entre nous, même à travers la ligne.

— Oui, c'est moi. Pourquoi, tu aurais préféré que ce soit quelqu'un d'autre ?

— Non, bien sûr que non ! Au cas où tu ne l'aurais pas remarqué, j'ai cherché à te joindre.

— Problème de timing, je suis très occupé ces derniers temps. Beaucoup de changements à appréhender.

— Je...

— Te fatigue pas. J'appelais pour te dire que je

venais à ta soirée du nouvel an. Si je suis toujours invité, bien sûr.

— Et comment ! Je suis trop content. Cela signifie beaucoup pour moi et...

J'entends un brouhaha de voix derrière lui avant qu'il ne reprenne :

— Je dois y aller, je suis sorti du studio pour te répondre, et l'émission va commencer mais j'ai tellement hâte de te voir ! À samedi, Thomas !

— À samedi, je réponds sans conviction.

Le besoin impérieux de retrouver ma balle de tennis me brûle les doigts. Mes parents vont me foutre à la porte si je continue à prendre les murs pour les courts de Roland Garros, mais c'est plus fort que moi. Il faut que je me défoule.

4

Manon

— C'est là, le portail en bois. Gare-toi dès que tu peux, m'indique Lorna, qui fait office de copilote.

Il y a une place un peu plus loin dans la rue. J'ai de la chance ce soir pour une fois, pourvu que cela ne tourne pas. Je réalise un créneau qui aurait fait la fierté de mon moniteur d'auto-école, et nous sortons du véhicule. Nos bras sont chargés de bouteilles de champagne et de nourriture, hors de question de passer pour la radine de la radio. Je sonne à l'interphone.

— C'est...

Mon interlocuteur n'attend pas de savoir qui c'est, la porte s'ouvre automatiquement vers l'intérieur à la suite du bruit de buzzer qui valide notre sésame. La maison est à quelques mètres. Pour y arriver, nous devons emprunter un petit chemin pavé de dalles de pierre qui serpente au milieu de la pelouse. Nous gravissons les marches du perron et Lorna s'apprête à toquer, le heurtoir en forme d'ancre de marine soulevé dans son poing.

— Stop ! Attends, je ne suis pas prête, pouce, pouce ! je m'écrie, l'appréhension comme une enclume dans mon estomac.

Lou et Lorna me regardent avec des mines soucieuses, et cette dernière repose doucement l'ancre contre sa cale.

— Manon, je croyais que tout était bon depuis qu'on a fait le point chez ton frère, me rappelle gentiment Lou.

— Euh, j'ai menti pour qu'on ne s'éternise pas.

Ce que je ne leur dis pas, c'est que j'avais extrêmement peur que la demande irrefusable que m'a extorquée Antoine soit qu'il nous accompagne ce soir. Les filles m'ont prise entre quat'z'yeux dans la voiture en bas de son immeuble pour s'assurer que je laisse de côté ma nature anxieuse de fin d'année et profite de la soirée. J'ai juré que j'étais aussi relax que si j'avais pris un quart de Lexo, de trouille de le voir débouler et pour que nous décollions fissa. Sauf que maintenant que je ne suis plus occupée à me faire des films sur comment semer mon frérot, mon stress m'a rattrapée.

— Je trouvais ça suspect aussi ce calme olympien, dégoise Lorna en se grattant le coin de la bouche du pouce gauche, ses autres doigts enroulés autour du goulot d'une bouteille.

— Et si...

— Tut tut ! me coupe-t-elle avant que j'aie pu énoncer toutes les catastrophes qui pourraient bien m'arriver ce soir. Pas de négativité, tu vas t'attirer la scoumoune !

— Elle a raison, tu as tes porte-bonheur avec toi pour veiller au grain, renchérit Lou.

— Mais...

— Chut ! Ça suffit comme ça, on est venues jusqu'ici, on ne va pas faire demi-tour ! Hors de question de passer la soirée dehors. Je me gèle les fesses, m'interrompt encore Lolo en toquant cette fois-ci.

La porte s'ouvre quelques minutes après sur Raphaël. Je pourrais jurer entendre un soupir collectif. Vêtu d'un simple jean noir et d'un T-shirt blanc moulant, un sourire taquin et son regard de braise, il est à croquer.

— Bonsoir les filles ! Entrez, entrez.

Il me fait la bise, et je frémis, il sent divinement bon. *Ça serait bizarre si je tournais le nez pour l'enfouir dans son cou, non ?* Il salue mes amies de la même manière, et nous le suivons jusque dans la cuisine pour déposer notre cargaison, puis à l'étage où il nous montre la chambre qui va être la nôtre.

— Je vous laisse vous installer tranquille. Je redescends.

À peine a-t-il disparu que Lou se tourne vers moi avec un :

— C'est vrai qu'il est canon ! Tu n'as pas exagéré !

— Bah non, je lui réponds en lui faisant les gros yeux.

Nous éclatons de rire.

— En tout cas, il ne va pas pouvoir te résister. Tu es au top, Manon.

— Merci, Lolo !

En effet, si je n'arrive pas à le séduire ce soir, il vaut mieux que je laisse tomber. Je porte la robe de tous les dangers. Noire et fluide, elle m'arrive à mi-cuisses. Le devant est tout sage mais elle est ouverte sur l'arrière en un décolleté inversé vertigineux sur ma chute de reins. J'ai dû mettre ces coques en silicone collantes bizarres qui permettent de sauter la case soutien-gorge pour exposer mon dos nu. Pour l'instant, je ne suis pas convaincue. Je crois même que j'en ai une qui commence à se décoller. Pour le bas, j'ai préféré miser sur une culotte en dentelle rouge, couleur de la passion et achetée spécialement pour l'occasion. Je ne sais pas si j'ai bien fait, ça gratte et le tissu n'arrête pas de me rentrer dans les fesses. Mon style habituel, c'est plutôt la culotte en coton confort avec des imprimés ou des messages. Mon carré long est twisté de larges boucles, et j'affiche un smokey-eye dans des tons violines ainsi qu'une bouche nude. Les filles sont également très en beauté ce soir, Lorna a osé la robe en soie carmin avec escarpins vertigineux, et Lou a opté pour une robe bleu ciel aux broderies folks vaporeuse et des ballerines. Elles m'attendent alors que je suis assise sur le lit pour changer de chaussures. J'ai sorti les talons plates-formes, histoire de gagner quelques centimètres. Ils sont dorés avec des lanières qui se lacent sur la cheville et un talon carré épais à paillettes.

Lorsque je suis prête, nous nous joignons aux autres invités dans le salon. Nous nous mêlons à la foule et effectuons le tour de la salle où sont concentrées les festivités pour nous présenter. Il s'agit d'un grand salon délimité en deux parties par une alcôve. La plus petite partie est le coin télé, où quelques personnes discutent autour d'une table basse. L'espace le plus grand a été libéré en poussant les meubles contre le mur du fond. En face est installé un buffet recouvert de victuailles (tartinades, amuse-bouches, quiches, salades, chips) et boissons en tout genre. À l'opposé de la télé trônent les imposantes platines du DJ : un mec à la tignasse bouclée très *seventies* arborant une moustache digne de Magnum et un look de hipster qui s'agite derrière. Il est encore tôt mais il y a déjà pas mal de monde. J'ai beau guetter, je ne vois pas notre hôte.

Repérant un groupe de collègues de la radio, j'abandonne mes amies pour aller les saluer et finis par me faire embarquer dans une conversation sur le pour et le contre des shots de champagne. Papoter, ça donne soif et la faim commence à se faire sentir. Je déclare une pause ravitaillement.

En m'approchant du buffet, je découvre, ravie, qu'il y a des oursons en gélatine, mes bonbons préférés. Mon alimentation est restée bloquée à l'adolescence, et il n'est pas rare, les soirs de flemme, que je jette mon dévolu sur un bol de céréales plutôt que de cuisiner. C'est donc sans complexe que j'en prélève plusieurs poignées que je garde dans un verre en plastique, me sers du jus d'orange (pas d'alcool, le soir du nouvel an, ma règle d'or) et rejoins mes copines qui sont installées sur le grand canapé en cuir gris.

— Ne te retourne pas, Manon, Raphaël est en train de loucher sur ton dos, m'informe Lorna.

— Ah bon ? fais-je en me dévissant la tête.

J'aperçois Raph en pleine discussion avec un nouvel arrivant, ce dernier a encore son manteau à la main. Ça a l'air sérieux, si j'en crois leurs mines graves et fermées et leur langage corporel tendu, pas le meilleur moment pour lancer mon opération charme. Cependant, son regard est braqué sur moi. Il m'adresse un petit sourire pas gêné pour un sou d'être pris la main dans le sac. Peut-être que c'est un code et qu'il veut que je vienne le sauver de sa conversation ennuyeuse avec le petit lunetteux ?

— Roh ! Qu'est-ce que je viens de te dire ! Il faut que tu apprennes à être plus subtile que ça ! râle Lorna en tirant sur le tissu de ma robe.

Je reporte mon attention sur mes amies. Lou rigole en secouant la tête, atterrée par mon manque de discrétion. Elle devrait être habituée pourtant, je me faisais cramer régulièrement lorsqu'on louchait sur les mecs canon au bahut.

— Tu es grillée là. Autant y aller.

— Eh bien, tu sais quoi ? Justement, j'y vais de ce pas.

Un large sourire se dessine sur leurs visages alors que je leur laisse ma réserve de bonbecs presque à sec en garde, gage de confiance absolue. Et la preuve que je suis prête à tout pour mettre le grappin sur Raph. Il est temps de passer aux choses sérieuses.

— T'es *hot*, va lui montrer, Tigresse ! me miaule Lou en mimant des griffes de fauve.

Lorna fait le OK de la plongée avec sa main gauche et pénètre le cercle en rythme de son index droit tout en remuant ses sourcils comme la perverse de premier ordre qu'elle est en faisant des bruits de bisous. Des fois, je me demande si elle a la maturité d'un garçon de treize ans. La mienne ne doit pas être très élevée non plus, car je suis morte de rire devant leurs pitreries. Heureusement, au fur et à mesure que je m'éloigne d'elles, j'arrive à me calmer et à me mettre dans mon personnage de séductrice. Je roule les hanches, ma démarche chaloupée au son de mes talons qui claquent sur le sol. Les épaules redressées, la poitrine en avant, le ventre rentré, je feins l'assurance nonchalante. Un frisson d'excitation court le long de ma colonne vertébrale. L'anticipation est maximale, à ce stade-là tout est possible.

Je suis tout proche de lui lorsque la catastrophe se produit. Je trébuche, manquant de me tordre la cheville et asperge son torse avec le contenu de mon verre. Son interlocuteur, miraculeusement rescapé de mon arrosage involontaire, me rattrape in extremis par le bras.

— Putain, Manon, tu ne peux pas faire attention ! Mon T-shirt est fichu ! braille Raph, l'air mécontent.

Je suis mortifiée. Voilà ce qui arrive quand je me la joue sexy... Je m'écarte, penaude, et le lunetteux me relâche.

— Désolée, Raph, je me suis emmêlé les pinceaux. Mieux vaut toi que moi en fait, la situation peut vite virer chocolat si je suis mouillée. Pareil pour la nourriture après minuit, à éviter à tout prix !

Il me regarde avec l'air de quelqu'un qui s'inquiète de ma santé mentale. Il s'écarte comme si ma folie était contagieuse. À tous les coups, il se demande pourquoi il m'a invitée et comment me mettre à la porte sans passer pour un sale type. Le malaise est palpable.

— Je... Si tu le dis. Je vais aller me changer, annonce-t-il en désignant l'espace derrière lui du pouce. On se voit tout à l'heure.

— Raph, attends. Tu n'as pas saisi. Tu sais, je ne suis pas bizarre, c'était...

Il ne m'écoute pas et s'éloigne à grands pas, comme si j'étais une pestiférée. Je contemple mes pieds en soupirant. *Bien joué, Manon*... S'il y avait bien un moment pendant lequel je devais museler la geekette qui sommeille en moi, c'était celui-ci.

— J'hallucine, est-ce que tu viens de te comparer à un Gremlin ? m'interroge une voix masculine incrédule que je ne connais pas sur ma gauche.

Je relève la tête, et mes yeux se posent sur l'homme avec qui Raph parlait avant que je ne les interrompe. Celui qui m'a empêchée de m'étaler comme une crêpe devant tout le monde et d'ajouter ainsi à mon humiliation. J'avais zappé qu'il était là, toute tourneboulée que j'étais d'avoir trempé Raphaël une nouvelle fois. Il est un peu ringard avec sa chemise boutonnée jusqu'en haut. Pas le genre de mec sur qui je me retournerais. Il n'est pas moche non plus, mais son physique ne fait pas battre mon cœur et ramollir mes jambes comme celui d'un certain collègue de la radio. Ses yeux sont sombres et solennels, avec de longs cils et des sourcils broussailleux, encerclés par des lunettes noires carrées qui lui donnent un petit air trop sérieux. Ses pommettes sont proéminentes, sa mâchoire est un peu trop angulaire, son nez légèrement épaté. Ses cheveux bruns coiffés sagement lui donnent une allure de premier de la classe. Pourtant, sa bouche pleine, son demi-sourire et son air avenant et ouvert m'accrochent.

— Oui, j'ai osé..., je confesse. Toi au moins, tu as compris ma référence.

— Tu rigoles, c'est un classique !

— Tu me rassures. Il y a encore des hommes qui me comprennent. Merci de m'avoir rattrapée.

— Arf, ce n'est rien. Ne t'en fais pas pour Raphaël. Il n'a jamais été trop porté sur le cinéma. Un de tes jolis sourires et tout sera oublié. Et puis, on a tous nos trucs cultes. L'astuce, c'est de trouver les personnes qui ont les mêmes que toi. Et crois-moi, certains sont plus facilement avouables que d'autres. Aimer les Gremlins, c'est de la gnognotte à côté des miens.

Je souris à ses sages paroles et à son compliment, enregistrant la petite information sur Raphaël au passage. Cela peut toujours servir.

— Tout à fait ! C'est comme si on faisait partie d'une société secrète toi et moi.

— Exactement, il acquiesce en me rendant mon sourire.

— Puisque tu as abordé le sujet, je suis dans l'obligation de demander. Ça serait quoi ton truc inavouable alors ?

— Une activité que j'ai découverte ado et qui requiert beaucoup de pratique en solitaire.

Soudain, il se rend compte du caractère tendancieux de ce qui est sorti de sa bouche et rougit jusqu'à la racine de ses cheveux. Je me mords l'intérieur de la joue pour ne pas pouffer et affiche un air narquois.

— Pas celle à laquelle tu penses, mademoiselle l'Obsédée ! il s'empresse de rectifier mais c'est trop tard.

Je ne peux m'empêcher de le chambrer un peu.

— Quoi, moi ? Je n'ai rien dit. Et je pense à quoi selon toi ?

Un petit hoquet de rire lui échappe, et il en a l'air tout surpris. Je ne sais pas ce qui m'a pris, d'habitude, je ne suis pas aussi directe avec les inconnus mais malgré ma bourde, je me sens d'humeur taquine. Joyeuse et détendue, et c'est tant mieux, car j'ai réussi à dérider M. le Coincé.

— Pour en revenir à notre sujet, je ne sais pas si c'est honteux à proprement parler, mais ce n'est pas un hobby de mec cool, je préfère te prévenir.

Je secoue la tête devant cette tentative d'évasion. Nous sommes dans le même bateau ! Il m'a vue me ridiculiser et m'a aidée à dédramatiser la situation, je ne le laisserai pas minimiser ce qui compte manifestement pour lui. Et surtout, ma curiosité est piquée .

— Allez ! Dis-moi ! Tu ne peux pas me laisser sans savoir.

— La magie, exhale-t-il avec précipitation comme si j'avais fait pression sur son plexus pour en extraire sa confession.

Ses joues ont toujours cette jolie teinte rosée.

— Alors là, je m'attendais à tout sauf à ça. Mais c'est super ! Tu pourrais me faire un tour là maintenant tout de suite ? !

Il est un peu pris de court par ma réaction enthousiaste, ses yeux se plissent derrière ses lunettes mais il se prête quand même au jeu.

— Euh, d'accord, tu as un élastique ?

Je lui tends celui qui décore mon poignet. Il l'enroule sur son pouce de manière à ce qu'il l'encercle et tire sur l'extrémité tendue au-dessus pour me montrer que son doigt est bien emprisonné. OK, jusque-là, rien de bien palpitant. Je surveille le moindre de ses gestes, bien décidée à trouver le « truc ». Il tire vers le haut une fois, deux fois, puis vers lui d'un coup sec et l'élastique traverse son pouce. J'ai beau savoir qu'il s'agit d'un tour de passe-passe basique, je ne peux m'empêcher de trouver cela impressionnant ! C'est... magique.

— Encore !

Il s'exécute, et cette fois-ci j'inspecte sa main de tous les côtés pour m'assurer qu'il n'y a pas d'entourloupe. Il n'y en a pas. Encore une fois son pouce et mon chouchou en ressortent intacts.

— Pas mal... Pas mal du tout même. Tu en as d'autres en réserve ?

— Oui, des tas. Tu ne t'imagines même pas ce que je peux faire avec un jeu de cartes !

— Ooooh, ça c'est du teasing de folie ou je ne m'y connais pas ! Ne me provoque pas trop, je pourrais être capable de retourner la maison pour en dénicher un.

— Ah, mais ça se mérite, il ne suffit pas juste de le demander.

— Tu es dur en affaires...

Nous nous observons, le sourire aux lèvres, jusqu'à ce que Lorna m'appelle :

— Manon ! Tu viens danser, c'est notre chanson !

Elles sont déjà en train de se tortiller avec Lou, reproduisant une choré qui nous est propre. Je ne peux pas rater ça.

— Le devoir m'appelle, je lui dis en faisant un geste vers mes amies.

— Je vois ça.

Ses yeux pétillent d'une lueur amusée alors qu'il me rend mon chouchou.

— Merci pour le spectacle improvisé. C'était chouette.

Je suis en train de m'éloigner lorsqu'il me lance :

— De rien ! Éloigne-toi des bouteilles de champagne après le compte à rebours, je ne voudrais pas avoir affaire à tes clones maléfiques.

Mon éclat de rire se perd dans la foule.

5

Manon

Je m'abandonne à l'euphorie générale. Ce soir j'oublie tout. La malédiction, mon boulot qui ne me passionne pas... Tout est flou, je suis bien. Je flotte dans ma petite bulle de félicité, grisée par la bonne ambiance. Raphaël est réapparu vêtu d'une chemise en jean claire alors que j'étais en train de me défouler sur le dancefloor avec mes copines. Échaudée, j'ai décidé d'adopter une autre stratégie pour le restant de la soirée et de le laisser venir à moi. Cela ne me réussit pas quand je tente de provoquer le destin. Il a l'air de m'avoir pardonné ma maladresse, car je surprends son regard sur moi à maintes reprises. Je ronge mon frein ; techniquement, si je me tiens tranquille jusqu'à minuit, il ne peut plus rien m'arriver vu que le nouvel an est déjà passé. Et puis, j'ai eu mon quota de moments gênants pour la soirée. Après le compte à rebours, c'est une autre histoire. Tout est permis. Quelques petites secondes avant la libération.

5 ! 4 ! 3 ! 2 ! 1 !
BONNE ANNÉÉÉÉÉÉEEEEEEEEEE ! ! ! ! !

La pièce explose en cris de joie, rires, applaudissements et échanges de vœux. Le champagne coule à flots et le bruit des bouchons qui sautent résonne haut et fort. Les flûtes s'entrechoquent et des bisous s'échangent. Alors que je guette la foule dense des corps qui se congratulent dans l'espoir de repérer Raphaël, je suis taclée par-derrière par Lorna et Lou.

— Bonne année, les zouz ! nous hurle Lorna dans les oreilles.

Ça sonne plutôt comme « Bon anney, less zuz » avec son accent américain des plus adorables. Sa déclaration est suivie d'un baiser mouillé sur nos joues. Beurk. Elle est un peu pompette.

— Lolo, si tu pouvais éviter de me baver dessus, j'ai un mec à impressionner ce soir !

Je la repousse en rigolant après l'avoir serrée dans mes bras. Elle me regarde l'air malicieux et tout sourire.

— Ne mens pas, je sais combien tu aimes embrasser avec la langue. Ton premier patin de l'année, et c'est moi.

Lou rajoute son grain de sel tout en s'essuyant la joue.

— Non, ça ne compte pas. La langue est bien sûr impliquée dans un *french kiss* mais il faut qu'il y ait pénétration !

— Ne la provoque pas, je rétorque, faussement effrayée, tu sais parfaitement de quoi elle est capable.

Notre Lorna est une compétitrice dans l'âme et ne refuse jamais un défi, aussi débile soit-il. Elle ferait n'importe quoi si on lui en laissait l'opportunité.

— Hé ! J'ai une langue bien musclée et talentueuse dont on chante les louanges. Dois-je vous rappeler que...

Mon cerveau se débranche quand j'aperçois Raphaël fendre la foule avec un air décidé dans ma direction. Enfin. Il s'arrête à quelques centimètres de moi et m'offre un sourire éclatant qui fait apparaître ses fossettes. Puis, il m'enlace et me susurre à l'oreille :

— Bonne année, Manon.

OH, MON DIEU ! C'est la première fois qu'il me prend dans ses bras. Je fonds contre lui. Mes mains viennent s'enrouler d'elles-mêmes autour de sa taille.

— Bonne année, Raph, je marmonne contre son torse.

Il s'écarte, me tenant par les hanches.

— Merci. Je te souhaite d'obtenir tout ce que tu désires, énonce-t-il, les yeux plongés dans les miens.

Ses pouces dessinent des petits cercles sur l'étoffe de ma robe et viennent parfois caresser la peau exposée de mon dos. J'en frissonne.

— Toi aussi, tout ce que tu veux, je hoquette lamentablement, incapable de réfléchir lorsqu'il me touche de la sorte.

— Tout ce que je veux, hum ? Toi et moi dans le jacuzzi pour terminer la nuit de manière mémorable ? Ça te paraît être du domaine du possible ?

Je bugge. Ça a le mérite d'être direct. Mes pensées sont toutes en vrac, j'ai du mal à être cohérente, autant enivrée par sa présence et ses effleurements que par sa proposition. *Reprends-toi, Manon, c'est maintenant ou jamais !*

— Hum, et on y ferait quoi dans ce jacuzzi ? je demande d'une voix que j'espère sensuelle en lui tâtant les obliques.

Pas très subtil, mais ma question a l'air de faire son petit effet. Ses yeux s'étrécissent et s'allument d'une lueur lascive. Le passage de ses doigts sur ma peau nue devient plus langoureux. Je me mords la lèvre inférieure, et son regard se fait encore plus chaud.

— Commencer l'année en beauté, voyons, fait-il dans un souffle rauque.

— Dans ce cas, je n'y vois aucun inconvénient…

Cela semble lui suffire. Il m'entraîne d'un pas pressé et déterminé en direction du couloir menant à l'arrière de la maison alors que je salue mes amies d'un geste de la main discret. Je me laisse guider par cet homme que je convoite depuis si longtemps, admirant son profil fier, mon cœur tambourinant dans ma poitrine. Je tangue un peu, mes petites jambes peinant à suivre ses grandes enjambées. Pour chacun de ses pas, je dois en faire deux pour garder le rythme. Le jacuzzi est situé sur une terrasse en bois ouverte sur un jardin sans vis-à-vis. Il faut passer par une pièce dont Raph a la clé pour pouvoir y accéder. Il déverrouille le battant qu'il referme à double tour derrière nous. Je le contemple à travers la porte-fenêtre alors qu'il va allumer le jacuzzi.

Lorsqu'il revient, il empoigne mes hanches et me fait reculer. Je me retrouve dos à la vitre qui donne sur la terrasse. Il pose les mains de chaque côté de mon visage sur le plexi, et se penche. Son souffle tiède affleure la surface de mes lèvres. J'ai la gorge tellement sèche que j'ai du mal à déglutir. Mes facultés motrices sont court-circuitées, et je gémis faiblement lorsqu'il me picore puis vient doucement laper le delta de ma bouche. Sa langue chaude se mêle avec la mienne dans une danse incandescente. Je me perds dans son baiser et les sensations intoxicantes qu'il me procure. Le désir grandit, grandit, jusqu'à ce que je ne sois plus qu'une seule intense pulsation dans mon cou, mon ventre, mes jambes flagada. Lorsque je n'y tiens plus, ma main vient se poser sur la boucle de sa ceinture, et je tire sur le cuir souple pour l'extraire des passants de son jean. Il m'arrête, enroulant ses doigts autour de mon poignet.

— Patience, nous sommes venus tester le jacuzzi, non ?

— Allumeur !

Il prend du recul, un sourire railleur au coin de la bouche, et commence à se déshabiller.

— Tu n'as pas idée.

Son torse dessiné, les quelques poils qui descendent le long de ses abdos jusqu'à son caleçon, dans toute sa splendeur, il me met l'eau à la bouche. Mais ce n'est rien comparé à la bosse dans son sous-vêtement. Il me laisse le contempler à l'envi pendant quelques minutes puis se racle la gorge.

C'est mon tour. Je pivote sur moi-même pour lui donner une vue parfaite de mon dos, je ne veux pas qu'il ait un aperçu du plastoc alien qui me couvre les nénés et de mon petit ventre de bouddha. Mes doigts viennent détacher les boutons qui retiennent le tissu à la base de ma nuque. Le vêtement coule sur moi pour se retrouver à mes pieds. La silicone n'était pas l'idée du siècle... J'ai une coque au niveau du nombril et l'autre sous le sein gauche. Comment continuer l'effeuillage sexy dans ces conditions ? ! Un coup d'œil par-dessus mon épaule me renvoie l'image de ses prunelles fixées sur le petit morceau de dentelle écarlate, plus string que culotte, sur les courbes généreuses de mon postérieur. Parfait, j'en profite pour me délester, ni vu ni connu. Avant qu'il ait pu faire un geste, je disparais à l'extérieur.

Mais, qu'est-ce qu'il fait froid ! Ma peau découverte et délicate est saisie et se couvre de chair de poule. Avec peine, je me débarrasse de mes échasses et pénètre dans l'eau. Je soupire de bonheur en sentant la chaleur envahir mon corps et les délicieux remous sur mes parties sensibles. Un clapotement derrière moi m'annonce l'entrée de Raph juste avant que deux bras musclés entourent ma taille, me retournent et me plaquent contre lui, torse contre torse. La vibration de sa voix grave me fait frissonner.

— Où en étions-nous ?

Nos bouches fusionnent à nouveau alors qu'il explore chaque parcelle dévoilée de ma peau. La courbe de mon dos, l'arrondi de mes hanches, le bombé de mon ventre, le galbe de mes seins. À califourchon sur lui, je peux sentir chacun de ses glorieux centimètres. J'en ai la tête qui tourne lorsque ses mains se faufilent sous ma culotte pour malaxer mes fesses. Les miennes ne sont pas en reste, glissant sur les muscles saillants de ses épaules et de ses bras qui roulent sous leur passage. C'est voluptueux et incroyablement sensuel. Je pourrais défaillir, et nous n'avons encore rien fait. Tout vient à point à qui sait attendre ; l'une d'elles, plus aventureuse que l'autre, coule le long de ma croupe pour venir effleurer mon intimité. La caresse est divine, et mes yeux papillonnent. Je soupire de plaisir.

Le bruit de quelqu'un tambourinant sur la porte et la voix d'un pote de Raph appelant son nom peinent à traverser le voile de mon désir. Évidemment, il fallait qu'il choisisse cet instant pour venir nous déranger.

— Ne t'arrête pas, je supplie en mordillant le coin de sa bouche.

— Je n'en avais pas l'intention.

BAM BAM BAM.

— Raph, je sais que tu es là. Il faut que tu viennes, il y a un voisin à la porte qui menace d'appeler les flics si tu ne viens pas lui parler !

Ses doigts agiles quittent mon corps, et je miaule de déception.

— C'est pas vrai..., grogne-t-il, les yeux au ciel.

Je quitte mon perchoir à regret pour m'installer sur le banc à côté de lui, ramenant mes genoux contre ma poitrine.

— Crois-moi, Manon, je préférerais sans aucun

doute rester avec toi mais le devoir m'appelle. Reste là, je reviens, m'intime-t-il en m'embrassant.

Je fais la moue mais je n'ai pas d'autre choix que de le laisser partir. La vision qu'il m'offre en sortant de l'eau compte assurément parmi celles que je convoquerai pour mes plaisirs solitaires. Il ruisselle, et son membre déforme le tissu de son boxer de manière obscène.

Raphaël rentre dans la pièce, quelques instants passent, j'entends la porte claquer et les voix s'éloigner. Je me retourne pour flotter sur le ventre, pose la tête sur mes avant-bras, me laissant doucement masser par les jets du jacuzzi et ferme les yeux.

Le froid me réveille. Les remous se sont arrêtés, l'eau est tiédasse. Le brouhaha de la fête et la musique ont un peu diminué. Grelottante, je sors, la peau fripée, récupère mes chaussures et file me mettre au chaud. Je ne sais pas combien de temps s'est écoulé depuis son départ mais, à l'évidence, Raphaël m'a oubliée. Colère et humiliation me brûlent les veines. Nous étions si bien partis. *Paroles, paroles.* Il m'a laissée en plan avec le désir au creux des reins.

Je suis vaseuse et j'ai les idées pas très claires. Mon petit somme n'a pas dû aider. La colère finit par l'emporter alors que je ramasse mes vêtements à la va-vite. Les bouts de plastique, c'est cadeau ! J'entrouvre la porte et guette si la voie est libre. Le couloir est désert, et je déguerpis, vêtue seulement de ma culotte, en mode commando en direction de la salle de bains que Raphaël m'a signalée tout à l'heure. Je me barricade et me frotte vigoureusement avec une serviette dénichée sous le lavabo. Lorsque je me suis bien essuyée, je me rhabille et frissonne au contact désagréable du tissu humide de mon sous-vêtement sur ma peau sèche. Une fois prête, je scrute mon reflet dans le miroir. Mon maquillage passe l'inspection. Pour ce qui est des cheveux, c'est une autre histoire. Mes jolies boucles ne sont plus qu'un lointain souvenir, j'ai la tignasse d'un épouvantail, mouillée par endroits. Je les essore, il n'y a pas grand-chose que je puisse faire d'autre pour sauver les apparences, n'ayant pas déniché de sèche-cheveux.

Je quitte la salle de bains et regagne la fête. Lorna et Lou me tombent dessus à peine je pénètre dans le salon.

— Alors ? Tu étais où ?

— Il s'est passé quoi ? Tu as les joues roses, petite coquine !

Je les entraîne à côté du buffet, j'ai besoin de passer ma frustration sur quelque chose. J'attrape le bol d'oursons en gélatine, miraculeusement à nouveau plein, et les mets au parfum de ma non-conclusion.

— Oh ! Manon, je suis désolée.

— Quel goujat, on va lui arracher les *balls* !

— Non, non, non. Lorna, arrête de crier des bêtises. Tu veux qu'on s'en aille ? On a un peu bu mais on peut prendre un taxi et revenir chercher la voiture demain ?

— C'est gentil, les filles, mais ça va aller. Ras la casquette d'être le punching-ball du 31 ! Hors de question que cela me gâche la soirée, je vais aller me poser dans la chambre un petit peu et checker mon téléphone. Je reviens.

— D'accord. Et si tu veux aller te coucher, on ne t'en voudra pas.

— Bah si, un peu quand même ! C'est à cause d'elle qu'on est ici, non ?

— Tu peux nier tout ce que tu voudras, tu m'aimes quand même !

— Si peu, me chahute Lorna en écartant son pouce et son index d'un centimètre.

Je regagne nos quartiers, un peu plus légère. Heureusement qu'elles sont là. Mes pauvres pieds crient à la délivrance. J'abandonne mes talons. Voilà, ça va mieux. Je me jette sur le lit, tête la première, attrape mon sac à main à côté et farfouille dedans pour en extraire mon smartphone. Les vœux de mes parents, ma famille, mes amis et quelques collègues de la radio s'y affichent mais un seul nom capte mon attention. Raph Radio. Plusieurs appels en absence ainsi que quelques messages. Je les lis, le cœur battant.

Manon, tu es où ? Je suis désolé, ça a duré plus longtemps que je ne le pensais. Quand je suis revenu, tu avais disparu et tes vêtements aussi.

J'ai fait le tour de la maison et je ne te trouve pas. Tu es partie ? Tes deux copines sont encore là, donc je ne sais pas ?

Si tu veux reprendre là où nous avons été interrompus, tu peux toujours venir me rejoindre dans ma chambre ☺. Deuxième étage, première porte à droite.

Ce dernier message a été envoyé il y a à peine cinq minutes. Serait-il possible que nous nous soyons loupés ? Qu'il soit revenu après que j'ai quitté le jacuzzi ? Je ne sais plus, ma tête est embrumée, et j'ai du mal à réfléchir. Le sentiment d'être un peu ralentie depuis ma sortie de l'eau ne m'a pas quittée. Plus j'y pense, plus cela me semble être une explication plausible. Vu comment il était chaud, il ne m'aurait jamais lâchée comme ça. Je décide de lui laisser le bénéfice du doute ; après tout, je ne vois pas pourquoi il me mentirait. Quel mec sain d'esprit abandonnerait un coup sûr au XXIe siècle ? Mon désir renaît ainsi qu'une pointe d'excitation. Pourquoi ne pas le rejoindre ? Il en a manifestement autant envie que moi. J'envoie un rapide message aux filles, leur annonçant que je vais me coucher dans une autre chambre et leur souhaitant encore la bonne année avant de glisser mon téléphone dans la poche de ma robe. Puis, sur la pointe des pieds, je quitte la pièce.

Je n'aurais pas dû me relever aussi vite. La tête me tourne, et je ne suis pas très stable. Je manque de perdre l'équilibre plusieurs fois. Dans le couloir, j'hésite. C'est laquelle déjà sa chambre ? Troisième ou première porte à gauche ? J'essaye de me remémorer la visite guidée d'il y a quelques heures ou son dernier message. Pff, rien à voir, c'est celle du fond, c'était laborieux mais cette fois-ci je suis certaine que c'est la bonne. Je dois être plus fatiguée que je ne le pense.

Arrivée devant ladite porte, je frappe et appelle tout bas :

— Raph ?

Pas de réponse. J'appuie sur la poignée tout doucement et jette un œil dans la chambre plongée dans la pénombre. Une forme masculine torse nu est étendue dans le lit. Banco, c'est lui ! Il a l'air profondément endormi. Un fort sentiment de déception qu'il ne m'ait pas attendue m'envahit. C'était bien la peine de m'émoustiller pour ça... L'espace d'un instant, j'hésite à regagner mes propres quartiers mais ma fierté piquée l'emporte. Il a expressément demandé ma présence après tout. Cet homme, je le veux depuis des lustres, et je refuse de laisser passer ma chance. Et si je le réveillais à ma manière ? S'il m'a proposé de le rejoindre, je ne pense pas qu'il m'en voudra de prendre l'initiative. Oui, cette idée me plaît de plus en plus.

J'entre dans la pièce et referme la porte tout doucement. En gloussant tout bas, je me déshabille dans le noir, pour la seconde fois de la soirée. Je ne vois pas grand-chose et contourne le lit, à pas de loup, en tâtonnant de la main droite les couvertures, de manière à me placer du côté non occupé. Avec toute la délicatesse dont je suis capable, je me glisse lentement sous les draps.

6

Thomas

La maison n'a pas changé, c'est dingue. L'extérieur en tout cas, je me demande si c'est pareil à l'intérieur. Les souvenirs que j'avais oubliés déferlent, et je nous revois tout gamins, à jouer à la console dans le salon, au foot au stade un peu plus loin et, dans la cuisine après, à s'empiffrer de quatre-quarts et de verres de lait pour le goûter. La vie était plus simple à l'époque. Rien ne pouvait nous séparer, nous étions unis comme les doigts de la main. L'intello gauche et timide et le mec cool et à l'aise dans ses baskets apprécié de tous. Duo improbable mais qui fonctionnait. Aujourd'hui... c'est une autre histoire. Les relations entre mon meilleur ami et moi ne sont plus ce qu'elles étaient. L'éternel regard admiratif que je portais sur lui, déformé par le prisme de nos années à grandir ensemble, s'est envolé. Je vois pour la première fois des choses qui m'étaient invisibles avant, quand j'étais trop aveuglé par son charisme. Ça promet pour les retrouvailles.

Une fois de plus, le doute m'assaille. Une tranquillité relative de la part de mes proches est-elle une raison suffisante de lui donner une nouvelle chance qu'il ne mérite pas et que je ne lui aurais jamais accordée si les circonstances n'étaient pas ce qu'elles sont ? Je passe le portail et emprunte le petit chemin pavé comme si j'étais chez moi. Je l'étais après tout à une époque. Face à la porte, je me saisis du heurtoir d'une main moite et le laisse retomber d'un coup sec. Le fantasme que personne ne m'ait entendu s'accompagne d'un sentiment de soulagement intense. La voilà ma réponse, je n'ai rien à faire ici. Mais il est déjà trop tard pour faire marche arrière, le battant s'ouvre sur l'homme de la soirée. Poser les yeux sur lui après tout ce temps m'emplit d'un mélange de colère sourde et de douleur. Je serre les poings à m'en faire blanchir les jointures et les mâchoires à m'en faire grincer les dents, ne pouvant détourner le regard. Il y a un court moment de flottement, aucun de nous deux ne sachant vraiment comment réagir après ce laps de temps sans contact. Le plus long, depuis que nous nous connaissons. Finalement, il choisit l'esbroufe comme à son habitude et agit comme si de rien n'était.

— Salut Thomas, c'est cool que tu sois là. Tu n'as pas à sonner, tu aurais pu entrer directement. Tu connais le chemin.

— Salut, je fais sobrement.

Raphaël est peut-être désolé comme le sous-entend ma sœur, mais j'en doute. Non, ce n'est définitivement pas les retrouvailles auxquelles je m'attendais. Il m'entraîne dans le salon un peu à l'écart, et je le suis, mon manteau à la main. Il y a déjà pas mal de monde mais cela ne me surprend pas, Raph a toujours eu du succès. Comme un naïf, j'y crois. Il va enfin me déballer les raisons de sa conduite déplacée, me présenter des excuses, un acte de contrition, quelque chose qui me montrerait qu'il reconnaît ses torts et la peine qu'il m'a infligée.

— Alors, quoi de neuf ?

Sa nonchalance m'atteint comme un uppercut dans le

plexus. L'outrage me coupe le souffle. Je n'aurais pas dû venir. Tout l'or du monde ne vaut pas l'humiliation que je subis aux mains de cet éternel narcissique. Et encore moins les réponses que en réalité, j'étais venu chercher et que je n'aurai probablement jamais. Comprendre ses motivations, l'entendre se justifier ne m'enlèvera pas ma souffrance. Pas l'ombre d'un remords à l'horizon, peanuts. Son comportement n'a pas changé. Raphaël reste ce play-boy imbu de lui-même, insensible aux dégâts qu'il cause et surtout roi de l'esquive face à ses responsabilités. L'envie furieuse de lui coller mon poing dans la figure me démange. Comme celle de l'invectiver jusqu'à plus soif en déballant mon sac et de dévoiler son vrai visage à sa petite cour.

Je suis sérieusement en train de l'envisager quand le karma décide pour moi de rendre une infime part de la monnaie de sa pièce à Raphaël en la personne d'une tornade rousse. En quelques secondes, son T-shirt blanc a viré à l'orange et, même s'il essaie de ne pas tiquer, je vois bien qu'il est énervé. La jeune femme a l'air très embêtée et ne sait pas comment se dépatouiller de la situation. J'en profite pour l'observer. Des yeux noisette lumineux, une peau laiteuse et une crinière flamboyante. Elle est petite et pulpeuse, une Jessica Rabbit miniature, les lèvres de canard en moins et les hanches plus évasées. Honteuse devant sa maladresse, elle m'apparaît peu sûre d'elle face à Raphaël. Comme une gamine devant son chanteur préféré. Une groupie de plus... Écœuré d'assister encore à ce spectacle qui se répétait à chaque fois que je sortais avec lui, je m'apprête à m'éclipser. La situation ne me concerne pas, et je n'ai aucune envie de voir une fille de plus tomber pour son petit numéro à deux balles. Avant que j'aie pu m'éloigner, elle laisse échapper une remarque qui me surprend, et je ne peux m'empêcher d'intervenir, piqué par la curiosité.

Le reste de la soirée n'est pas une réussite. Je ne connais personne à part Raph et faire l'effort de parler de la pluie et du beau temps à quelqu'un qui s'en moque royalement me fatigue par avance. C'est comme si toute ma sociabilité s'était envolée avec mon ancienne vie. Les gens m'épuisent. Je ne sais plus faire semblant. Le mec ennuyeux par excellence, on y revient encore une fois. D'ailleurs la petite rousse pour qui j'ai effectué mon tour de magie tout à l'heure ne s'y est pas trompée. Elle a vite mis les voiles, encore une qui a du mal à supporter ma compagnie. Moi-même, je me tolère à peine ces derniers temps. Qu'importe, flirter est la dernière chose dont j'aie besoin en ce moment. À quoi cela me servirait-il ? J'ai donné, l'amour, ce n'est pas pour moi. Quant au reste...

Je la regarde danser avec ses copines, affalé contre mon bout de mur dans un coin du salon. Je me demande ce qu'elle dirait si je la rejoignais sur la piste, posais les mains sur ses hanches et... *Pathétique Tom, pathétique... Ce genre d'approche ce n'est pas toi, tu n'as jamais su y faire.* Et même si ça fonctionnait, je serais bien embêté. Des mois que je n'ai pas bandé. J'essaye de l'imaginer nue, de visualiser sa jolie poitrine ou son cul charnu mais rien, pas le moindre frémissement dans mon pantalon. Ma bite est cassée, mais je m'en fous. Si une fille aussi sexy qu'elle ne me réveille pas, c'est bien le signe que je suis bon à jeter. Les meufs, c'est que des problèmes de toute façon. J'ai fait une belle connerie en cédant à la pression familiale. Sérieusement, à quoi je pensais ?

Je contemple mes options pour la soirée pensivement. Continuer à faire tapisserie en attendant le passage à la nouvelle année, me soûler jusqu'à plus soif et commencer janvier en beauté en faisant ma prière au dieu des chiottes, joindre le petit groupe qui a allumé la télé et m'ennuyer ferme ? Dans tous les cas, je suis coincé. Rentrer en RER et affronter le regard inquiet de mes parents quand ils me verront débarquer si tôt est au-dessus de mes forces. Je vais devoir passer la nuit ici. J'avale le reste de mon vin rouge d'une traite et compresse le verre en plastique dans ma paume. Hors de question de tenir jusqu'au compte à rebours, je rends les armes, mieux vaut aller me coucher. Au moins, je pourrai dire à Rachel que j'y suis allé. Elle devrait bien me lâcher la grappe après ça. Les parents aussi.

Dans la sécurité de la chambre, j'enlève mes chaussures en défaisant les boutons de ma chemise bleu marine un à un. Je la drape sur le dos de la chaise de bureau pour ne pas la froisser ainsi que le T-shirt que je porte en dessous. J'abandonne mon jean et mes chaussettes en boule au pied du lit et me glisse sous la couette dans mon caleçon. Mes lunettes et mon téléphone déposés sur la table de chevet, je ferme les yeux. Dans la pénombre, enrobé dans mon cocon de chaleur, je suis bien. J'en oublierais presque que je suis malheureux comme les pierres. Malgré le bruit de la fête en bas, je sombre peu à peu dans le sommeil.

Une caresse sur mon torse nu. Des petits baisers sur ma gorge, le creux de ma clavicule. La chatouille de ses cheveux qui glissent sur ma peau. Sarah. Elle est revenue. Le soulagement est si intense qu'il en devient douloureux. Je suis fragile mais léger, le poids sur mes épaules et la boule dans ma gorge se sont envolés. Il n'y a plus que nous deux qui comptons. Ici et maintenant. Une sensation de chaleur et de plaisir fulgurant lorsqu'elle prend un téton entre ses lèvres, puis l'autre. Sa langue est la plus douce des tortures alors qu'elle entame son exploration descendante. Je gémis doucement alors qu'elle dessine mes abdos avec. Une main me flatte à travers mon sous-vêtement. C'est bon. Si c'est un rêve, je ne veux pas me réveiller, je préfère m'enterrer dans cette illusion pour ne plus jamais en sortir. Ses doigts de fée viennent me cueillir, se faufilant sous l'élastique alors que sa bouche papillonne sur mon abdomen. Mes mains vont se perdre dans sa chevelure et se figent. Quelque chose cloche. Pas de boucles serrées, celles que j'ai l'habitude de détendre en tirant dessus mais qui reviennent toujours en place, comme un ressort. Non, je découvre des cheveux fins, raides et humides. Comme si elle sortait de la douche.

Le doute me picote la nuque. Je fais courir mes doigts sur son épaule gauche. La peau est satinée, lisse. Pas de cicatrice. Mon sang se glace dans mes veines, sensation de chute, j'ouvre les yeux. Je suis bel et bien réveillé, et il y a une fille sous la couette qui n'est définitivement pas Sarah. Une inconnue tient mes parties ! Mon cœur s'emballe alors que je rejette les couvertures. Le mouvement la surprend, et elle me relâche. J'en profite pour me reculer, m'adosser à la tête de lit et tout remettre à sa place à la va-vite.

— Pourquoi tu as enlevé les draps ? Trop chaud ?

Elle avance à quatre pattes vers moi. La luminosité est faible dans la pièce mais je peux distinguer la douce oscillation de sa poitrine généreuse. Je crois qu'elle est nue. Oui, à poil. J'en ai la confirmation lorsqu'elle s'installe à califourchon sur moi. Ses seins viennent flirter avec la peau glabre de mon torse alors qu'elle passe ses bras autour de mon cou. Je me raidis de tout mon être. Ce n'est pas possible. Cela ne peut pas m'arriver à moi, pas ce soir.

— Mademoiselle, vous vous êtes trompée de chambre, je bredouille, complètement hébété.

Elle glousse. Un son de clochette tintinnabulant, délicat et joyeux qui irrite mes nerfs à vif.

— Ah oui ?

Elle embrasse ma carotide, là où mon pouls palpite furieusement, puis juste sous ma mâchoire et enfin me murmure à l'oreille d'une voix débordante de sensualité :

— Je suis exactement là où je veux être. T'as bien fait de pousser les couvertures. Météo France annonce que le mercure va grimper en flèche d'ici quelques secondes.

Est-ce que c'est une blague ? Un coup de Raphaël ? Je n'arrive pas à me concentrer, sa bouche chaude se pose sur la mienne. Sa langue fend mes lèvres sans finesse. Elle a un goût de bonbons, sucré et acidulé. Cela m'écœure, et je détourne la tête, figé de stupeur. Elle fait pression sur ma nuque pour que je pivote et un élan de colère me transperce. Cette farce a assez duré ! Le besoin de prendre de la distance m'assaille, et je la repousse avec précipitation avant de sortir du lit. Elle se redresse en appui sur ses genoux comme pour me rattraper, fait un mouvement maladroit en avant et perd l'équilibre. Elle tombe sur le ventre, le buste dépassant à moitié du matelas. Un peu plus, et son visage rencontrait le sol.

— Oups, lâche-t-elle avant de se mettre à glousser.

Elle essaye de se relever en poussant d'une main sur le parquet mais ses gestes sont complètement désordonnés, ses efforts sont gauches, incohérents, pitoyables. Elle s'échine désespérément à s'éloigner du sol, mais elle ne cesse de retomber sur le lit, glissant un peu plus près à chaque tentative. À quoi joue-t-elle ?

Finalement, elle abandonne et se laisse rouler de manière à se retrouver sur le dos. Sa tête est toujours à quelques centimètres des lattes que le rideau de ses cheveux balaie. Elle me contemple par en dessous, les mains croisées sur son ventre.

— Ça tourne, me dit-elle d'une voix plaintive, suivie d'un petit hoquet piteux.

— Tu m'étonnes...

La remarque me glisse entre les dents, plus pour moi que pour elle. J'ai une illumination. Bien sûr. L'inconnue est soûle. Complètement cuite, la cocotte. Je me passe les mains sur le visage, basculant la tête en arrière. La colère retombe, laissant place à la lassitude. Rien ne me sera donc épargné ce soir. C'était une erreur monumentale de venir, cela se confirme.

— Bon, apparemment, j'ai tapé dans le mille. Il y a eu erreur au niveau de la chambre. Est-ce que vous vous souvenez de celle où vous deviez dormir ?

— Dormir ? Pour quoi faire ? J'ai pas sommeil.

— Hein, vous m'en direz tant.

Il est tard, je suis fatigué et je me vois mal la mettre à la porte de ma chambre dans cet état ou aller mener l'enquête pour retrouver celle où elle devait passer la nuit. C'est résigné que je m'assieds sur le bord du lit et l'empoigne sous les aisselles pour la hisser sur les draps.

— Hihi, ça chatouille !

Elle ricane derechef et passe les bras autour de mon cou. Je détourne les yeux pour préserver sa pudeur bien qu'elle ait l'air de s'en moquer royalement. Une bouffée de son parfum floral, moins désagréable que son haleine chargée en sucre fruité, m'emplit les narines. J'attrape ses poignets et me défais de sa prise, reposant ses membres sur le tissu à côté de ses hanches. Puis, je quitte son chevet pour aller récupérer mon T-shirt sur le dos de la chaise.

— T'en va pas, on ne faisait que commencer.

— Oui, oui, je reste, ne t'en fais pas.

Le tutoiement m'est venu instinctivement. C'est peut-être malpoli, mais la demoiselle n'est pas en état de s'en formaliser. Le vêtement en main, je m'assieds au niveau de son flanc.

— Je vais avoir besoin que tu m'aides un peu. Est-ce que tu peux t'asseoir ?

— Hum, non, c'est trop dur.

— D'accord. Je vais essayer de te redresser. Il faut t'habiller.

— Mais j'ai pas envie. Je suis bien comme ça.

Qu'est-ce que je réponds à ça ? Rien. Je passe mon avant-bras derrière ses omoplates et lui redresse le torse. Je la soutiens d'une main alors que je l'aide de l'autre à enfiler le col du T-shirt.

— C'est bien, je l'encourage, maintenant les bras.

Je lutte un peu pour arriver à lui faire endosser correctement le vêtement mais j'y parviens.

— Bravo, on y est presque.

Je ne peux pas la laisser à demi nue. Elle retombe sur le dos, les bras relevés au-dessus de la tête pendant que je fais le tour du lit pour trouver un sous-vêtement. Mais sans mes lunettes et dans l'obscurité, c'est compliqué. J'allume la lampe de chevet et chausse mes binocles. La curiosité l'emporte, et je ne peux m'empêcher de jeter un regard furtif à la femme dans mon lit. C'est la rouquine ! De toutes les filles qui étaient là ce soir, il a fallu que ce soit elle qui se trompe de chambre... Une petite voix insidieuse me souffle que ce n'est peut-être pas une coïncidence mais je chasse rapidement cette pensée ridicule. Elle avait tout le loisir de m'aborder plus tôt dans la soirée.

C'est troublé que j'effectue une nouvelle inspection mais finis toujours bredouille. Se pourrait-il qu'elle ne portât rien sous sa robe ? Cette suggestion, que j'aurais trouvée terriblement sexy avant, me laisse indifférent. Toute attraction naissante a été étouffée dans l'œuf avec sa danse des sept voiles ratée. La théorie du pénis en panne se raffermit. Mon mauvais jeu de mots m'aide à dédramatiser l'absurdité et le ridicule de la situation. Elle est restée silencieuse pendant mes fouilles et quand je la dévisage, je me rends compte qu'elle s'est assoupie de mon côté du lit. De mieux en mieux. Je la manœuvre pour l'aider à se glisser sous l'édredon, les yeux rivés sur le mur pour éviter d'apercevoir un bout de chair. Elle reste amorphe pendant l'opération. Épuisé par toutes ces complications, j'éteins la lampe avant de regagner ma nouvelle place. Je lui tourne le dos et me couche à mon tour. Demain à la première heure, je me tire de là et mets cette nuit naze derrière moi.

7

Manon

La lumière de l'aube me réveille. Qui a mal tiré les rideaux ? Owww, j'ai mal au crâne. Ma langue est pâteuse, et le sang bat férocement contre mes tempes. J'ai soif, j'ai chaud, j'ai l'estomac brouillé. Bref, je suis dans le mal. J'étends les bras pour m'étirer mais là où je m'attendais à rencontrer du vide, mes doigts se heurtent à une surface chaude et ferme. *Oh oh.* J'ouvre difficilement un œil. La pièce est baignée de cette lumière si particulière de l'heure bleue. Où suis-je ? Je ne reconnais pas les lieux. Des bribes d'événements d'hier me reviennent par vague. 31 décembre, les filles, Raphaël... J'écarquille les yeux et essaye de me redresser.

— Arrête de bouger, m'intime un timbre masculin groggy. Mon réveil n'a pas encore sonné.

Je ne reconnais pas la voix. Mon cœur cogne violemment dans ma cage thoracique alors que je m'évertue à me calmer. La voix est différente le matin lorsque les cordes vocales ne sont pas tout à fait réchauffées. Ce doit être pour ça que je ne la remets pas. J'improvise avec la ruse d'un Sioux, je dois en avoir le cœur net.

— J'ai envie d'aller faire pipi.

Il ne réagit pas. Je roule rapidement au bord du sommier, m'éloignant de lui. Vaguement nauséeuse, j'allume la lampe de chevet, prends une grande inspiration et me retourne.

— HAAAAAAAAAAAAAAAAAAAAAA ! ! ! ! Mais t'es qui, toi ? !

L'homme dans mon lit se bouche les oreilles et me regarde comme si j'étais tarée. Je ne dois pas être triste à voir, ma tronche au réveil, pas démaquillée et beuglant à pleins poumons.

— Par pitié, stop ! Tu vas réveiller tout le monde.

Son ton calme me coupe la chique. Il se relève sur un bras et tâtonne de l'autre pour attraper des lunettes. La couverture glisse, dévoilant son torse, sec et dessiné. Est-ce qu'il est entièrement nu là-dessous ? Je profite du fait qu'il me tourne le dos pour soulever la couette discrètement. Merde, je n'ai pas de culotte. Et je porte un T-shirt, c'est à n'y rien comprendre.

— Tu as fini ?

J'abaisse l'édredon d'un geste brusque et lève la tête avec le même air qu'un lapin pris dans les phares d'une voiture, j'en suis persuadée. Il m'observe, impénétrable, sa bouche chatouillée par l'ombre d'un sourire. Ses traits sont légèrement tirés. Ses paupières encore un peu lourdes derrière ses binocles. Sa coiffure sage d'hier a laissé place à des épis dans tous les sens, comme chamboulée par des mains amoureuses, mais il n'y a pas de doutes, c'est bien lui, le magicien.

— Tu ne te souviens de rien ?

Je me sens rougir de la tête aux pieds.

Achevez-moi, je me suis tapé Gérard Majax ? ! Je nage en plein cauchemar, ce n'est pas possible. Je vais me réveiller en sursaut dans 3, 2, 1...

— Hé ho ? !

Il me passe la main devant le visage.

— Je t'ai posé une question.

— Pas du tout, c'est juste que... J'ai mal à la tête.

Satané 31 ! Je me masse les tempes qui palpitent douloureusement. Et moi qui pensais faire un pied de nez au mauvais œil. Mais quelle idiote je fais... La malédiction du nouvel an a encore frappé et cette année, elle a été particulièrement vicieuse.

— Ah ça, ça ne m'étonne pas ! Tu étais, hum, très en forme hier, m'informe-t-il dans un raclement de gorge.

Il baisse les yeux, fixant ses paumes. Je rêve ou il est gêné ? Mon Dieu, qu'est-ce que j'ai encore fait ?

— Tu as peut-être un peu trop abusé du champagne, ça arrive aux meilleurs d'entre nous, ajoute-t-il lorsque je ne relève pas.

— Si seulement... Je ne bois jamais d'alcool au nouvel an, j'ai été sage comme une image, une vraie nonne.

Il émet un petit rire aigre et étranglé qui le fait tousser.

— On ne doit pas avoir la même définition de *sage comme une image*, marmonne-t-il. Il y a peut-être une explication. Est-ce que, par hasard, tu as mangé des bonbons ?

— Je crois que je me suis descendu le stock d'oursons en gélatine toute seule, je suis accro. Pourquoi tu me demandes ça ?

— Aïe, je comprends que ça tape fort alors, dit-il en m'offrant une grimace compatissante. C'était des oursons à la vodka. Un grand classique de la casa Rapha.

— Oursons... à la... vodka ! je couine.

Malheur. J'enfouis mon visage dans mes mains. De quoi passer encore plus pour une débile. En plus d'avoir couché avec un inconnu, je me suis soûlée à mon insu ! Si la terre pouvait m'avaler maintenant...

— Bon, tu me fais pitié, ne bouge pas, je reviens.

Super, ce que toutes les filles qui se réveillent dans le lit de leur aventure d'un soir rêvent d'entendre. Le matelas gigote alors qu'il s'agite à côté de moi. J'écarte les doigts et l'observe s'activer par en dessous. Il est en train de remettre son pantalon, les muscles de son dos délié bougent sous sa peau dorée alors qu'il tire sur la fermeture Éclair, puis il quitte la pièce sans un mot ou un regard. Abasourdie, je fixe la porte après son départ jusqu'à ce que mon instinct de survie reprenne le dessus. C'est le moment de mettre les voiles ! La couette vole alors que je la rejette brusquement, et je trébuche dans ma précipitation vers mes vêtements, manquant de m'étaler. Je bazarde son T-shirt au profit de ma robe, attachant un seul bouton pour gagner du temps. En tâtant les poches, je ne sens pas mon téléphone. J'ai un vague instant de panique, je suis persuadée que je l'avais avec moi quand j'ai quitté la chambre où je devais dormir initialement il y a quelques heures. Mes yeux accrochent l'appareil qui gît sur la table de nuit de mon côté du lit. Soulagée, je m'en empare et le glisse dans mon vêtement. Je déguerpis à pas de loup avec l'obsession de ne pas me faire choper, comme quand je faisais le mur adolescente.

L'adrénaline se diffusant dans mes veines mène mon cœur tambour battant et son bruit résonne avec fracas dans mes oreilles. Je dévale l'escalier et passe le couloir, évitant soigneusement la cuisine, où je peux entendre des bribes de conversation. Plus que quelques mètres, et je serai libre. Sur la pointe de mes pieds nus, je cours vers la porte d'entrée que j'ouvre aussi doucement que possible. Je continue ma fuite, me bousillant les plantes sur les dalles de pierre pour arriver au portail. J'essaie la poignée. Fermée. Bien sûr ! Je lève un poing rageur vers le ciel mais ravale ma frustration ; si je hurle, je suis repérée. Il y a des moments dans la vie où une femme doit faire ce qu'elle a à faire. Et cette femme-là va devoir escalader le portail si elle ne veut pas assister au petit déjeuner le plus gênant de sa vie. J'essaye de me hisser à la force de mes bras de poulet sur la partie haute de la porte en bois. Elle doit mesurer un bon mètre cinquante et, du haut de mon petit mètre soixante, l'effort est colossal. Quelques échardes viennent rejoindre les graviers incrustés dans mes petons alors que je pousse avec dans l'espoir de me propulser au sommet. Mes muscles tremblent, et j'ai la nausée. Enfin, dans un coup de reins olympique, je me retrouve en équilibre précaire, le ventre appuyé sur le dessus de la porte. Mes bras sont pliés, tentant tant bien que mal de freiner ma bascule de l'autre côté et d'éviter par la même occasion de me refaire le portrait. Soudain, un courant d'air vient me chatouiller les fesses. MES FESSES NUES. C'est à ce moment-là que je réalise que je suis sans culotte et que mon popotin et, n'épargnons aucun détail, mes parties génitales sont exposés aux quatre vents à la vue de tout le monde. Cette humiliante constatation suffit à me déconcentrer. Je perds l'équilibre et m'écroule comme un sac de pommes de terre côté rue. La transition est si soudaine que je ne peux plus retenir le contenu de mon estomac. Je roule sur le côté et vomis mes tripes dans un buisson. L'année commence bien.

Thomas

Elle est partie. Ses affaires ont disparu, mon T-shirt gît abandonné sur la couverture, rejetée en boule, et son léger parfum floral flotte dans l'air. Preuve que je n'ai pas rêvé tout ce qui s'est produit cette nuit. Je me sens terriblement débile, le verre d'eau et le Doliprane que j'étais allé chercher pour elle à la main. Tant pis, ça sera pour moi. J'avale le cachet machinalement en vidant le verre d'un trait. Puis je finis de m'habiller en revêtant le vêtement encore tiède de son corps et ma chemise par-dessus. Je m'apprête à partir quand je me rends compte qu'il me manque mon portable. Il n'est ni dans mon sac, ni dans mon manteau ou dans les poches de mon jean. Je fais le tour de la chambre, regardant sur les tables de chevet, dans le lit et en dessous, mais ne déniche qu'un bout de dentelle rouge affriolant. Il faut me rendre à l'évidence, soit je l'ai perdu soit la jeune femme l'a embarqué. Je penche plus pour la seconde option, me souvenant encore parfaitement de l'avoir déposé avant d'aller me coucher. Super, je rends service et je me fais détrousser. Il y a de quoi vous dégoûter de faire une bonne action.

De mauvaise humeur, je descends l'escalier et réussis presque mon départ à la sauvette quand Raphaël m'interpelle alors que je passe devant la cuisine. Il est encore tôt mais quelques personnes sont déjà réveillées, discutant devant la cafetière. Raphaël a la mine grise et fatiguée de quelqu'un qui n'a pas beaucoup dormi. À ce compte-là, on est deux, mais quand la fille dans mon lit était un hasard malencontreux, celle dans le sien ne relevait assurément pas de l'erreur de parcours. Je l'aperçois d'ailleurs, attablée et buvant son café, la chemise qu'il portait hier recouvrant son buste. Je grimace intérieurement, s'afficher de la sorte n'est pas des plus judicieux sachant que Raphaël est l'homme d'une nuit. Ça m'étonne qu'il la laisse faire.

— Tu t'en vas déjà ? J'espérais qu'on pourrait passer un peu plus de temps ensemble aujourd'hui. Tu es arrivé tard et, avec la fête, on ne s'est pas vraiment vus.

Alors ça, c'est la meilleure ! La frustration s'accompagne d'une pointe de culpabilité lorsqu'il me regarde avec ses yeux de chien battu. C'est plus fort que moi mais c'est comme ça. Un réflexe forgé dans mon ADN par nos années à grandir ensemble. M'échiner à lui faire plaisir au détriment de mes réelles envies parfois. Un comble, je suis penaud alors que je n'ai rien à me reprocher.

— Oui, enfin, cela n'avait pas l'air de te déranger hier. Je suis attendu.

Il baisse la tête vers le sol en soupirant puis se permet d'insister.

— Où ça ? On est le 1er janvier, ce n'est pas comme si tu devais aller bosser. Allez, reste au moins le temps de petit-déjeuner ou de boire un café. Ta mère me tuerait si elle apprenait que je t'ai laissé repartir le ventre vide.

Jouer la carte de ma maman qui l'aime comme un second fils, c'est bas. Mais ça marche.

— Juste un café alors.

Il me cogne le biceps d'une claque vigoureuse pour ponctuer son assentiment.

— C'est bien ! Je suis content, va t'installer dans le bureau de papa. Je te ramène tout ça.

C'est bien, Thomas, une fois de plus, tu as agi comme il fallait. Tu veux un bonbon en récompense, mon grand ? Un embryon de migraine pointe le bout de son nez en même temps que monte mon agacement. Quand est-ce qu'on va arrêter de me prendre pour un imbécile ?

La pièce est restée telle que dans mes souvenirs, et je m'installe dans le fauteuil moelleux au coin de la bibliothèque. Raphaël débarque quelques minutes plus tard avec un plateau de croissants et deux mugs qu'il dépose sur le secrétaire à ma gauche. Empressé, il s'empare de la chaise en cuir marron qui fait face au bureau et la traîne pour la positionner face à moi. Il se penche, attrape une tasse qu'il me tend. Mon café. J'en prends une gorgée, il est juste sucré comme je l'aime. Raphaël a peaufiné son sujet. Il se saisit du sien et s'assied, les bras croisés, sur le dossier carré de son siège. Il sirote le breuvage, les yeux dans le vague. Le silence gêné me pèse et me hérisse un peu plus. S'il y avait bien un moment où j'étais prêt à l'entendre et à régler mes comptes, c'était hier. Aujourd'hui, je veux tout mettre derrière moi et m'éloigner sans un coup d'œil dans le rétro. Je mords à pleines dents dans la pâte beurrée à souhait d'une viennoiserie. Toujours rien de la part de mon interlocuteur, qui maintenant m'observe, mal à l'aise. Comme on regarderait une bête blessée pouvant devenir dangereuse à tout instant. Il n'a pas tout à fait tort de se méfier, je n'en suis pas loin. Je me racle la gorge et m'attaque à l'éléphant dans la pièce dont personne ne veut parler. Cela a trop duré.

— Rapha, qu'est-ce qu'on fait là ?

Il passe la main dans ses cheveux longs qui en font craquer plus d'une d'un air désemparé. Le pauvre ne s'attendait probablement pas à ce que j'utilise le surnom que seuls ses amis proches et sa famille lui donnent. À mon tour d'avancer mes pions si je veux en tirer quelque chose.

— Je voulais juste passer du temps avec mon meilleur ami que je n'ai pas vu depuis une éternité.

— Ce n'est pas l'impression que j'ai eue à la soirée d'hier. Tu m'as lâché à peine j'étais arrivé.

— Je sais, Thomas. J'ai été nul. Te revoir après tout ce temps, c'est comme si j'étais face à un étranger. Tu étais froid, fermé, j'ai paniqué.

— C'est trop facile. Enfin, merde, Rapha ! Tu te doutais bien que je n'allais pas te tendre l'autre joue non plus ! Ma venue n'efface pas notre… différend. Tu m'as profondément blessé, toi, la personne en qui j'avais le plus confiance. Tu te doutais bien que notre relation ne serait plus la même.

— Je... Tu as entièrement raison.

Il se dégonfle comme un ballon de baudruche sous mes yeux. L'aura de confiance et de charisme qui émane habituellement de lui vacille pour laisser place à celle d'un gosse paumé.

— Je regrette profondément ce qui s'est passé. Tu ne sauras jamais à quel point.

— Pas autant que moi.

— J'ai déconné, je te demande pardon. Tu me manques. Je suis perdu sans mon acolyte de toujours. Je veux que tout redevienne comme avant.

— Mais ça, ce n'est pas possible. S'il y a une chose que ma rupture avec Sarah m'a permis de faire, c'est de réaliser qui étaient mes vrais amis. Et toi, tu n'en es pas un. Je me demande même si tu sais ce que c'est qu'une véritable amitié. Quelques indices : ce n'est pas à sens unique, ce n'est pas un moyen de se mettre en valeur et d'avoir quelqu'un pour t'admirer et t'écouter sans te faire de l'ombre. C'est être toujours là l'un pour l'autre quoi qu'il arrive, mais surtout quand ça va mal. Ce n'est pas mentir, manipuler et détruire.

Raphaël me regarde, impavide devant mes piques, comme si mes remarques ne l'atteignaient pas. Il n'a pas toujours été ainsi, mais ces dernières années, même si je ne voulais pas me l'avouer, je l'ai vu se muer en un showman grotesque qui se complaisait dans la séduction à outrance et l'exagération. Mon comparse de toujours, celui avec qui j'ai fait tous mes championnats de foot, fumé ma première clope et sifflé les fonds de verre de nos parents. Celui qui m'a aidé à sortir de ma coquille de timide et m'a appris à accepter que ma personnalité d'introverti à l'opposé de son exubérance flamboyante était tout aussi précieuse, si ce n'est plus. J'ai fait l'autruche, préférant me concentrer sur ma relation avec Sarah et ma carrière en Allemagne. Il faut croire que j'avais trop la tête dans le guidon, je n'ai jamais vu venir l'implosion.

— C'est fini, Raphaël, je ne veux plus rien avoir à faire avec toi.

— Oui, vas-y, c'est bien, parle-moi. Je peux tout encaisser du moment que je sais que tu me parles et ce que tu penses.

— Vraiment ? C'est l'hôpital qui se fout de la charité ! Si tu te préoccupais un tant soit peu de comment j'allais, tu m'aurais appelé. Au moins pour me présenter des excuses. Tu n'aurais pas attendu des mois, sachant pertinemment que la famille m'a mené la vie dure pour que je vienne et que l'on ait enfin cette mise au point.

— J'avais trop honte. Et puis, sois honnête, tu n'aurais pas décroché.

— Encore une fois, on en revient à toi. Mais putain, tu vas finir par t'envoler avec ta tête bouffie d'égocentrique !

J'ai bondi de mon fauteuil, mugissant mon incrédulité. Le poing serré à m'en faire mal autour de la porcelaine du mug. Le fantasme de l'envoyer valdinguer dans sa belle pomme est brûlant. Je me contiens et le repose sur le plateau malgré la haine puissante qui se distille dans mes veines avec férocité et fait palpiter mon cœur mort. Raphaël se redresse à son tour.

— Laisse sortir ta colère, c'est ça. Si ça peut aider, tu peux m'en coller une.

— Pff, tu n'en vaux même pas la peine.

— C'est ton dernier mot ? Tu as droit à un laissez-passer. Après, toute attaque physique rencontrera riposte.

Je ne suis pas quelqu'un de violent. Au choix des armes, j'ai toujours préféré ma langue acérée et mon cerveau affûté comme une épée. Mais en sa présence, je suis dangereusement proche de me transformer en un homme que je méprise. Je ne vais pas commencer maintenant et me rabaisser pour lui.

— Je n'ai plus rien à te donner. S'il se passe six mois avant que je revoie ta face, ça sera trop tôt. Tu comprends ? Au moins, j'ai eu ce pour quoi j'étais venu : une excuse à deux balles.

— Comment tu peux dire ça ? ! Oui, j'ai été lâche en évitant la confrontation plus tôt mais cette situation ne peut plus durer. Tout ce que je t'ai dit, c'était avec mes tripes, mais tu es encore trop en colère pour voir au-delà. On sera forcément amenés à se croiser, tu le sais aussi pertinemment que moi.

— Eh bien, dans ce cas, je te conseille de te tenir à carreau et de faire comme si tout allait pour le mieux dans le meilleur des mondes si je compte autant pour toi que ce que tu avances. Adieu, Raphaël.

Je quitte la pièce en tremblant, les mâchoires serrées et les tempes palpitantes. C'était un moment désagréable au possible mais nécessaire, même s'il me manque encore les éléments de réponse qui me tiennent éveillé la nuit. Je crois qu'il est temps d'aller de l'avant, de ne plus s'accrocher aux souvenirs et aux chimériques « et si ? » et « pourquoi ? ». L'explication s'est perdue quelque part dans le passé entre l'égoïsme de mon ex-meilleur ami et ma naïveté. Non, tout n'est et ne sera jamais plus comme avant. Ma famille devra s'en contenter autant que moi.

8

Manon

Mon pyjama Batman a remplacé ma robe de soirée. Enroulée dans ma couette, une tisane dans les mains pour apaiser mon ventre contrarié, et mon chat ronronnant sur les genoux, je fais comme près de 67 millions de Français en ce premier jour de l'année, le bilan de ma vie. À commencer par ruminer mes derniers exploits. Après ma cascade digne de *Tomb Raider*, j'ai appelé mes amies à la rescousse. Même si elles étaient moyennement contentes d'être tirées de leur sommeil de la sorte et de si bon matin, elles n'ont pas trop protesté. Une bonne demi-heure plus tard, pendant laquelle j'avais patienté cachée derrière la voiture en me pelant les fesses, le portail s'est ouvert, recrachant une Lou et une Lorna pas très fraîches. Bénies soient-elles, mes meilleures amies ont attendu que je sois à l'abri des regards pour me passer sur le gril. Allongée sur la banquette arrière, patraque, j'ai tout déballé. L'invitation coquine de Raph, mes méprises (de chambre et d'homme), les oursons à la vodka… Les garces se sont bien fendu la poire à mes dépens. Qu'importe, je me suis vengée quand il a fallu s'arrêter sur le bord de la route, deux fois, pour que je finisse ma purge.

Je plonge les doigts machinalement dans la fourrure toute douce de l'homme de ma vie, j'ai nommé Bruce. Je jurerais qu'il a la particularité de détecter quand ça va mal et je me sens toujours mieux après un bon câlin, plein de poils et d'affection baveuse. Le constat n'est pas glorieux. J'ai vingt-huit ans, je vis dans un studio qui a connu des jours meilleurs. Mon boulot n'est pas la panacée. Je pensais avoir trouvé ma voie avec la radio, mais depuis quelque temps, j'ai comme l'impression d'en avoir fait le tour. Ma vie sentimentale n'est qu'une vaste fumisterie. À tel point que mon grand-père a arrêté de demander « Qu'est-ce qu'une fille comme toi fait encore célibataire à ton âge ? » aux repas de famille. Pourtant, ce n'est pas faute d'essayer. J'ai un travail où je côtoie d'autres jeunes actifs, des amis que j'adore, je sors et j'ai testé (puis abandonné) les applications de dating parce que apparemment « de nos jours, plus personne ne se rencontre dans la vraie vie ». J'ai eu des copains, quelques hommes de passage et un plan cul régulier pas si régulier. Et... je suis toujours célibataire. LA rencontre n'a pas eu lieu et je commence à me demander si je ne vais pas finir toute seule avec Bruce et mes bols de céréales. J'avais placé beaucoup d'espoirs, avec le recul probablement trop, sur mon opération « mettre le grappin sur Raph », et cela s'est avéré être mon plus grand fiasco. La lose, totale.

C'est ça la vie d'adulte ? Courir après la vie rêvée, celle que l'on nous a vendue : un travail avec du sens, épanouissant et gratifiant, dans lequel je serais reconnue, un homme dont je serais folle amoureuse et pour qui je serais la seule et l'unique, et le bébé avant trente ans. Éternelle insatisfaite, j'ai l'impression d'être un cliché ambulant, celui qui colle à la peau de ma génération. Cette fameuse Y, qualifiée de milléniale, jamais contente, qui se lasse trop vite, de tout, incapable de se fixer et obsédée par son bien-être, comme une gamine capricieuse. Mais ne suis-je pas en droit d'attendre autre chose de mon existence que des désillusions ? J'ai beau savoir que la vie n'est pas une compétition, dans la pratique, je ne peux m'empêcher de me comparer à mes meilleures amies. Lorna est une working-girl qui cartonne. Son job la passionne, et elle gagne très bien sa vie. Côté rencontres, même si elle choisit de ne pas s'attarder, la jolie blonde arrive toujours à dénicher des spécimens canon et à passer du bon temps. Lou est en couple depuis presque dix ans et, même si tout n'est pas toujours rose et que Julien peut vraiment se comporter comme un gros naze parfois, ils s'aiment et forment une équipe. Ils ont même acheté un appartement il y a un an. À Paris ! Une fois son postdoc terminé, il y a de fortes chances qu'elle puisse accéder au poste de chercheuse qu'on lui promet depuis des années. Si elle m'annonce que le bébé est en route une fois qu'elle sera en CDI, cela ne me surprendra même pas.

Comme dirait ma mère, à chaque problème sa solution, alors je me creuse la cervelle pour éviter de déprimer encore plus. Bon, pour le boulot, je ne suis pas encore prête à faire le grand saut et tout plaquer. L'espoir que mes requêtes incessantes auprès de mon boss changeront ma situation est mince, mais il suffit à me faire rester. En ce qui concerne l'appart, ma seule alternative est de jouer au loto. Pour le mec, tout n'est peut-être pas perdu. Raphaël ne m'a pas donné de nouvelles, mais je pourrai toujours inventer une excuse et le relancer à la radio. S'il s'est intéressé à moi une fois, c'est que je l'intrigue et l'attire un tant soit peu. J'espère juste que tous mes efforts n'ont pas été ruinés car je ne suis pas venue le retrouver. Dans tous les cas, j'aurai ma réponse demain si je le croise avant mon émission. Je ne sais pas si je suis prête à le regarder dans les yeux après notre tête-à-tête bouillant dans le jacuzzi. Garder mon calme et une attitude professionnelle ne sera pas une mince affaire quand je ne fais que me repasser en boucle les meilleurs moments.

Je ne peux m'empêcher aussi de songer à l'autre rapprochement de la soirée, involontaire celui-ci. Le magicien. J'ai couché avec lui ? J'ai quelques flashback, mais je n'ai pas la certitude que ce soit vraiment arrivé. Ma mémoire est un peu floue. Tout ce que je sais, c'est que je lui ai sauté dessus alors qu'il dormait sans défense. Quelle fille saine d'esprit fait ça ? Je n'en reviens toujours pas. L'année prochaine, je demande une camisole à Noël et qu'on m'enferme à double tour pour le réveillon du 31.

Avant que je ne commence à hyperventiler, une sonnerie inconnue retentit dans la pièce. Je m'extirpe du lit avec la lenteur d'une petite vieille, sous l'œil désapprobateur de Bruce qui voit son distributeur de papouilles s'éloigner. Le son se coupe et reprend de plus belle alors que j'essaye de localiser sa provenance. Il émane de mon panier à linge sale. Je soulève le couvercle et en retire la robe que je portais hier. Bizarrement, elle est plus lourde que les quelques centaines de grammes auxquels je m'attendais. Un écran de téléphone illuminé se découpe dans le tissu de la poche. Je l'en sors et le retourne juste à temps pour voir un nom, Rachel, avant que l'icône signalant un appel manqué ne s'affiche. Comment est-il arrivé ici, celui-là ? J'ai à peine le temps de me poser la question qu'un nouvel appel se connecte. Encore Rachel. Mince, ce doit être quelque chose d'urgent pour qu'elle rappelle une seconde fois en aussi peu de temps.

Prise de court, je décroche et réponds d'une voix peu assurée :

— Allô !

Le silence me fait écho.

— Allô ! Il y a quelqu'un ?

— Oui, oui, pardon. J'ai juste été surprise. Je ne m'attendais pas à entendre une femme répondre au téléphone de mon frère, c'est tout. J'en déduis qu'il a passé une bonne soirée. Il en avait bien besoin ! C'est super !

Elle laisse échapper un petit gloussement.

— Oh là là, je ne devrais pas vous dire tout ça. Si Thomas m'entendait, il me tuerait ! S'il dort encore, je réessaierai plus tard. Ce n'est pas grave.

Thomas ? Je ne connais aucun Thomas. À moins que... Je réalise avec effroi que par l'opération du Saint-Esprit, ce téléphone appartient au magicien et qu'il a fait le chemin jusque chez moi, qu'en l'espace de quelques minutes, sa sœur a compris que nous avions couché ensemble et que pour je ne sais quelle raison cela a l'air de la ravir.

— Nooon ! je m'écrie un peu trop fort, complètement paniquée. Non, Thomas ne dort pas. Enfin, je ne sais pas. Il y a méprise, je... Je viens de me rendre compte que j'avais pris son téléphone par inadvertance. Il n'est pas avec moi.

Sa voix, enjouée et réjouie, perd subitement de sa chaleur et se teinte de méfiance.

— « Par inadvertance » ? Dites, vous ne le lui avez quand même pas piqué tout de même ? ! Parce qu'on peut vous retrouver, ça se traque maintenant et j'ai mes entrées à la police. Tracer un appel est plus simple qu'on ne le pense.

— Rachel, calmez-vous. C'est une erreur involontaire, je vous l'assure. Nous avons le même.

Je passe sous silence les détails de comment j'ai pu

avoir accès audit appareil et l'état de panique effrénée qui a mené à ce micmac.

— Bien, donc vous ne verrez aucun inconvénient à le lui rendre en mains propres. N'est-ce pas... ? Comment vous appelez-vous ?

— Manon, je couine d'une voix faiblarde.

Je suis coincée, je ne peux décemment pas refuser, même si je n'ai aucune envie de faire ce qu'elle me demande. Cela paraîtrait suspect, et cette Rachel me fait un peu peur. Je tente une autre solution, tout pour éviter un face-à-face dont je sais d'avance qu'il sera péniblement gênant.

— Si vous me donnez son adresse, je peux aussi le laisser dans sa boîte aux lettres dès demain.

— Manon, ne le prenez pas mal mais je ne vous connais pas. Vous avez pris son portable, je veux bien vous laisser le bénéfice du doute mais il ne faut pas pousser quand même. Vous n'aurez pas son adresse. Cela se fera en personne, ou il faudra vous attendre à une petite visite amicale des forces de l'ordre.

Purée, j'ai l'impression de me faire cuisiner par une professionnelle. Elle serait une bleue elle-même, ou avocate, que cela ne m'étonnerait pas. Argh, je ne suis vraiment pas en état de réfléchir ou d'argumenter.

— Euh, d'accord.

— Très bien, heureuse de constater que nous sommes sur la même longueur d'onde. Je vais prendre vos coordonnées par contre, pour pouvoir vous envoyer l'heure et le lieu du rendez-vous.

Je récite machinalement mon numéro, mon nom et mon adresse, et elle conclut avec un terrifiant « à très vite ». J'ai l'impression d'avoir donné mon âme au diable.

À très vite, en effet. Rachel n'a qu'une parole et se montre d'une efficacité redoutable. Une heure après son appel, je reçois un texto me sommant de me trouver à 19 heures demain dans un café du côté de Nation.

À 19 heures tapantes, je pénètre dans ce lieu, semblable à tant d'autres à Paris et scanne l'espace et les clients d'un regard nerveux. Thomas n'est pas encore arrivé. Je m'installe sur la banquette en skaï rouge craquée par endroits et commande un Coca. Ma jambe tressaute sous la table quand je me demande ce qu'on va bien pouvoir se raconter. Je ne suis pas du genre à être timide ou mal à l'aise avec les autres, à l'exception de Raphaël, mais ça, c'est une autre histoire. C'est mon métier de parler à des inconnus et de les divertir ! Je me rassure comme je peux. Avec Thomas, nous avions développé une certaine connivence en début de soirée, avant que je ne gâche tout en me trompant de chambre, cela va sans dire. Je ne sais pas à quoi m'attendre, et cela ajoute à mon niveau de stress.

Mon estomac se contracte quand je le vois pousser la porte vitrée. Il porte un costume gris clair sur une chemise blanche et une cravate bordeaux. Ses cheveux ont retrouvé leur place, savamment coiffés avec une petite raie sur le côté, et ses lunettes sont de nouveau perchées sur le bout de son nez, ce qui lui confère son air sérieux de premier de la classe. En quelques enjambées, il est arrivé à ma hauteur et s'installe sans me faire la bise. Très bien, on va se la jouer comme ça alors. Une transaction entre deux personnes qui ont couché ensemble sans se connaître et n'auraient jamais dû se recroiser. *Easy*. Je devrais pouvoir gérer. Thomas m'observe de ses yeux graves, attendant que je prenne la parole. Nous y voilà. *Garde ton calme, Manon, rends le téléphone et basta.*

— Salut Thomas, je commence doucement, sentant mes joues s'enflammer.

— Salut Manon, je ne m'attendais pas à te revoir.

— Moi non plus, à dire vrai.

— Je m'en doute.

— Comment tu connais mon prénom ?

— Ma sœur. Et toi ?

— Ta sœur. C'est bien, comme ça, on n'a pas besoin de faire les présentations.

Il n'a pas l'air de trouver ça drôle et fronce les sourcils, le visage fermé.

— Si on pouvait faire ça vite, ça m'arrangerait, j'ai une journée de boulot dans les pattes et je ne crois pas que mon ego puisse encaisser beaucoup plus après ta disparition au petit matin, comme une Cendrillon moderne. Ça m'apprendra à faire preuve de bonté et à aller chercher de quoi soigner la GDB[1] de la demoiselle.

Aïe, les pieds dans le plat direct, sans préambule. Il n'y a vraiment que moi pour tomber sur un mec qui ne comprend pas le concept du sans-lendemain ! Il devrait me dire merci, pas d'adieux bizarres et d'espoirs mal placés, retour au quotidien chacun de son côté. Il est en train d'essayer de me culpabiliser, et ça marche. Un comble, vu le petit ton péremptoire et suffisant qu'il emploie. Je ne peux m'empêcher de me sentir mal quand j'apprends ce qu'il faisait quand j'escaladais la grande muraille de Croissy-Beaubourg (c'est-à-dire le portail) pour fuir. L'humour est mon arme secrète pour masquer mon malaise ou désamorcer des situations tendues. Je tente de le dérider avec un soupçon de sarcasme, un peu échauffée par sa remarque.

— Pardon, ce n'est pas dans mes habitudes de jouer les fantômes, normalement je reste au moins

1. Gueule de bois.

pour les croissants et le temps de parader dans un T-shirt emprunté. C'est la moindre des choses. Mais je n'étais pas dans mon état normal. Ce n'est pas une excuse, je sais, mais c'est la seule explication que j'ai.

Il se détend un peu, ses épaules se relâchent, et il affiche une mine moins crispée. Au lieu de la fermer, je continue à babiller.

— Estime-toi heureux de ne pas avoir eu à me mettre à la porte, si le lit est confortable, j'ai du mal à en sortir.

— Hum, tout s'explique, madame l'Étoile-de-mer...

— Alors là non, tu exagères. Je ne m'étale pas quand je dors. Seule ou accompagnée !

— Hum, si tu le dis, fait-il pour toute réponse en hochant la tête. Je peux avoir mon téléphone maintenant qu'on a mis les choses au clair ?

— Oups, oui, c'est vrai qu'on est quand même là pour ça.

Je farfouille dans mon sac et en retire l'appareil.

— Tiens, je te l'ai même rechargé. Non seulement nous avons le même modèle mais en plus la même coque.

— Tiens donc. C'est bien vrai ce mensonge ?

— Absolument ! je m'exclame, outrée. Je ne plaisante pas avec le Chevalier Noir !

— Donc, en plus d'être cinéphile, tu es fan de comics ?

— Team DC, j'annonce fièrement en sortant mon téléphone à mon tour et en lui montrant ma coque Batman, identique à la sienne. Et cela ne s'arrête pas aux accessoires : T-shirt, pyjama, mug, porte-clés, j'ai tout ! J'ai même appelé mon chat Bruce en hommage.

— Hum, cette histoire de société secrète n'est peut-être pas si tirée par les cheveux que ça finalement. OK, je m'incline. Je te crois, c'était une étourderie, tu n'es pas une *wannabe* Selina Kyle.

— Pff, loin de là, en effet. J'aimerais être aussi bien foutue qu'elle par contre. Si j'enfilais la combinaison en latex, j'aurais l'air d'un boudin noir et pas de Catwoman.

— Je ne te pensais pas du genre à aimer qu'on te passe la pommade. Tu dois le savoir, non, que tu es sexy ?

Ma bouche s'ouvre sur un « oh » de surprise tant je suis prise au dépourvu par sa déclaration. Il ne baisse pas les yeux, pas embarrassé le moins du monde par sa réflexion, et guette ma réaction.

— Euh, merci, je... Est-ce que tu me dragues ?

Il fait une petite grimace.

— Non, ça m'énerve quand les jolies filles font de la pêche aux compliments, c'est tout.

Ma sensibilité déjà un peu malmenée se froisse encore plus.

— Je n'ai pas dit ça pour que tu flattes mon ego.

— Et ce n'était pas une tentative maladroite pour te mettre dans mon lit, fait-il avec une moue dédaigneuse.

Mes poils se hérissent. Je ne suis peut-être pas au goût de tout le monde mais on ne m'a jamais demandé de me mettre un sac sur la tête ! Je ne suis pas non plus ravie de ce qui s'est passé entre nous, mais j'ai la politesse et le savoir-vivre de ne pas le montrer.

— Je vois... Tu préfères t'amuser et, comme nous sommes déjà passés à l'acte, je ne t'intéresse plus, je ne peux m'empêcher de souligner, piquée dans mon orgueil.

— Comment ça « passés à l'acte » ? Attends... ? Tu crois qu'au nouvel an on a... ?

Il a l'air sincèrement surpris et consterné. J'émets un petit rire nerveux face à son incrédulité. C'est la goutte d'eau, j'étais la première horrifiée de ce rapprochement, mais l'écouter me dire ça sur un ton qui laisse sous-entendre qu'il préférerait marcher sur du verre pilé plutôt que de coucher avec moi me met les nerfs en pelote. C'est si dur que ça d'imaginer que l'on puisse faire l'amour avec moi ? Me désirer ? Je ne suis pas venue ici pour me faire tacler ! Avant que je puisse m'insurger, il s'empresse d'éclaircir ses propos, probablement pas très rassuré par ma mine de dragon prêt à lâcher les flammes.

— On n'a rien fait, Manon. Tu étais soûle et tu t'es trompée de chambre. Tu m'as réveillé entièrement nue. Je t'ai habillée comme j'ai pu, puis tu t'es endormie. Fin de l'histoire.

Comme convoqué par son récit, le souvenir de quelqu'un m'aidant à me couvrir refait surface. Je redescends de ma tour d'un coup, sonnée par un ascenseur émotionnel, avant d'enfouir la tête dans mes mains. J'ai encore plus honte de mon comportement d'il y a deux jours. Dieu sait ce que j'ai fait d'autre en tenue d'Ève avant d'atterrir dans son lit.

— Oh ! mon Dieu ! Et moi qui t'accuse de... Décidément, je les enchaîne.

— Pas de souci, la situation prêtait vraiment à confusion. Et puis, cela ne me regarde pas. Si tu changes de lit tous les soirs, c'est ton problème. Ce qui est vexant par contre, c'est que tu me juges sans me connaître. Je suis tout sauf un tombeur ou un profiteur, tu peux me croire sur parole.

Sa pique m'horripile. Je me sens honteuse et j'en ai assez d'être prise de haut. Assez de boulettes pour ce soir, il est temps de partir avec le peu de dignité qu'il me reste.

— Bien sûr, tu es un gentil garçon, je n'en doute pas. Un chevalier des temps modernes qui ne couche pas le premier soir. Écoute, je vais y aller, il faut que j'aille bosser. Bonne soirée Thomas, et s'il te plaît, préviens bien ta sœur que je t'ai rendu ton téléphone. Je n'ai pas envie qu'elle m'ait dans le collimateur, elle est carrément flippante.

Je dépose un billet de dix euros sur la table, attrape mon sac et détale sans demander mon reste, remuée par notre échange catastrophique. Il me laisse partir sans un mot. Je me console en me disant que la situation, déjà délicate à la base, ne pouvait qu'échapper à mon contrôle. Pourquoi le guide *Conseils et astuces pour gérer la rencontre avec l'homme avec qui vous avez peut-être couché* n'a-t-il pas encore été écrit ? ! Il m'aurait bien servi ce soir. Ce qui est fait est fait. De toute manière, je ne le reverrai jamais.

9

Thomas

— Ce soir on sort, Zimmerman ! Afterwork sur les Champs. T'as pas le choix !

Je rentre la tête dans mon cou comme si je pouvais me rétracter dans ma carapace telle une tortue au son de la voix de Mathieu. Il serait facile de détester ce jeune cadre dynamique à l'allure conquérante et au menton volontaire, mais c'est compter sans sa personnalité décontractée et amicale. Chaleureux et très fêtard, mon collègue ne cesse de me convier à ses nombreuses virées nocturnes parisiennes sous prétexte que je suis nouveau. Je ne compte plus également ses invitations à déjeuner avec le reste des jeunes de l'équipe, à me joindre à eux pour un jogging sur la pause de midi ou à passer au pot de départ d'Untel. Mes refus systématiques ne le découragent pas, au contraire, il insiste lourdement, c'est notre petit ballet quotidien. Je n'aspire qu'à une chose : la tranquillité. Qu'on me laisse faire mon travail en paix, je ne suis pas là pour copiner.

— Je ne peux pas, j'ai...

— Piscine ?

— Quelque chose de prévu.

Je me garde bien de lui dire qu'il s'agit d'un dîner en tête à tête avec mes parents. Comme tous les soirs.

— Cool, c'est quoi ? Je peux venir ?

— Un truc de famille.

— OK, OK, mais la semaine prochaine, interdiction de dire non. Tu m'accompagnes !

— On verra, je lui réponds pour ne pas trop me mouiller.

Il secoue la tête avec une petite grimace de dégoût.

— Tss, t'es désespérant, mec, on est trop jeunes pour le métro-boulot-dodo ! À toute, midi trente devant l'ascenseur, c'est moi qui décide où on va manger pour la peine.

Je ne relève pas et attends qu'il arrête avec toutes ses bêtises et s'en aille. Nous n'avons jamais pris de pause déjeuner ensemble, et je ne compte pas commencer aujourd'hui. Il me rend mon regard avec un air amusé.

— J'ai un sandwich, je déclare en espérant qu'il comprenne et ne relève pas.

— Tu pourras le manger au goûter, mais toi et moi, on a un déj', que tu le veuilles ou non. Midi trente, si tu n'es pas là, je viendrai te chercher et, crois-moi, tu ne veux pas que je vienne te chercher.

Il s'éloigne sans écouter mes protestations. Quand approche l'heure fatidique, j'en ai des sueurs froides le long de la nuque. Assurément, on ne peut pas forcer une personne à aller déjeuner avec une autre. Je suis quasiment certain que la coercition est vue d'un mauvais œil par le règlement intérieur. Mais bon, je suis encore en période d'essai et faire des vagues n'est pas dans ma nature. Si je cède une fois et y mets toute ma mauvaise volonté, il y a peu de chances pour qu'il continue de me proposer des sorties. Quand j'y réfléchis bien, c'est peut-être même le meilleur plan d'action qui s'offre à moi.

Je suis donc à l'attendre, plongé dans mes pensées, quand une tape sur le biceps me fait sursauter.

— T'es là ! Je m'étais préparé à te porter sur mon épaule et à soudoyer ton co-bureau pour qu'il ferme les yeux.

— Pas besoin d'en arriver là.

— Heureusement, tu m'as l'air d'être sacrément coriace, le genre à s'accrocher au chambranle et à donner des coups de pied. On y va ? Burgers, ça te dit ? Il y en a un pas mal à dix minutes.

Son débit de dix mots à la seconde me fait déjà tourner la tête. J'acquiesce, et il ouvre la marche, continuant à jouer son rôle de moulin à paroles à la perfection. Je ne l'interromps pas, émettant quelques onomatopées çà et là pour lui faire croire que je l'écoute. Mon subterfuge ne tient pas longtemps.

— T'es un taiseux, toi ?

— Non, je n'aime pas parler pour ne rien dire.

— Je vois, et apprendre à connaître quelqu'un, par pure curiosité envers l'autre, cela n'en vaut pas la peine ?

Je hausse les épaules.

— Et par politesse ?

— Ce sont mes bonnes manières qui m'ont fait accepter ton invitation forcée.

— Pas mon charme irrésistible ?

Nous sommes arrivés au restaurant et aussitôt interceptés par un serveur, ce qui m'évite de répondre. Après nous avoir apporté deux sodas et avoir pris notre commande de deux burgers du jour, il nous laisse seuls. Mathieu décolle l'étiquette de sa bouteille et joue avec la condensation sur son verre d'un air pensif.

— Tu ne m'apprécies pas beaucoup, je me trompe ?

— Je ne te connais pas mais je ne vais pas te mentir, ton petit numéro commence à devenir lassant.

Il accepte ma remarque avec un sourire narquois.

— Je ne comprends pas, tout le monde m'aime en général ! Plus sérieusement, tu sais pourquoi je m'obstine avec toi ?

Je secoue la tête.

— Parce que tu me rappelles le moi d'il y a deux ans. Dépressif, à essayer de passer le plus inaperçu possible, solitaire, qui n'a jamais rien à raconter quand on lui demande s'il a passé un bon week-end, car il ne bouge pas de chez lui et qui mord si on s'approche d'un peu trop près. Je me trompe ?

Ouch, dans le mille. Je peine à masquer la grimace que son analyse me tire. Moi qui croyais avoir réussi à tromper mon monde au boulot à défaut de le faire chez moi. On dirait que tout mon entourage est fatigué de mes états d'âme. La question est : pourquoi les personnes que je côtoie pensent-elles que c'est correct de se mêler de ce qui ne les regarde pas ? Pire, de rajouter leur grain de sel et de me faire la morale. Je mords donc.

— Et donc ? Tu veux sauver la personne que tu étais en t'occupant de mon cas ? Je te prie d'arrêter de t'immiscer dans mes affaires ! Ma vie va très bien, c'est sympa de t'en soucier, quoiqu'un peu étrange pour un collègue avec qui je n'ai pas échangé plus de quinze minutes.

— On ne peut pas sauver quelqu'un qui ne veut pas l'être, mec, répond-il avec un petit sourire triste. Écoute, je ne connais pas ta situation et j'ai pris des risques avec mon hypothèse. Si je me suis trompé, tant mieux. Manifestement, j'ai dépassé les bornes. J'ai compris le message et je te ficherai la paix. Je vais aller dire au serveur que je vais prendre mon burger à emporter finalement.

Mon comportement a eu l'effet escompté. Il va me

laisser tranquille. Je devrais jubiler, j'ai eu ce que je voulais, mais je me sens comme un minable devant sa mine déconfite.

— Mais non, enfin. Reste. À condition qu'on mette la psychanalyse sur pause. C'est un peu trop profond et personnel pour un premier déjeuner.

— T'as pas tort. Je n'y suis pas allé de main morte, mais tout ce que je voulais dire, c'est que j'ai bien vu que ça n'allait pas et que si jamais tu veux en parler, je suis là.

— Trop tôt, Mathieu, on n'a pas encore eu de soirées pyjama, ne me fais pas regretter d'avoir dit oui.

— Soirée pyjama, quelle bonne idée ! J'adore qu'on me fasse des tresses ! s'exclame-t-il d'une voix suraiguë.

Je jauge son crâne chauve d'un air sceptique avant de sourire.

— Eh bah, voilà, je savais que tu pouvais le faire ! C'était pas si compliqué. Bon, maintenant que je sais que tu n'es pas un cyborg, l'heure est venue de te dévoiler le guide de survie de la boîte. Ouvre grand tes oreilles, jeune padawan. Alors, commençons par Michaud des matériaux...

Finalement, je ne passe pas un si mauvais moment que ça. La personnalité exubérante de Mathieu me distrait et me fait m'oublier moi-même. L'espace d'un instant, je perce ma coquille et échange avec un autre être humain sans me poser trop de questions. Et cela me fait du bien. Il réitère son injonction à sortir, mais c'est trop pour aujourd'hui, et je décline. Je ne suis pas encore prêt à franchir le cap et à aller voir de plus près ces fameux afterworks dont il me rebat les oreilles. La sécurité de l'appartement familial bien qu'étouffante me convient mieux qu'un lieu où l'amusement est exigé. Vu ce que ça a donné, il y a un mois, je préfère passer mon tour. Mais, je ne suis plus autant contre l'idée de l'accompagner dans ses pauses café/clope, bien que je ne fume pas, ou de retenter l'expérience d'un déjeuner avec lui.

L'après-midi s'écoule rapidement, entre deux validations des maillages envoyés par les bureaux d'études, des calculs acoustiques et des propositions techniques sur le design sonore d'un véhicule électrique. Bientôt, c'est déjà l'heure d'entamer le long périple du retour à la maison. Coincé entre une aisselle à la forte odeur de pipi de chat et une poussette, je me laisse ballotter par le bus jusqu'à Chaville-Rive-Gauche, puis dans le train de banlieue, bondé aussi, qui m'emmène à Montparnasse, où je récupère la ligne 6. Ce trajet commence à me peser, et je me fais la réflexion de commencer à prospecter pour un appartement non loin de Montparnasse-Bienvenüe, ma période d'essai touchant à sa fin dans quelques mois. Avec les échos dignes d'un film d'horreur que j'ai eus concernant la loi de l'offre et de la demande de l'immobilier parisien, ce ne sera pas de trop de s'y mettre dès maintenant. Je pousse la porte en annonçant « C'est moi ! » et suis accueilli par des éclats de voix et les jappements surexcités de Gaylord.

— Ah, Thomas ! Ce n'est pas trop tôt, on allait commencer l'apéro sans toi.

C'est qui « on » ? J'espère que ce n'est pas la fille célibataire de Karen, une amie de ma mère, dont elle n'arrête pas de me rebattre les oreilles ces derniers temps. Il ne manquerait plus que ça, un rendez-vous arrangé organisé par mes parents. Je suspends mon caban et mon écharpe dans le placard d'une main moite puis me dirige vers le salon. Autant en avoir le cœur net. Je suis immédiatement rassuré quand j'aperçois Rachel, son mari Guillaume et la petite Hannah, joyau du clan Zimmerman, installés sur le divan. Je camoufle un sourire devant le manège de Guillaume, vêtu de son costume toujours impeccable de vendeur de voitures dans une concession automobile, pour tenir Gaylord en respect : des petits gestes discrets du pied pour le chasser. Ça fait plaisir de voir que je ne suis pas le seul à subir son « affection ». Ma mère est assise à côté de lui et Rachel sur l'accoudoir. Mon père trône dans son fauteuil, Hannah sur les genoux. Elle me tend les bras quand elle me voit, et je fonds devant sa bouille ronde et ses grands yeux noirs. J'embrasse ma sœur et mon beau-frère et récupère ma nièce au passage. Elle glousse, de petits éclats stridents de joie pure qui sont la plus douce des musiques à mon oreille quand je l'embrasse dans le cou.

— Quelle bonne surprise, je ne savais pas que vous mangiez avec nous ce soir.

— Je te l'ai dit, Thomas, mais tu as dû oublier. Tu es tellement tête en l'air ! C'était la seule date de disponible avant nos vacances et les leurs.

— Effectivement, ça m'était complètement sorti de l'esprit.

Mes parents partent pour une croisière d'un mois dans les Caraïbes dans une semaine. C'est leur anniversaire de mariage, vingt ans. Les noces de porcelaine. Je ne sais pas qui a eu l'idée débile de qualifier celles-ci de porcelaine mais cela ne fait pas rêver. La seule porcelaine que cela m'évoque est celle des W-C. Il y a plus romantique. Ma grande sœur et sa petite famille partent ce week-end pour deux semaines en Bretagne. Et moi, abandonné de tous, je garde le fort et le clébard.

— Si tu t'inquiètes au sujet du Lord, j'ai dit que je gérerai. Je suis à la maison, c'est normal que je m'occupe de lui. Ne t'en fais pas, tout va bien se passer.

C'est au tour de Guillaume de me contempler avec

un air à la fois goguenard et compatissant. Il connaît ma souffrance… Qu'importe, cette parenthèse me sera bénéfique, j'adore mes parents mais j'ai aussi besoin de me retrouver un peu seul.

— Mais non, j'ai confiance en toi, mon chéri. C'est juste que je me dis qu'il n'est pas trop tard pour l'inscrire et l'emmener. On ne l'a jamais laissé aussi longtemps tout seul.

— Les animaux de compagnie sont interdits sur le bateau, maman, intervient Rachel.

— C'est vrai, Doria, tu le sais pertinemment. Et puis, c'est notre anniversaire de mariage. Je n'ai pas envie de te partager avec le chien pour une fois. Je veux avoir toute ton attention à toute heure du jour et de la nuit. Surtout la nuit.

Nous échangeons un regard avec Rachel et mimons le dégobillage. Ma mère a le rose aux joues et n'a d'yeux que pour papa.

— Oh ! André… Bon, très bien, si tu me prends par les sentiments, Gaylord restera ici. Allez, on passe à table, sinon cela ne va plus être bon.

Je dois être plus silencieux qu'à l'accoutumée pendant le repas parce que Rachel m'observe avec un petit regard suspicieux et la mine de la grande sœur curieuse qui ne va pas laisser passer ça. Rien n'échappe à son instinct acéré de policière. Elle ne me questionne pas tout de suite et prétexte une histoire de livre à emprunter pour que l'on se retrouve seuls tous les deux dans ma chambre.

— Lequel tu veux, déjà ? je demande en lui montrant deux *Death Note*.

— Arrête, tu sais que je n'en ai rien à péter de tes mangas ! C'était qui la fille ?

— Qui ça ?

— Ne joue pas l'innocent ! La voleuse de téléphone !

Honnêtement, je suis impressionné qu'elle ait réussi à tenir jusque-là sans me faire passer un interrogatoire en règle.

— Manon n'est pas une voleuse, c'était un accident.

— Haha ! Donc tu connais son prénom. Et elle est jolie cette Manon ? Il s'est passé un truc entre vous ? T'as pris son numéro au moins ? Ce n'est probablement pas la femme de ta vie, mais ça pourrait aider à... Tu vois, te remettre en selle.

Je grogne de dépit devant les allusions de ma sœur à ma vie sexuelle. Vu comment je me suis comporté avec elle, Manon m'aurait giflé si je lui avais demandé son numéro. Et puis, ce n'est pas comme si elle m'intéressait. Bien sûr, je la trouve jolie, là n'est pas la question mais il a l'air de lui manquer une sacrée case. Et ça, c'est un excellent vaccin contre ses charmes.

— Tiens, Rach, ton livre.

Je lui tends l'ouvrage avec un ton insistant.

— Roh, qu'est-ce que t'es secret, dis donc ! T'es chiant ! Si tu ne peux même pas parler de ça avec ta sœur... Tu ne me racontes jamais rien. Peut-être que ça me ferait du bien d'entendre les histoires de quelqu'un d'autre. L'excitation des débuts, le sentiment de ne pas pouvoir se passer d'une personne, soupire-t-elle en s'allongeant sur mon lit, les mains croisées sur l'abdomen.

Une sonnette d'alarme s'active au fond de moi. Rachel est une dure à cuire, pas du genre à se confier, ni à s'apitoyer. Je m'assieds à côté d'elle puis m'étends à mon tour, hésitant.

— Je... T'as raison. C'est juste que ce n'est pas dans nos habitudes. Même quand ça n'allait pas avec Sarah, je préférais tout garder pour moi. Mais là, je te jure, il n'y a rien à raconter. Il y a peu de chances pour que l'on se revoie. Et je ne suis pas encore prêt. La seule idée d'être avec une autre fille m'est inenvisageable.

— Ouais, bah, on devrait peut-être changer ça. Pourquoi tu ne m'as pas appelée quand c'est parti en sucette ? T'avais honte ?

Je hausse les épaules.

— Peut-être bien. Qu'est-ce qui se passe, Rach ? Ça ne va pas avec Guillaume ?

J'adore mon beau-frère mais s'il a fait le moindre mal à ma grande sœur, je suis prêt à monter au créneau.

— Disons que ce n'est pas la folie en ce moment. Entre nos boulots respectifs et s'occuper d'Hannah... On n'a plus vraiment d'intimité et j'aime ma fille, tu le sais, mais j'en peux plus de nos discussions centrées sur elle. Hannah-ci, Hannah-ça, j'ai le sentiment que notre couple est en train de disparaître au profit de notre progéniture. Et maintenant que j'ai dit tout ça à voix haute, j'ai l'impression d'être une mauvaise mère.

— Ne sois pas trop dure avec toi-même, Rach. Je suis sûr que vous faites de votre mieux. Hannah est un grand changement dans votre vie, merveilleux mais un chamboulement quand même. Ça prend du temps de se recréer un équilibre. Si vous avez besoin d'une ou plusieurs soirées seuls tous les deux pour vous retrouver, je vous la garde sans problème. Je serais même ravi de passer du temps avec ma nièce chérie.

Rachel tourne la tête pour me regarder avec des yeux emplis de reconnaissance.

— C'est vrai, tu ferais ça ?

— Bah oui, quelle question !

Me prenant par surprise, elle se jette à mon cou et me serre dans ses bras. Je l'enlace maladroitement à mon tour.

— Merci, t'es le meilleur !

— De rien, tu sais, tu n'as qu'à demander si tu as besoin de quoi que ce soit.

— Pareil pour toi, Tom-Tom.

Nous restons silencieux un instant.

— Tu me raconteras un jour ce qu'il s'est passé avec Sarah ?

— Un jour, peut-être.

Le plus lointain possible.

10

Manon

Comme je me plais à le croire, je n'ai pas choisi la radio, c'est elle qui m'a choisie. J'avais probablement une prédisposition. Enfant, le sommeil était compliqué, un concept vague. Le cerveau en ébullition vingt-quatre heures sur vingt-quatre, il était difficile pour moi de me mettre en pause. Une fois les yeux fermés, la cervelle à plein régime, une avalanche de questions m'envahissait, et je passais la nuit à danser avec l'insomnie. Quand j'ai été un peu plus grande, rester seule avec mes pensées est devenu trop compliqué. La lecture ne me passionnait pas, je ne pouvais pas aller allumer la télé, ce qui aurait réveillé mes parents. J'ai commencé par écouter de la musique sur mon walkman puis mon lecteur MP3. Cela a marché un temps mais il me manquait quelque chose. Un divertissement pour détourner mes réflexions et auquel me raccrocher et fixer mon esprit. La radio a été mon exutoire. Tout y passait, des émissions de radio libre pour les ados aux conversations culturelles, philosophiques et politiques sur les grandes ondes d'information nationale. J'étais fascinée par ces voix qui m'accompagnaient au quotidien et dans mon intimité, m'instruisaient et me berçaient jusqu'à ce que je m'endorme, le casque sur les oreilles. Elles faisaient partie de ma vie et avec elles, je n'étais jamais seule. Le virus avait été transmis, j'étais mordue. Je n'avais cependant jamais caressé l'idée d'être derrière le micro. Non, cette envie est venue bien plus tard, par un heureux concours de circonstances.

Ma première incursion dans ce milieu qui me fascinait s'est faite lorsque j'étais étudiante en licence de langues étrangères appliquées. J'avais dégoté un petit boulot en tant que standardiste pour une libre antenne pour arrondir mes fins de mois. Ce travail tombait à point nommé, car il collait parfaitement avec mon emploi du temps d'étudiante et me permettait de découvrir les coulisses de ma passion. J'ai observé pendant de longs mois le ballet subjuguant des animateurs en pleine action. Leurs petits trucs pour captiver le public. Le personnage que certains se créaient et étaient capables d'allumer sur commande aussi facilement que lorsque l'on appuie sur un interrupteur. J'ai appris par mimétisme les manières de poser la voix et d'articuler pour être le plus clair possible. Puis, plus je m'intéressais et posais des questions, plus je plongeais dans le vif du sujet avec les ficelles de l'écriture radiophonique et comment se sentir bien derrière un micro. Le petit job a été reconduit l'année suivante et ce jusqu'à ce que j'obtienne ma licence pour se muer en un poste permanent. À force de persévérance et d'opportunités, j'ai peu à peu gravi les échelons. De standardiste, je suis passée à assistante chargée de production, contactant les invités pour les convaincre de venir dans les émissions et m'assurant que tout se déroule sans pépins.

Après quelques années à courir dans tous les sens et gérer les crises, j'ai quitté la radio qui m'avait offert mes débuts pour un emploi de programmatrice musicale dans une petite radio locale. C'était un beau début, un pas dans la bonne direction qui m'a permis de mettre mes connaissances en application. Gestion de la programmation sur ordinateur, playlists efficaces, veille musicale des nouveaux artistes et monitoring de l'impact sur auditeur n'avaient plus de secrets pour moi. Mais je rêvais de plus, le Saint-Graal de ma propre émission.

Une occasion mêlant programmation et animation s'est présentée chez Tube Radio, une radio nationale, et je l'ai acceptée. Mon métier ferait rêver plein de gens, être payée à faire des playlists (à condition que les chansons soient des tubes dans ce cas précis) est loin d'être rébarbatif. Au début, j'étais aux anges, trop contente de l'aubaine pour faire la fine bouche devant les horaires compliqués (de minuit à 3 heures du matin). J'étais aux commandes sans trop de pression niveau audience et avec une certaine liberté. Après plusieurs années au même poste, l'ennui commence à pointer le bout de son nez. La situation me pèse, et j'ai de plus en plus le sentiment de tourner en rond. Je me sens piégée, enfermée dans ma routine. Je voudrais m'exprimer, traiter de sujets d'actualité, de choses qui m'interpellent, interagir avec une plus grande variété d'auditeurs. Je me rappelle avec nostalgie ces grandes émissions de nuit portées par des personnages hors normes et fascinants qui ont bercé mon enfance et déplore leur absence aujourd'hui. J'ai soumis l'idée plus d'une fois à mon directeur des programmes mais sans succès jusque-là. Je l'ai tellement bassiné qu'il m'a fait comprendre que je n'étais pas indispensable et que mon poste était en compétition avec des rediffusions de la journée. Comment tuer dans l'œuf toute velléité d'expression et d'apporter un nouveau souffle. Selon lui, l'idée est bonne, mais pas pour Tube Radio. Moi, je dis, qu'est-ce qu'il en sait ? On ne peut pas savoir tant qu'on n'a pas essayé. Parfois, le petit démon sur mon épaule me suggère de me lancer, qu'il n'en entendra même pas parler. La latitude est plus grande la nuit. Moins d'écoute, personne dans les couloirs, le rythme est différent par rapport aux émissions diurnes, pas d'urgence. Le ton est plus feutré, plus intimiste. Je pourrais faire mon émission avec ma culotte sur la tête, personne ne le saurait. Puis, je pense à Bruce et me refuse à faire quelque chose qui le priverait de ses croquettes. Le marché de l'emploi est suffisamment compétitif comme ça, pas besoin de me mettre des bâtons dans les roues.

Ainsi quand Nathan, l'assistant de Bruno Duvic, le directeur des programmes, m'a signalé qu'il souhaitait me voir, j'ai cru ma dernière heure dans ces locaux arrivée et j'ai commencé à flipper. Avons-nous atteint le point de non-retour ? Je n'ai qu'une trouille alors que j'attends qu'il me reçoive en ce mercredi après-midi, qu'il me donne mon solde et me foute dehors. La porte de son bureau s'ouvre, et j'ai le cœur au bord des lèvres. Il m'appelle :

— Manon, entrez, entrez.

Bruno me serre la main, et je m'installe dans un des fauteuils en cuir face à son bureau, un de ces plateaux en verre design jonché de CD et de magazines spécialisés dans la musique.

— Vous voulez quelque chose ? Thé, café ?

— Un café ne serait pas de refus, merci.

Il appuie sur l'intercom et passe ma commande avec la sienne à Nathan, qui dépose une tasse devant chacun de nous quelques minutes plus tard. Bon, jusque-là, il est plutôt cordial. C'est bon signe, non ? Si on veut virer quelqu'un, on ne fait pas durer les choses. Pour me donner une contenance et tromper ma nervosité, je bois une gorgée et me brûle la langue et l'œsophage. Recracher le liquide dans ma tasse comme j'en ai envie est exclu face au big boss. Bruno entre dans le vif du sujet.

— Vous devez vous demander pourquoi je voulais vous voir. Je ne vais pas y aller par quatre chemins, je pense que vous garder plus longtemps sur le créneau de nuit serait une erreur.

C'est la douche froide, j'ai comme la sensation de chuter du haut d'un immeuble de quinze étages alors que j'ai les pieds sur le sol. Il doit me voir pâlir, car il s'empresse d'ajouter :

— N'ayez pas peur, je ne suis pas en train de vous licencier, je vous offre une promotion. Vous continuerez à réaliser vos playlists que nous diffuserons de manière automatique au même horaire. J'ai bien réfléchi et j'ai décidé d'employer vos talents ailleurs. Nous souhaitons créer une nouvelle émission de 18 heures à 20 heures consacrée à la gent féminine. Un genre de talk-show autour de sujets qui intéressent les femmes et pour les femmes.

Ma posture déconfite n'est plus. Je relève la tête, pleine d'espoir.

— Vous voulez parler d'une émission féministe ? Sur les droits de la femme ? Sa place dans la société ? Le harcèlement ? La charge mentale ? La PMA ?

Je m'emballe alors que les idées fusent. Il me rit au nez, condescendant et balayant mes questions d'un geste de la main.

— Allons, allons, on n'est pas sur Radio France ici ! Tout de suite les grands mots ! Non, je pensais plus à quelque chose comme une émission de conseils sur comment rencontrer l'amour, le maquillage, les meilleurs sports pour perdre du poids avant l'été, les problèmes de filles quoi...

— Je vois, vous voulez faire une émission dans les

plates-bandes de la presse féminine d'il y a vingt ans. Un genre de courrier du cœur.

— Vous y allez un peu fort là, Manon. Les magazines féminins avaient beau aborder ces sujets-là, il y a des décennies, ils n'en restent pas moins d'actualité. Pourquoi pensez-vous qu'on en parle encore aujourd'hui ? ! Ce qui m'intéresse, c'est votre œil nouveau, que vous soyez le canal par lequel les jeunes générations vont pouvoir s'exprimer librement et sans tabous. Nous allons frapper fort pour cette nouvelle année.

— Je comprends votre point de vue, Bruno, mais ne pensez-vous pas qu'il s'agit d'un thème surexploité ? Certes, les émissions qui donnent la parole aux femmes sont peu présentes en radio, mais les choses sont en train d'évoluer. La parole se libère et ne gagnerions-nous pas à suivre le mouvement plutôt que de s'enferrer dans la futilité ? Avec tout le respect que je vous dois, je ne vois pas en quoi ce type de programme est novateur.

— Ce n'est pas à vous que je vais apprendre qu'il faut s'adapter à la maison. Ce n'est tout simplement pas pour Tube Radio et, si cela ne vous convient pas, la porte est derrière vous.

— Non, non, ne vous méprenez pas, je suis enthousiasmée et honorée par cette opportunité. Je me posais juste des questions sur son positionnement dans le paysage radiophonique.

— Pas de positionnement, vous serez votre propre niche, la référence en la matière ! exulte Bruno, les yeux brillants d'excitation. Vous animerez avec Ornella Bianchi, la médium des stars !

J'affiche un sourire crispé, pâle copie de celui qui est attendu de moi après une telle révélation. Ma mâchoire me fait souffrir et, intérieurement, je suis atterrée. Personne ne va me prendre au sérieux dans le milieu si je fais équipe avec une diseuse de bonne aventure. Complètement hermétique à ma déception, Bruno poursuit :

— Vous serez la voix de la raison, l'approche terre à terre qui parlera de son expérience de trentenaire. Ornella sera le point de vue métaphysique et spirituel. Elle expliquera l'inexpliqué et permettra de guider quand vous ne le pourrez pas. Qu'est-ce que vous en pensez ?

Si je refuse, je suis presque sûre que je peux dire au revoir à mon job. Le temps de mettre en branle mon réseau de contacts et de chercher quelque chose ailleurs... Je fais un rapide calcul de l'état de mon compte en banque et des charges que j'ai à payer. Je pourrais continuer à vivre tel quel pendant deux mois. Autant dire que je suis fichue. Hors de question de retourner habiter chez mes parents, et je me vois mal squatter le canapé de mes copines sur du long terme. *Pense à Bruce...*

— C'est un concept très audacieux. Comment faire du neuf avec du vieux, vraiment ça marche à tous les coups. J'en suis ! Merci d'avoir pensé à moi, monsieur Duvic.

Je ressors complètement vidée de mon entrevue. Plus terre à terre que moi, tu meurs. Ne croyant pas aux esprits, fantômes, à la divination et tout le tralala, je vais me retrouver coincée dans le studio avec au mieux une arnaqueuse professionnelle, au pire une nana qui n'a pas toute sa tête. Le cauchemar. Ils se sont gourés de Boulanger, mon frère aurait mieux convenu pour le job. Je me demande vraiment ce que ça va donner et surtout comment le public va accueillir notre émission au concept qu'on croirait directement tiré d'une téléréalité scriptée. Mais ce n'est pas comme si j'avais eu le choix.

J'ai besoin de m'épancher et d'un petit remontant.

Heureusement, j'ai rendez-vous avec les filles chez Marylou pour l'apéro. Comme d'habitude, je suis la première et m'installe à notre table attitrée. Je commande une bouteille de rouge à Alex, qui accompagne ma demande d'un « dure journée ? ». J'opine du chef, misérable, et il s'éloigne avec un sourire de commisération. Lou ne tarde pas à me rejoindre. Je la stoppe dans son élan pour me faire la bise, elle a de la craie sur le visage.

— Pas si vite, Marie Curie !

J'attrape une serviette que je me mouille de salive et essuie la trace de poudre blanche qui ressort sur son teint hâlé.

— Beurk, merci, fait Lou en rigolant. Ça doit être pour ça que le mec me dévisageait avec un drôle d'air au passage piéton.

— Sûr, ça n'a rien à voir avec le fait que tu sois magnifique !

— Pff, tu parles, je sors du labo. Il faut croire que passer la journée sur une demande de financement puis enchaîner avec l'enseignement, ça glamourise.

— C'est donc ça ton secret ?

— *Yo, bitches !*

Nous nous retournons toutes les deux vers la voix qui porte de Lorna.

Elle est rentrée de vacances la semaine dernière et a la peau dorée et l'air satisfait de ceux qui en ont bien profité.

— Lolo ! En pleine forme à ce que je vois, les vacances t'ont réussi.

— En même temps, en partant à Hawaï, tu ne pouvais que t'éclater. Vas-y, raconte.

— J'ai nagé avec des baleines. C'était in-croy-able ! Je les ai entendues chanter, carrément mystique comme expérience. Leurs vibrations qui résonnaient, longues et complexes, leur taille imposante. On se sent toute petite. Ça a changé ma vie, je suis une autre femme.

— Waouh, ça a l'air d'être un truc de dingue.

— Ah bon, tu veux dire que tu n'as pas fait de rencontres là-bas ? Fini les histoires d'un soir ? Jeûne sexuel et cure détox ?

— Euh, faut pas déconner non plus. Il y a eu le moniteur de plongée, très beau, très blond, très con. Heureusement, il avait d'autres compétences. Le cuisinier de l'hôtel, un local sosie de Jason Momoa. Délicieux. Puis, un touriste danois. Lui par contre… J'ai failli m'endormir pendant l'acte tellement je m'ennuyais. Bien sûr, quand j'ai bâillé, il a été suspicieux et a redoublé d'efforts. Atroce, j'ai fini par le foutre dehors !

Nous explosons de rire ! On ne la refera pas.

— Ouf, on a failli s'inquiéter.

— Pff, pour moi ? Jamais ! Les hommes que je côtoie, c'est une autre histoire. Et vous, quoi de neuf ? Lou ? Ça va comment avec Julien ?

— Mieux, il est tout mignon depuis que nous avons passé le nouvel an chacun de notre côté. À me dire que je lui ai manqué, que la soirée avec ses potes était pourrie et qu'il aurait mieux fait de venir avec nous. Et je veux bien le croire vu comment il me saute dessus en ce moment.

— *High five, sister !* C'est ce que je veux entendre ! Pas trop tôt pour se sortir la tête du cul !

— Lorna !

— D'accord, d'accord. Je ne dis plus rien. C'est à Manon de parler, déclare-t-elle en vidant son verre d'un trait.

Je me lance dans le récit de ma promotion au goût de coup fourré, et les filles boivent mes paroles. Contre toute attente, Camille-Lou, notre cartésienne, est enthousiaste, elle connaît la voyante de nom et apparemment c'est une référence. Elle y croit à fond.

— Mais c'est génial ! C'est une super opportunité et une expérience inédite. Ça me fascine ces choses-là, le don de clairvoyance, la fulgurance. Comment quelqu'un qui ne connaît rien de toi peut deviner des choses intimes et faire des remarques d'une justesse folle.

— Mouais, si tu le dis. Moi, je n'en suis pas persuadée.

— Attends de voir. Et même si tu ne crois pas en ses compétences, tu ne sais pas, peut-être qu'elle sera de bon conseil. Si tu peux lui demander des infos pour moi, je suis preneuse. Quand est-ce que Julien va se décider à me demander en mariage, combien d'enfants je vais avoir, ce genre de choses...

Misère. De son côté, Lorna se bidonne, encore plus sceptique que moi.

— Alors là, ça promet. Compte-moi d'office parmi tes plus fidèles auditeurs. On a hâte d'écouter ça. Pour quand est prévue la première ?

— D'ici deux semaines. Ça me laisse peu de temps pour me préparer. Trouver des sujets qui tiennent la route et réfléchir à comment je vais dérouler le fil du projet. Bruno, ce grand seigneur, m'a donné carte blanche du moment que l'on n'aborde pas des thèmes trop sérieux.

— Je vais t'aider, faire un sondage au labo auprès de mes collègues féminines, savoir ce qui les intéresse, et je te ferai un joli rapport avec des pourcentages par popularité.

— Et moi, je vais te faire une pub d'enfer ! On va faire péter les audiences !

— Merci, les filles, c'est sympa.

— Bon, maintenant qu'on a eu le topo vie pro, qu'en est-il du perso ? Du nouveau avec Raphaël ? Ça avance ?

— Bof, pas vraiment. On se croise en coup de vent, et c'est à peine s'il me dit bonjour. J'ai l'impression d'être redevenue transparente. Par contre, vous ne devinerez jamais qui j'ai revu ?

— Qui ?

— Le gars du nouvel an. J'avais pris son téléphone par erreur et j'ai dû aller le lui rendre en personne.

— Mais non ? Et comment ça s'est passé ?

— Bah pas top, j'avoue avec une grimace. Il s'avère que nous n'avons rien fait. C'est un mec pas clair. Il avait l'air de m'en vouloir puis de me draguer pour finalement me faire comprendre que la fille de petite vertu que je suis ne l'intéressait pas.

— Oh ! je vois. Charmant, le garçon. Tu sais que c'est des conneries tout ça ? Ta valeur n'est pas liée au nombre de personnes avec lesquelles tu couches ou ne couches pas.

— Ouais, il sait y faire. Merci, Lolo. Je me suis sentie idiote et toute petite, vous n'avez pas idée.

— Oh ! *sweetie*, mais non ! Ne laisse pas ce pauvre type te plomber le moral.

— Je suis d'accord avec Lolo, ceux qui portent des jugements à l'emporte-pièce ne devraient pas faire partie de nos vies de toute façon. En tout cas, quand tu nous disais que tu étais maudite, j'ai toujours pensé que tu exagérais.

— Oh ! vraiment ? Et maintenant, convaincue ?

— Disons que ce n'est peut-être pas plus mal d'avoir quelqu'un avec un lien dans l'au-delà dans son équipe.

— Lou a raison, c'est la seule qui peut te sauver. Qui sait, peut-être qu'elle fait aussi dans le maraboutage...

— Garces !

11

Thomas

Le serveur ne me lâche pas des yeux depuis que je suis arrivé. Ses yeux marron croisent les miens avant de se détourner une seconde pour y revenir aussi sec. À vous en donner le tournis. Ses lèvres fines se retroussent sur un sourire aguicheur. C'est à mon tour de me dérober, extrêmement mal à l'aise sous le feu de son attention. Son petit manège est loin d'avoir échappé à Mathieu, qui le désigne d'un geste vif de la tête.

— Mec, qu'est-ce que tu attends ? ! C'est du tout cuit là.

— Chut, parle moins fort ! Arrête, il va croire que je suis intéressé et rappliquer ! je peste.

Après ma prise en otage à déjeuner par Mathieu, je n'ai plus jamais mangé seul au boulot. Une fois que les autres ont compris que j'étais juste un ermite et pas un petit snobinard, les relations avec mes autres collègues se sont détendues. Pas que nous étions en froid avant, nous ne nous faisions que nous ignorer d'un commun accord. Quelques semaines plus tard, me voilà bien intégré dans la petite bande « des djeuns », comme nous appellent les générations d'au-dessus. Je me suis même mis à les accompagner de temps à autre pour prendre un verre à la sortie du travail.

Ce soir, nous sommes au pot de départ en retraite d'un collègue dont je ne connais même pas le nom, mais je me suis laissé persuader par mes nouveaux acolytes. La fête a lieu dans un bar dont une partie a été privatisée du côté de République. Nous avons accaparé deux tables un peu en retrait. Et apparemment, j'ai tapé dans l'œil du serveur désigné pour s'occuper de nous. Je le détaille subrepticement, une liane, bien plus grand que moi, avec de longs cheveux bruns et un nez fort. Il a du chien cependant, je suis assez confiant dans ma sexualité pour le reconnaître. Croisant mon regard une nouvelle fois, il s'approche, me frôlant la nuque au passage. Je dois me contenir pour ne pas bondir de mon siège.

— Vous désirez quelque chose ? demande-t-il, les yeux rivés sur moi.

Je fixe un point par-dessus son épaule alors que Mathieu s'esclaffe à mes côtés.

— Non, merci, c'est gentil, je déclare en levant mon verre de bière à moitié plein.

Il fait la moue, puis s'éloigne en m'effleurant le bras. Je relâche la respiration que je retenais et fonds contre le dossier de la banquette.

— J'exagère, hein ? Ce n'est pas à moi qu'il a demandé si j'avais besoin de quelque chose. Un verre, son numéro, une pipe ? J'en déduis que tu n'es pas homo. T'es maqué ?

Je termine mon verre d'une traite.

— *Nope*, hétéro et célibataire épanoui.

— Mouais, épanoui, ça reste à voir...

Je constate que le reste du groupe écoute d'un peu trop près notre conversation, et j'en suis gêné. Cela ne me dérange pas de satisfaire la curiosité de mon nouvel ami, j'ai le sentiment que je peux lui faire confiance, mais je n'ai pas envie d'étaler ma vie privée devant tout le bureau.

— Mathieu, pause clope ?

— Pourquoi pas, je pourrais me laisser tenter.

Nous nous frayons un chemin jusqu'à la sortie, et le coin fumeurs aménagé devant le bar sur le trottoir. J'attends qu'il s'allume sa cigarette et l'entraîne vers un brasero un peu à l'écart.

— Tu recommences.

— Quoi ?

— Tu sais très bien de quoi je veux parler. Te mêler de ce qui ne te regarde pas.

— Je te faisais juste remarquer l'occasion en or qui était sous ton nez et que ce serait dommage de ne pas en profiter. Tu ne parles jamais de ta vie perso, comment je suis censé savoir si tu cherches quelqu'un ou pas.

— Tu veux le topo, tu vas l'avoir. J'ai mis une croix sur ma vie personnelle pour un temps indéterminé.

— Tu veux dire abstinence ?

— Pour le moment, oui.

— Punaise, tu m'auras tout fait, Thomas, je te jure ! Mais pourquoi ? !

— Je sors d'une longue relation qui s'est très mal terminée. J'ai juste besoin d'être un peu seul.

— Ça fait combien de temps que tu es célibataire ?

— Quatre mois, j'avoue avec réticence.

— Et vous étiez ensemble depuis longtemps ?

— Cinq ans.

Il est silencieux un instant avant de lâcher :

— Ah ouais, quand même ! C'est toi qui es parti ?

— On va dire que la séparation s'est faite d'un commun accord, je réponds, blasé, en glissant les mains dans les poches de mon pantalon.

— Hum, toi, tu ne me dis pas tout.

Je hausse les épaules. Une étincelle malicieuse traverse son regard.

— Du coup, ça fait combien de temps que tu n'as pas baisé ?

— Pas tes oignons ! je m'esclaffe.

Il est incorrigible.

— Donc, beaucoup trop longtemps. Respect, mec, je ne sais pas comment tu tiens. Moi, après ma dernière rupture, il y a deux ans, j'ai enchaîné les aventures et je ne me suis jamais arrêté. Un vrai don Juan.

— Pourquoi cela ne m'étonne pas... Je le vis plutôt bien à dire vrai. Ce n'est pas sur ma liste de priorités en ce moment. Et ça a aidé ?

— Oui. C'est lui qui est parti, me plaquant comme un malpropre. Disons que ça m'a fait du bien de voir que je pouvais séduire encore et que j'étais désirable.

— Lui ? Attends ? Tu es gay ?

— Ouais. Ça pose un problème ?

— T'es sérieux avec cette question ? Bien sûr que non ! Je suis surpris, c'est tout. Tu ne m'en avais jamais parlé.

— Je ne l'étale pas au boulot, mais je ne le cache pas non plus. Il faut juste qu'une occasion d'aborder le sujet se présente. Comme ce soir.

Je me sens bête, à trop me focaliser sur ma propre peine et mes problèmes, je n'ai pas pris le temps de m'intéresser à sa vie à lui.

— En effet... Et c'est une bonne distraction, alors ? Tu ne pensais plus à lui ? je tente de me rattraper.

— Si seulement, la plupart du temps, lorsque je couchais avec un autre, je fermais les yeux et je m'imaginais avec Quentin. Pas terrible, hein ?

Qui suis-je pour juger ? Si j'éprouvais l'envie d'un autre corps, qui me dit que je ne ferais pas exactement pareil.

— Non, tu as fait ce que tu avais à faire.

— Tu l'aimes encore ?

— Je ne sais pas. Je la déteste autant qu'elle me manque, avec une intensité folle, ça compte ?

Mathieu a une grimace compatissante. Il semble vouloir me dire quelque chose puis se ressaisit et tire sur sa cigarette. Il finit par prendre la parole après avoir recraché une bouffée de fumée.

— Ça va s'arranger. Je serais toi, j'essaierais ma technique. Ça ne peut pas faire de mal.

— Je ne crois pas que j'en suis capable.

— L'appétit vient en mangeant… Et des rencards ? Tu peux toujours y aller et si tu ne veux pas aller plus loin, ça s'arrête là. C'est flatteur pour l'ego si tu plais à la fille, et ça peut te permettre de te faire des potes au pire des cas.

— Peut-être, je réponds sans grand enthousiasme. Tu sais, Sarah était ma première relation longue. Même si je le voulais, je n'ai aucune idée des codes de la séduction de nos jours. Et puis, j'ai horreur de rencontrer des gens.

— Ah bon ? Je n'avais pas remarqué. C'est décidé, je te crée un compte Tinder ! Steuplé, steuplé, laisse-moi être ton *love gourou* !

— Hors de question, j'ai l'intuition que les applis de rencontres, ce n'est pas pour moi. Je suis un mec à l'ancienne. J'étais prêt à épouser ma première copine et à passer le reste de ma vie avec elle, alors bon. Tu as raté le moment où je t'ai dit que les autres me rendaient anxieux ?

— Ah ouais, il y a du boulot… Quant à ta vision des choses un peu en décalage, rien de mal à ça, c'est tout à ton honneur même si cela me paraît un peu utopique. Passer toute sa vie avec la même personne, tu rates forcément d'autres belles histoires. Le couple, c'est dépassé, je n'y crois plus et je n'ai pas non plus envie de me mettre avec quelqu'un en attendant mieux ou dans une relation libre. Pas de comptes à rendre. C'est plus honnête que de continuer à voir plein de personnes en même temps puis d'invoquer la carte du « oui, mais on n'était pas exclusifs » quand un partenaire qui se pensait avec toi le découvre.

— « Exclusifs » ?

— Quand tu te jures une exclusivité relationnelle et sexuelle. Tant que tu n'as pas parlé d'exclusivité, ce n'est pas tromper.

— Eh bah, j'ai l'impression d'avoir pris un coup de vieux. Si c'est ça faire des rencontres de nos jours...

— Ne te focalise pas là-dessus. Suis mon exemple, je profite et tu devrais en faire autant ! Comment savoir autrement si tu as trouvé la bonne personne ?

— On ne peut jamais être sûr de toute façon, il suffit d'y croire et de se donner les moyens pour que cela fonctionne. Quitte à se manger des murs. Bref, tu as peut-être raison. Qu'est-ce que j'en sais ? J'ai essayé et échoué. Et je ne suis pas près de recommencer.

— Ce que tu peux être mélodramatique. C'est clair que ce n'est pas avec cette attitude-là que tu vas pécho ! Et en parlant de serrer... Le serveur ? Fraîchement célibataire, un peu paumé, c'est le moment d'élargir tes horizons, essayer de nouvelles choses, ne pas mourir idiot...

— Pas moyen ! T'es lourd, on te l'a déjà dit ?

— OK, OK, donc tu ne vas pas te vexer si j'y vais ?

— Fais-toi plaisir.

Dans la ligne 6, adossé à la porte opposée à l'entrée, j'observe le paysage parisien qui défile et mes compagnons de voyage. Je suis vanné après une nuit trop courte avec ce pot de départ, où j'ai un peu trop abusé de l'alcool, et une longue journée de travail. Des étudiantes qui discutent d'un devoir sur table, un couple qui se demande ce qu'ils vont manger en rentrant, un jeune homme au look de métalleux, casque vissé sur les oreilles, qui oscille la tête au rythme du son qui lui perfore les tympans et que je peux entendre depuis ma place.

Elle monte à Daumesnil. Ses mèches rousses m'attirent inexorablement l'œil. Elle a un casque de scooter à la main et le nez penché sur son écran de téléphone. Manon. Je la reconnais tout de suite. Que faire ? Lui parler ? L'ignorer et prétendre ne pas l'avoir vue ? Je suis presque arrivé. Une station et je descends, d'ailleurs la sonnerie annonçant la fermeture des portes retentit. Je penche pour la seconde option, quand son regard croise le mien dans le reflet de la vitre. Elle sursaute comme choquée par un coup de jus. Et merde. Ma cadence cardiaque s'accélère. J'opte pour un petit hochement de tête, simple et efficace, qui ne m'implique pas trop. Je m'attends à ce qu'elle fasse de même et que nous reprenions chacun le cours de nos vies. Elle n'en fait rien, et je tente de cacher ma frustration derrière un sourire coincé quand elle vient me saluer.

— Hé, c'est drôle que je tombe sur toi. D'habitude, je ne prends jamais la ligne 6. Mon scooter est en révision dans un garage à Nation, et je vais le récupérer.

— Salut, drôle de hasard, en effet, je ne croise jamais personne dans les transports. Moi, je rentre du boulot.

Le métro s'arrête à Bel-Air.

— Je descends là. Bonne soirée.

— Merci, toi aussi.

Je me crois tiré d'affaire quand j'entends le bip.

— Thomas, attends !

Elle m'a suivi, la rame s'éloigne sans elle avec fracas. *Qu'est-ce qu'elle me veut, bon sang ? !*

— Tu sais, la dernière fois qu'on s'est vus ? Tu as eu un comportement qui m'est resté en travers de la gorge. Tu m'as accusée de te juger sans te connaître mais toi aussi, tu l'as fait en me faisant bien comprendre que tu me trouvais méprisable. Si je veux coucher le premier soir, c'est mon problème, et ça ne fait pas de moi une fille facile ou quelqu'un sans valeurs. Ça m'a blessée et déçue, car je pensais que tu étais une personne avec plus d'ouverture d'esprit. Comme quoi, les premières impressions ne sont pas toujours les bonnes.

Je grimace en l'écoutant et ne peux m'empêcher de me sentir minable. C'est vrai que je me suis mal comporté avec elle quand j'ai récupéré mon portable. Les nerfs encore en pelote de mon accrochage avec Raphaël et de cette soirée bizarre. J'ai été odieux, allant même jusqu'à remettre en cause son honnêteté alors qu'elle s'est déplacée pour me restituer mon bien. Je suis un peu secoué par ce remontage de bretelles en règle mais aussi admiratif. Une femme en accord avec ses principes et prête à les défendre, à se défendre face à une censure qui n'a pas lieu d'être m'inspire du respect. Celle que je percevais comme une fille légère, à la tête pleine de vide, vient de me donner une bonne leçon. Je suis un enfoiré de moralisateur. Tout ce que je déteste.

— Pardon, c'est vrai. Tu as raison. J'étais mal luné, l'année n'a pas commencé sous les meilleurs auspices, et tu as pris pour les autres. Je te présente mes excuses.

— Dans ce cas, je les accepte, je sais ce que c'est les nouvel an foireux...

— Ça sent le vécu.

— Tu n'as pas idée. Ce serait trop long à raconter.

Sa remarque m'arrache un sourire, et je la revois

toute titubante et incohérente ce fameux soir. Un vrai sketch. Sa manière d'accepter mes excuses et de passer à autre chose avec une pointe de dérision me la présente sous un autre jour. Je trouve cette attitude d'une classe folle et je me surprends à avoir envie d'engager la conversation avec elle.

— Ça te fait des anecdotes pour la machine à café.

— Pff, alors là, hors de question ! Je serais la risée de la radio !

— Tu bosses à Tube Radio ?

— Oui, je suis programmatrice musicale pour le créneau de la nuit en semaine et j'ai été promue animatrice d'une toute nouvelle émission. La première, c'est lundi prochain, je suis stressée et excitée. Je veux que ça marche mais on ne peut jamais prévoir comment ça va se dérouler.

— Félicitations, c'est super ! Ne t'en fais pas, je suis sûr que tu vas faire un carton. J'écouterai.

— Merci, j'espère que ça te plaira. J'y travaille dur en tout cas. Et toi, tu fais quoi du coup ?

— Je suis ingénieur en acoustique dans l'industrie automobile, ce qui veut dire que je suis chargé, entre autres, de contrôler la pollution sonore sur les voitures que nous développons. Ça sonne carrément moins cool mais c'est tout aussi intéressant.

— En effet et dans un domaine pas si éloigné quand on y pense. C'est drôle, d'une certaine manière, nous travaillons tous les deux la sonorité mais différemment. Je la mets en avant et toi, tu la diminues.

Cela nous fait un autre point commun, notre travail avec le bruit. En plus de nos références de gosses ayant grandi dans les années 1990 et de notre amour pour les comics.

— Pas faux, je n'y avais jamais songé comme ça.

Il y a un temps mort dans notre conversation, et

nous nous observons avec un petit sourire. Manon finit par détourner le regard et consulter sa montre.

— Il ne faut pas que je tarde, me réplique-t-elle, ses yeux noisette pétillants, je suis en retard.

Une pointe de déception me traverse, j'aurais pu rester à discuter avec elle encore longtemps sur le quai du métro ouvert aux quatre vents, au diable les courants d'air. Je repense à Mathieu et ses histoires de rencards. Manon m'intrigue et, pour la première fois depuis ma séparation, une personne du sexe opposé me donne envie de passer du temps avec elle. Et pas dans un contexte de rapprochement physique ou de revalorisation de mon ego plus bas que terre. Non, j'ai envie de la découvrir. Mais compte tenu de notre passif, je n'ose pas lui demander son numéro de téléphone. Il faut de la confiance en soi pour ce genre d'exercice, et je suis trop chancelant sur mes fondations. Je la laisse partir à regret.

— Oui, moi aussi. Merde pour ta grande première alors.

— Merci, bonne soirée !

Elle reste dans mon esprit sur le trajet du retour et pendant que je dîne avec mes parents. Je m'apprête à aller jouer en ligne quand la solution m'effleure. Il y a peut-être un autre moyen que de s'en remettre au hasard pour poursuivre l'échange. C'est tellement simple que je m'en veux de ne pas y avoir pensé plus tôt. Je me connecte sur Facebook sur mon ordinateur et cherche ses prénom et nom (merci, Rachel) dans la barre de recherche. Elle apparaît en premier, sa photo de profil est un cliché d'un chat noir portant des ailes de chauve-souris. Je rêve ou elle a déguisé son chat en Batman ? Cela me plaît et ne fait qu'attiser ma curiosité. Hélas, le reste de son profil est privé et la seule chose que je peux voir est que nous avons un ami en commun. Raphaël. Décidément, je n'en serai jamais débarrassé de lui ? ! À chaque fois que j'essaye d'avancer, il faut qu'il se rappelle à moi. Ils sont collègues à Tube Radio, c'est normal qu'ils soient amis Facebook, je me raisonne pour faire taire la pointe d'agacement dans ma poitrine. Cela ne veut rien dire. Par défi, je clique sur le petit plus pour ajouter Manon. Les dés sont lancés. Il se peut qu'elle ne voie jamais ma demande ou qu'elle la refuse. Dans les deux cas, j'aurai essayé.

12

Manon

— Vous, ma chère, êtes à un carrefour de votre vie, aussi bien professionnelle que personnelle. J'ai hâte de voir quels chemins vous allez emprunter.

Voici les premiers mots qui sortent de la bouche d'Ornella-voyante-des-stars d'une voix grave et sensuelle, probablement due à un excès de nicotine, lorsque je la rencontre à la réunion de préparation de l'émission. Elle est entre deux âges, avec ses cheveux noirs longs très lisses parsemés de quelques mèches grises. Son visage est lunaire, sa petite bouche un peu pincée est surmontée d'un nez busqué. Elle me fait penser à une chouette. Difficile de distinguer si elle a les yeux d'un rapace nocturne. Ils sont camouflés derrière des lunettes extra-larges, rondes, à monture écaille et aux verres légèrement fumés qui lui confèrent des faux airs d'Iris Apfel. Sa garde-robe est d'ailleurs tout aussi excentrique que celle de l'entrepreneuse américaine. Elle a débarqué dans le studio avec un manteau en fausse fourrure orange pétant qui cachait une robe à manches longues bouffantes bleu électrique. Moi qui étais plutôt amusée jusque-là par son entrée grandiloquente, accompagnée d'un nuage de Shalimar, sa repartie me fait grincer des dents. Je n'aime pas qu'elle se permette ce genre de réflexion. Vraiment, si c'est ça être médium, balancer des phrases bateau à chaque nouvelle rencontre, appelez-moi Madame Irma ! Non mais c'est vrai, cela peut s'appliquer à n'importe qui, de la grand-mère au petit-fils qui hésite entre un pain au chocolat et des bonbons pour le goûter. Je ne peux m'empêcher de lui répondre avec un soupçon de sarcasme :

— Ah bon, vous n'êtes pas déjà au courant ?

— Si, mais c'est plus drôle de vous regarder faire.

Le début d'une longue collaboration fructueuse, je le sens. Je prends sur moi et m'installe à la place qui m'est allouée autour de la table.

— Joueuse, à ce que je vois. On va bien s'entendre...

Fameux derniers mots. Elle a un avis sur tout, remet la moindre de mes propositions en question et ne me laisse pas en placer une, déviant la conversation sur sa petite personne. La réunion tourne au cauchemar, et si je dois entendre encore une fois son « quand j'ai rencontré Untel », je jure que je ne réponds plus de moi. Son *name-dropping* me tape sur le système. J'essaye tant bien que mal de me dépêtrer de son déballage « moi plus plus » et de la recadrer. Mon plaidoyer colle au script du boss : je suis « l'experte milléniale », censée être plus au courant qu'elle des sujets qui peuvent intéresser les jeunes femmes de nos jours. Il est donc normal que les thématiques abordées soient de mon chef. Elle est la voix de l'expérience et saura guider nos auditeurs et auditrices dans le besoin grâce à son « don ». Après un débat animé, je finis par lui faire accepter le thème choisi pour notre démarrage mais je ne suis toujours pas persuadée qu'elle ait compris de quoi il retourne. Ce n'est pas vraiment rassurant quant à l'avenir de *Millenial Now !*

*
* *

Le soir de la première tant redoutée est arrivé. Le studio est décoré de ballons en forme de lettres dorées épelant le nom de l'émission. Une bouteille de champagne est débouchée et des petites assiettes de macarons sont disposées un peu partout. Il ne manquerait plus que les micros roses pour parfaire le cliché. J'essaye de passer outre à l'ambiance girly qui ne me correspond pas du tout, à la présence d'Ornella, qui après s'être enfilé trois coupes coup sur coup commence à radoter, et aux caméras. Les caméras... Bruno a eu la bonne idée de filmer la première pour faire un live sur les réseaux sociaux et créer plus de buzz. Comme ça si on se plante, l'événement sera immortalisé. Il ne nous a évidemment pas prévenues et nous a mises devant le fait accompli. Ornella a gonflé son ample poitrine, telle la paonne habituée à parader qu'elle est et a balayé la chose d'un haussement d'épaules. *Easy.* C'est un peu plus compliqué pour moi. Je crois que je dois juste accepter que je n'aie que l'illusion de tenir les rênes et qu'en fait je ne contrôle rien. Bref, mon chargé de réalisation me prévient via mon oreillette que nous allons envoyer. Le rouge micro s'allume et le générique, un mélange de musique acidulée et de répliques cultes de la pop culture, est envoyé. *Show time.*

— Hello, hello, hello, bienvenue pour la première de *Millenial Now !* L'émission qui s'inscrit dans le présent. Notre but, l'échange, les confidences et les conseils pour vous faire du bien. Dans le studio, ce soir, Manon, au micro, et l'incomparable Ornella Bianchi. Bonsoir, Ornella, je suis ravie de vous avoir avec moi.

— Bonsoir, Manon, bonsoir à tous. C'est une première pour moi, enfin je veux parler de mon émission, pas de la radio. Je suis certaine que vous savez que mes talents sont très demandés sur les plateaux télé et que j'ai déjà collaboré avec plusieurs grandes radios. Quoi qu'il en soit, j'ai souhaité offrir mes services à ceux qui en temps normal n'y auraient pas accès et ce format est celui qui peut profiter au plus de monde possible. Alors n'hésitez pas, j'ai hâte de pouvoir mettre le fluide à votre service.

— J'imagine, et nous attendons avec impatience la démonstration de vos talents. J'espère que vous allez bien, mes petits poulets, et que vous êtes prêts à participer depuis votre voiture, votre cuisine, votre boulot ou l'autre bout de la planète, nous comptons sur vos témoignages. Le thème de ce soir, roulement de tambour, s'il vous plaît… Le *ghosting*, ce fléau de la rencontre qui intervient quand vous pensez que tout va dans la bonne direction. À ne pas confondre avec le Gosling, Ryan, si tu nous écoutes… Pour ceux et celles qui ne sauraient pas de quoi il s'agit, chanceux ou complètement coupés du monde, ce terme désigne la manière de quitter une relation en ne donnant plus aucun signe de vie, en s'évaporant comme un fantôme, d'où le terme. Pas très classe, il faut bien le dire. Que vous l'ayez pratiqué ou que vous en ayez été victime, à vos commentaires et réactions !

Je parcours des yeux le fil du live sur l'écran de mon ordinateur.

— Ah, je vois que nous avons déjà beaucoup de personnes à l'écoute pour la première, vous êtes super réactifs ! Nous avons déjà plein de témoignages sur notre page. Tiens, et si on commençait par celui-ci.

Je sélectionne et lis le message d'une auditrice à voix haute.

« Laly06 : J'ai commencé à discuter avec un garçon sur une application de rencontres. Tout se passait bien, on avait les mêmes centres d'intérêt. On communiquait beaucoup et on avait même échangé nos numéros de téléphone. On devait se rencontrer et puis, du jour au lendemain, plus rien. Tous mes appels et mes messages sont restés sans réponses. Je suis déçue, moi qui pensais que notre lien était spécial. Je ne m'y attendais pas et je me demande ce que j'ai pu faire de mal pour qu'il m'ignore comme ça. »

— Tu n'as rien fait de mal, ma belle. À notre époque et avec la pléthore de sites de rencontres, c'est facile de parler à plusieurs personnes en même temps. La nouveauté d'échanger avec toi a peut-être perdu un peu de son attrait. Peut-être qu'il a accroché avec quelqu'un d'autre, qu'il a eu peur de la rencontre IRL[1] ou qu'il n'était pas tout à fait honnête sur ce qu'il recherchait. En tout cas, tu n'as pas à te remettre en question. Tu n'y es pour rien. S'il n'est pas capable de te dire en face qu'il ne veut pas aller plus loin, il n'en vaut pas la peine. C'est une porte de sortie facile. Passons maintenant au point de vue masculin avec l'histoire de Pierrick, qui nous appelle de Montpellier car oui, attention spoiler, les filles ghostent aussi.

Je trouve mon rythme, alternant exemples dans les commentaires et témoignages au téléphone. Tout se déroule bien, jusqu'à ce que ce soit au tour d'Ornella d'intervenir. Nous venons d'écouter le témoignage de Pauline de Nantes, qui n'a plus de nouvelles de son mari depuis une semaine. Elle est partagée entre l'inquiétude – est-ce qu'il lui est arrivé quelque chose ? – et la colère et compte sur la voyante pour démêler la situation. Ornella, qui jusqu'ici s'est contentée de siroter dans son coin et de boulotter tous les macarons, m'a laissée mener la danse. Il y en a au moins une qui profite. Je ne suis même pas sûre qu'elle ait écouté.

1. *In real life* : « en personne ».

Mes coups d'œil excédés n'ont pas l'air d'avoir fait passer le message. Je reste pro et joue le jeu comme la bonne petite animatrice que je suis.

— Merci Pauline, pour ce témoignage. Effectivement, je ne sais pas ce que je ferais si j'étais dans ta situation. Ornella, votre avis sur la situation ? Avons-nous affaire à un flagrant cas de *ghosting* ou à quelque chose de plus grave ?

— « *Ghosting* » ?

J'étouffe mon râle d'énervement. N'a-t-elle rien suivi de l'émission ?

— Oui, *ghosting* ! Quand une personne dans une relation ou non joue soudainement les fantômes et disparaît. Comme pour Pauline.

— Ah non, chérie, son mari n'a pas disparu.

— Si, c'est ce qu'elle nous a expliqué. Elle n'arrive plus à le joindre depuis qu'il n'est pas rentré un soir à la maison.

— Non, ce que je voulais dire, c'est qu'il est en vie. Il est simplement chez la meilleure amie.

— Hein ?

— La meilleure amie. Ils sont amoureux et prévoient d'emménager ensemble. Ça fait des années que ça dure !

Pauline pousse un rugissement scandalisé qui me vrille les oreilles.

— Cette morue ! Je vais la tuer.

Et elle raccroche. Gros blanc dans le studio. Je suis si stupéfaite que je mets quelques précieuses secondes à réagir. Ce sont les beuglements du réal dans mon oreillette qui me tirent de ma stupeur. J'annonce d'une voix qui se veut assurée une page de publicité et demande aux auditeurs de rester à l'écoute pour nos réactions. Puis, j'enlève mon casque et j'explose.

— Ornella ! Vous ne pouvez pas révéler les choses de cette manière, enfin ! Un peu de compassion !

Je la réprimande, perturbée par son comportement cavalier et hors de moi.

— Ce sont des personnes que nous avons au bout du fil, pas des machines ! Vous ne pouvez pas jouer avec leurs sentiments de la sorte.

— Quand la vérité doit sortir, elle sort. Elle voulait une explication, elle l'a eue.

Sa réponse laconique me met encore plus en rogne.

— Vraiment ? C'est tout ce que vous avez à dire pour votre défense ? Je n'y crois pas !

— Maintenant, si vous voulez parler de fantômes...

Un désastre, il n'y a pas d'autres mots pour décrire cette première. Sans parler de l'attitude d'Ornella et du contenu dont je suis loin d'être satisfaite. Mon accrochage avec elle a été retransmis en direct. J'avais oublié les caméras. Je m'attends à un coup de gueule de Bruno sur mon répondeur demain matin à la première heure. Mon poste pépouze à faire des playlists que personne n'écoute me manque déjà. Je me sens comme un imposteur. Qui suis-je pour donner des conseils en relations amoureuses ? Moi qui n'ai pas eu un copain sérieux depuis un bon bout de temps et qui fantasme sur mon collègue inaccessible. Quelle farce ! Et puis c'était plus de la téléréalité que de la libre antenne. On est loin, très loin de la grande radio dont je rêve. Est-ce que j'ai fait une erreur monumentale en acceptant ce poste ? C'est de l'animation certes, mais à quel prix ? Est-ce que j'ai vraiment l'étoffe d'une animatrice finalement ? Je suis incapable de tenir mon équipe, alors gérer l'antenne toute seule... Vais-je me perdre moi-même dans cette émission qui ne me ressemble pas ? Suis-je en train de me griller auprès de toutes les radios « sérieuses » ? J'y pense en boucle dans mon lit.

Décalée par ces nouveaux horaires et obnubilée par ce qui est selon moi un échec, je n'arrive pas à dormir. Mon portable vibre sur ma table de nuit et l'écran illumine la pièce. Ce doit être Lorna ou Camille-Lou qui essaie encore une fois de me remonter le moral. Je les ai eues longuement au téléphone une fois rentrée chez moi, mais mes tentatives pour les rassurer n'ont pas dû convaincre. Je jette un œil à l'appareil par curiosité. Il s'agit d'un message de Thomas via Facebook. Il m'a demandée en amie peu après que nous nous sommes croisés dans le métro et j'ai accepté, lui ayant pardonné son comportement de goujat après ses excuses. J'ai survolé sa page par curiosité au moment de l'ajout, beaucoup de références à DC, de partages d'articles mais peu de photos de lui. Ça n'avait rien de très intéressant, et il m'était sorti de la tête. C'est le premier message qu'il m'envoie. Je me demande ce qu'il me veut. Les messages après 22 heures ne sont en général bons qu'à une seule et unique chose : trouver une partenaire réceptive pour la nuit. Pitié, faites que ce ne soit pas un « salu, sa va ? » pour tâter le terrain.

Thomas Zim : Félicitations pour la première ! C'était distrayant ☺

Est-ce qu'il se moque de moi ? Je ne suis pas d'humeur à engager la conversation. Un deuxième message ne tarde pas à arriver.

Thomas Zim : Es-tu en train de me ghoster ? Je croyais que c'était le MMMMAAAAAALLLLLL. Le *Vu* ne ment jamais.

Le bougre me fait sourire. OK, je mords à l'hameçon.

Manon Boulanger : Ha ha très drôle, non, j'essayais juste de dormir. Merci, au moins une personne aura apprécié.

Thomas Zim : Déjà ? Je pensais que tu aurais voulu fêter ça. Pour ce que ça vaut, je trouve que tu t'en es très bien tirée.

Manon Boulanger : Tu parles, plutôt envie de sombrer dans le sommeil éternel pour oublier ou m'étouffer avec l'oreiller au choix.

Thomas Zim : Aïe, à ce point-là ?

Manon Boulanger : Oui, mais malheureusement pour moi, ce soir le marchand de sable m'a abandonnée.

Les petits points indiquant qu'il est en train de taper une réponse s'affichent puis disparaissent. Ils reprennent quelques secondes plus tard, pour s'effacer de nouveau. Je continue de fixer mon écran comme une imbécile. Il finit par m'envoyer un GIF d'un petit garçon qui pique l'oreiller de son jumeau.

Thomas Zim : SOS prévention de la suffocation par traversin, bonsoir.

Manon Boulanger : T'es bête ! Je n'ai pas de polochon. Tu m'as prise pour ma grand-mère ou quoi ?

Thomas Zim : Non, tu as une bien trop jolie voix pour une personne âgée. On t'a déjà dit que tu devrais faire de la radio ?

Manon Boulanger : Bof, je n'en suis pas fan. Merci, c'est déjà ça, à défaut d'avoir l'étoffe d'une animatrice.

Thomas Zim : Je vois, stade apitoiement sur son propre sort. On en est là. Je ne t'ai pas trouvée mauvaise, moi. Loin de là, tu as été de bon conseil, tu as donné ton point de vue de manière rationnelle et tu as su gérer une collègue plus que difficile.

Ses remarques me font du bien. Quelque chose me dit qu'il n'est pas du genre à raconter des salades, je ne prends donc pas ces compliments à la légère.

Manon Boulanger : Tu as remarqué ça ?

Thomas Zim : Pas besoin d'avoir un don pour s'en apercevoir ! Elle est vraiment spéciale. Je ne sais pas comment tu as fait pour rester cordiale.

Manon Boulanger : Tu ne m'as pas vue pendant notre clash une fois les micros coupés ?

Thomas Zim : Si mais je me suis dit que c'était peut-être un peu trop tôt pour aborder le sujet.

Manon Boulanger : Je crois que dans dix ans, il sera toujours trop tôt ! C'est 50/50, soit on fait un carton et tu auras le loisir de m'écouter monter sur le ring une nouvelle fois, soit l'émission de ce soir sera collector.

Thomas Zim : Oh ! je suis définitivement sûr qu'il y en aura une autre.

Manon Boulanger : Tu penses ? Je ne sais pas si je dois me réjouir…

Thomas Zim : Pourquoi ? C'est ce que tu voulais faire, non ?

Il ne me laisse aucun répit. Pointant du doigt mes incohérences et ma complaisance pour moi-même sans jugement, cette fois-ci, je peux le sentir. Une interrogation soulevée tout au plus, et ça me plaît. Sa franchise m'est à la fois inconfortable et précieuse. Elle me force à me regarder bien en face. Il a raison. Il n'y a rien de pire que les gens qui passent leur temps à râler et à se plaindre d'une situation certes atypique mais loin d'être inintéressante. Peut-être qu'il est temps de me débarrasser de mon rôle d'éternelle insatisfaite. Je me contente d'une réponse en demi-teinte.

Manon Boulanger : Plus ou moins.

Thomas Zim : Tu dois laisser sa chance à *Millenial Now !* C'était la première, c'est normal qu'il y ait des couacs. Dans n'importe quel métier il y a des jours avec et des jours sans. On ne peut pas être à 100 % tout le temps.

C'est ce que tout le monde ne cesse de me répéter. Je dois laisser tomber mes a priori si je veux m'épanouir dans ma nouvelle vie professionnelle.

Manon Boulanger : Est-ce qu'on pourrait parler d'autre

chose ? J'ai suffisamment ressassé pour aujourd'hui. Dis-moi que toi aussi, tu as eu une journée pourrie.

Thomas Zim : Tu vas être déçue. La routine : maths, équations, modélisations.

Manon Boulanger : Argh, *vade retro satanas* ! Les maths sont ma bête noire !

Thomas Zim : Dans ce cas, je suis au regret de t'annoncer qu'on ne peut pas être amis.

Manon Boulanger : Hé, j'allais l'écrire ! Tu m'as volé ma réplique.

Je me garde bien de lui dire que ma meilleure amie est docteure en nanophysique et maîtrise donc les maths comme personne. Les commissures de mes lèvres s'étirent toutes seules vers le haut. Je me sens mieux, plus légère, plus détendue.

Manon Boulanger : Merci de m'avoir remonté le moral.

Thomas Zim : Ravi d'avoir pu servir à quelque chose pour une fois. Ça fera 60 euros.

Manon Boulanger : Tu sous-estimes tes talents de psychanalyste. Je suis sûre qu'Ornella demande plus à ses clients !

Thomas Zim : Dans ce cas, je me contenterai d'un café avec toi.

J'hésite en me mordillant la lèvre. Je ne sais pas où donner de la tête avec ce garçon. Une vraie girouette que j'ai du mal à cerner. Sentant mon hésitation, il se justifie.

Thomas Zim : En tout bien tout honneur, nous avons déjà éclairci ce point, il me semble. Je veux juste avoir une chance de remettre les pendules à zéro et de te prouver que je ne suis pas ce mec fermé d'esprit que tu imagines.

Il me touche par sa candeur et sa maladresse. Non, il n'est pas ce qu'on pourrait appeler un séducteur.

Manon Boulanger : D'accord, va pour un café.

13

Thomas

— S'il y a le moindre problème, tu nous appelles.

— Pour quoi faire, maman ? Ça m'étonnerait que tu captes en plein milieu de l'océan. Et puis, ce n'est pas comme si vous pouviez rentrer rapidement... Ne t'inquiète pas pour moi, tout va bien se passer. Contente-toi de profiter.

— Pour manger, je t'ai laissé des boîtes avec des étiquettes au congèle, t'as plus qu'à réchauffer au micro-ondes.

— Merci, mais tu sais, je n'ai plus cinq ans. Je devrais survivre quelques semaines sans vous.

Ma mère me regarde avec une moue dubitative, les mains jointes devant sa poitrine, puis secoue la tête. Encourageant...

— Les croquettes pour Gaylord sont là, 100 grammes matin et soir. Tu n'oublieras pas...

— De le promener et de le brosser, oui et oui, je connais la chanson. Ce n'est pas la première fois que tu me le laisses, je te rappelle.

— Doria, il faut y aller, le taxi nous attend, annonce mon père depuis l'entrée.

Maman me plaque deux grosses bises sur les joues puis se penche pour étreindre son chien une dernière fois. Je rêve, j'ai l'impression qu'elle a plus de mal à le lâcher que son propre fils. Papa me serre dans ses bras en me murmurant un « bon courage » à l'oreille. Puis, chacun attrape la poignée de sa valise et les voilà partis.

Enfin seul, j'ai l'appartement pour moi. Pourtant, mon programme ne varie pas de d'habitude en ce samedi matin. Je vais m'affaler sur le canapé et binger sans culpabilité une série pour mieux passer le temps jusqu'au rendez-vous avec Manon dans quelques heures. J'ai hâte de la revoir et même s'il ne s'agit pas d'un rencard et que je ne m'attends à rien de particulier, je suis anxieux. C'est une seconde chance qu'elle m'offre, mais cela peut également s'avérer être ma dernière si elle le décide. Quand mon ventre crie famine, je mets mon épisode en pause et vais inspecter le contenu du frigo. Mon dévolu se jette sur les restes d'hier, poulet rôti et des pommes de terre au four que je mets à réchauffer au micro-ondes.

Une fois mon repas prêt, je mange à la table de la cuisine en jouant machinalement avec une épée Playmobil qui traînait dans ma chambre. Quand Sarah s'est envolée, c'est comme si toutes mes passions étaient parties avec elle. J'ai abandonné le sport, moi qui étais un runner assidu, et l'idée de pratiquer la magie me donnait de l'urticaire. Cependant, depuis le début d'année et mon numéro improvisé pour Manon, l'envie de réaliser des tours n'est jamais loin. Plus d'une fois, je me suis surpris à jongler avec des petits objets, comprenant que le passe-passe m'est instinctif et m'apaise. La lame en plastique, de la taille d'un cure-dent, roule entre mes doigts, entretenant l'agilité nécessaire à mes prestidigitations. Sur un passage, j'y vais un peu trop vite et elle tombe dans la sauce de la viande, m'aspergeant le T-shirt. Je jure et me lève pour aller tenter de retirer la tache avec un peu d'eau. Grossière erreur. Le gras s'est étendu, formant des auréoles poisseuses. Je suis bon pour me changer.

Alerté par le bruit de mon couteau qui tombe sur le sol, je ferme le robinet et me retourne. Ce n'est pas vrai, il ne faut jamais avoir le dos tourné avec lui !

— Gaylord ! Non ! Descends !

Je tape dans mes mains en vain pour le faire déguerpir. Le diablotin est étiré de toute la longueur de son petit corps, ses pattes avant posées sur la table et le museau dans mon assiette à s'empiffrer. Le bougre ne bouge même pas quand je m'approche en le grondant, trop occupé à se régaler de mon repas à peine entamé. Je l'attrape au niveau de l'abdomen, et il grogne en signe de protestation. Mais je n'en ai cure et le pose par terre, continuant de l'admonester en une piètre imitation de la voix que mon père prenait quand nous avions fait une bêtise gamins. Il me regarde de ses petits yeux noirs en se pourléchant les babines et semble se moquer de moi. Bon, pour l'autorité, on repassera. Heureusement pour moi, je suis très loin d'engendrer une progéniture. J'abandonne et débarrasse mon assiette, écœuré. Ce chien est vraiment un sale gosse ! Plus une trace de viande et les patates ont été mâchouillées.

J'ouvre la porte du placard sous l'évier où est placée notre poubelle, et c'est quand je m'apprête à y jeter les restes que je réalise. Le jouet n'y est plus. Je me fige, un filet de sueur froide me coule le long de la nuque. Non, ce n'est pas possible. L'épée a dû tomber. Frénétiquement, je cherche sous la table et dessus, près de l'évier, et même dans la poubelle. Nada. La seule explication possible, c'est que Gaylord l'a avalée. Ma mère va me tuer. Ma pression artérielle augmente alors que je me précipite vers la liste des numéros d'urgence qu'elle a laissée à côté du téléphone et cherche le numéro du vétérinaire.

Personne ne répond. Pas le choix, il va falloir y aller. Mes clés, mon blouson avec mon portefeuille, et j'embarque le yorkshire à toute allure. Comme de bien entendu, la salle d'attente est bondée et, apparemment, un jouet en plastique dans l'estomac du glouton chapardeur ne fait pas partie des priorités. J'attends donc avec le chien sur mes genoux. Il n'a pas l'air d'aller trop mal, il s'endort même au bout d'un moment mais je veux être certain qu'il n'est pas en danger de mort. Maman ne me le pardonnerait jamais. Le médecin nous reçoit après de longues heures à patienter. Gaylord a eu le loisir d'essayer d'asseoir sa domination sur un sac à main, un labrador et la cage d'un chat. Je n'ai même plus l'énergie d'avoir honte. Il a droit à un examen sommaire. D'après le vétérinaire, pour le moment, il n'y a rien d'autre à faire que d'attendre que l'objet sorte par voies naturelles. Il prescrit de l'huile de paraffine que le yorkie doit avaler pour faciliter le processus et nous met gentiment dehors.

Je rentre, les nerfs complètement flingués; et retrouve ma position fœtale sur le canapé du début de journée. Trois heures à s'imaginer comment annoncer à maman que son bébé a rendu les armes sous ma garde, ça épuise. Et ça ne fait même pas vingt-quatre heures qu'ils sont partis ! La petite boule de poils n'est pas en reste, un peu ronchon de tout ce bazar et que l'on ait osé le triturer, il s'en va roupiller dans son panier. Las, je consulte par réflexe mon téléphone qui était en train de charger dans le salon. Je suis parti sans dans ma précipitation pour sauver Gaylord. On ne sait jamais, maman m'a probablement déjà demandé de ses nouvelles. Mais c'est une autre femme qui a essayé de me joindre. Manon m'a envoyé plusieurs messages pour savoir quand j'arriverais. Un rapide coup d'œil à l'horloge m'apprend que j'ai une demi-heure de retard. Elle va penser que je lui fais faux bond alors que c'est moi qui ai suggéré que nous nous revoyions. Dans mes petits souliers, je l'appelle pour la prévenir de la situation.

— Manon, c'est Thomas. Je suis désolé de ne pas avoir pu te répondre plus tôt. J'ai eu une urgence avec mon chien. On a dû aller chez le vétérinaire. Je viens de sortir, là. Tu es toujours disponible pour qu'on se voie ? Je comprendrais que tu aies prévu autre chose entre-temps.

— Hé, je t'attendais en fait et je commençais à croire que tu m'avais oubliée. Mince... Il va mieux ? J'espère que ce n'est pas trop grave.

— Plus de peur que de mal. Il est un peu shooté mais ça va aller. Le gaillard en a vu d'autres.

— Ouf, tant mieux. On peut reporter si tu veux ?

— Non, non, tu sais quoi, commande un autre café, j'arrive d'ici une demi-heure à tout casser.

— D'accord, mais si tu n'es pas là à la trente et unième minute, je m'en vais.

— Promis, je fais vite.

Je raccroche, soulagé que l'incident avec Gaylord n'ait pas tout gâché. Trente minutes, c'est short mais je ne voulais pas la faire attendre plus longtemps. Je sens le chien mouillé et j'ai toujours mon T-shirt crado. Je m'empresse de me changer, m'asperge de parfum et repars aussi sec pour ne pas être en retard.

Je la repère tout de suite, installée à une table près de la véranda avec vue sur l'entrée du café, vêtue d'un jean slim et d'un col roulé mauve. Son visage s'éclaire lorsqu'elle m'aperçoit et un sourire se dessine sur sa bouche alors que je m'approche.

— La bonne nouvelle, c'est que j'ai pris la liberté de nous commander deux cappuccinos. La mauvaise, c'est que je ne pourrai pas rester très longtemps, je retrouve des amies après.

— Tu as bien fait. Pas de problème, je comprends, je te suis reconnaissant de m'avoir attendu. Ce petit contretemps était complètement indépendant de ma volonté, je tiens à le préciser !

— Ah ça, le lapin m'a traversé l'esprit. Je me suis demandé si j'étais en train de vivre un cas pratique de mon émission sur le *ghosting*. Un comble, mais comme on le dit souvent, les cordonniers sont toujours les plus mal chaussés.

— Ha ha, pas du tout, je ne me serais pas permis. On ne la fait pas à une experte. C'est Gaylord qui a fait des siennes. Il a avalé quelque chose qu'il n'aurait pas dû quand je ne faisais pas attention, une épée en plastique miniature.

— Gaylord ?

Elle affiche une adorable petite moue, qui oscille entre la surprise et l'incertitude. Elle doit probablement se demander si je la fais marcher. Malheureusement, non. Mais bon, le côté positif, c'est que je suis habitué à provoquer des réactions bien plus fortes avec le canidé, surtout quand je vais le promener et que je dois prononcer son prénom.

— Eh oui, Gaylord. C'est le chien de ma mère. Je le garde pendant qu'elle est en vacances. Avant que tu me demandes pourquoi, je n'ai aucune idée de ce qui lui est passé par la tête quand elle a décidé de l'appeler comme ça.

— Loin de moi l'idée de critiquer. Et comment va ce pauvre petit père ?

— Il devrait s'en sortir d'après le véto. Il n'y a plus qu'à attendre qu'il expulse la chose par voies naturelles et que je parte à la chasse au trésor pour m'en assurer. Pardon, il y a plus glamour comme sujet de discussion.

Elle éclate de rire.

— C'est sûr ! En voilà une manière inattendue de commencer le week-end. J'espère que ça n'a pas trop gâché tes plans.

— À part avoir failli rater notre rendez-vous, non. Je n'avais pas grand-chose de prévu. Il faudrait que je me mette à la recherche d'un nouvel appartement mais j'ai un peu de mal à trouver la motivation.

— Oh ! pourquoi tu veux quitter celui dans lequel tu vis actuellement ? Des problèmes avec les voisins ?

— Non, je suis en coloc et commence à en avoir marre. Et puis, c'est loin de mon travail et j'aimerais me rapprocher un peu et réduire mon temps de trajet.

J'éprouve un soupçon de culpabilité avec mon maquillage inoffensif de la réalité. Mais c'est bien mieux que la vérité, j'ai suffisamment l'impression d'être un loser comme ça. Si je lui apprends que je vis toujours chez mes parents, là, c'est certain, elle fuira. Pas la peine d'en rajouter.

— Je comprends, ce n'est pas évident de partager son espace vital, même avec des gens que l'on a choisis ou pas forcément d'ailleurs. Mais Paris reste Paris, et vivre dans la plus belle ville du monde a un prix. Je ferai le tour de mes contacts, on ne sait jamais.

— Merci, c'est sympa. Tout à fait, c'est comme avec la famille ! Parfois, on la subit un peu.

— Ne m'en parle pas, j'adore mon frère, mais qu'est-ce qu'il peut être *space* ! Comment on a fait pour ne pas s'entretuer à l'adolescence reste un mystère. C'est le mec le plus horripilant de la Terre.

— Finalement, je n'ai peut-être pas tant souffert que ça avec Rachel...

— Hum, tu es bien sûr de ce que tu avances. Elle ne m'a pas l'air commode.

C'est à mon tour de pouffer.

— C'est vrai, j'oubliais que vous vous êtes parlé au téléphone ! Tu as pu cerner le personnage en un coup de fil. Tu n'as pas idée. Même plus jeune, elle pouvait flairer un mensonge ou un secret à des kilomètres à la ronde et déployait tout un arsenal pour me tirer les vers du nez. Ça n'a pas changé aujourd'hui, elle est dans la police.

— Ah ! J'en étais sûre. C'est ta grande sœur ?

— Oui, et toi ?

— Pareil, les aînés sont les pires.

— Je ne te le fais pas dire...

— En parlant d'aînés, comment s'est passée cette première semaine aux commandes de *Millenial Now !* aux côtés d'Ornella ?

— J'ai survécu, à peine. Comme tu peux t'en douter si tu as continué à écouter les autres soirs.

— Et comment, je suis un fervent auditeur maintenant !

— Merci, j'apprécie. Cela n'a pas été une partie de plaisir mais ce n'était pas non plus l'enfer auquel je m'attendais. Ornella ne s'est pas transformée en humaine décente, loin de là. Elle continue à annoncer ce qu'elle appelle « la vérité » de manière brutale et sans équivoque et est toujours aussi ingérable. Je suis exténuée de l'entendre se lancer des fleurs, casser les auditeurs et son faux accent mélange d'italien, d'espagnol et de je-ne-sais-quoi me sort par les oreilles. Mais bon, aussi incroyable que cela puisse paraître les gens l'adorent. *Millenial Now !* rencontre un petit succès, d'après les premiers chiffres d'audience, et mon boss est ravi.

En effet, Ornella fait bien tout ce que me raconte

Manon, et c'est hi-la-rant ! Leurs chamailleries, le ton décalé et les réactions très premier degré de la médium rythment leur temps d'antenne et sont dignes d'un *comedy show.* Je comprends très bien que cela puisse marcher. Le contraste entre Manon, qui ne se prend pas au sérieux mais cherche réellement à apporter des réponses, et Ornella, qui transpire la suffisance et se contrefiche de choquer, est addictif. Je suis persuadé qu'elles atteignent bien plus que le cœur de leur cible avec un concept pareil.

— Tu veux dire que c'est un charlatan ? je m'exclame, sarcastique. Au scandale, je suis terriblement déçu !

— Je ne sais pas ce qu'elle est. Étonnamment, certaines de ses prédictions ont l'air de se révéler justes mais je peux te dire que son accent, lui, est fabriqué de toutes pièces.

— C'est pour son personnage. Elle est comme une chanteuse. Tiens, prenons Johnny Hallyday par exemple. Il y avait Johnny et Jean-Philippe. Eh bien là, il y a Ornella et...

— Cruella ?

Cela me fait sourire.

— T'exagères.

La chipie me tire la langue. Je suis bien avec elle. Cette fille me fait rire et, en sa compagnie, j'oublie d'être malheureux. Je m'oublie un peu aussi, ainsi que cette solitude qui me colle à la peau, captivé par ses anecdotes et sa personnalité. L'écouter me raconter ses problèmes me distrait avec beaucoup plus d'efficacité que le programme de Netflix tout entier. C'est la première personne que je fais rentrer dans ma bulle de plein gré depuis longtemps. Mathieu ne compte pas, il s'y est frayé un passage en force. À l'écouter, je me suis replié sur moi-même pour ne plus avoir à subir de désillusions. Foutaises, je suis habitué à survivre en autocratie. Il y en a marre des injonctions à créer des liens. À ce qu'il paraît, l'homme est un animal sociable par nature. Dans les magazines, à la télé ou à la radio, les médias n'arrêtent pas de nous le répéter. Si on préfère sa propre compagnie à celle des autres, c'est qu'on n'est pas normal. J'ai testé l'entourage toxique et je ne le conseille à personne. Être anormal me convient cent fois mieux qu'être mal entouré ! Du moins, c'était ce que je croyais jusqu'à ce que ce petit bout de femme soulève la question. Je n'éprouvais pas le besoin de frayer avec mes congénères mais sa compagnie me fait prendre conscience de ce que je rate. Pour elle, je pourrais peut-être faire une exception.

14

Manon

> *Millenial Now !*, bien que plein de bonne volonté, n'arrive pas à dépasser le stade du superficiel. L'émission se targue d'apporter des réponses aux auditeurs, mais elle exploite seulement leurs confidences, créant du buzz sur leur dos. Les conseils prodigués sont ridicules et (trop) souvent à côté de la plaque. À zapper, si vous ne voulez pas perdre votre temps et vos neurones.
>
> Cela ne vole pas bien haut. Souvent cru, rarement juste, passez votre chemin.
>
> Où sont les experts (psychologues, sociologues…) ? L'aide prodiguée se base sur le bon vouloir d'une lunatique et d'une fille dont on peut remettre en question la légitimité. Thèmes vus et revus. À quand les sujets d'actualité qui parlent au plus grand nombre ?

Les mauvais retours sont épars mais il arrive qu'ils tombent quand même et frappent bien plus fort que cent feedback positifs. Ce qui me fait le plus mal, c'est qu'ils remuent les insécurités que j'essaie d'enfouir au plus profond de moi. Il n'y a pas une question que je ne me sois pas posée ou un problème que je n'aie pas déjà porté à l'attention de Bruno. Sa réponse reste inchangée : « Continue, tu fais du bon boulot. » Et dans un sens, il a raison. J'ai pris goût à interagir avec le public, aux recherches préliminaires aux émissions et à ne pas savoir exactement comment celles-ci se dérouleront. Chaque jour c'est comme jouer à la roulette russe. Soit ça passe, soit ça me pète à la figure. Cette part d'incertitude, aux multiples variables aléatoires (Ornella, les auditeurs, leurs réactions), fait que je ne m'ennuie guère, mais il me manque toujours ce petit truc pour me sentir totalement épanouie professionnellement. Je ferme le moteur de recherche en soupirant, je n'aurais pas dû aller lire ce qu'il se dit de moi. Laisser sa curiosité prendre le dessus est une erreur de débutante.

Un coup d'œil à la pendule de ma cuisine m'annonce que je suis en retard pour le repas dominical chez mes parents. Zut, je ne sais pas comment je me débrouille mais ça m'arrive tout le temps. Je quitte mes pénates en cavalant. Antoine sera là, à l'heure lui, et il ne manquera pas de me le faire remarquer. Je redoute un peu la confrontation.

Hier alors que j'attendais Thomas, mon frère m'a écrit pour m'annoncer le prix exigé pour le prêt de sa voiture au nouvel an. Et l'addition est salée, plus salée que la mer Morte ! Ce grand malade veut que je teste l'abri de fin du monde qu'il s'est construit, le temps d'un week-end afin de voir si des personnes « lambda » peuvent y survivre. Il a toujours été un peu planant, à part, mais là, il a atteint des sommets. J'ai bien sûr refusé tout net. Tel que je le connais, son repaire n'est conforme en rien aux normes de sécurité, une vraie souricière et il est hors de question que j'y laisse ma peau ! J'ai donc refusé tout net, puis ignoré les messages qui ont suivi. Du coup, aujourd'hui, je m'attends au mieux à une remarque bien sentie, au pire à des représailles. C'est fifty-fifty avec lui, il n'y a pas de juste milieu.

Après un trajet record en scooter, me voilà au pied

de l'immeuble où j'ai grandi. Je sonne plusieurs fois à l'interphone, mais personne ne me répond. Étrange, je ne me suis pas trompée de jour quand même ? J'appelle ma mère pour en avoir le cœur net.

— Allô, ma chérie ?

— Il y a un problème avec l'interphone ?

— Non, pourquoi ?

— Je suis en bas, vous êtes à la maison ? Personne ne répond.

— Bah oui, Antoine ne t'a pas ouvert ?

— Non, je réplique en grinçant des dents.

— Antoine, arrête tes bêtises et ouvre à ta sœur tout de suite ! me hurle-t-elle dans l'oreille.

Le buzzer grésille, et la porte cochère émet un clic quand je la pousse.

— C'est bon, je monte. À tout de suite.

Suite à son petit numéro, je suis déjà bien agacée et ne décolère pas dans l'ascenseur. Heureusement, c'est mon père qui m'accueille, tout sourire. Je lui dois ma chevelure de feu et ma peau pâle couverte de taches de rousseur. La petite taille et les yeux noisette, c'est tout maman.

— Ma puce, entre, ça fait longtemps. Tu es ravissante.

— Merci, papounet, toi aussi.

— Il faut bien que je fasse des efforts pour que vous n'ayez pas honte de moi. Je reste dans le coup, fait-il, fier de lui, en lissant les pans de sa chemise sur son abdomen.

Malgré le temps qui passe, il a su conserver son allure sèche et musclée de cycliste amateur.

— Papa, plus personne ne dit ça de nos jours !

— Je te crois, c'est toi l'experte ces temps-ci, ajoute-t-il avec un clin d'œil. Ton frère est dans le salon. Je ne sais pas quelle mouche l'a piqué mais il est d'une humeur exécrable.

— OK, je vais donc aller dire bonjour à maman !

— Je t'ai connue plus brave que ça, raille-t-il dans un sourire.

J'emprunte le couloir qui relie l'entrée à la cuisine et au salon mais me fais malheureusement intercepter par Antoine.

— Scrat.

— Toinou.

Nous nous toisons comme à OK Corral, un peu plus et on entendrait la musique d'un western retentir en fond sonore. Il ne s'est toujours pas décidé à couper ses longs cheveux blonds. Avec sa barbe entretenue, il a des faux airs de Chris Hemsworth sans chercher à lui ressembler, pas du tout raccord avec sa personnalité d'anticonformiste. Il n'y a que lui pour réussir à atteindre ce look de beau gosse négligé sans effort. Quand je pense au temps que je passe, moi, dans la salle de bains pour pouvoir être présentable, cela me met encore plus en rogne. Je me fais donc un plaisir de lui rappeler cette ressemblance improbable à chaque fois que nous nous voyons.

— Alors, Thor, toujours pas de contrat avec L'Oréal ? Trop obnubilé par la préparation du Ragnarök[1] ?

— Tu es en train de me faire passer un message, là ?

— Et on attaque, même pas le temps d'enlever mon manteau... Dans tes rêves ! Merci de m'avoir laissée poireauter, trouduc. J'ai apprécié.

— Pas très agréable d'être ignorée, hein ? Maintenant tu sais ce que ça fait.

— Mais je ne t'ignorais pas, andouille, j'ai été claire, ma réponse est non !

1. Le Ragnarök correspond à une fin du monde prophétique dans la mythologie nordique.

— Une promesse est une promesse. Tu sais ce que tu risques en la brisant ? Sept ans de misère sexuelle !

— Ah, *fake news* ! Je connais mes classiques, ça, c'est quand on trinque avec de l'eau.

— Bon, peu importe. Je ne te reconnais plus, Scrat, ma petite sœur a plus d'honneur que ça. Je vais finir par me demander si les petits gris ne t'ont pas embarquée pour te reprogrammer. Ou pire, si ce n'est pas un coup des reptiliens.

— Argh, ne commence pas avec tes histoires d'aliens débiles. Et pourquoi pas les Men in Black et Frank le chien pendant que tu y es !

— Les films sont plus proches de la réalité qu'on ne le pense.

— Tu le vois mon doigt là, bah, c'est mon hologramme maléfique qui te dit d'aller te faire voir ! je beugle en lui adressant un geste grossier.

— Manon, ce n'est pas des manières de parler à ton grand frère.

C'est pas vrai, il faut toujours que ce soit moi qui me fasse gauler.

— Mamaaaannn ! C'est lui qui a commencé.

— Oh ! je n'ai aucun doute là-dessus, mais lui a l'intelligence de ne pas se faire attraper. À chaque fois que vous êtes tous les deux, j'ai l'impression que vous régressez. Vous avez quel âge, rappelez-moi ? demande-t-elle en se tournant vers Antoine, qui m'adressait un sourire narquois de derrière son épaule.

Le comédien pique du nez vers ses baskets, la contrition même.

— C'est vrai, tu as raison, maman, pardon. Nous allons faire des efforts.

Un sourire radieux se peint sur le visage de notre génitrice. J'hallucine, elle gobe son numéro en plus.

— Manon ? Tu penses pouvoir passer un repas sans que vous vous écharpiez ?

— Oui maman, je vais me tenir.

— Très bien alors. Allez, pas d'embrouilles, c'est dimanche. On passe à table.

— Cette conversation n'est pas finie, me glisse Antoine à l'oreille.

Pff, quel grand benêt. S'il y a quelqu'un qui a dû se faire enlever par les extraterrestres pour subir un lavage de cerveau, c'est lui. Je ne comprends pas comment quelqu'un d'aussi intelligent et instruit peut se laisser embobiner par de telles sottises.

Nous allons nous installer à nos places habituelles, face à face, tandis que papa et maman prennent chacun une extrémité. Mon père se sert de laitue et fait passer le saladier tout en commençant la première salve de questions.

— Alors, toujours contente de ton nouveau poste ?

— Dans l'ensemble, oui, même si ce n'est pas l'émission que j'aurais souhaité faire à la base, je suis quand même satisfaite de la tournure que ça a pris. Il y a des hauts et des bas, des coups de stress quand je dois rattraper les dérapages de ma coanimatrice, mais je ne m'ennuie pas.

— C'est le meilleur moment, les dérapages.

— Maman, tu ne vas pas t'y mettre, toi aussi.

— Je suis d'accord avec ta mère, c'est souvent plus intéressant que les témoignages et les sujets traités. Désolé, ma chérie.

— Je ne le prends pas mal, je suis d'accord avec toi. Certains thèmes ne seraient même pas abordés si j'avais voix au chapitre.

— Je pense que c'est une bonne chose. Il y a des mauvaises nouvelles tous les jours, aux infos, à la télé, à la radio, dans la vie courante. Nous sommes confrontés à des situations difficiles et une émission légère qui divertit et fait oublier les tracas du quotidien, c'est ce que beaucoup de personnes recherchent. Selon moi, c'est ce qui fait votre succès. D'ailleurs, il faut que tu me signes des autographes pour des collègues de l'hôpital. Et si tu pouvais en avoir d'Ornella, les filles des urgences seraient aux anges !

— D'accord maman, je vais voir ce que je peux faire.

— Tu peux avoir ta voix au chapitre, tu sais ?

— Toinou, tu n'as pas suivi. Mon boss a mis son veto sur les sujets qui m'intéressent.

— Je l'admets, je n'ai pas écouté *Millenial Now !* mais je faisais référence à autre chose. Tu n'as jamais pensé à créer ta propre émission ? Un podcast, ce serait la solution idéale. Tu serais libre du contenu vu que tu tiendrais les rênes de A à Z.

— Non, cela ne m'a jamais traversé l'esprit. Mais c'est compliqué à mettre en place ?

— Bah, il te faut juste un concept qui tienne la route, un micro, un enregistreur et un bon logiciel de montage ou un ingénieur du son à la technique à la rigueur pour faire les prises et le mixage si tu ne veux pas t'en occuper. Après, tu n'as plus qu'à transférer sur des plates-formes d'écoute en ligne ou de streaming, faire un peu de communication sur les réseaux sociaux, et voilà !

— Dit comme ça, ça paraît très simple.

— Ça l'est, je peux t'aider si tu veux. Avec des copains, on est numéro un sur le podcast qui pointe du doigt les agissements des Illuminati, nous lâche-t-il, fier comme un paon.

Mon père et moi échangeons un regard sceptique. Je ne sais pas ce qui est pire, qu'il se soit trouvé des copains qui partagent ses délires ou qu'il y ait une audience pour ce genre de contenu. Si ma vie était sur écoute à cause de ses pitreries, cela ne me surprendrait guère. Mais, comme dirait ma mère, du moment qu'il ne fait de mal à personne... D'ailleurs, elle s'empresse de commenter avec enthousiasme :

— Bravo mon chéri ! C'est beau la technologie, incroyable tout ce qu'on peut faire de nos jours.

— Incroyable, en effet. Cela ne m'avait jamais effleurée. Merci, Toinou, pour cette suggestion, je vais y réfléchir.

Et je le pense vraiment. Son idée est loin d'être bête, et il faut qu'elle fasse son petit bonhomme de chemin. Cependant, je trouve cela un peu suspect qu'il me propose son aide sans contrepartie. Il y a anguille sous roche, et il s'agirait d'une manœuvre pour m'endormir sur le sujet qui l'intéresse vraiment (son bunker de l'enfer) que cela ne m'étonnerait pas. Mais son intervention a eu également l'effet bénéfique de détourner l'attention de ma personne, et c'est à son tour d'être sous les projecteurs. Il se lance dans la description de la dernière application qu'il développe, et j'écoute d'une oreille distraite alors qu'il s'épanche dans des explications techniques avec ferveur.

— Bon, alors, tu viens quand à Fort Antoine ?

Je me doutais bien que c'était trop beau pour être vrai. Il a attendu que je sois seule et sans défense (en train de charger le lave-vaisselle) pour me coincer.

— « Fort Antoine » ? je pouffe dans une exclamation aiguë. T'es sérieux ? Bien sûr, il fallait que tu donnes un nom à ta planque de célibataire dégénéré et, évidemment, il fallait qu'il y ait « Antoine » dedans.

L'ego de cet homme est démesuré.

— C'est quand même moi qui l'ai conçu et construit en majeure partie.

— Et c'est bien ce qui me fait peur. Depuis quand tu te prends pour Bob le bricoleur ? Qui me dit que c'est *safe* comme endroit ? Et puis, c'est paumé en plein milieu de la campagne. Quelle est la logique derrière le raisonnement qui t'a fait penser que je sauterais sur l'occasion ?

— C'est une opportunité extraordinaire que je t'offre là ! La seule maison dans ce genre en France, et tu peux la découvrir. Il y a des gens qui paieraient cher pour avoir cette chance. Et utilise ton cerveau un peu, veux-tu ? ! Un abri anti-zombies, anti-fin du monde, anti-catastrophe, c'est normal que ce soit dans un endroit reculé. Une forteresse imprenable, il ne peut rien t'arriver !

— Sauf de mourir d'ennui.

— Que nenni, j'ai installé une salle de jeux.

— Et je vais jouer avec qui ? Mon ami imaginaire ?

— Bon, si tu y tiens vraiment, tu peux inviter quelqu'un, mais il faut que je l'approuve avant.

— Non mais, tu t'entends ? Tu comptes exiger un test de personnalité ? Le casier judiciaire ? Le carnet de santé ?

Il hausse les épaules, n'infirmant ni ne rejetant mes questions.

— De toute façon, je me vois mal demander à qui que ce soit de m'accompagner. Même à Lorna et Lou.

— L'Amerloque n'y foutra pas le pied, c'est un danger public celle-là. Lou, pourquoi pas.

— Combien de fois faudra-t-il que je te le dise ? Les pétards dans ta chambre, c'était un accident. D'accord, c'était peut-être l'idée de Lorna à la base mais on ne pouvait pas savoir que les étincelles mettraient un coup de jus à ton ordi et qu'il en ressortirait grillé.

— Encore une fois, tu as un cerveau, sers-t'en de temps à autre.

— Tu veux qu'on parle de tous les trucs débiles que tu as faits dans ta jeunesse ? Ou de ceux que tu continues à faire maintenant ?

Il ferme son clapet, et je jubile, ce n'est pas souvent que j'ai le mot de la fin avec lui.

— Bon, ce n'est pas le tout, mais je dois y aller.

Je clos le débat en déposant un baiser sur sa joue.

— Bye, Scrat, et réfléchis pour le podcast.

Compte là-dessus… Vu ce qu'il me demande en échange d'un service, je n'ose m'imaginer ce que son aide pourra me coûter. Il doit bien y avoir un moyen d'y arriver sans lui. Thomas par exemple, il s'y connaît probablement, avec un peu de chance. Demander de l'aide à l'ingé son de la radio est exclu. Je n'ai aucune envie que cela remonte aux oreilles de Bruno. Il serait capable de me mettre des bâtons dans les roues si selon lui mon projet peut nuire à *Millenial Now !* Thomas reste ma meilleure option. Je lui demanderai à l'occasion. Si je me décide à passer à l'acte. Il m'a agréablement surprise depuis ses plates excuses dans le métro. Sa manière de me remonter le moral après ma première émission, notre rendez-vous au café. Il a su me faire rire, ce qui n'est pas donné à tout le monde, et me mettre en confiance, assez pour que j'aie envie de le revoir prochainement.

15

Thomas

Le ridicule ne tue pas, certes, mais l'humiliation n'en est pas moins difficile à accepter. Je me sens terriblement stupide à observer avec une attention de faucon fixant sa proie Gaylord en train de pousser. Ma nuque me picote comme si des milliers de regards invisibles s'y pressaient, et je sens mes aisselles, ainsi que ma lèvre supérieure, s'humidifier. Pour mieux éviter de les croiser, je fixe la position périlleuse et les petites pattes ployées sous l'effort alors que le yorkshire s'en donne à cœur joie. Lui aussi a l'air presque aussi gêné que moi et détourne les yeux, la mine désolée. J'ai l'impression d'être un pervers, et éprouve un malaise extrême. *Allez, mon pauvre vieux, tu peux le faire.* Il se soulage enfin et, guilleret, se met à fureter aux alentours. C'est mon tour d'entrer en jeu, le chien a rempli son contrat jusqu'à avaler l'huile de paraffine sans trop de comédie. *Pense à maman. Elle t'a porté pendant neuf mois, t'a essuyé les fesses, a soigné tes bobos et géré les projections de vomi lors de la saison des épidémies de gastro. Tu peux bien faire ça pour elle.* La mort dans l'âme, je déplie mon sac pour déjections canines. Je m'accroupis avec une dignité feinte et me saisis de l'étron fraîchement pondu à travers le plastique. C'est tiède, je vais dégobiller. Je respire par la bouche, très doucement alors que je retourne le sac contenant la déjection. Muni d'une brindille, je fouille la matière le plus vite possible. Le morceau de bois rencontre un obstacle, le fameux petit pic en plastique argenté. Victoire ! Gaylord ne périra pas d'une fin atroce. Avec un hoquet proche du renvoi, je referme le sachet et m'empresse de m'en débarrasser dans la poubelle la plus proche.

Une fois que nous sommes rentrés à la maison, je le détache et vais prendre une douche, je me sens sale. Plus à l'aise dans un jogging et un T-shirt, je décide de m'octroyer une récompense en jouant à la console et en sirotant une bière. Je pose même les pieds sur la table du salon, personne n'est là pour me réprimander. Depuis que mes parents sont partis en vacances, je mène une vie débridée. Ou pas. Quand mon estomac gargouille, j'ouvre une conserve de raviolis et la verse dans une casserole. Les rations de survie de ma mère ont déjà disparu, et je dois m'en remettre à mes talents de manieur d'ouvre-boîte pour me sustenter. Pendant que mon repas se réchauffe à feu doux, je consulte mes mails. L'un d'eux me rappelle que le marathon de Paris arrive à grands pas et me prodigue des conseils pour m'y préparer au mieux. J'avais pris mon dossard avant ma rupture et j'ai complètement abandonné l'idée de le courir depuis, n'ayant plus l'énergie de rien. Moi qui étais tellement enthousiaste à l'idée de ce défi, on dirait que j'ai réussi à foutre cela en l'air aussi.

Oups ! La sauce bout, formant de grosses bulles qui repeignent les plaques en éclatant et certains raviolis ont commencé à accrocher au fond de la casserole. Je coupe le gaz et racle avec une cuillère en bois, versant le tout dans une assiette. Je prends une bouchée et esquisse une grimace de dégoût. C'est infâme. L'absurdité de ma vie au cours de ces dernières heures me frappe. Alors, c'est ça, ce qu'on appelle toucher le fond ? Ça sert à quoi d'être rentré si c'est pour ne pas saisir la chance de recommencer à zéro, de se réinventer ? Qu'est-ce qui est différent dans l'existence que je mène ici de celle que je menais en Allemagne ? Pas grand-chose, et j'en ai soudain honte. La sécurité de ma petite routine si précieuse et salvatrice au départ me semble maintenant me freiner. Si je suis honnête avec moi-même, je m'ennuie ferme. J'ai beau me leurrer, le temps passe et rien ne change. Tout ce que je suis en train de faire, c'est de stagner. L'aigreur me pèse, acide dans mon estomac, je voudrais être un autre homme. Pas ce mec qui traîne son spleen comme un romantique maudit. Je commence à comprendre qu'être misérable chez soi n'est rien d'autre qu'un beau gâchis.

Mon téléphone émet un bip caractéristique annonçant l'arrivée d'un message. Manon est une distraction bienvenue de mes pensées sombres. Bizarrement, même si j'ai passé un bon moment avec elle au café, je ne pensais plus jamais entendre parler d'elle. La faute à mon manque chronique de confiance en moi.

Je viens aux nouvelles, comment va Gaylord ?

Comme un charme depuis qu'il est tiré d'affaire. Excalibur s'est décrochée de son rocher, il y a deux heures de cela !

Hahaha, t'es crade ! Merci pour tous ces détails, je n'en demandais pas tant. Et comment se porte son baby-sitter ? Quelque chose de prévu ce soir ?

Je prends une photo en contre-plongée de mon assiette de raviolis qui repose sur mon estomac bombé (les petits plats de maman, ça ne pardonne pas) avec la manette et l'écran de télévision en fond. Je lui envoie avec une légende.

Tout va bien, j'espère que toi aussi. Grosse ambiance. Avoue que c'était une jolie métaphore. Et toi ?

Tu es un poète. Je sors de la radio. Je voulais te proposer d'aller dîner quelque part mais j'arrive trop tard si j'en crois ton assiette de gourmet.

Je m'apprête à lui répondre qu'en effet, il faudra reporter mais j'ai un éclair de lucidité. Le truc avec le changement, c'est que c'est terrifiant et que ça demande de la volonté, un effort continu pour sortir de sa zone de confort et ne pas perdre de vue ses objectifs. Beaucoup de gens veulent changer. De vie, de ville, de travail, de compagnon mais peu sautent le pas. J'ai entamé quelque chose en déménageant, revenir chez mes parents n'était qu'une partie du process, une étape nécessaire à la reconstruction mais avec une durée limitée. Il faut que j'aille au bout de mon intention. Je ne peux plus continuer comme ça ; à trop se laisser porter, on passe à côté de l'existence que l'on souhaite. Et cela commence par la fin de la complaisance, de l'apitoiement, du doute. Tenir les promesses que je me suis faites pour rester fidèle à moi-même et me redécouvrir. Un plan se profile dans mon esprit. Ce projet de courir mon premier marathon, pourquoi ne pas m'y tenir ? Il n'est pas trop tard. Reprendre la prestidigitation. Chercher un appartement. Ne plus rester enfermé chez moi.

Je venais de commencer. Les raviolis cramés ne sont pas de taille à rivaliser avec toi et la perspective de « vraie » nourriture. On se retrouve vers Nation ?

Parfait ! Ravie de constater que tu as le sens des priorités. Je connais un bon restaurant chinois. Je t'envoie l'adresse. On se retrouve d'ici 45 minutes ?

À sa démonstration d'enthousiasme, je suis électrisé. Tout ne m'apparaît plus aussi sombre et ma soirée déprime s'évapore comme par magie. Plus j'y pense et plus je sens que c'est la bonne décision. Elle s'accompagne d'un sentiment de justesse dans mes tripes comme si j'avais retrouvé l'équilibre pour un court instant. J'envoie une réponse positive et, galvanisé par ce nouveau souffle, je revêts ma tenue de sport. Il faut battre le fer tant qu'il est chaud, et j'ai un peu de temps à tuer. Un bon podcast dans les oreilles, je m'élance sur l'avenue du Bel-Air direction Daumesnil. Je me concentre sur ma respiration, mes pieds qui battent le macadam et le paysage qu'offre Paris, fantomatique à la lumière des lampadaires. Mes jambes me tirent, l'air froid enflamme mes poumons alors que je contourne le jardin de Reuilly, fermé à cette heure-là. Les sensations sont familières, comme des amies de longue date, et cela me donne un regain d'énergie pour poursuivre ma boucle en direction de la place de la Nation. Je la repère qui me fait de grands signes sur le trottoir devant le restaurant. Son carré long planqué sous un bonnet rouge et une grosse écharpe en laine autour du cou, on la dirait en expédition au pôle Nord.

— Pourquoi tu es venu en courant ? Il n'y avait plus de métro ?

— Je me remets au sport, alors j'en ai profité, petit jogging nocturne.

— Ugh, sport, dit-elle alors que l'aversion dégouline de sa voix et que son nez se retrousse. Ce concept ne fait pas partie de mon vocabulaire. Tu ne m'avais pas dit que tu étais membre de la secte des runners. Et il y a une raison particulière ? Si tu me sors « bonne résolution », je crois que je vais prendre mon plat à emporter.

Je m'esclaffe, cette fille m'éclate. Nous pénétrons dans la salle, décorée de lanternes, de dragons en papier et de statues de Bouddha et gagnons une table pour deux contre un mur, sous une estampe fleurie de pivoines dans la campagne. Un serveur vient prendre nos commandes, rouleaux de printemps et gambas à la sauce piquante pour moi, nems et poulet sauce aigre-douce pour elle. Manon nous verse de l'eau en attendant nos boissons et nous nous jetons sur les chips aux crevettes.

— Non, qui continue à en prendre de nos jours ? On sait tous que c'est utopique. J'ai toujours aimé courir et j'ai décidé de participer au marathon de Paris cette année.

Elle m'asperge avec la gorgée qu'elle venait de prendre.

— QUOI ? ! Tu reprends juste le sport et tu veux courir le marathon ? Tu ne fais pas les choses à moitié, toi. Tu ne veux pas plutôt commencer par un semi ? Ou dix kilomètres ?

— Il faut croire que non. C'est un beau challenge, tu ne crois pas ? je lui demande en m'épongeant.

— Ça, pour être un challenge... Tu réalises que tu as moins de trois mois pour t'entraîner ?

— J'ai conscience que cela peut paraître irréfléchi.

— T'es complètement barge, tu le sais ? Tu ne peux pas aller pousser à la salle comme tout le monde ? ! Pourquoi tu veux t'infliger ça ?

— J'ai besoin de me prouver que je suis plus fort que je ne le pense. C'est ma manière à moi de me relever après une rupture compliquée.

— Je ne savais pas, désolée. J'ai mis les pieds dans le plat avec mes gros sabots. C'est récent ?

Elle m'observe avec une petite mine triste, et je lui rends son regard en haussant les épaules avec une nonchalance feinte.

— Ce n'est pas très grave. J'essaye de tourner la page. Presque cinq mois.

— Ah, tu veux en parler ?

Et je ne sais pas pourquoi, mais, devant ses yeux graves, je me vide comme un ballon percé et lui raconte tout alors que je suis incapable d'en toucher un mot à ma famille. Peut-être parce qu'on ne se connaît pas encore vraiment, c'est toujours plus facile de raconter sa vie à des étrangers.

— Avec le recul, ce qui s'est passé est assez banal en fait. Ça faisait cinq ans qu'on était ensemble. Elle m'a suivi quand j'ai eu mon poste en Allemagne. Je travaillais beaucoup, on m'avait promis une grosse promotion si je menais à bien le développement sur la toute dernière voiture hybride de l'entreprise. C'était beaucoup de sacrifices mais je savais que ça allait payer. Je comptais la demander en mariage juste après. Bref, je sentais bien que nous étions en train de nous éloigner, que ce n'était pas comme avant. J'ai mis l'essoufflement de notre relation sur le compte des années écoulées. Je faisais l'autruche devant ses regards agacés et ses reproches de plus en plus nombreux. Et puis, mon cousin est venu passer des vacances chez nous. Je suis rentré un soir pour les trouver tous les deux en pleine action dans notre lit.

— Oh ! la garce !

— Ce qui me dérange le plus, ce n'est pas la tromperie. Ça peut arriver, c'est le fait qu'elle m'ait trahi avec celui qui était comme mon frère. Parfois, je me demande si sa trahison à lui ne me fait pas plus mal. Il savait que je voulais faire d'elle ma femme. Je lui avais même demandé d'être mon témoin. Jamais je n'aurais pu imaginer ça d'eux. Pas une seule seconde. Et le pire dans tout ça, c'est que personne dans ma famille n'est au courant. J'ai peur que l'on ne me croie pas, qu'on pense que j'affabule par jalousie. J'ai toujours été le vilain petit canard alors que lui est le chouchou de tout le monde. Histoire d'une fois ou véritable liaison, je n'ai pas cherché à le savoir. Malgré la peine, j'étais prêt à lui pardonner, à l'épouser et finir nos jours ensemble. Elle m'a quitté. Pathétique, hein ?

— Pas du tout ! Ce sont eux qui se sont comportés comme les pires ordures. Tu n'as pas à avoir honte, c'était courageux de choisir de rester et de sauver votre couple. À l'ère des fast-divorces, très peu de personnes font le même choix que toi. C'est elle la lâche dans l'histoire.

Son opinion, annoncée avec véhémence et conviction, est comme un baume sur mon cœur mis à vif par ma confession. L'émotion m'étreint la trachée, et j'ai besoin de quelques instants pour me reprendre.

— Merci pour ce que tu viens de me dire. Je crois que j'avais vraiment besoin de l'entendre.

— Il n'y a pas de quoi, j'adore donner mon avis. Tu n'es pas au courant ? J'ai même une émission rien que pour ça tellement c'est ma passion.

Et juste comme ça, tout redevient léger. J'esquisse un sourire alors qu'elle poursuit :

— Merci pour ta confiance. J'en suis honorée.

— Bon maintenant que tu sais tout sur ma vie sentimentale pitoyable, c'est ton tour ! Tu as quelqu'un ?

— Non, je suis célibataire depuis un moment. J'ai quelqu'un en vue, mais c'est délicat. Je n'arrive pas à savoir ce qu'il veut, si je l'intéresse vraiment. Bref, c'est compliqué aussi. Et de toute façon, la drague n'est pas trop ma tasse de thé.

— On est deux. Au moins, toi, tu laisses une impression. Moi, je suis transparent.

— Hé ho, première règle pour aller mieux, on lâche du lest et on arrête de se dénigrer ! Et ce n'est pas vrai, je me souvenais de toi.

Le serveur apporte nos plats ainsi que nos boissons.

— Pas pour les bonnes raisons, je me trompe ?

Elle aspire ses lèvres comme pour se retenir de répondre et écarquille les yeux, prise de court. J'ai un petit rire désabusé, oui, il est grand temps d'évoluer.

— Tant d'efforts pour ne pas froisser mon ego fragilisé, je suis touché. Trinquons à toute cette solidarité, c'est beau.

— Tchin ! Aux losers de l'amour.

— Tchin !

Un petit silence religieux suivi de grognements d'appréciation s'installe entre nous deux alors que nous faisons honneur à nos plats.

— Et sinon, tu as passé un bon week-end ? je questionne entre deux bouchées.

— Plutôt, fiesta avec les copines le samedi soir et repas de famille étrange le dimanche.

— « Étrange » comment ?

— Je t'ai dit que mon frère était un peu spécial, non ? Il m'a rendu service il y a peu et maintenant, il veut que je lui rende la pareille en venant tester son abri de fin du monde un week-end.

— Qu'est-ce que c'est que ce truc ?

— Un genre de bunker où il a entassé tout plein de choses nécessaires à la survie au cas où les aliens débarqueraient ou si la Troisième Guerre mondiale venait à éclater. Nourriture, médicaments, j'ose espérer qu'il n'a pas d'armes.

— Ah ouais, quand même. C'est légal ce genre de chose ?

— Si tu rencontres Antoine un jour, tu sauras qu'il vaut mieux éviter de se poser des questions si on n'est pas prêt à entendre la réponse. Tu vas finir ton rouleau de printemps ?

— Non, vas-y. Et tu lui as répondu quoi ?

— À ton avis ? Y a pas moyen que je m'enferme

dans sa cabane de l'horreur toute seule un week-end entier ! Avec la chance que j'ai, la porte serait tellement blindée que je n'arriverais pas à la rouvrir. Je me vois déjà mourir de déshydratation six pieds sous terre. Tu veux goûter ?

J'acquiesce, et elle me fait signe de me servir directement dans son assiette.

— C'est sûr que dit comme ça, ça ne donne pas très envie.

— Bien sûr que ça ne fait pas envie ! Il n'y a que les zozos dans son genre qui sont emballés par l'expérience !

— Hum, je ne suis pas tout à fait d'accord avec toi. De plus en plus de personnes sont à la recherche de l'aventure et d'expériences hors du commun. J'ai même entendu parler d'un *escape game*[1] où tu passes vingt-quatre heures dans un hangar à essayer de t'en échapper comme si tu étais un agent secret emprisonné par ses ennemis. Ce qu'il te propose n'est pas si éloigné finalement. Moi, ça m'intrigue en tout cas. Peut-être pas pour y passer deux jours, mais au moins pour voir à quoi ça ressemble.

— Je savais bien qu'il y avait un truc qui ne tournait pas rond chez toi ! Tu n'as qu'à y aller si tu veux. Je te donne ma place sans problème.

— Ah mais ce n'est pas moi qui suis invité. Et puis comme tu as refusé, maintenant la question ne se pose plus de toute manière.

— On verra bien, c'est très compliqué d'avoir le dernier mot avec lui.

1. Jeu d'évasion dont le but est de s'échapper d'une pièce dans une durée limitée en groupe en recueillant des indices disséminés dans la salle ou en résolvant des énigmes sur un thème donné ou des jeux de logique.

— J'en connais un comme ça moi aussi, qui te tanne jusqu'à ce que tu craques et dises oui.

— Ah, ça me rassure. Quelqu'un de ta famille ?

— Non, un collègue. Mathieu. Il a insisté lourdement pendant des mois pour que je prenne ma pause déjeuner avec lui.

— Pauvre Thomas, forcé de manger avec des gens, l'horreur !

La chipie se moque, affichant une mine faussement scandalisée.

— Honnêtement, le mec mérite une médaille pour avoir tenu bon. Je ne pense pas que j'en aurais fait autant.

— Hum, je crois que je te préfère moins sarcastique.

— Et moi, je dis que c'est l'hôpital qui se fout de la charité. On s'y fait très bien à mon humour, tu verras, tout va bien se passer. Et je pourrai le rencontrer un jour ce fameux Mathieu ? Il a l'air d'être fun.

— Ah ça, c'est sûr qu'avec lui, on ne s'ennuie pas, dans le genre hyperactif. Il faudra qu'on organise ça, alors. Il serait ravi. À une condition par contre.

— Laquelle ?

— Tu pourrais demander à Ornella quelles sont mes chances de réussir le marathon ?

— Ah non ! Tu ne vas pas t'y mettre toi aussi !

Elle me foudroie du regard, et j'explose de rire. Manon est très divertissante quand elle est remontée.

16

Manon

— Les transits planétaires de Mercure en rétrograde courant mars en font une bonne période pour l'afflux de gains via la vente de patrimoine immobilier.

Je me retiens de lever les yeux au ciel. Sans blague, si on vend son appart, on récupère de l'argent…

— Et cela conclut notre émission de ce soir. Merci, Ornella, merci aux auditeurs. Je vous laisse entre les mains de Raph après la pub. Une très bonne soirée et à demain !

Je fais signe au technicien de lancer la page de réclame et j'enlève mon casque. Saluant Ornella d'un signe de tête, je quitte le studio et m'apprête à rentrer chez moi quand je tombe sur Raphaël en chemin.

— Hé, Manon, tu ne restes pas pour radio libre ce soir ?

— Non, j'ai quelque chose de prévu, je mens éhontément.

J'ai décidé de tenter une autre technique. Celle du fuis-moi, je te suis. Le temps est venu de le titiller un peu et de voir ce qu'il a dans le ventre. Je suis désespérée à ce point. Et je commence à en avoir assez d'attendre qu'il me donne les miettes de son attention. Un sourire çà et là ne suffit plus à me satisfaire. Mon opportunité avortée m'a montré à quel point ça colle entre nous, et je me languis de plus belle. J'ai beau le croiser tous les soirs quand je lui passe les commandes du studio, je ne suis pas plus avancée. Pas l'ombre d'un signe, et ce n'est pas faute de désintérêt de ma part. Il me fait toujours autant d'effet. Bon, c'est sûr, la présence d'Ornella n'est pas propice à la séduction, et quand je rends l'antenne, je suis plus encline à accepter l'invitation de Lorna pour venir essayer son cours de boxe qu'à me transformer en championne du flirt.

— Allez, ça fait longtemps que tu n'as pas traîné dans le studio avec nous. Tu sais que tu en as envie...

Il affiche une moue adorable qui me rend toute chose. Le saligaud connaît son pouvoir sur les femmes. L'espace d'un instant, je me laisserais presque influencer. Je résiste. C'est pour mieux l'avoir plus tard.

— Tu vas être en retard. Je ne peux pas ce soir, une autre fois. Bonne soirée, Raph.

— Très bien, joue-la comme ça. En tout cas, sache que si tu as besoin de conseils radiophoniques sur l'animation et la dynamique, la porte de mon studio est toujours ouverte.

OK, alors je ne m'y attendais vraiment pas à celle-là. Je refuse son invitation à traîner dans le studio et je me prends une remarque de blaireau. Qu'est-ce qu'il insinue ? Que je ne suis pas assez bonne ? Que j'ai besoin de leçons particulières ? Est-ce sa manière à lui, maladroite et qui ne lui ressemble que peu, d'obtenir un rendez-vous, l'air de rien ? Cela me perturbe, plus que de raison. Je voudrais rester et lui demander des explications, mais il est sur le point de commencer. Et puis, je dois maintenir la façade de mon mensonge. Ce soir, je suis « pressée ». Je serre les dents et prends congé.

Agacée par sa remarque insidieuse, j'éprouve soudain

le besoin de fumer. Je retrouve mon scooter et le chevauche avant de m'en griller une. Je pianote sur mon téléphone tout en tirant sur ma clope et reçois un message de Thomas. Il s'agit d'une série de photos de lui avec une petite fille à la bouille trop craquante. Sa touffe de cheveux ébène et bouclés est maintenue en un ananas par un chouchou girly sur le haut de son crâne, et elle regarde l'écran avec de grands yeux sombres étonnés. Dans la suivante, elle pousse Thomas hors du cadre (je n'aperçois qu'un morceau de son visage et ses lunettes de guingois), la bouche grande ouverte sur deux quenottes miniatures, une expression de pure joie sur son joli minois. Je l'appelle, tout attendrie, et il décroche à la première sonnerie.

— Alors pas d'entraînement ce soir ? C'est qui cette jolie poupée ?

— Non, c'est une soirée spéciale en tête à tête avec ma nièce chérie. Je suis le baby-sitter pendant que papa et maman sont au spectacle.

J'entends des éclats de rire en arrière-plan.

— Eh bah, ça a l'air de lui plaire. Il y en a une qui a de la chance d'avoir un tonton pareil.

— Les parents en avaient bien besoin. Et puis, ce n'est pas comme si mon agenda mondain était très pris. Et toi ? Ça donne quoi ton programme de ce soir.

— Pas grand-chose à dire vrai. La seule chose dont j'aie envie, c'est un moment tranquille.

— Antisociale ! Je sais, c'est totalement hypocrite de ma part, mais j'assume.

Il ricane et je souris bêtement.

— Tu veux être antisociale avec moi et venir me tenir compagnie ? C'est l'heure d'aller la coucher et après avoir nettoyé la compote qu'elle a réussi à étaler jusqu'à ses oreilles, je risque de m'ennuyer.

— Pourquoi pas.

— Super, on pourra se commander à manger si tu as faim. Je n'ai pas encore dîné. Je t'envoie l'adresse.

— On fait comme ça. À toute.

Je termine ma cigarette en attendant son message, qui ne tarde pas à arriver, puis je chausse mon casque et enfile ma monture direction le 13e arrondissement. Je me gare en bas d'une tour et ouvre la porte de l'immeuble à l'aide du digicode envoyé par Thomas.

Il m'accueille seul, je présume que sa nièce est déjà au lit. Le sas de l'entrée déboule sur un grand séjour avec une cuisine ouverte, à l'électroménager moderne et aux tons bleu marine. Une imposante table en bois avec des bancs de chaque côté et une chaise bébé à une extrémité délimitent l'espace salle à manger. Une suspension au chêne assorti à celui du mobilier et du parquet, d'où pendent des luminaires à grosses ampoules nues, projette une douce lumière. L'espace salon tourne le dos à la cuisine et est constitué d'un large canapé, en tissu bleu marine, de poufs marocains en cuir, d'une table basse avec un plateau en verre et d'une télé reposant sur une malle vernie vintage.

— Mets-toi à l'aise, je te sers quelque chose ?

— Un Coca si tu as. Alors, elle est où la petite ?

— Au dodo, j'espère qu'elle va y rester. Ma sœur a un mal fou à la coucher en ce moment. Elle m'a laissé une liste d'instructions longues comme le bras, et je dois m'y plier sous peine d'être responsable du rythme anormal d'Hannah. Et la règle d'or : interdiction de la relever une fois qu'elle est au lit.

— J'étais pareille quand j'étais gamine, et les choses ne sont pas allées en s'arrangeant, je dis en faisant une grimace compatissante.

— Aïe, bon bah, il n'y a plus qu'à espérer que ça se tasse avec le temps pour Hannah. Quoi qu'il en soit, je ne le répéterai pas à Rach. Des sushis, ça te dit ? Il y en a un très bon au coin de la rue qui livre.

— Parfait !

Il sort les menus d'un tiroir de la cuisine et me les tend ainsi que mon verre de soda. Nous nous installons sur le canapé pour passer notre commande, et Thomas vient juste de raccrocher quand un cri strident, suivi de pleurs, retentit dans l'appartement.

— Noooon, elle s'est réveillée... Je me disais bien aussi que c'était trop beau, cette demi-heure de répit direct après l'avoir couchée. Désolé pour tes oreilles mais malheureusement, il n'y a rien que je puisse faire. Il faut la laisser pleurer. Ce n'est pas moi qui le dis, c'est la liste.

— Oui, je comprends. C'est conseillé, il me semble, de laisser les petits se fatiguer tout seuls. Je crois que c'est ce que mes parents ont fait avec moi, et je ne m'en suis pas trop mal sortie.

Il me jette une œillade soulagée.

— Exactement, c'est normal pour tous les enfants, hein ? Ça ne veut pas dire qu'elle est malade ou qu'elle a besoin d'être changée ?

— Alors là, tu m'en demandes trop. Le seul gamin dans mon entourage, c'est mon frère et il a trente-trois balais !

Les gémissements n'ont pas l'air de se calmer, au contraire, ils redoublent de puissance. Je vois Thomas se décomposer. Sa jambe tressaute nerveusement.

— Je... Je vais aller vérifier, finit-il par craquer.

— Fais comme tu le sens, ce n'est pas moi qui vais tout raconter à ta sœur.

Il est trop tendu pour se dérider et part en direction de ce que je présume être la nurserie. J'en profite pour faire ma curieuse et observer les séries de photos de famille qui ornent les murs écrus. Les pleurnicheries s'arrêtent, et j'entends Thomas parler à voix basse. Son téléphone se met à sonner.

— Thomas, tu as un appel.

— C'est probablement le livreur. Tu peux le prendre, s'il te plaît ? Mon portefeuille est dans la poche de mon blouson.

— D'accord, je m'en occupe.

— Laisse-moi t'inviter en guise de remerciement pour être venue me prêter main-forte. La prochaine sera pour toi.

— D'accord, j'ai bien fait de venir moi !

J'entends son rire bas et décroche, le sourire aux lèvres. J'indique au livreur le code et l'étage et réceptionne nos repas. Je dispose les plateaux en plastique contenant nos makis sur la table de la cuisine l'un en face de l'autre ainsi que les récipients contenant nos soupes et salades. Il réapparaît avec la petite puce dans les bras. Celle-ci, vêtue d'un pyjama vert avec un motif de renard, suce son pouce. Ses cils sont encore perlés de larmes de crocodile, et sa tête est blottie contre la clavicule de son oncle. Elle m'observe d'un œil vif et curieux de dessous ses boucles brunes. Elle est trop choupi. J'ai envie de la dévorer de baisers.

— Pas de problème de fuite, ni de fièvre. Le mystère reste entier. Je viens faire les présentations avant de la recoucher, m'annonce Thomas. Manon, voici Hannah.

Je m'approche d'eux et écarte la mèche qui lui tombe sur le front.

— Coucou Hannah, ravie de te rencontrer.

La petite fait sa timide et cache son visage dans le cou de Thomas, ce qui nous fait rire tous les deux.

— Elle est un peu sauvage avec les inconnus. Elle tient ça de moi. Ne le prends pas personnellement.

— Du tout. Une madame bizarre qui me touche les cheveux, j'aurais réagi de la même manière. Et puis, tes bras ont l'air particulièrement confortables. Je comprends qu'elle les préfère à son lit.

Il hausse les sourcils derrière ses lunettes et me contemple, espiègle.

— Vraiment ? Tu as entendu ça, Nana ?

Mes joues sont en feu quand je réalise ce qui vient de sortir de ma bouche.

— Je parlais pour la petite, je ne projette rien là-dedans.

Je m'enfonce.

— Hum, bien sûr. Loin de moi de m'imaginer des choses. Tu dis au revoir, Nana ? fait-il en inclinant la tête vers le bout de chou.

Elle retourne la tête vers moi et m'adresse un signe timide.

— Au revoir, Hannah, je la salue à mon tour.

Thomas va la reposer dans sa chambre et ne tarde pas à revenir. Nous dégustons notre repas en discutant, mais Hannah se remet à chouiner. Cette fois-ci nous tentons de l'ignorer et réussissons à tenir jusqu'au dernier *california spring roll.* C'est dur, et je peux voir que Thomas a de plus en plus de mal à se concentrer. Nous avons déjà enfreint la règle une fois, une toute petite fois de plus ne changera pas grand-chose à mon avis. Je ne supporte pas de le voir aussi inquiet.

— Tu veux que j'y aille ? Peut-être qu'avec moi, elle se calmera.

— D'accord, je débarrasse. C'est la porte tout au fond du couloir.

Hannah est accrochée aux barreaux de son lit et pousse des cris, la tête renversée en arrière. Elle s'arrête net quand je pénètre dans la pièce et me tend les bras. Quelle petite comédienne ! Je ne résiste pas à l'envie de la prendre et de la bercer doucement tout en lui expliquant qu'il est l'heure de roupiller. Ses petits cheveux duveteux me chatouillent la joue, je ne peux m'empêcher d'en respirer la délicieuse odeur de propre. Sa menotte joue avec mes bracelets alors qu'elle m'écoute. Au bout d'une dizaine de minutes, elle se laisse faire quand je l'allonge et ne moufte pas quand je ferme la porte. Je retrouve Thomas dans le salon.

— Tu sais y faire, on dirait.

— Je ne voudrais pas crier victoire trop vite, mais il se pourrait bien que cette fois-ci soit la bonne.

Il me fait un grand sourire en levant sa main bien haut pour un *high five* que je m'empresse d'accomplir avec joie.

— Bien joué ! Tu en as ta claque du baby-sitting ou tu veux rester un peu plus longtemps ? J'en ai encore pour deux bonnes heures, je dirais. Trois s'ils décident d'aller boire un verre. Je pensais regarder une série en attendant le retour des parents. Tu es la bienvenue pour regarder avec moi. Tu as déjà vu *Gotham*, je suppose ?

— Tu me prends pour qui ?

— OK, fan de Batman, je n'aurais pas dû demander. Et *La Casa de papel* ?

— Non, je ne l'ai pas encore regardé, mais ça me dit carrément ! Tout le monde n'arrête pas de m'en parler.

— Super, installe-toi. Je lance l'épisode.

Tokyo a commencé à nous faire entrer au sein du groupe et à exposer le génie du Professeur quand Hannah remet ça. Nous échangeons un regard dépité. D'un commun accord, nous tâchons de nous focaliser sur l'épisode. C'est mission impossible. Thomas appuie sur « pause ». C'est du sacrilège, et je suis prête à tout pour que nous reprenions. Même à avoir la mini-enquiquineuse sur le canapé.

— Tu crois que sa maman nous en voudrait beaucoup si elle restait avec nous ?

— Elle n'est pas obligée de le savoir, soupire-t-il. Par contre, on va devoir changer de programme. Je ne veux pas la traumatiser.

Mon plan est un échec.

— Argh, c'est super dur ce que tu me fais là !

— J'en ai bien conscience, Manon, je suis dans le même état que toi. C'est un déchirement, mais Tokyo doit partir.

— Tu as raison. On pourra toujours voir la série à un autre moment. À une condition par contre, tu ne regardes pas sans moi. On a commencé ensemble, on finit ensemble.

— Deal !

J'éteins la télé pendant que Thomas va chercher Miss Casse-Bonbons et s'assied à côté de moi, sa nièce sur les genoux. Elle nous contemple, tour à tour, l'air innocent, et commence à babiller en gesticulant des bras et en tapant dans les mains.

— Elle veut quoi, là ?

Thomas secoue la tête en se passant une main dans les cheveux. Son regard agacé s'est radouci, et les coins de sa bouche se relèvent presque imperceptiblement.

— J'ai eu le malheur de lui faire deux trois tours de magie avant le repas. Ça a dû faire son petit effet.

— Oh oui, tu m'avais promis un spectacle si je me souviens bien !

— Je parle trop, m'annonce-t-il avec un demi-sourire.

Il me tend la jolie poupette, que je cale sur mes genoux pendant qu'il va chercher des accessoires. Il revient quelques minutes plus tard et s'installe derrière la table basse, face à nous.

— Mesdemoiselles, bienvenue au Thomas' show ! s'exclame-t-il dans un geste théâtral.

La petite Hannah se tortille avec le sourire, les yeux rivés sur Thomas, et je ne suis pas mieux. Il commence par les classiques, le pouce coupé, la pièce qui disparaît, le crayon qui devient mou, mais plus sa petite représentation avance plus je suis captivée. Il fait léviter une carte, coupe une pomme en deux avec ses mains et change la couleur d'un foulard. Il est comme transformé, fluide et charmeur. Si parfois lors de nos interactions j'ai pu le sentir timoré et en retrait, ou encore toutes griffes dehors quand mal à l'aise, là, il exsude la confiance en soi et sa prestance remplit toute la pièce. Il est dans son élément et ça se sent, je suis étrangement troublée par cette nouvelle facette de sa personnalité. Nous sommes toutes les deux ravies et bluffées avec Hannah et applaudissons à tout rompre quand le spectacle est fini. Thomas récupère sa nièce et lui donne sa tototte avant de s'asseoir à mes côtés. Celle-ci pose sa joue sur le torse de son oncle et suçote sa tétine en jouant distraitement avec son T-shirt.

— C'était vraiment super, Thomas ! Tu as pensé à faire des animations pour des anniversaires, des mariages, des bar-mitsva ?

Il a du mal à accepter les compliments et dépose un baiser sur les cheveux d'Hannah pour se donner une contenance. Mais je ne suis pas dupe, je commence à le connaître. Le bout de ses oreilles est rosé ainsi que ses pommettes, ce qui ne fait que le rendre plus touchant.

— Ha ha, fais ta maligne ! Oui, j'en ai déjà fait, figure-toi. C'était un très bon moyen d'arrondir mes fins de mois au lycée.

— Tu devais avoir un succès fou.

— Auprès des enfants et des adultes, oui. Auprès des gens de mon âge, pas franchement. Je te l'ai déjà dit, ce n'était pas un hobby très populaire.

— Eh bien, ils ont eu tort. Moi, je te trouve très cool, Thomas Zimmerman.

Et pas qu'un peu, je songe en observant le tableau qu'ils forment avec sa nièce qui dort maintenant à poings fermés contre lui.

17

Thomas

— Afterwork ce soir, Zimmerman, t'en es ? me demande Mathieu avec son énergie habituelle.

— Et comment !

Il bloque, les yeux ronds comme des soucoupes à côté de mon bureau.

— Attends, je n'ai pas bien entendu, là. T'as dit quoi ?

— Je t'ai dit oui, couillon !

— Enfin ! Je n'y croyais plus, s'exclame-t-il en m'envoyant une grande claque sur l'épaule. On va s'éclater ! Par contre, tu feras gaffe à ne pas te démettre une hanche en dansant, papi. Hors de question de finir la nuit aux urgences.

— Ha ha, très drôle. Décidément, on ne se lasse pas du comique de répétition.

— Départ à 18 heures, on prendra ma caisse. Et je vais inviter des gens du groupe de running dont je t'ai parlé. Ça te donnera peut-être envie de venir aux séances d'entraînement.

En exposant mon projet à Mathieu, j'ai appris que lui aussi courait le marathon. Nous avons donc pris l'habitude de jogger ensemble, parfois sur notre pause déjeuner, mais il se trouve qu'il fait également partie d'un collectif qui s'entraîne le soir et les week-ends, qu'il m'a plus d'une fois chaudement recommandé de rejoindre. J'ai toujours décliné jusque-là, la dynamique d'équipe m'oppresse, et je préfère suivre mon propre rythme en faisant cavalier seul.

— Parfait, mec, on fait comme ça. Maintenant, laisse-moi bosser.

Il s'éloigne en ricanant comme un collégien, et je retourne à mes équations et simulations.

À 18 heures tapantes, nous quittons le parking souterrain, pétaradant dans son A3 et la radio en fond sonore. Je n'ose pas lui demander de mettre l'émission de Manon, il a déjà suffisamment de munitions pour me chambrer, et je ne voudrais surtout pas lui faciliter la tâche. Cap sur les Champs-Elysées et sa pléthore de boîtes de nuit, j'en ai des sueurs froides, mais je me suis engagé.

Après avoir subi les embouteillages sur le périph et la galère de se garer dans le 8e arrondissement, nous voilà dans une énième queue, nos préventes à la main. J'observe la foule, mélange bigarré d'étudiants et de jeunes actifs, faciles à distinguer dans leurs costumes et jupes tailleur. J'ai déjà l'impression de ne pas être à ma place et me demande s'il est trop tard pour prétexter la maladie subite. Mathieu pianote furieusement sur son smartphone. D'après ce qu'il m'a dit, il a rameuté des copains d'école d'ingé et des personnes du sport. Justement, il fait de grands signes à un petit groupe qui fend la populace, deux garçons et trois filles, habillés à la sauce business. Nous nous présentons et nous nous faisons la bise alors que la file avance puis nous pénétrons enfin dans le sacro-saint club.

Après un passage obligé par les vestiaires, nous réquisitionnons deux petites tables, sur une estrade non loin du buffet. Je suis l'exemple de mes camarades et me rue sur le bar, où j'échange mon ticket rose contre une coupe de mousseux tord-boyaux. Qu'à cela ne tienne, les salades disposées sur les tréteaux du buffet à volonté sont là pour éponger. Mais comme avec l'alcool, il faut se dépêcher, la loi de la jungle parisienne est à l'œuvre. Premier arrivé, premier servi. Je tente ma chance avec une macédoine de légumes mais finis par abandonner mon assiette.

— Pas terrible, n'est-ce pas ? Le taboulé est mieux.

La petite brune avec une frange et des yeux noirs s'est présentée tout à l'heure, mais j'ai déjà zappé son prénom. Je hausse les épaules en un geste fataliste.

— En même temps, nous ne sommes pas venus ici pour manger.

— Pas faux.

Nous trinquons.

— Tu es venu pour quoi alors ?

— Pour que Mathieu me lâche les basques ! Et toi ?

Elle rit à gorge déployée, dévoilant ses dents du bonheur.

— Pareil ! C'est vrai qu'il peut être vraiment lourd quand il veut. Mais c'est un bon pote, alors on lui pardonne. Vous travaillez ensemble, c'est ça ?

— Oui. On s'entraîne aussi ensemble, pour le marathon.

— Oh ! c'est chouette ! Moi aussi, je fais partie de son groupe de course. C'est comme ça que je l'ai rencontré d'ailleurs. C'est vraiment sympa et le fait d'être plusieurs aide quand on a une baisse de motivation. Tu devrais venir.

— Mais qu'est-ce que vous faites là à papoter comme si on était dans un salon de thé ? ! Ce n'est pas le moment, là, c'est tout schuss sur les bulles ! Papi, crois-moi, t'en as besoin pour lubrifier tes articulations rouillées ! À 21 heures, c'est fini ! Fermeture de l'open-bar et place à la fiestaaaa !

Nous échangeons un regard amusé avec la demoiselle. Je me penche vers elle.

— Tu as oublié aussi qu'on pouvait toujours compter sur lui pour nous coller la honte. Tu veux boire quelque chose ?

— Une autre, répond-elle en me tendant sa coupe. Ordre du patron, fait-elle avec un air espiègle.

Je prends son verre et pars me débattre au bar. La foule y est dense, et je dois jouer des coudes pour obtenir nos boissons. Lorsque je retourne à notre table, je surprends quelques œillades appuyées de jeunes femmes. Je suis partagé entre la gêne et la flatterie. Je ne dois pas être encore tout à fait périmé pour attiser les curiosités de la sorte. Il y a quelque temps, leur attention sur moi m'aurait décontenancé, voire pire, énervé. Dans l'instant présent, cette sensation me grise légèrement, alors que je m'assieds sur le siège que j'ai laissé vacant et rends sa coupe à...

— Excuse-moi, je n'arrive pas à me rappeler ton prénom.

— Anaïs.

— OK, moi, c'est...

— ... Thomas. Je n'ai pas oublié.

Est-ce que c'est une remarque à double sens ? Une invitation voilée ? Il y a quelque chose dans l'air ce soir, ce n'est pas possible. Je dois me faire des films, il n'y a pas d'autre explication.

— Je culpabilise à mort. Ce n'est pas contre toi, promis, je n'ai pas la mémoire des prénoms.

À part celui d'une petite rousse, me murmure mon esprit. Manon. Je me demande si je dois lui proposer de nous rejoindre après son émission. Je ne serais pas contre la regarder danser une nouvelle fois. Idée débile, nous nous voyons déjà demain. Si nous traînons trop ensemble, elle va en avoir marre de moi. Anaïs me tire de mes pensées en relançant la conversation, et je relègue Manon dans un coin de ma tête. Ce soir, c'est la fête, comme l'a dit Mathieu. Du moins, autant que mes inhibitions noyées dans l'alcool cheap me le permettent.

— WOUHOUUUUU ! je crie en sortant du club, le bras de Mathieu autour de mes épaules.

Je suis soûl, cela fait bien longtemps que cela ne m'était pas arrivé et, sans mon ami pour me soutenir et nous diriger dans la bonne direction, mettre un pied devant l'autre serait compliqué.

Après avoir discuté avec Anaïs jusqu'au lancement de la musique et l'annonce des festivités sur le dance-floor, j'ai suivi tant bien que mal le reste du groupe sur la piste quand les choses sont devenues sérieuses. Au début, je me sentais comme un explorateur en expédition au sein d'une tribu inconnue, à observer le petit rituel d'approche et de séduction plus ou moins subtil des couples qui se faisaient et se défaisaient sous les stroboscopes. Puis est venu le moment fatidique où Mathieu a payé sa tournée de shots. J'étais déjà bien attaqué, ayant enchaîné les coupes à une allure soutenue sous les encouragements de mon coach du fun sur un estomac plus ou moins vide. Le taboulé, ce n'était pas la panacée non plus. Tout est devenu flou, et je me suis mué le temps d'une soirée en un autre homme, insouciant et léger. Je crois que j'ai embrassé Anaïs. Je ne me souviens plus très bien, j'ai payé ma tournée aussi.

Nous titubons jusqu'à la chaussée d'où nous appelons nos taxis.

— C'était terrible, mec ! Super soirée !

— On verra si tu me dis toujours merci demain quand t'auras une GDB du diable. T'en avais besoin, Zimmerman. En plus, t'as chopé Anaïs ! Bien joué ! J'espère que tu as pris son numéro.

Je me garde bien de lui dire qu'elle s'en est occupée toute seule comme une grande, en subtilisant mon téléphone pour y glisser son contact.

— Veux pas de copine, je marmonne, la bouche pâteuse.

— Mais qui a parlé de copine ? T'es pas obligé de te maquer avec la moindre meuf avec qui tu couches ! Encore faudrait-il que tu baises mais ça, c'est une autre histoire, ricane-t-il. Allez, ton chauffeur est là. Mets quatre réveils en arrivant, prends du Doliprane et bois de l'eau, au moins un litre.

— Oui maman.

Je somnole contre la vitre et peine à regagner l'appartement, manquant de casser la clé dans la serrure des voisins. Lorsque j'ai enfin trouvé la bonne porte, je tente de me faire le plus discret possible pour ne pas alerter Gaylord et réveiller les dormeurs par la même occasion. Pas de bruits de pattes suspects sur le parquet, la voie a l'air libre. Je me faufile jusqu'à ma chambre et m'écroule sur mon lit tout habillé. J'attrape mon téléphone pour mettre une alarme de sécurité comme me l'a conseillé Mathieu.

Je suis distrait par une notification Facebook.

Vous avez un souvenir à revoir avec Sarah Saada.

Je suis tellement surpris que le portable me tombe des mains pour venir s'écraser sur mon visage. *Aïe, ça fait mal.* Mais pas aussi mal que la mélancolie qui me traverse quand je clique sur le lien dans un accès de faiblesse. Une photo de nous deux, à demi immergés dans l'eau azur de Jeri. Ses bras autour de ma taille et un sourire qui lui mange la moitié du visage. Notre voyage au Brésil pour mieux nous échapper de la grisaille allemande. Je m'en souviens comme si c'était hier. Jericoacoara, notre coup de cœur. Resto de spécialités brésiliennes, coucher de soleil sur la dune, balade au clair de lune et fin de la nuit en apothéose où je me suis perdu en elle, le nez niché dans son cou. Nous étions heureux. Sarah. Est-ce qu'elle aussi a succombé à l'appel des souvenirs ? Ou suis-je relégué aux oubliettes ? *À quoi bon te torturer, mon pauvre vieux, c'est du passé tout ça.* Ça tangue un peu, alors je ferme les yeux. Juste une minute…

Bien sûr, je suis en retard et pas très frais le matin pour cause de panne de réveil, et c'est la cavale pour arriver au travail à peu près présentable. Je comate avec un café derrière mon écran toute la journée et lance un œil mauvais à Mathieu à chaque fois qu'il passe devant mon bureau pour se moquer de ma gueule de déterré.

Toujours au ralenti à ma sortie en avance du boulot, je me presse sans grande conviction pour être à l'heure pour la visite d'appartement à Edgar Quinet. Je me suis enfin secoué les puces et j'ai fait le tour des agences immobilières à Montparnasse. Ils ont pris mon dossier, aussi épais qu'un manuscrit de roman avec mes fiches de paye, celles de mes garants, mes avis d'imposition et autres quittances. Mais la cerise sur le gâteau reste la lettre de motivation sur laquelle j'ai planché des heures et aussi détaillée qu'un CV avec bien sûr une photo pour montrer que je suis un garçon respectable. Sérieusement, depuis quand la recherche d'un logement s'apparente à un entretien d'embauche ? ! Comme de bien entendu, des jeunes cadres dynamiques qui souhaitent se trouver un nid douillet, il y en a à la pelle à la capitale. On m'a annoncé que ça allait être serré. Heureusement que mes parents se portent caution. Je crois qu'ils ont envie eux aussi de retrouver leur vie à deux, mon père m'ayant fait comprendre à demi-mot et avec la subtilité d'un camionneur que j'étais un frein à leur libido. Apparemment, la croisière s'amuse leur a été bénéfique, et ils souhaitent garder leur mojo. Beurk. J'enchaîne donc les visites, même si je les trouve éprouvantes, et surveille les annonces de locations sur le Net comme le lait sur le feu. C'est toujours le même cirque, nous sommes quinze, trente, voire une cinquantaine à faire la queue dans la cage d'escalier pour un tour express du bien dont on ne se souviendra même plus après, mais pour lequel nous sommes prêts à vendre notre premier-né, et on laissera notre dossier-bible pour faire comme tout le monde.

J'ai demandé à Manon de m'accompagner en guise de soutien moral et je la récupère à la sortie du métro.

— Oulà, t'es un peu blanc, ça va ?

— J'ai fait un afterwork hier avec Mathieu.

— Et ? C'était bien ?

— Et, plus jamais. Mon corps n'a plus l'habitude d'absorber une telle quantité d'alcool et me le fait sentir.

— C'est pas beau de vieillir ! raille-t-elle. Est-ce qu'il y avait des jolies filles au moins ?

Je ne sais pas pourquoi, je préfère passer sous silence l'épisode Anaïs.

— Subtil, Manon, très subtil. Tout comme l'émission de lundi sur comment oublier ses ex !

— Ah ! Donc, tu l'as écoutée ! Je n'étais pas sûre que tu le ferais, ce qui aurait été dommage, vu qu'elle a été réalisée avec toi en tête. Tu en as pensé quoi ?

— Je suis flatté. Il ne fallait pas. Honnêtement, il y avait de bons conseils et entendre d'autres personnes parler de leurs difficultés à passer à autre chose m'a fait du bien. Hier encore, je regardais des photos de nous et oumpfff...

J'ai le souffle coupé, Manon vient de me filer un bon coup de coude dans l'estomac.

— Tu quoi ? ! crache-t-elle. Donne-moi ton téléphone.

— Pourquoi ? je demande, un peu effrayé.

— Tu veux l'oublier ou pas ?

J'acquiesce.

— Alors, tu vas me faire le plaisir de les effacer ces photos, comme ça plus de tentation.

— C'était sur Facebook, des souvenirs à revoir.

— Ne me dis pas que tu ne l'as pas bloquée ?

— Ben...

Elle secoue la tête.

— Fais-le ! Maintenant, ou je ne viens pas avec toi au rendez-vous. Tu me remercieras plus tard.

Je m'exécute et lui montre l'écran pour lui prouver.

— Voilà, contente ?

— Aux anges...

— Si tu m'avais laissé finir, je t'aurais dit que oui, ce n'était pas facile à regarder, mais cela m'a permis de réaliser avec le recul d'aujourd'hui que la douleur est certes toujours là mais amoindrie, comme l'ombre du poignard qui me transperçait encore il y a deux mois. J'ai intégré depuis longtemps le fait qu'elle ne reviendra pas. Quant à l'avoir effacée de ma mémoire, on n'y est pas tout à fait, mais pour me situer sur l'échelle de la guérison post-rupture que tu as évoquée, je dirais que je suis quelque part entre la tristesse et l'acceptation.

Son visage s'adoucit alors qu'elle recueille mes confessions, les traces de frustration s'effacent.

— OK, j'ai réagi un peu vivement, je le reconnais, mais je voulais juste t'aider.

Un élan d'affection m'envahit, et je passe le bras autour de ses épaules. Elle serre ma main en contact avec elle de ses doigts gantés.

— Je crois que j'ai reçu le message avec l'émission.

— Et je constate que tu as été un élève appliqué. Tu as pris des notes ?

Je lui ébouriffe les cheveux en représailles. Elle écarte sa tête mais ne se déloge pas du creux de mon bras.

— Arrête, si tu savais le temps que ça me prend de me coiffer ! Bon, passons aux choses sérieuses. La visite. Tu me briefes ?

— J'ai eu le tuyau par un collègue du bureau qui connaissait quelqu'un qui connaissait quelqu'un qui cherchait un locataire. Je n'ai pas vu de photos mais je suis prêt à prendre n'importe quoi.

Nous arrivons à l'adresse indiquée. Un petit monsieur d'un certain âge patiente en bas de l'immeuble. Je l'interpelle.

— Monsieur Perrier ?

Il confirme d'un signe du menton avant de me tendre sa main pour que je la serre.

— Monsieur Zimmerman, je présume. Et votre compagne ?

Je peux comprendre sa confusion avec notre proximité physique. Nous avons fait tout le trajet jusqu'à l'appartement bras dessus, bras dessous.

— C'est moi-même et non, une amie.

— Manon Boulanger, enchantée, se présente-t-elle en échangeant une poignée de main avec lui.

— Très bien, suivez-moi.

— Vous êtes le propriétaire ?

— Oui. Mes parents vivaient dans l'appartement dont j'ai hérité à leur décès. Je réside au Mans et j'ai besoin de quelqu'un de sérieux prêt à reprendre le bail très rapidement, nous explique-t-il en déverrouillant la porte de droite sur le palier du quatrième étage auquel nous venons d'arriver. Je vous laisse faire un tour et me dire ce que vous en pensez.

Le logement est un quarante-cinq mètres carrés, un peu biscornu et aux murs décrépis, jaunis par ce que je présume être de la fumée de cigarette vu l'odeur qui plane dans l'air. Cependant, si je fais abstraction de son aspect vieillot, je m'y sens bien. En soulevant le linoléum usé, je m'aperçois qu'il y a un joli parquet en dessous. La cuisine équipée est fonctionnelle, la chambre n'a pas de vis-à-vis et il y a même un petit balcon. Je coince Manon dans la salle de bains au carrelage suranné.

— Alors ? À ton avis, je dépose un dossier ou pas ?

— Bah, tout dépend si tu peux négocier des travaux de rafraîchissement. Avec un bon coup de peinture et bien aménagé, il aura de l'allure. Je pense que ça vaut le coup.

Elle jette un œil à sa montre.

— Je dois filer pour ne pas être en retard à la radio. Tiens-moi au courant de ta décision.

— Je suis d'accord avec toi. Si seulement tu savais les horreurs que j'ai vues. Celui-ci à côté, c'est un hôtel cinq étoiles. Merci de m'avoir accompagné, je glisse en déposant une bise sur sa joue.

Mon inspection terminée, je signale mon intérêt au propriétaire et lui laisse les documents nécessaires. Il m'assure de son retour le plus vite possible.

Une fois rentré à la maison, je vais m'allonger en attendant le repas. Je suis claqué après cette grosse journée et ma quasi-nuit blanche dans les pattes. Je sors mon téléphone pour jouer à Candy Crush et constate qu'Anaïs m'a envoyé un message, elle aimerait qu'on se revoie. Bien embêté, je réalise avec honte que j'ai du mal à me rappeler à quoi elle ressemble. Mes pensées dérivent sur Mathieu et ses paroles d'hier à propos d'Anaïs. Je ne sais pas si j'irai jusqu'à coucher avec elle mais la revoir n'est peut-être pas une mauvaise idée. Il y a des femmes qui valent la peine que j'apprenne à les connaître. Manon en est le meilleur exemple, bien que les circonstances aient été différentes avec elle. Il faut que je persévère avec Anaïs. Je garde un excellent souvenir de la soirée et il n'y a pas de raison pour qu'il n'en soit pas de même lors d'un rendez-vous. Je dois juste choisir une activité avec laquelle je sois à l'aise. Pourquoi ne pas lui proposer d'aller courir ensemble dimanche matin ? Je sais qu'elle adore ça, vu que c'est à peu près la seule chose dont nous avons parlé. Elle sera ravie, j'en suis sûr. C'est l'occupation idéale, nous allons faire quelque chose ensemble sans pour autant avoir à parler. Mon mutisme sera justifié si je n'ai rien à lui dire et si, au contraire, le courant passe toujours bien, nous pourrons probablement aller bruncher quelque part après. Très content de mon idée, je la lui soumets immédiatement.

18

Manon

— C'est là que tu te caches, susurre une voix grave et sensuelle dans mon dos. Si j'avais su, je serais venu faire un tour dans la réserve plus tôt.

Surprise, je sursaute et me cogne le crâne contre l'étagère du dessus.

— Aïe !

Je m'extrais de ma recherche dans l'armoire à fournitures de la radio en me frottant vigoureusement la bosse que je sens se former sur le haut de ma tête. Prête à incendier le malotru, je me retourne pour retomber comme un soufflé à la vue de Raphaël.

— Je suis désolé, je ne voulais pas te faire peur. Ça va ?

— Mon deuxième cerveau et moi survivrons... Plus de post-it dans le studio, je signale en secouant le tas de carrés fluo dans ma main droite d'un ton détaché. Je ne me cachais pas, je t'assure. Qu'est-ce qui te fait dire ça ?

— Je ne sais pas, une intuition. J'ai l'impression que tu m'évites. Je ne te vois plus aux pauses clopes ou café. Tu ne restes pas après ton émission traîner dans le studio avec moi. Heureusement que tu réponds à mes messages, sinon je commencerais à mal le prendre !

Il a l'air sincèrement embêté et dépité, et un sentiment d'excitation mêlé de victoire m'envahit. Il a remarqué que je lui battais froid, et cela l'a déstabilisé. On dirait que je ne suis pas si transparente que cela finalement.

— Pff, pas du tout. J'essaye d'arrêter de fumer, nouvelle résolution. C'est pour ça qu'on ne se croise plus aux pauses cigarettes. Et la caféine aussi, c'est mauvais pour la santé. Manon 2.0 est une fille saine. Donc non, désolée de te décevoir mais je n'ai rien contre toi, j'invente au pied levé en esquissant le sourire le plus faux de mon arsenal.

Je ne sais par quel miracle j'arrive à débiter ce tissu de sottises sans sourciller. C'est gros, surtout pour moi. Je veux bien qu'on ne se connaisse pas beaucoup, mais Raphaël a l'air de tout gober sans broncher. La vérité, c'est que ça fait deux semaines que je redouble de stratagèmes tortueux pour ne pas le croiser. Mon plan s'est révélé être une bonne technique apparemment, car il m'a traquée jusque dans ce local reculé. Ce qu'on peut considérer comme un exploit, pour lui qui ne quitte jamais le sanctuaire du studio et préfère envoyer ses disciples faire le sale boulot comme aller chercher à manger, accueillir les artistes qui passent parfois à l'improviste à l'entrée de la radio ou s'occuper du ravitaillement fournitures. Bref, s'il est là, c'est qu'il a une petite idée derrière la tête, et je meurs d'envie de savoir laquelle.

— Tu voulais me dire quelque chose ?

— Oui, tu es libre samedi soir ? J'aimerais t'inviter à dîner. J'ai entendu parler d'un restaurant italien à République. Apparemment, leurs pâtes sont à tomber mais on peut toujours aller ailleurs si ça ne te dit pas.

Jackpot ! ! ! J'ai du mal à y croire et à contenir ma joie.

— J'adore la cuisine italienne. Par contre, je ne

suis pas libre ce jour-là. On reporte à la semaine prochaine ? À condition que tu ne m'abandonnes pas en plein milieu du repas !

Et hop, une petite allusion bien placée à sa désertion inopinée d'il y a quelques mois, histoire de lui faire comprendre que je ne lui suis pas tout acquise. Il se mord la lèvre avant d'émettre un petit rire craquant.

— Ha ha, non, promis, ça ne risque pas. Super ! Ça te dérange si j'assiste à l'émission ? Je ne devrais probablement pas te le dire mais je suis venu plus tôt exprès dans l'espoir de te croiser.

Alors là, j'ha-llu-ci-ne. L'ignorer était la meilleure idée que j'aie jamais eue de ma vie. Me priver quelques semaines de ce morceau de choix pour les yeux, et voilà le résultat. Je me retiens de m'éventer avec les post-it tellement sa déclaration me met en ébullition.

— C'est vrai que ça sonne un peu psychopathe mais je suis flattée. À tes risques et périls pour *Millenial Now !* On ne sait jamais dans quoi on s'embarque avec Ornella.

— Elle n'est pas celle qui me fait peur.

Je secoue la tête avec un petit sourire qu'il me rend.

— Alors c'est parti, *show time*.

Il m'emboîte le pas, si près que je peux sentir sa chaleur corporelle. J'ai dû vraiment lui manquer. Il ne me quitte pas d'un pouce et s'installe à mes côtés à la table du studio. Sa présence me trouble plus que de raison, je ne sais pas si j'ai bien fait d'accéder à sa requête mais encore une fois, je n'ai jamais su lui dire non.

Je compulse mes notes machinalement et vérifie les réglages micros sous son œil attentif. Ornella, fidèle à son habitude, arrive à la limite du début de l'émission. Elle adore jouer avec mes nerfs. Ce soir, elle est d'une humeur de chien. Je ne sais pas quelle configuration de planètes est responsable de son attitude exécrable, mais cela ne présage rien de bon pour la suite. J'aurais dû me fier à sa tenue vestimentaire du jour. Elle qui est une représentante de la Pride, avec son vestiaire aux couleurs arc-en-ciel, affiche un kimono noir aux manches amples et au décolleté vertigineux. Ses longs cheveux sont ramenés en un chignon sévère sur le haut de son crâne, ce qui lui donne une attitude austère et peu amène. Elle épingle Raph d'un regard haineux.

— Qu'est-ce qu'il fait là, lui ? aboie-t-elle.

Du coin de l'œil, je le vois ouvrir la bouche, prêt à défendre sa place, mais je crains le pugilat à cinq minutes de l'antenne. Ils ont des gros ego, et je ne vois aucun des deux céder.

— C'est moi qui l'ai invité.

Elle tourne vers moi des yeux pleins de mépris.

— Les fées de la jugeote ne se sont pas penchées sur votre berceau, ma chère. Si vous m'aviez laissée vous tirer les cartes, on n'en serait pas là ! Bref, sujet du jour, je vous prie ?

Je serre les dents, incrédule. Le réal me fait signe qu'il me reste deux minutes avant le direct.

— Le retour à la mode du mariage et des fiançailles.

Ornella lève les yeux au ciel.

— Fabuleux ! J'ai plein de choses à dire en la matière.

Je n'ai pas le temps de répliquer, il faut lancer la machine.

— Bonsoir à tous, mes petits poulets, et surtout bienvenue ! J'espère que vous allez bien. Avec moi ce soir, Ornella.

— Bonsoir Manon, bonsoir à tous.

— Je suis également ravie d'accueillir un invité de marque, Raphaël. Une fois n'est pas coutume, il sera notre caution masculine.

— Bonsoir, c'est un honneur d'être avec vous ce

soir et de partager la compagnie de femmes aussi captivantes.

— Oh là là, que de compliments. La température vient de grimper dans le studio. Notre thème du jour, le mariage et les fiançailles. Que vous y croyiez ou non, que ce soit une étape indispensable ou optionnelle, nous attendons vos réactions. Nous attaquons avec un témoignage d'Amandine de Pau.

— Bonsoir Amandine, merci de ton appel. Dis-nous tout.

— Merci à vous. Mon petit ami depuis le lycée vient de me demander en mariage après une grosse crise que nous avons traversée et pendant laquelle j'ai énormément souffert, notamment de ses infidélités. C'est derrière nous maintenant. J'ai le sentiment que nous en sommes sortis plus forts mais je ne peux m'empêcher de me demander si j'ai fait le bon choix en acceptant.

— Les félicitations sont de rigueur alors et...

— ... Chérie, laisse-moi te dire une chose, de femme à femme, ne gâche pas tes années de seins au garde-à-vous avec un loser déloyal. À la fin, c'est toujours la gravité qui gagne.

— C'est un conseil ou une prédiction, Ornella ? je ne peux m'empêcher de lui demander, acide et énervée de m'être fait couper la parole de la sorte.

Elle hausse les épaules, très radiophonique. Heureusement, Raph, toujours pro, reprend le flambeau.

— Amandine, je pense que si ton fiancé a fait cette démarche-là, c'est qu'il est sûr de lui et veut s'engager auprès de toi. Ce n'est pas quelque chose que les hommes font à la légère. C'est sa manière à lui de te reconquérir et de se donner une chance de te montrer qu'il est un autre homme.

— Pipeau ! C'est tous les mêmes, on ne peut pas leur faire confiance.

— Ornella, voyons, je tempère.

— Et que suggérez-vous, alors ? Qu'elle lui rende sa bague et brise le cœur du pauvre homme ? s'enquiert Raph, qui s'échauffe.

— Pff, il s'en remettra ! Il a une main et un pénis, non ?

Grand blanc dans le studio. Je suis estomaquée. Elle a toujours eu des remarques déplacées mais là c'est d'un autre niveau. Raphaël me fait signe de continuer. Je ferme la bouche et reprends mes esprits.

— Très bien, en attendant l'avis des auditeurs, nous allons prendre Jane.

— Salut, Jane, de quoi veux-tu nous parler ?

— Bonsoir tout le monde, je suis trop contente de passer à l'antenne ! Je vous adore. Eh bien, moi, j'ai fait du chantage à mon petit ami pour qu'il me demande en mariage. C'était la condition pour que nous habitions ensemble. C'est quelque chose qui est très important pour moi et lui ne croit pas en l'institution. Depuis, je le sens distant. Je refuse de revenir sur mes principes, mais je suis prête à tout pour le garder.

Raphaël me lance un regard avec des yeux exorbités dont je lis le message très clairement : « sans blague ». Je l'encourage à intervenir d'un hochement de tête.

— Jane, le chantage n'est jamais la solution. On ne peut pas forcer quelqu'un à accepter une situation qui ne lui convient pas. En lui posant cet ultimatum, c'est comme si tu le piégeais, et j'en conclus qu'il a des doutes vu la distance dont tu nous parles.

— À la bonne heure, il la plaquera devant l'autel, et elle sera débarrassée de ce boulet une bonne fois pour toutes !

— La réponse de Jane après la pub et *Marry You* de Bruno Mars.

Je lance une page de publicité puis enlève mon casque.

— Raphaël, tu veux bien nous laisser, s'il te plaît ? J'aimerais dire deux mots à Ornella.

— Avec plaisir, dit-il avec soulagement.

Il m'embrasse sur la joue, et je jurerais voir la lèvre de la médium se retrousser de dégoût.

— Bon courage, et on se voit samedi prochain quoi qu'il arrive, me chuchote-t-il à l'oreille.

Je suis charmée par son geste et son petit commentaire, et même l'œil noir d'Ornella ne ternira pas ce moment.

— À nous ! Qu'est-ce qu'il se passe, Ornella ? Vous êtes là pour donner des conseils, pas pour terroriser ou déprimer nos auditeurs.

— Mais c'est bien ce que je fais, conseiller pour éviter qu'elles se retrouvent à quarante ans avec un divorce sur les bras pour entretenir un pauvre type qui a besoin de leur argent pour garder sa maîtresse de vingt ans !

Ah. Sa tirade débitée à une allure folle, les narines palpitantes et le rouge aux joues, m'apparaît être affreusement personnelle même si je suis persuadée qu'elle a trouvé le moyen de mentir sur son âge. Elle est définitivement plus proche de la cinquantaine.

— Je suis désolée, Ornella. C'est moche. Je sais que vous êtes blessée, que vous avez mal, mais ça passera. Je vous le promets. Vous divorcez, et alors ? Il n'est pas le seul homme sur terre. Pour employer une de vos phrases favorites, il n'avait pas vocation à rester dans votre vie. Cela ne veut pas dire qu'il n'y a pas quelqu'un qui vous correspond mieux ailleurs. Le tout, c'est de continuer à y croire.

Pour toute réponse, Ornella fond en larmes dans

mes bras, étalant une belle trace de morve sur mon top préféré.

C'est la première fois que Thomas met les pieds dans mon studio à l'occasion de notre séance de rattrapage *Casa de papel*, et j'essaye de voir mon espace à travers ses yeux. Mon clic-clac, déplié, est accolé au mur que j'ai repeint d'un rouge profond face à la télé, une guirlande lumineuse accrochée au-dessus. Des vieux posters collectés au long de ma carrière ornent les autres murs blancs. Une armoire et un meuble bas surmonté d'un poste de radio ancien habillent la partie gauche de la pièce, la partie droite étant un coin cuisine avec un bar. Il s'installe sur l'un des deux tabourets du bar, et nous discutons pendant que je nous prépare de quoi grignoter.

— C'est joli chez toi, vintage et coloré, ça te ressemble.

— Merci, tu as trouvé facilement ?

— Oui, sans problème, on n'est pas très loin l'un de l'autre au final. Enfin, tant que je n'ai pas déménagé.

— Aaaah ! petit cachottier ! Tu as trouvé ton appart ? Trop bien ! C'est lequel ?

— Le dernier, celui qu'on a visité ensemble. Le propriétaire m'a appelé hier. J'ai même droit à une ristourne sur le premier mois de loyer en échange de petits travaux de rafraîchissement.

— Oh ! super ! Tu m'aurais prévenue, j'aurais acheté du champagne. Si tu as besoin d'aide pour quoi que ce soit, n'hésite pas à me demander. Porter des cartons ou manier un rouleau de peinture, cela ne me fait pas peur.

— Merci Manon. Savoir que je peux compter sur toi, ça veut dire beaucoup.

Il me regarde avec des yeux doux et tendres, et je lui rends son œillade, le sourire aux lèvres.

— Bon, moi aussi, j'ai une bonne nouvelle à t'annoncer. Le mec qui me plaît m'a enfin invitée à sortir !

— Ah... Cool. Je suis content pour toi.

— Merci ! Je suis excitée comme une puce mais un peu anxieuse.

— Y a pas de quoi s'inquiéter, s'il n'est pas charmé, c'est qu'il a un problème.

— Tu n'as pas craqué, toi, si je me souviens bien.

— C'est parce que tu n'essayais pas vraiment de me séduire. Et puis, nous avons déjà établi que j'avais un souci.

— Mais tu te soignes ! Rien de nouveau ? Pas de rencontres en promenant le chien ?

— Nada. Hé, petit père.

Bruce vient de faire son entrée en sautant sur le plan de travail entre nous.

— Je te présente Bruce. Quatre kilos d'amour sur pattes.

— C'est vrai que tu l'as baptisé en l'honneur de Bruce Wayne... J'approuve.

Il approche sa main du chat pour le caresser mais le matou crache en lui jetant un regard mauvais. Thomas éloigne son bras fissa et se lève, mettant une distance de sécurité entre eux.

— Heu, il n'est pas un peu sauvage ?

— Habituellement, non, il doit être mal luné. Ne te formalise pas. Une fois que vous vous connaîtrez un peu mieux, ce sera un vrai pot de colle. Tiens, ton jus d'orange. J'ai déjà calé le premier épisode. Si tu veux aller aux toilettes, c'est le moment, parce que je te préviens, ce coup-ci on ne s'arrête pas ! Pas de pauses, on se les enfile tous à la chaîne pour un marathon série digne de ce nom !

— Ce n'est pas vrai, t'es une véritable dictatrice, en fait ! Et si on a faim ?

— C'est pour ça que je nous ai prévu des encas, j'énonce en lui montrant mon plateau qui déborde de snacks salés et sucrés ainsi que de boissons.

— Tu sais ce qui va arriver si je descends tout le soda que tu as en réserve ? Ma vessie va éclater.

— Tu te retiendras. S'arrêter, c'est pour les faibles.

— Bon, eh bien, j'espère que tu as prévu une bouteille vide aussi.

— Pourquoi ?

Il me renvoie un sourire narquois en haussant les sourcils. Je mets quelques secondes à capter.

— Beeuuurkkk, ne me dis pas que tu fais partie de ces mecs qui se soulagent dans des bouteilles.

— Cela m'est peut-être ou peut-être pas arrivé par le passé. Dans ce cas précis, ce sera contraint et forcé.

— Je ne peux pas être témoin de ta déchéance !

— À la guerre comme à la guerre, il faut savoir ce que tu veux.

Je lui tire la langue en m'esclaffant et pose le plateau chargé de cochonneries sur la table basse du salon, qui me sert aussi de chevet. Je baisse les volets, nous plongeant dans une semi-pénombre, pendant que Thomas prend ses aises sur mon lit avant de m'installer à mon tour. Rapidement, nous sommes absorbés par les épisodes qui s'enchaînent les uns à la suite des autres, plus vite que l'éclair. Le visionnage est ponctué d'exclamations de surprise ou d'excitation alors que nous nous immergeons dans l'univers de ce braquage épique, captivés par le jeu des acteurs et un scénario haletant. Le seul hic, nous sommes adossés contre le mur qui me sert de tête de lit et ce n'est pas des plus confortables. Nous avons réparti mes coussins et oreillers de manière équitable, mais ce n'est pas assez. Je me surprends à loucher sur ceux de Thomas.

— Thomas ? Tu me prêterais un coussin ?

— Chut !

— Thomas ?

Il farfouille derrière lui et m'en tend un, les yeux rivés sur l'écran. Ah, c'est mieux. Un autre épisode passe, et j'ai un peu froid. D'habitude, je suis bien au chaud sous ma couette pour regarder mes séries mais là, le problème, c'est que nous sommes assis dessus. J'ai déjà enquiquiné Thomas pour l'oreiller, il a l'air tellement absorbé, je ne me vois pas lui demander de bouger. Je cache mes mains dans les manches de mon pull pour tenter de me réchauffer un peu, mais mes petons sont congelés. Bon, la source de chaleur la plus proche est Thomas. Si j'arrive à faufiler mes pieds sous ses jambes discrètement, l'affaire est jouée. L'air de rien, je rapproche mes gambettes des siennes tout doucement, repositionnant ma personne de biais pour avoir l'angle d'approche optimal. Il ne réagit pas. Je suis tout près et passe à l'action, les yeux rivés sur l'écran. Centimètre par centimètre, je glisse mes pieds sous ses mollets, et il sursaute !

— Aaaah, c'est quoi ? ! C'est glacé !

— N'aie pas peur, ce n'est que moi. Enfin, mes pieds, je voulais juste les mettre au chaud. Je suis frigorifiée.

— Préviens, la prochaine fois, j'ai failli avoir une crise cardiaque ! On t'a déjà dit que t'étais un peu casse-bonbons sur les bords ?

— Mon frère, tout le temps, mais ça ne compte pas.

— Bien sûr.

L'humour est palpable dans sa voix.

— Et c'est bon, tu es réchauffée ?

— Pas vraiment.

— Bon, allez, viens là !

Je sens son bras s'enrouler tout doucement autour de mes épaules et me basculer lentement contre lui de sorte que mon crâne vient se nicher contre son torse. Je suis maintenant allongée contre son flanc gauche, la moitié de mon corps reposant sur le sien. Son bras quitte mes épaules pour me frictionner. La chaleur qui se dégage de lui m'envahit, et je soupire d'aise. Le mouvement de son buste qui monte et qui descend au fur et à mesure de ses respirations me berce, et son odeur m'emplit les narines, mélange de musc, de propre et de lui. Le coton de son T-shirt est doux sous ma joue. Thomas commence à jouer avec mes mèches de cheveux et à me masser le cuir chevelu distraitement. C'est si bon que j'en ai des frissons et que cela me déconcentrerait presque. Entre ses caresses et son cœur qui pulse rythmiquement sous mes tympans, je dois faire un effort pour suivre ce qui se passe sur l'écran. Hannah est vraiment une petite maligne qui a tout compris à la vie !

Un nouveau volet se termine sur un suspense insoutenable et alors que nous allions commencer le suivant, Bruce bondit sur le lit et mord sauvagement le gros orteil de Thomas à travers sa chaussette en prenant son mollet en tenaille entre ses pattes, toutes griffes acérées dehors. Pris par surprise, Thomas sursaute sous l'effet de la douleur et secoue la jambe comme un possédé pour se débarrasser de mon chat qui continue de se cramponner et de se faire les dents sur lui. Quant à moi, brutalement éjectée de mon refuge, j'effectue un roulé-boulé et mon bras gauche étendu vient percuter le plateau avec les vestiges de nos victuailles. Les assiettes valsent et l'une d'elles se brise sur le sol. Le bruit fait déguerpir le perturbateur.

— Ça va, Thomas ? Je suis désolée, je ne sais vraiment pas ce qu'il lui a pris.

— Je survivrai, pas besoin d'amputer. Et toi ? Tu ne t'es pas blessée ? Il est toujours aussi agressif ?

— Non, plus de peur que de mal. Je ne pense pas que c'était une attaque. Il voulait jouer, voilà tout.

Il n'a pas l'air convaincu.

— Si tu le dis. Ce n'était peut-être pas plus mal qu'il nous interrompe. Je vais rentrer, il est tard. Même endroit, même heure la semaine prochaine ?

— Je ne peux pas, j'ai mon rencard.

— C'est vrai, j'avais oublié. Celle d'après, alors ?

— Vendu.

— Allez, je vais t'aider à ranger tout ce bazar.

Si je n'aimais pas mon chat de tout mon cœur, je le priverais de ses friandises préférées pour son rôle d'empêcheur de binger.

19

Manon

D-Day. Petite inspection de dernière minute, j'ai l'air *hot* et mimi à la fois. Une large robe-pull aubergine en laine cintrée à la taille par une grosse ceinture noire à boucle argentée, des collants épais anthracite et mes boots en cuir marron. Mon carré est coiffé au cordeau, j'affiche un maquillage léger sur les yeux et plus sensuel sur ma bouche accentuée de mon rouge préféré. Je farfouille dans mon sac seau noir fétiche, vérifiant qu'il contient bien mes clés, mon portefeuille et quelques tickets de métro. Le restaurant est à quelques encablures de mon antre, et j'ai envie de boire du vin en bonne compagnie, donc pas de scooter ce soir. Et puis, hors de question de ruiner mes efforts capillaires avec mon casque. Une petite gratouille derrière les oreilles de ce cher Bruce, et je suis partie. J'ai très hâte de retrouver Raphaël, et je suis aussi un peu nerveuse, c'est notre premier rendez-vous. J'espère qu'en plus de notre travail en commun, nous avons plus d'un atome crochu.

Nous nous retrouvons devant l'entrée du restaurant, le Principessa, où il me fait la bise avec un grand sourire, accompagné d'un « tu es ravissante ». Il n'est pas mal non plus, barbe de trois jours, pull bordeaux à col bateau sur un jean clair, sa veste en peau retournée camel et bonnet noir. Une gravure de mode dont j'ai follement envie de faire mon quatre-heures. Je le suis alors qu'il pénètre dans la pièce, et nous sommes réceptionnés par une jeune maître d'hôtel. Raphaël lui annonce notre réservation à son nom, et elle nous emmène à notre table située au fond de la salle. L'endroit est très chaleureux avec de longs panneaux en bois foncé apposés sur les murs en alternance avec de la brique et des grands miroirs. De vieilles publicités italiennes sont disposées çà et là, ainsi que des plantes grasses. Les jolis luminaires aux appliques anciennes participent à l'atmosphère feutrée.

Nous nous installons, l'un en face de l'autre, mes genoux frôlent les siens. La soirée débute sous des auspices romantiques.

— Alors, ça te plaît ?

— Beaucoup, le cadre est super, intimiste et raffiné. Tu viens souvent ici ?

— Non, c'est la première fois mais c'est *THE place to be*. La femme du patron est une célébrité. On raconte même qu'il a renommé son restaurant pour elle.

Pas en reste sur radio potins, je m'empresse de lui demander :

— Ah bon ? Qui ça ?

— Une présentatrice télé. Un truc de déco.

— Hum, je ne vois pas mais je chercherai.

— Bonsoir, *benvenuto alla Principessa*[1] ! Vous désirez un apéritif ?

— Non, une carafe d'eau et on peut sauter les hors-d'œuvre, nous avons déjà choisi ce que nous désirons manger.

Je me serais bien pris un cocktail ou une entrée,

1. « Bienvenue chez La Princesse » en italien.

mais je n'ose contredire Raph. Nous commandons nos plats, qui ne tardent pas à arriver, et sommes servis dans de jolies assiettes en faïence colorée. Spaghettis carbonara pour lui et pennes au pesto de roquette et parmesan pour moi.

— Et au fait, tu ne m'as jamais raconté comment ça s'est terminé avec l'autre hystéro le soir où j'ai participé à *Millenial Now !* ?

— Ornella ? Tu y vas un peu fort quand même. Elle a des soucis personnels, et c'était au-dessus de ses forces d'assurer la suite de l'émission. Du coup, je lui ai dit de rentrer chez elle.

— T'as bien fait, elle est inutile. Complètement dépassée. Il faudrait qu'elle prenne des cours d'animation, mais à cet âge-là, il n'y a plus rien à faire. Rien de pire que les vieux qui essayent de rester cool. Tu veux que j'en parle à Bruno ?

Ses commentaires désobligeants me dérangent autant qu'ils me choquent, aussi je me retrouve à défendre ma coanimatrice. Si on m'avait dit il y a deux mois que j'en arriverais là, j'aurais ri jaune.

— Je ne suis pas d'accord avec toi. Même si on n'est pas souvent du même avis et qu'elle m'horripile, je ne pense pas qu'elle soit une erreur de casting. Elle a aidé beaucoup de gens et...

— Si tu le dis. Je t'ai parlé de la fois où j'ai rencontré Drake ?

Le reste du repas est à sens unique. Nous partageons nos anecdotes de la radio et... pas grand-chose d'autre. Il parle beaucoup de lui et me pose peu de questions. J'ai l'impression de passer la soirée avec un pote. Un peu barbant et présomptueux qui plus est. Il ne me touche pas, ne flirte pas, et je ne surprends pas de regards baladeurs. Pourtant, ce n'est pas faute de tentative de séduction de ma part. Mes efforts pour le titiller le laissent indifférent. Je suis perplexe. Où est passée notre étincelle ? Je suis déçue de ne pas retrouver l'homme sensuel et conquérant de notre interlude dans le jacuzzi. Celui qui prenait les choses en main et ne cachait pas son désir pour moi. Je commence à me demander s'il m'a invitée pour avoir une oreille à disposition pour écouter et admirer ses faits d'armes. Son téléphone est le troisième invité à table, et le moment du dessert venu, Raphaël ne fait même plus d'efforts. Il est absorbé par quelque chose sur Facebook pendant que je scrute le restaurant et, plus particulièrement, l'homme derrière la caisse. Un grand baraqué, aux bras recouverts de tatouages et muscles saillants. Il est carrément sexy quoiqu'un peu intimidant. Je suis sûre que c'est le genre à accorder toute son attention lors d'un rendez-vous, lui. Il a le mérite de faire joli dans le paysage et de m'aider à passer le temps. Je commence à être frustrée et m'enfile toute seule la part de tiramisu que nous étions censés partager.

La serveuse revient avec l'addition et deux petits verres de grappa.

— J'espère que c'est offert par la maison, car nous n'avons rien commandé ! l'agresse Raphaël.

— Raphaël, enfin ! je souffle, prise de court par cette réaction grossière.

— Oui, c'est la tradition ici, réplique-t-elle en restant stoïque alors que j'ai envie que la terre m'avale devant l'impolitesse de mon collègue.

— Bon, on va partager l'addition. Tu prends le dessert vu que tu as tout mangé. Heureusement que ça te va bien d'être enrobée...

Je grince des dents devant son ton réprobateur et, le rouge aux joues, sors ma carte. Dois-je le prendre comme un compliment ? J'ai appris à les aimer mes kilos en trop même s'ils me complexent encore parfois, surtout en présence d'un homme hors de ma catégorie. Déboussolée, je redoute le moment gênant des au revoir à la sortie du restaurant... Raphaël part sans un mot pour le personnel, qui nous souhaite une bonne soirée. J'offre mon plus beau sourire d'excuse à la serveuse accompagné d'un « merci, c'était délicieux » et manque de me prendre la porte, que Raphaël n'a pas jugé bon de me tenir, en pleine face. Encore plus taraudée, je le rejoins sur le trottoir, dans le froid de mars où il me regarde dans le blanc des yeux. Il me sourit, de son sourire méga-white de star de cinéma, et j'ai l'impression d'être face au soleil. Il empaume ma mâchoire, ses doigts chauds sur ma peau, j'en ai les genoux qui flanchent. Va-t-il m'embrasser ?

— J'ai passé une très bonne soirée. Est-ce que je t'ai dit que je te trouvais sublime ?

Mes lèvres s'entrouvrent de surprise, et il doit prendre cela pour un signal, car sa bouche fond sur la mienne. Je ferme les yeux, prête à me plonger dans la magie qu'il va m'offrir et faire fi de son attitude décevante. Mes mains agrippent sa veste alors que sa langue me pénètre et me fouille. Je n'y arrive pas, bloquée sur cette facette peu reluisante de son caractère qui a surgi ce soir. De plus, pour ne rien arranger, son baiser est loin de me faire chavirer. Aucune sensualité, un rythme effréné, baveux et mécanique. J'ai l'impression de galocher une machine à laver. Rien à voir avec les déflagrations de la dernière fois.

Lorsqu'il finit par s'écarter, je suis soulagée. Lui affiche le sourire de celui qui a déjà gagné.

— On va chez moi ?

Je m'étais bien sûr préparée à cette éventualité. Il y a quelques heures encore, j'aurais tout donné pour que cela se produise. Maintenant, je ne sais plus si j'en ai envie. Le sentiment de malaise grandit dans mon estomac. Et comme me l'a répété ma mère, dans le doute, on s'abstient.

— Hum, je ne peux pas. Mon chat est malade. C'est mon frère qui le garde, et il faut que je rentre. Une autre fois. Salut, Raph, c'était sympa !

Je le laisse là, coi, et m'éloigne à petits pas pressés. Je pourrais prendre le métro pour rentrer mais j'ai besoin de marcher pour tenter d'ordonner mes pensées. Les mains dans les poches de mon manteau, j'emprunte le boulevard Voltaire. Mon téléphone vibre. Je le localise dans mon sac et découvre que c'est Thomas qui s'enquiert du déroulement de la soirée. Je l'appelle, j'ai besoin d'entendre sa voix.

— Manon ? décroche-t-il, surpris. Je ne m'attendais pas à avoir des nouvelles si vite. Dois-je en déduire que le rencard n'a pas été une réussite ?

— On pourrait dire ça...

— Oh ! je suis désolé. Qu'est-ce qu'il s'est passé ?

— Rien de particulier, c'est plutôt un ensemble de petites choses, une accumulation de comportements désagréables qui me font douter du fait que c'est bien quelqu'un pour moi.

— Je vois, il y a des choses qui ne trompent pas. Il faut savoir s'écouter et surtout ne pas se forcer.

— On verra. De toute façon, vu comment j'ai fui, je ne pense pas qu'il me repropose un truc de sitôt.

— Ha ha, j'aurais bien aimé voir ça ! T'as donné quoi comme excuse ?

— Chat malade gardé par mon frère.

— Ouh ! Tu as sorti l'artillerie lourde à ce que je vois. Dans le genre scénario catastrophe, je ne sais pas si j'aurais pu faire mieux.

— Le coup de Gaylord aux urgences, c'était pas mal...

— Hé ! C'était vrai, je te signale et j'ai eu la trouille

de ma vie. C'est le second fils de ma mère, j'avais la pression.

— Pauvre Thomas, pardon, j'ai été mauvaise.

— Je laisse couler pour cette fois-ci, parce que tu as eu une soirée décevante. Du coup, tu fais quoi là ?

— Je rentre chez moi à pied et je prévoyais de me consoler avec un pot de Ben & Jerry's Peanut Butter Cup.

— La tristesse pour un samedi soir.

— Dit l'homme qui est en train de repeindre son appartement. Et c'est la meilleure glace au monde. Ça sauve toutes les soirées pourries.

— Touché. Il est encore tôt, ça te dirait qu'on aille se faire un ciné ? J'aurais bien besoin d'un break.

— Pourquoi pas, il y a un film d'horreur qui me dit bien. Avec la nonne possédée. Tu as vu la bande-annonce ?

— Tu me charries ?

— Euh non, le cœur qui s'emballe, le grand frisson, j'adore ça.

— OK, va pour celui-là, même si je sens que je vais le regretter. Je n'ai jamais vu de films d'horreur de ma vie alors il ne faudra pas se moquer si je t'attrape la main dans les moments les plus flippants.

— Promis, je te cacherai même les yeux s'il le faut.

— Je n'en attendais pas moins de toi. T'es une pote, une vraie. Alors, je viens de regarder, il y a une séance à 22 h 30 à Montparnasse. Tu penses que tu pourrais y être ? Ça me laisserait le temps de me décrasser un peu.

— Hum, dommage, l'odeur du white-spirit est ma faiblesse.

— T'es bête !

— C'est ce qui fait mon charme.

— Carrément. À très vite.

Je range mon portable dans mon sac, toute mélancolie envolée, et me dirige vers la station de métro la plus proche.

Quand j'arrive devant le cinéma, Thomas est déjà là. Il a pris nos billets et a même acheté deux mini-pots de B & J au beurre de cacahouète. Il est parfait. Je vais le rebaptiser « l'homme qui murmure à l'oreille de Manon ».

— Merci, tu n'aurais pas dû, je réponds avec un sourire niais lorsqu'il me tend ma glace.

Il a l'air un peu embarrassé, et ses joues rosissent légèrement.

— Ce n'est rien. Et puis, j'ai cru comprendre que c'était au programme de la soirée de toute façon. On y va ? Je n'ai pas envie de me retrouver tout devant.

Je me mords l'intérieur de la joue pour ne pas laisser éclater mon sourire. Je le trouve touchant, le Thomas qui devient bourru pour ne pas trop en dévoiler.

— Je te suis.

Il a l'air fatigué mais détendu. Des taches de peinture parsèment son jean clair et même une mèche de cheveux. Ses joues, habituellement rasées de près, sont piquetées d'une barbe naissante, qui, couplée à ses cheveux en bataille et ses vêtements de travaux, lui confère une allure nonchalamment négligée. Et cela lui va plutôt bien. Il tend nos billets à l'employé du cinéma qui les déchire d'un geste précis avec un « bon courage ».

— Tu l'as entendu ? Manon, qu'est-ce que tu me fais faire... On aurait dû aller voir une comédie romantique.

— Mais non, un film d'horreur, c'est dix fois mieux. Adrénaline à gogo et résultats prouvés en termes de technique de rapprochement.

— Tu en veux à mon corps, en fait ? Il ne faudra

pas te plaindre si je demande à venir dormir chez toi tellement je suis terrifié.

— Bonne idée, tu pourras tenir compagnie à Bruce comme ça. Trêve de plaisanterie, tu avances comme tu veux dans tes travaux ?

Depuis qu'il a récupéré les clés, Thomas effectue quelques rafraîchissements dans son appartement avant d'y emménager. Et bien que je lui aie proposé mon aide maintes fois, pour l'instant, il ne m'a pas sollicitée.

— Plutôt, j'aurai fini d'ici une semaine ou deux.

— Super ! Les deux sièges sur la rangée du milieu à droite ? Ça te convient ?

— À condition que tu me laisses celui côté couloir au cas où j'aurais besoin de m'éclipser si c'est trop insoutenable.

Je lève les yeux au ciel, réprimant un sourire narquois.

— Comme tu veux.

Nous continuons de discuter à voix basse jusqu'à ce que les bandes-annonces démarrent. Puis, vient le noir complet et le début du film. Pendant le premier quart d'heure, l'histoire se met en place et il ne se produit rien de bien terrifiant même s'il se dégage une sorte de tension malsaine des scènes qui s'enchaînent. Le premier *jump scare* ne me prend pas par surprise contrairement à Thomas, qui pousse un petit cri étranglé. Du coin de l'œil, je le vois se recroqueviller sur son siège et se cacher le bas du visage derrière son écharpe. À l'apparition de la fameuse nonne diabolique, sa main moite empoigne la mienne et la serre avec force. Il ne la lâche plus, s'y agrippant comme un naufragé à son radeau. Je trouve cela étrangement attachant. Trop d'hommes ont peur de dévoiler leurs faiblesses et le fait qu'il soit suffisamment à l'aise avec moi pour être lui-même me désarme. Quand la diablesse se tient debout sans bouger à côté du lit de l'héroïne endormie, je commence à avoir les poils qui se dressent sur mes avant-bras et ce fourmillement d'excitation que j'aime tant, mais je suis tirée de la scène par une respiration bruyante à mes côtés. Thomas est en train d'hyperventiler, les yeux à demi cachés derrière son vêtement. Il me fait rire autant qu'il m'attendrit. Je passe un bras autour de ses épaules, ce qui le fait sursauter. Puis sans un mot, il pose la tête sur mon épaule avant de se recamoufler. Il survit tant bien que mal à la fin du film, non sans laisser échapper des exclamations de terreur. Quant à moi, je suis un peu mitigée. Peut-être que je n'ai pas réussi à rentrer dans le film avec les pitreries de Thomas, mais j'ai trouvé certaines scènes trop évidentes. Qu'importe, j'ai passé un très bon moment.

Thomas est loin de partager mon avis.

— Je te déteste ! Plus jamais, tu m'entends ? J'ai cru que j'allais avoir un malaise.

— Mais j'étais là pour te protéger, il ne te serait rien arrivé.

— Pff, c'est ce que je vais me répéter quand je n'arriverai pas à dormir plus tard.

Je l'embrasse sur la joue.

— Merci d'avoir fait ça pour moi et d'avoir transformé ma soirée ratée en réussite. Tu es le meilleur. Promis, je ne te proposerai plus de m'accompagner pour aller voir ce genre de films.

— J'espère, j'ai accepté parce que c'est toi, tu sais. Je ne ferais pas ça pour n'importe qui.

Son aveu précieux résonne en moi qui n'ai pas l'habitude d'être une priorité pour les hommes autres que ceux de ma famille. Elle vibre encore bien longtemps après que nous nous sommes quittés à la bouche du métro.

20

Thomas

Après deux semaines et beaucoup d'huile de coude, à me démener seul ou avec Rachel, Guillaume, mes parents et même Mathieu, venus me prêter main-forte, les soirs de semaine et les week-ends, je mets enfin le pied chez moi. Ça sent la peinture fraîche et le propre. Je suis épuisé mais content, et un sentiment de plénitude mêlé de fierté m'envahit alors que je contemple le fruit de mes efforts. L'appartement a une nouvelle allure. Les murs sont d'un blanc immaculé, l'immonde lino poisseux a disparu pour laisser place au parquet que j'ai poncé, teinté puis ciré. Il donne un aspect chaleureux à la pièce ainsi que du cachet. Ma mère s'est fait une joie de relooker la cuisine, apportant une touche de modernité.

Maintenant qu'il est parfaitement habitable, ne reste plus qu'à l'aménager. Je suis venu prendre des mesures en prévision de mon voyage chez Ikea, que je ne peux plus repousser étant à court de prétextes. Je ne suis déjà pas un grand fana de shopping quand c'est pour moi, alors pour ma maison... Pas question de demander de l'aide à mes parents ou Rach, ils m'ont suffisamment dépanné comme ça. Ma confiance en Mathieu s'arrête à ses goûts en décoration. Connaissant son attrait pour le bling, je risque fort de me retrouver avec beaucoup de marbre, du doré et de la fourrure. Pas mon style. Manon m'avait proposé son aide au moment des travaux et j'ai préféré décliner. Je ne voulais pas qu'elle croise mes parents. Pas parce que j'ai honte d'elle, loin de là, mais parce que je craignais qu'ils se fassent des films. Et une fois qu'ils auraient eu vent d'elle, eh bien, ils n'auraient cessé de la mentionner tous azimuts et de multiplier les invitations. Ma famille peut être envahissante et l'idée même d'une intrusion dans la petite bulle que je partage avec Manon me fait grincer des dents. J'aime qu'elle soit mon petit secret, mon refuge. L'avoir à mes côtés pour choisir le décor de ma nouvelle vie est une évidence. Aussi, les mesures terminées et, avant de rentrer chez mes parents, je lui passe un coup de fil pour lui proposer de m'accompagner. Un rapide coup d'œil à ma montre m'informe qu'elle vient de finir son émission.

— Hé ! coucou Thomas ! Comment ça va ?

Entendre sa tessiture chaude et veloutée me fait oublier la fatigue et mon manque d'enthousiasme. Me constituer un nid douillet m'apparaît bien plus insurmontable que la tâche physique des rénovations.

— Ça va bien, et toi ? Tu es toujours à la radio ?

— Tout baigne, la routine. J'allais rentrer, là.

— D'accord, je ne vais pas te retenir très longtemps alors. Dis-moi, tu serais libre pour m'aider à choisir mon mobilier demain ? J'ai prévu d'aller faire un tour chez Ikea mais c'est toujours bien d'avoir une autre perspective.

— Hum, Ikea, un samedi... Les uns sur les autres, les gosses qui hurlent dans les allées et la course après les vendeurs en rayon... Tu me vends du rêve.

— Allez, dis oui ! Je suis bien allé voir un film d'horreur pour toi.

— C'est vrai, tu as donné de ta personne. Je braverai donc la foule assoiffée de meubles aux noms imprononçables à tes côtés, ce n'est qu'un juste retour des choses.

— Super, merci. Je passe te chercher à 9 heures, j'aurai la voiture de mes parents.

— Argh, aux aurores, je savais bien qu'il y avait anguille sous roche !

— Allez, je t'offrirai le déjeuner à la cafétéria, j'ajoute pour faire mieux passer la pilule de sa grasse mat' qui s'envole.

Elle se marre, d'un rire sensuel teinté d'affection.

— Thomas, Thomas... On t'a déjà dit que tu savais parler aux femmes ?

Manon récupérée comme convenu, nous voilà partis pour le temple de la déco scandinave. Nous arrivons pile à l'ouverture, et il y a déjà pas mal de monde. Nous empruntons l'escalator qui nous mène au showroom du salon, j'en ai déjà des sueurs froides. Manon s'arrête devant un canapé jaune et me regarde, l'air inquisiteur. Je le trouve moche. On est mal barrés.

— Ah ouais, tout de suite de but en blanc comme ça, on attaque, le canapé.

— On y est, autant faire les choses dans l'ordre. Tu en penses quoi ?

— C'est... jaune.

— Moutarde, je te prie ! C'est une des couleurs tendance de l'hiver, avec le rose poudré et le vert bouteille. Tu ne veux pas d'un canapé rose, je suppose ?

— Ni aïoli, ni sapin, je suis un garçon classique. Viens plutôt voir celui-ci.

Je l'entraîne vers un canapé spacieux en tissu blanc

sur lequel je m'assieds. Je tapote la place à côté de moi pour qu'elle l'essaye, et elle secoue la tête.

— Thomas, blanc, vraiment ? Mauvaise idée, il ne va pas le rester longtemps.

— Oui, tu n'as pas tort.

— Et ce bleu, il te plaît ? Il est super confortable.

— Si on aime les blue-jeans. On dirait qu'il a été relooké avec des chutes de 501 !

Mon expérience fantasmée d'un shopping rapide où Manon validerait tous mes choix est un échec. Je découvre qu'en termes de mobilier, nous avons des goûts diamétralement opposés. Je rejette tout ce qu'elle me propose, sans pour autant réussir à trouver quelque chose qui me plaît. Ce qui la rend dingue. Après moult discussions animées et tergiversations, je finis par me décider pour un canapé gris, trois places. Sobre et élégant selon moi, déprimant et sans âme selon elle. Je lui laisse gain de cause pour une table basse en bois clair et un meuble télé dans la même collection. Elle s'abstient de tout commentaire quand je tombe sur la bibliothèque parfaite pour tous mes mangas. Ça se complique pour la salle à manger et la salle de bains. Je crains l'espace d'un instant qu'elle ne m'assomme avec un porte-rouleaux papier-toilette qu'elle lorgne avec convoitise quand je lui explique pour la énième fois que le meuble qu'elle me propose est un peu trop girly pour moi. Nous sommes dans une impasse, aussi je décrète la pause déjeuner.

Au restaurant, alors que nous sommes attablés devant des boulettes de viande avec de la purée et de la confiture d'airelles pour elle, et un gratin ricotta-épinards pour moi, je tente de détendre l'atmosphère.

— Qui aurait cru que choisir une table, quatre chaises et un porte-serviettes soulèverait autant les passions ?

Elle esquisse un sourire.

— Honnêtement Thomas, rappelle-moi de t'envoyer bouler la prochaine fois que tu veux aller chez Ikea. C'est un cauchemar !

— Pourquoi crois-tu que je ne voulais pas y aller tout seul ? Je me suis dit que faire ça en ta compagnie rendrait l'expérience plus agréable. Tout est plus chouette avec toi !

— C'est ça, essaye de m'amadouer.

— Mais c'est vrai. Même se chamailler est un plaisir !

— Tu pousses le bouchon, parce qu'il nous reste encore la chambre à coucher ?

— Peut-être... Mais pour le coup, c'est une tâche pour laquelle on ne sera pas trop de deux.

— Je me disais bien aussi. Puisqu'il le faut, qu'on en finisse. Je passe aux toilettes, et on y va.

Je suis en train de l'attendre à l'extérieur des W-C quand un trentenaire arborant un air blasé m'aborde.

— Tu emménages avec ta copine ? Je n'ai pas pu m'empêcher de vous écouter au rayon tapis de bain. J'étais le mec qui prenait cher devant les placards. Je compatis, c'est vraiment hardcore comme truc. Comme un Koh-Lanta du couple puissance mille.

— Je... Ouais, t'as raison. Je ne pensais pas que ce serait aussi éprouvant.

Pris de court, je ne démens pas quand il prend Manon pour ma copine. Ce serait trop long à expliquer. À dire vrai, je suis plutôt flatté. Elle est jolie, drôle, intelligente et une amie loyale et généreuse pour les gens qu'elle aime. N'importe quel mec serait chanceux qu'elle jette son dévolu sur lui.

— Si tu veux un conseil, dis oui à tout ce qu'elle propose.

Une brune enceinte s'approche de nous et interrompt sa diatribe.

— Gaby, tu es prêt, on y va ?

— Oui, mon amour, il lui répond avant de m'adresser la parole une dernière fois. Mais je n'échangerais ça pour rien au monde, on est là pour la chambre du bébé. Il arrive dans cinq mois.

— Félicitations ! Il me reste la chambre tout court.

— Sois fort, mec, et n'oublie pas le mot magique ! fait-il en me claquant l'épaule et en me jetant un dernier regard de commisération silencieuse avant de s'éloigner avec sa chérie.

— C'était qui ?

— Juste un type avec qui j'ai sympathisé pendant que je t'attendais, j'explique alors que nous approchons du rayon literie.

— Oh là là, on « sympathise » maintenant, Thomas ? Il y a du progrès.

— Viens plutôt me dire ce que tu penses de ce matelas au lieu de me charrier, je lui demande en tâtant le plus proche.

Je m'allonge dessus, sur le dos, et lui fais signe de participer. Elle secoue la tête, un peu gênée.

— Allez, Manon, ne sois pas timide, je la nargue en croisant les bras derrière ma tête. Ce n'est pas la première fois qu'on partage un lit.

Elle capitule et se laisse tomber sur le dos d'une manière des plus disgracieuses, ignorant royalement mon allusion au nouvel an.

— Verdict ? Tu recherches quel type de matelas ? Dur, mou ? Je trouve celui-là un peu trop dur à mon goût.

— Bon, au suivant alors.

Nous enchaînons les différentes combinaisons matelas/

sommier jusqu'à tomber sur la perle rare. Il se trouve dans un espace aménagé un peu reclus.

— Celui-là. Définitivement. Je suis tellement bien dessus, je n'ai pas envie de bouger.

— C'est vrai qu'on s'y sent bien, j'aurais presque envie de rester là quand je pense à tous les travaux d'assemblage qui m'attendent.

— Il manque juste une petite chose à vérifier.

— Quoi ?

— Tester la solidité et comment les bruits sont amortis. Ça m'étonne que tu n'y aies pas pensé, c'est toi le pro !

Le regard illuminé d'une étincelle filoute, elle se met debout sur le lit et commence à sauter. Et pas du petit saut de moineau, non. Elle met toute son énergie dedans, fléchissant les genoux à la réception pour les tendre de tout leur long en l'air la seconde d'après. Incrédule, je gis tel un poids mort et bouge avec le matelas, ondulant à chaque impact.

— Allez Thomas, saute ! On ne s'en ira pas tant que tu ne l'auras pas fait. C'est ton matelas après tout.

Piqué par son défi, je me relève tant bien que mal, les guiboles branlantes. Elle s'arrête pour éviter que je tombe avec les mouvements qu'elle provoque et me prend la main.

— Prêt ? Trois, deux, go !

Et nous nous élançons. Rapidement nous sommes obligés de nous lâcher, car nous n'avons pas le même rythme mais je dois avouer qu'elle avait raison. La sensation me replonge instantanément en enfance et les brèves secondes d'apesanteur m'emplissent d'une joie pure. Nous pouffons comme deux gosses alors que nous nous défoulons.

— Hé, vous, là-bas, interdiction de sauter sur les lits ! retentit une voix péremptoire.

Oups, pris sur le vif, nous nous arrêtons et nous regardons avec de grands yeux écarquillés avant de détaler sans demander notre reste, l'employé du magasin à nos trousses.

— Bon, je crois qu'on l'a semé, chuchote Manon depuis notre planque derrière des rideaux au rayon tissu. Mais ça valait le coup, non ? On peut maintenant affirmer avec certitude que le test était concluant.

— Et comment ! Grincement minimum pour un maintien ferme et confortable. Je valide.

— La classe, on dirait un mec du téléachat !

— Cette remarque ne vaut même pas la peine que je la relève. Allez, viens, petite fauteuse de troubles, on passe à la caisse.

Le gros mobilier comme mon canapé et le combo matelas-sommier doit m'être livré aujourd'hui, ce qui veut dire que je ne dois pas traîner pour rentrer et surtout que je suis coincé chez moi jusqu'à 21 heures. Le reste est entassé avec peine dans le coffre parental, et nous reprenons la route.

Arrivés à Montparnasse, nous tournons un bon moment avant de trouver une place convenable. Les complications continuent au déchargement et pour trimballer les cartons jusque chez moi. Nous ahanons sous l'effort et plus d'une fois manquons de nous laisser tomber des paquets sur les pieds.

Après le dernier colis déposé, nous poussons un soupir de soulagement. Il est déjà 17 heures, c'est fou, je ne pensais pas que nous avions passé autant de temps au magasin. S'il y avait une histoire de faille spatio-temporelle là-dessous, cela ne m'étonnerait pas. Je devrais peut-être en parler au frère de Manon si je le rencontre, je suis persuadé qu'il doit avoir une théorie sur le sujet.

— C'est bête, on n'a même pas un fauteuil où se poser pour souffler un peu et reprendre des forces, remarque Manon depuis sa position assise sur le parquet entre deux cartons.

— Ouais, et je n'ai même pas de bières au frais pour nous récompenser de nos efforts.

— Aïe, la soirée s'annonce longue.

— En effet, pas de décoration, pas de nourriture, pas d'ambiance, ce ne sera pas un dîner presque parfait. Si tu veux t'éclipser, je comprendrai.

— Tu veux te débarrasser de moi maintenant ? Alors que j'attends de voir comment tu vas t'en sortir avec le montage depuis que tu m'as dit qu'on allait chez Ikea ? Négatif, tu ne me priveras pas de ce plaisir ! Je reste ! Mais dans ma grande mansuétude, je vais aller nous chercher à boire, des sandwichs et de quoi grignoter.

— D'accord mais interdiction de se moquer !

— J'ai pour principe de ne pas faire de promesses que je ne compte pas tenir, dit-elle avec un petit air coquin qui lui aurait valu bien des problèmes si elle n'était pas mon amie.

— Mais bordel ! Ils ne peuvent pas écrire leurs instructions comme tout le monde ? ! Plutôt que faire des dessins que personne ne comprend ! Et pourquoi il y a trente-six étapes quand la logique veut que la moitié soit inutile !

— J'arrive au bon moment on dirait...

Il ne manquait plus que ça, que Manon me surprenne en pleine diatribe défouloir devant mon canapé à moitié monté. Le canapé et le lit sont arrivés pendant qu'elle était partie faire les courses. Fort heureusement, je n'ai eu qu'à fixer les quatre pieds du sommier tapissier, mais le sofa est une autre paire de manches, surtout avec cette fichue clé Allen pour seul outil. Je me ferais bien hara-kiri avec.

— Si on veut, j'étais en train de m'arracher les cheveux. Tu t'es perdue ? Ça fait plus d'une heure que tu es partie.

— Oh ! tu t'ennuyais sans moi ?

— Non, comme tu peux le voir, j'ai trouvé de quoi m'occuper...

— Et on a voulu faire le créatif à ce que je vois ? Pourquoi tu essayes de faire l'étape six avant la quatre ? Et ça se dit ingénieur. Règle numéro un, la notice Ikea a toujours raison ! Je suis passée récupérer ma caisse à outils. Je me suis dit qu'elle pourrait servir. Tu peux faire un break, je prends la relève.

— Fais-toi plaisir ! Tu n'as pas idée à quel point j'en ai besoin. Extrêmement judicieux le coup de la caisse à outils, rien que pour ça, je ne me vexerai pas à cause de tes doutes sur mes capacités d'analyse.

Je l'embrasse sur la tempe en passant et farfouille dans le sac rempli qu'elle a ramené. Je place quelques bières au congèle pour qu'elles soient fraîches plus vite et laisse nos encas sur le plan de travail. Puis, je vais m'aérer un peu sur mon balcon.

Quand je reviens un quart d'heure plus tard, je récupère deux bouteilles que je décapsule et m'en vais jouer les inspecteurs de travaux. Je retrouve Manon en pleine action. Elle a relevé ses cheveux en un chignon à la va-vite et enlevé son pull et ses chaussures. Très concentrée, elle plisse les yeux en essayant de déchiffrer la fameuse notice qui a dû être rédigée par un démon, il n'y a pas d'autre explication. Cette chose est un engin de torture pour les méninges. Elle semble avoir pigé le truc, car elle se saisit d'un tournevis et commence à assembler les morceaux épars de mon canapé. Je la regarde faire, fasciné, en sirotant ma bière. Et elle en vient à bout après quelques instants. Le meuble est monté et les coussins mis à gonfler. J'applaudis.

— Alors là, je suis scotché ! Tu aurais pu me dire que tu étais la descendante de MacGyver. Ta bière, tu l'as bien méritée.

— Merci, dit-elle en acceptant la bouteille et en buvant une longue rasade. Ça fait du bien. Je me débrouille. Il a bien fallu que j'apprenne toute seule, si j'avais dû attendre mon prince charmant bricoleur...

— Tu as fait plus que te débrouiller ! Je suis épaté.

— Si j'avais su qu'il suffisait que je sorte mes outils pour t'impressionner, je l'aurais peut-être fait avant. Prêt à t'y remettre ? On ira plus vite à deux.

Je la regarde s'activer sur le carton de la table basse. Elle est transpirante, les cheveux dans tous les sens et porte un T-shirt des Ramones au col distendu sur un jean usé. Quelque chose me percute dans le plexus solaire, une drôle de sensation me comprime la cage thoracique. Je me masse la poitrine en espérant estomper la gêne et tente de retrouver une respiration normale. Mon instinct me souffle que la serrer dans mes bras serait une méthode bien plus efficace. Elle apaise tous mes doutes. Je me secoue, ce n'est pas le moment de me laisser emporter par des émotions qu'il m'est difficile d'identifier.

— J'arrive.

21

Manon

Je gare mon scoot en vitesse, dégrafe mon casque, ébouriffe ma tignasse et sautille d'un pas hésitant entre la course et la marche rapide jusqu'au restaurant. En retard, comme souvent ces derniers temps. Je retrouve les filles en train de patienter au bar du Principessa, nous avons quelque chose à fêter selon Lorna, et j'ai tellement apprécié l'endroit, en dépit de ce repas calamiteux avec Raph, que je l'ai suggéré pour nos retrouvailles de cette semaine. Situé au centre de la pièce, il est décoré dans des tons feutrés de bois sombre et de velours pourpre et surmonté d'étagères chargées de dames-jeannes de tailles variables et aux contenus intrigants. Aromates, épices et liquides colorés, les potions qui attendent d'être servies aux plus aventureux ajoutent au cachet de l'endroit. Il y a également d'autres étagères avec des alcools et liqueurs plus classiques.

— Coucou les filles ! Désolée, désolée, Ornella m'a coincée au moment de quitter le studio, et j'ai eu du mal à m'en défaire. Qu'est-ce que j'ai raté ?

En effet, depuis que je l'ai consolée, je suis devenue sa confidente. Elle est vraiment mal en point et a besoin d'une oreille compatissante. Le point positif, c'est qu'elle tient Raphaël à distance. À l'annonce de son divorce, Ornella a développé une haine viscérale du genre masculin et menace de castrer les malheureux qui osent s'aventurer dans le studio. Ça m'arrange bien qu'elle fasse le sale boulot à ma place. Comme ça, je n'ai pas à faire semblant de ne pas éviter mon collègue qui se fait de plus en plus collant.

— Pas grand-chose, on a pris un verre de vin sur les recommandations du barman en t'attendant, me rassure Lorna en désignant un grand jeune homme d'une vingtaine d'années, aux épaules et à la mâchoire carrées qui s'active de l'autre côté du bar.

— Pas mal le mec, je siffle.

— Et de bon conseil, ce chianti s'accorde à merveille avec le parmesan qu'on a pris en apéro. Si la nourriture est aussi bonne que le cadre est beau, cela va devenir une de mes adresses favorites. Il faudra que j'y retourne avec Julien.

— Hello, quand vous aurez fini de vous extasier sur ces jolies petites fesses, faites-moi signe. Ce n'est pas comme si je trépignais depuis lundi pour tout vous raconter !

Ça doit être du lourd si Lorna ne prend même plus le temps d'admirer la beauté masculine.

— Vas-y, balance !

Lorna se dandine sur son tabouret, rare signe d'anxiété chez mon amie que rien n'ébranle.

— Vous vous souvenez de la promotion que mon chef m'avait promise ?

Nous acquiesçons toutes les deux.

— Eh bien, il s'avère que je suis en compétition pour le poste avec un nouveau collègue. Ça fait des années que je donne tout, Davis vient d'arriver et, tout à coup, il est pressenti ! Je suis verte !

— Ce n'est pas normal ! Tu en as parlé à ton patron ?

— C'est la première chose que j'ai faite. Il ne veut rien entendre. Pour lui, c'est la personne la plus motivée qui gravira les échelons. Comme si je n'avais pas prouvé ma motivation en me démenant pour cette boîte des années durant. Vous devriez voir le Davis en question... Odieux, prétentieux, méprisant, le genre qui connaît tout mieux que tout le monde... Je ne peux pas le sentir.

— Il n'a pas encore succombé à ton charme ?

— Non, j'ai comme l'impression que l'enfoiré est immunisé. Et j'évite de lui parler pour ne pas avoir à lutter contre l'envie de l'étrangler qui m'envahit dès qu'il ouvre la bouche.

— Il doit y avoir une sacrée ambiance au bureau...

— Mes collègues semblent l'apprécier. Incompréhensible ! Bref, il s'est donc retrouvé à pitcher sur des projets sur lesquels je planche depuis des mois, dont la campagne de communication de la nouvelle vodka Bison Ice.

Lou m'agrippe le bras. Cette marque est apparue sur le marché il y a deux ans à peine et a conquis la jeunesse branchée parisienne et le monde de la nuit grâce à son ton décalé et ses produits d'exception.

— Sa présentation n'a pas fait le poids. Je l'ai dé-ci-mé ! Ah, il ne l'avait pas vue venir, celle-là ! Vous auriez dû voir sa tête. J'en rêve encore tellement c'était bon.

Nous poussons des exclamations de joie et étreignons notre amie. C'est une opportunité incroyable.

— Félicitations, Lolo ! Remporter la campagne de communication de Bison Ice, c'est énorme ! Tu le mérites.

— C'est canon, elle cartonne cette vodka. Je suis tellement fière de toi ! Bravo ! Je suis sûre que ça va être un succès fou. D'ailleurs, on devrait s'en prendre un verre pour fêter ça !

— Bonne idée, Manon, approuve-t-elle.

Je fais signe au barman, qui me confirme par un hochement de tête qu'il m'a bien vue avant de s'approcher d'une démarche pleine d'assurance. Avec ses airs de mauvais garçon et son style pointu, il doit faire des ravages.

— Vous avez de la Bison Ice ?

— Bien sûr !

Ses yeux marron dansent et semblent vouloir nous dire : « Vous nous prenez pour qui ? ».

— Je peux vous proposer des shots ou des cocktails, nous avons le...

— Cocktails ! Surprenez-nous !

— D'accord.

Il se met au travail pendant que nous continuons à discuter.

— Et toi, alors ? Ton rencard avec Raphaël ? ! Ça a donné quoi ?

— Notre rendez-vous était désastreux, je soupire en m'affaissant sur mon siège.

— Tiens, prends ça, tu vas en avoir besoin, commente Lorna en me tendant son verre à demi plein.

— Pourquoi ? Qu'est-ce qu'il s'est passé ?

— Merci. Bah, rien justement. Il n'a parlé que de lui pendant tout le repas, a été exécrable avec le personnel et n'a pas eu un seul geste de séduction envers moi si ce n'est à la fin où il a essayé de me nettoyer les amygdales en profondeur.

Lou grimace de dégoût, et Lorna secoue la tête, fataliste.

— Laisse tomber, s'il n'y a pas d'alchimie au moment des bisous, il y a de fortes chances que sous la couette ce soit pareil.

— Oui, c'est probablement mieux d'arrêter les frais maintenant. Je n'ai pas du tout apprécié son comportement, je le vois différemment maintenant. Quelle perte de temps, bloquer sur lui comme ça. Je me sens débile.

— Bah non, il ne faut pas. T'as testé, maintenant tu sais qu'il n'est pas fait pour toi.

— Ouais, il faut voir le côté positif, j'en ai retiré une super adresse de restaurant.

— Et si on parlait plutôt de l'homme dans ta vie ? Le vrai cette fois-ci ?

— Hein ? Lou, tu sais pertinemment que je suis célibataire !

— Ne fais pas l'idiote ! remarque-t-elle en levant les yeux au ciel. Thomas ! D'ailleurs, quand est-ce qu'on le rencontre ?

— Pff, n'importe quoi, ce n'est pas mon mec. C'est juste un ami ! Très bientôt, figure-toi, si tant est que vous soyez dispo. Vous êtes cordialement invitées à sa pendaison de crémaillère samedi prochain.

— Ah bah voilà, il suffisait de demander en fait.

— Chouette, je vais enfin pouvoir mettre un visage sur l'ami qui a vu tes seins...

— Par accident, et j'ai vu les tiens aussi, je te rappelle ! Ça ne fait pas de moi la femme dans ta vie.

— Manon, ce que Lorna veut dire, c'est que vous vous êtes beaucoup rapprochés. Vous êtes toujours fourrés ensemble ces derniers temps. On a même du mal à se mettre d'accord sur une date pour se voir tellement tu es en vadrouille avec lui.

— Entièrement d'accord. De plus, vous faites beaucoup d'activités que l'on fait normalement avec son amoureux.

— Ah ouais ? Comme quoi ?

— Se parler tous les jours, visiter des appartements.

— Une fois, c'est arrivé une fois.

— Se retrouver pour déjeuner ensemble, faire du

baby-sitting pour rendre service à la famille, regarder des séries, aller au ciné, voir des expos, poursuit Lou.

— Il ne manque plus que partir en week-end ensemble ! C'est un engagement et à l'heure de la génération Tinder, c'est déjà beaucoup. Plus que bien des personnes n'accepteraient de faire avec quelqu'un qui ne les intéresserait pas.

Elles exagèrent. Heureusement que j'ai passé sous silence l'épisode Ikea et montage de meubles ! Elles crieraient aux fiançailles... Oui, contre toute attente, nous sommes devenus proches. Oui, j'aime passer du temps avec lui. Plus que je n'en passe avec mes amies dernièrement, certes, mais il n'y a pas de quoi en faire tout un foin.

— Je ne suis pas d'accord, vous vous faites des films.

— Si tu le dis.

Elles me regardent en souriant avec un air pas convaincu. Je ne comprends pas pourquoi elles insistent lourdement, nous sommes amis point barre. Thomas ne me voit pas comme ça, il a été parfaitement clair là-dessus. Et ça tombe bien, parce que moi non plus. Leurs insinuations m'agacent.

— Bon, on peut parler d'autre chose là, au lieu de fantasmer sur mon mec imaginaire ? Lou ?

— Bah moi, ce n'est pas la joie avec Julien en ce moment.

— Comment ça ?

Elle lève vers nous des prunelles remplies d'incertitude.

— Vous croyez que quand un couple ne fait plus l'amour, ça veut dire qu'il va mal ?

Mince alors. Je tombe des nues. Même s'ils ont leurs hauts et leurs bas comme tous les couples, je pensais que tout allait bien de ce côté-là.

— Non non, pas nécessairement, j'essaye de la rassurer. Ça fait longtemps que vous êtes ensemble.

C'est normal de ralentir. Ça ne veut pas dire que l'on s'aime moins. Peut-être qu'il est préoccupé en ce moment. Tu as essayé d'aborder le sujet ?

— Plusieurs fois. Il m'a toujours repoussée sous prétexte de manque de temps, de fatigue. J'avais peur qu'il ne me désire plus mais maintenant quand lui en a envie, c'est moi qui ai la libido en berne. C'est comme si nous étions désynchronisés.

— Foutaises ! Tu vas vous organiser un petit week-end en amoureux, et je vais te préparer une valise magique, pleine de petits joujoux pour adultes, tu m'en diras des nouvelles. Par contre, si tu prends l'avion, par pitié, mets-la bien en soute, parce que sinon tu risques de passer un moment gênant à la sécurité. Ou mieux, prends le train !

— Et tu sais ça comment ? demande Lou avec des yeux pétillants.

— L'expérience pardi, fait Lorna avec un sourire de chat du Cheshire.

Cette fois-ci, Lou rit avec moi, ce qui ne fait qu'encourager Lolo.

— Autre petite astuce pour rendre votre week-end inoubliable, si je peux me permettre. Rien de tel que de manger du piment avant de lui faire une petite gâterie. Il s'en souviendra toute sa vie.

Le barman, qui arrivait avec notre commande, s'étrangle avant de secouer la tête, amusé.

— Quoi ? lui demande Lou, qui a remarqué son petit manège.

— Mauvaise idée, épices et pénis ne font pas bon ménage, il déclame dans une grimace.

Lorna laisse échapper un ricanement démoniaque.

— Pardonnez-moi mais je n'ai pas pu m'empêcher d'entendre la fin de votre conversation, et la solidarité masculine m'a poussé à intervenir. Elle est dangereuse, je ne sais pas s'il est avisé d'écouter ses conseils, fait-il à une Lou rougissante.

— Vous n'avez pas idée ! Parfois oui, parfois non, mais dans tous les cas, mon copain vous en remercie même s'il n'en saura jamais rien.

— De rien.

Il sourit, et une adorable fossette creuse sa joue recouverte de chaume. Craquant. Puis, il dépose devant nous trois verres aux contenus colorés et décors élaborés.

— Alors nous avons un bloody mary au yuzu et au chili pour la diablesse ; pour la retardataire, un *Parigi* avec gingembre et sirop de rose ; et pour l'innocente, une vodka sour avec du sirop d'érable et du sésame.

— Impressionnant !

— Tchin, les filles !

Nous trinquons et prenons la première gorgée de nos boissons. C'est délicieux, et nous échangeons nos verres pour nous faire goûter.

— Vos cocktails sont excellents !

— Je sais, confirme-t-il avec aplomb.

— Dites, est-ce que c'est possible de privatiser le restaurant ?

— Il faudra voir ça avec mon cousin, c'est lui le patron de l'établissement. Il devrait être là quelque part. Ah, tenez, le voici, c'est lui au niveau des réservations. Yo, Émile !

Nous nous tournons pour voir qui il a apostrophé. Le brun baraqué et aux nombreux tatouages de la dernière fois. Le barman lui fait signe de venir, et il s'approche d'un pas assuré. Quand les deux hommes sont côte à côte, je réalise que leur air de famille est indéniable malgré la dizaine d'années qui les sépare.

— Aurelio ? Un problème ?

— Non, cette demoiselle a des questions à te poser.

Lorna se lance dans tout un tas d'interrogations

techniques, et Émile l'écoute avec attention. Du moins, jusqu'à ce qu'une petite fille haute comme trois pommes, aux boucles blondes et aux bonnes joues rebondies, vienne le percuter au niveau des genoux.

— Papa ! Papa !

Son beau visage taciturne s'éclaire, et il se penche pour prendre l'enfant dans ses bras.

— Allegra, ma *leoncina*[1], tu ne devrais pas être au dodo à l'heure qu'il est ? Combien de fois je t'ai dit d'attendre ta maman et de lui tenir la main avant de te précipiter dans la salle ? C'est dangereux, les adultes ne regardent pas toujours où ils vont.

La gamine le fixe de ses yeux bleus avec une moue adorable alors qu'il la gronde gentiment avant d'entourer le cou de son papa de ses petits bras potelés.

— Mais je voulais te faire un câlin.

Il sourit et des rides d'expression, très séduisantes, se dessinent aux coins de ses yeux.

— D'accord, et elle est où maman ?

— Là, tu ne peux pas la rater avec la pastèque qu'elle a dans le bide ! Comment j'ai pu me laisser convaincre de remettre ça après Allegra ? Vraiment, Viking, je ne devais plus avoir toute ma tête. Folie passagère. Ton fils me rend barjo d'ailleurs, je n'ai qu'une hâte, l'expulser ! Je n'en peux plus qu'il essaye de faire des *banana kicks*[2] avec ma vessie !

La protestation provient d'une blonde canon, enceinte jusqu'au cou, qui se masse les lombaires. Émile la dévore d'un regard fier avant de venir passer le bras qui ne soutient pas sa fille, autour de la taille de la femme, la

1. « Lionçonne » en italien.

2. Ou « coups de pied banane ». Dans un match de rugby, il consiste à faire semblant de vouloir envoyer le ballon d'un côté en le tapant de façon à ce qu'il parte de l'autre.

main posée sur son ventre rond. Il lui murmure quelque chose à l'oreille avant de l'embrasser. Un baiser chaste mais qui la fait vaciller, si bien qu'elle s'affale un peu sur lui, lui cédant son poids qu'il absorbe sans bouger. À sa place, je me serais déjà liquéfiée, et je ne suis pas la seule à être sous le charme si j'en crois les soupirs de mes copines qui font écho au mien.

— Hum, voilà comment tu as fait. Saletés d'hormones, il suffit que tu m'embrasses pour que j'oublie que j'en ai après toi.

— Princesse, tu ne rates jamais une occasion de faire une entrée. Je croyais que tu devais te reposer.

— Pff, mission impossible avec junior qui a la bougeotte et celle-ci qui trépigne pour aller voir papa au travail au lieu d'aller se coucher. Et puis j'ai eu une envie subite de pizza. Parfois, rien ne sert de lutter.

— En effet, le charme des Hedlund est irrésistible. Tu en sais quelque chose.

Elle lève les yeux au ciel.

— Donne-moi ma pizza et on en reparle !

Il éclate de rire alors qu'Allegra piaille : les bras levés, « Pizza, pizza ! »

— Tout ce que tu voudras, Princesse.

Puis, se tournant vers Lorna :

— Laissez votre carte à Aurelio, et nous conviendrons d'un rendez-vous. C'était un plaisir de discuter avec vous, mais je dois nourrir mes filles. J'espère que vous ne m'en voudrez pas.

— Du tout, je vous recontacterai à un moment plus opportun. Bonne soirée.

Nous regardons la petite famille s'éloigner.

— C'est toujours les meilleurs qui sont casés, soupire Lou.

— Et très casés si on considère leurs alliances et le polichinelle dans le tiroir de sa femme.

— Peut-être que c'est elle la perle rare dans le couple ! C'était France Gachet, l'animatrice télé. Vous ne l'avez pas reconnue ?

— Maintenant que tu le dis, je crois que Raph avait mentionné quelque chose comme ça. Ils forment un beau couple en tout cas.

— Mon cher cousin, il faut toujours qu'il nous fasse passer pour des losers devant ces demoiselles. Si je vous dis qu'il a les pieds plats, cela casserait-il son image ? glisse Aurelio.

Nous le regardons, impassibles.

— C'est bien ce que je pensais, déclare-t-il, blasé. Mesdames, votre table est prête, et je peux vous garantir que notre cuisine vaut la peine qu'on s'extasie devant elle aussi.

22

Manon

— Tu crois qu'on a assez de vin ? Je peux retourner vite fait en acheter, le supermarché du coin n'est pas encore fermé. Et à manger ?

— Relax, on est bon. Et même s'il n'y avait pas assez, chacun est censé rapporter un petit quelque chose. Détends-toi. C'est ta crémaillère, pas une réception à l'Élysée !

— Tu as raison, il faut que je me calme. Mais j'ai envie que tout se passe bien, que tout le monde s'amuse et prenne du bon temps.

— Des bonnes choses à manger, de la musique sympa, une décoration du tonnerre, des invités triés sur le volet, on a tous les ingrédients pour que cela soit un succès, je ne me ferais pas trop de souci à ta place.

Il me fait penser à un gamin qui organise sa première boum et qui panique, parce qu'il pense que personne ne viendra. Je trouve ça chou. Il ne se rend pas compte à quel point il est attachant et facile à aimer une fois que l'on a percé sa carapace d'antisocial. La sonnette de l'entrée retentit, nous avertissant de l'arrivée des premiers invités.

— De toute façon, il est trop tard pour faire quoi que ce soit. Relax, je lui intime une dernière fois en déposant un baiser sur sa joue avant de le pousser en direction de la porte.

Il va ouvrir pendant que je finis de découper le dernier cake dans la cuisine. J'entends des éclats de rire masculins dans l'autre pièce. J'aime celui de Thomas, timide, un peu en retenue comme s'il avait peur de faire trop de bruit, de prendre trop de place en existant. Il s'y laisse aller maintenant plus librement que quand je l'ai rencontré, et cela me fait toujours l'effet d'un cadeau. Je rapporte le plat dans le salon et vais saluer le jeune homme qui le fait glousser.

— Mathieu, je te présente Manon, la rencontre qui, avec toi bien sûr, a illuminé mon année.

Mathieu me surprend en me serrant dans ses bras.

— Manon, je suis ravi de te rencontrer enfin. J'ai beaucoup entendu parler de toi.

— Moi aussi, je confesse chaleureusement en lui rendant son étreinte. Je suis contente de pouvoir enfin mettre un visage sur le harceleur du boulot.

— Qui, moi ? Ce garçon n'irait jamais prendre l'air si je ne le bousculais pas. Déjà qu'il est un peu pâlichon.

— Oh ! je vois tout à fait. C'est vrai qu'il a besoin d'encouragements parfois, mais une fois qu'il est lancé... Un peu comme un diesel en fait.

— Hé oh, ça va ? Je ne vous dérange pas trop ? Je suis là, hein.

Nous échangeons une œillade complice avec Mathieu avant de pouffer.

Cela sonne encore une fois, et Thomas me laisse en compagnie de son collègue avec un dernier regard résigné pour aller ouvrir.

— J'ai rapporté du vin et des pizzas. Je les mets où ?

— Dans la cuisine, je t'accompagne.

Nous rangeons les pizzas au frigo et débouchons sa bouteille de rouge, nous servant deux verres.

— L'appart est super bien aménagé, tu as bien travaillé.

— C'est Thomas qui a tout choisi, j'étais juste là pour lui donner un petit coup de pouce.

— Ce n'est pas ce qu'il m'en a dit...

— Cela ne m'étonne pas, il a du mal à reconnaître ses mérites. Toi aussi, tu as bien donné niveau peinture.

— C'est ce que font les amis.

— Exactement, et Thomas est bien entouré. Ce qui n'est guère surprenant, on attire ce que l'on dégage.

— Pff, tu y crois vraiment à ce truc-là ? Parce que quand je l'ai rencontré, ce mec était un vrai repoussoir ! Malpoli et revêche, tout le monde l'évitait comme la peste.

— Je ne sais pas trop. C'était la phrase du jour de mon calendrier zen. Un cadeau de ma mère, elle marche à fond dans la pensée positive et le développement personnel. Tu sais, il n'a pas été des plus tendres avec moi non plus, mais il s'est soigné depuis.

— Ne jamais sous-estimer le pouvoir de l'affection forcée, ma jolie ! Quand je l'ai vu, tout endimanché dans ses chemises boutonnées jusqu'aux yeux, j'étais obligé d'intervenir et de le dévergonder.

— Cela ne devait pas être triste à voir. Des fois, j'aimerais bien être une petite souris pour me glisser dans vos bureaux et te voir le déboussoler un peu. Je dois dire que je m'y suis faite à ses tenues proprettes. Je leur trouve un certain charme. C'est un peu différent avec moi. Nous sommes devenus une équipe, il assure mes arrières et moi les siennes. Quand il m'a parlé de son ex par exemple, cela m'a tellement retournée que j'ai décidé de l'aider avec les moyens que j'avais.

Mathieu me dévisage d'un air songeur.

— Il t'a parlé de son ex ? De toute l'histoire ?

— Oui, la troisième fois que l'on s'est vus, si je ne m'abuse.

— Waouh, c'est une belle preuve de confiance. Il l'a juste évoquée avec moi. Je devrais me sentir jaloux mais je suis simplement content qu'il ait trouvé quelqu'un à qui se confier. Et donc, c'était quoi ta solution miracle ?

— Ce n'était pas vraiment une solution, j'anime une émission de conseils sur Tube Radio, j'ai juste orienté le sujet sur celui de la rupture et espéré très fort qu'il l'écoute.

— Furtif ! On adore ! La mienne était un peu plus radicale.

— Oh ! ne me dis rien ! Tu voulais le transformer en serial baiseur ?

— Comment tu as su ?

— L'intuition féminine.

— Contre-soirée dans la cuisine ? Déjà ?

Nous nous retournons comme deux gamins pris sur le fait. Thomas se tient dans l'encadrement de la porte, appuyé sur le chambranle et les bras croisés sur sa poitrine, il nous observe.

— Tout le monde sait que c'est toujours là que se déroulent les choses les plus intéressantes !

— On faisait connaissance. Tu t'en sors ?

Il se décolle du mur et vient passer le bras autour de mes épaules sous les yeux avides de Mathieu, qui n'en perd pas une miette.

— Oui, je me demandais juste où vous étiez tous les deux. Tes copines sont arrivées.

— Lorna t'a déjà fait fuir ? Qu'est-ce qu'elle a fait ?

— Non, du tout, rigole-t-il, la tête tournée vers moi. J'ai juste envie de te présenter au reste de mes invités.

La fierté est lisible dans ses prunelles, et j'en ai la chair de poule. Il le remarque et me frictionne les bras.

— Tu as froid ? Je peux aller te chercher un hoodie si tu veux ?

— Non, ça ira. Allons discuter avec mes amies, tu verras, elles ne mordent pas.

Tout s'enchaîne très rapidement, les invités arrivant par vagues. Une bonne heure plus tard, l'appartement s'est bien rempli. Lorna, Lou et Julien, des gens du travail de Thomas ainsi que des personnes du club de running de Mathieu. Après avoir parlé un peu avec mes amies, Thomas est très vite happé par ses obligations d'hôte. Mathieu bavarde avec animation avec les filles et Julien, et j'en profite pour découvrir les autres personnes que Thomas côtoie au quotidien. Mathieu reste mon chouchou. Il est à mourir de rire, de ces personnalités solaires qui vous mettent à l'aise tout de suite. Il apprécie beaucoup Thomas et a grandement participé à ce qu'il aille mieux, ce qui ne me fait que l'aimer encore plus.

En parlant du loup, je le cherche des yeux et le trouve en pleine conversation avec une brune à frange. Je remarque en fronçant les sourcils qu'il échange avec elle depuis son arrivée. Perturbée, je retourne m'asseoir avec les filles, Mathieu et Julien sont partis se ravitailler. Je ne peux m'empêcher de jeter des petits coups d'œil intempestifs dans leur direction pour ne rien rater de leurs interactions. La curiosité me dévore, ils ont l'air de bien se connaître, pourtant il ne l'a jamais mentionnée.

— Bon alors, vos impressions ?

— Sympa, un peu timide, non ? Il a un truc si on aime les lunetteux maigrichons. Je suis surprise, les geeks, ce n'est pas trop ton style d'habitude.

— Pas du tout ! C'est juste qu'il ne vous connaît pas encore bien. Il n'a pas besoin d'être à mon goût pour être mon pote. Et puis, ce n'est pas parce qu'il a des lunettes qu'il faut le ranger dans la catégorie des intellos. Ridicule comme amalgame.

— Mollo, ne t'excite pas. Tu sais ce qu'on dit sur les gens qui protestent un peu trop ? m'enquiquine Lorna avant de finir son verre. C'était un compliment, le mec est *smart*, t'as vu son job ? *Intelligence is the new sexy !* Et puis, moi, ça m'intrigue les taiseux. Il faut se méfier de l'eau qui dort, c'est toujours les plus calmes qui se révèlent être les plus surprenants dans l'intimité.

— Raah, Lolo, j'abandonne ! Et toi, Lou ?

— Il a l'air d'être un gentil garçon, et il a du chien, ce qui ne gâche rien. On aura probablement l'occasion de discuter plus avec lui au cours de la soirée. Pour le moment, il est bien occupé.

— Ah ouais, tu trouves aussi ? Non mais sérieux, Lou, regarde-la faire, elle n'arrête pas de le coller et de lui effleurer le bras à tout bout de champ. Elle ne voit pas que ça le met super mal à l'aise. Il y a des gens qui ont des œillères...

— Je ne te le fais pas dire, chantonne Lorna avant de finir son verre d'une traite. Bon, je reviens les meufs, *refill*.

Elle nous quitte pour aller se resservir un verre et finit par entamer la conversation avec Mathieu au buffet. Julien rapporte une assiette chargée de victuailles à sa chère et tendre, qui lui fait les yeux doux. Mon regard s'égare une nouvelle fois sur le duo au milieu du salon. Thomas rit à quelque chose qu'elle raconte et pose brièvement la main sur son épaule. Il n'est peut-être pas si gêné en sa présence que je le pensais. Peut-être même qu'il est intéressé. Je devrais être contente pour mon ami. Il flirte, c'est donc le signe qu'il va mieux, mais cette fille ne me plaît pas. Quelque chose me dérange mais je n'arrive pas à mettre le doigt dessus. Ma réaction est totalement irraisonnée et arbitraire, mais j'ai un mauvais pressentiment avec elle. Il est temps d'aller mener l'enquête.

— Je reviens, je lance en direction de Lou et Julien.

— D'accord.

Ils sont dans leur petit monde d'amoureux et m'ont déjà partiellement oubliée. Ça a l'air d'aller mieux entre eux, et je m'en réjouis pour mon amie. Je rejoins Thomas et l'inconnue.

— Hé, le stock d'alcool a l'air de tenir le choc. On attend encore des gens ?

Il passe un bras autour de ma taille et m'attire contre son flanc. Je lui rends son geste d'affection, l'enlaçant à mon tour.

— Non, tout le monde est là.

La brune me jauge avec curiosité. Je lui tends la main.

— Salut, moi, c'est Manon.

— Anaïs, enchantée, répond-elle en me la serrant avec poigne.

Je peux voir les rouages de son cerveau tourner alors qu'elle se questionne sur la nature de notre relation. *Prends un ticket, ma vieille !*

— Vous vous connaissez depuis longtemps ?

Bon, la subtilité n'est pas son fort. Mais dans l'éventualité où Thomas aurait le béguin pour elle, je préfère la détromper.

— C'est une affaire qui roule depuis le début de l'année. Pourtant, je n'aurais pas parié un kopeck sur notre amitié à notre rencontre, je confesse avec dérision.

— Ah bon ? Je ne vois pas pourquoi tu dis ça...

La déclaration de Thomas est ponctuée d'un petit coup de hanche.

— Tu veux que je te rappelle ? je demande, amusée.

— Peut-être que tu devrais, histoire de voir si ta mémoire concorde avec la mienne. J'ai lu quelque part que le cerveau fabriquait des souvenirs.

Bon, je l'ai bien cherché. Je ne sais pas qui de nous deux serait le plus embarrassé si nous devions tout raconter. Moi probablement.

— Vous en avez trop dit ou pas assez ! On veut tout savoir, braille Mathieu, qui a rejoint notre cercle avec Lorna.

Il est très joyeux, parle fort et a le rouge aux joues. De toute évidence, il a un petit coup dans le nez.

— Mais t'es une vraie fouine toi, ça les regarde ! me sauve Lorna devant mon air paniqué.

Je lui lance une œillade reconnaissante.

— Et fier de l'être, je flaire les scoops avant tout le monde. Et ça, fait-il en nous englobant Thomas et moi d'un petit mouvement circulaire, je suis le premier à l'annoncer. En tout cas, je suis soulagé. Je commençais à me faire du mouron. Tout ce temps sans b...

— ... On s'est bien trouvés, c'est le moins qu'on puisse dire, le coupe Thomas avec précipitation.

C'est nouveau ça. À ma grande surprise, il ne l'a pas contredit. Je lui jette un œil interrogateur et ses prunelles m'appellent à l'aide. *Message reçu, Robin.* Tout le monde sait que, dans notre tandem, Batwoman, c'est moi, l'attirance pour les femmes en moins.

— Bon, on a assez papoté, non ? Est-ce qu'il ne serait pas temps de danser un peu ?

Ma suggestion est accueillie par des piaillements d'enthousiasme de Lorna et Mathieu. Elle l'entraîne d'ailleurs au niveau de l'enceinte Bluetooth, et ils commencent à débattre sur la chanson pour lancer le mouvement. *Get Lucky* des Daft Punk ne tarde pas à retentir, et les corps commencent à onduler et à se rapprocher. Anaïs est entraînée par un des runners, nous laissant seuls avec Thomas. Je ressens son soupir de soulagement, un souffle chaud contre le haut de mon crâne et ses muscles qui se détendent. Il déteste avoir le projecteur sur lui et qui plus est lorsque l'on touche à l'intime.

— C'était quoi ça ? je lui lance, le regard inquisiteur.

— Rien.

— Thomas ?

— Pas maintenant, s'il te plaît, réclame-t-il d'une voix lasse et peinée qui me remue.

— OK, viens danser alors.

Il vide sa bière d'un trait et me suis. Nous retrouvons nos amis et nous déhanchons en rythme. La question continue de me trotter dans la tête : pourquoi n'a-t-il pas détrompé Mathieu ? J'essaie tant bien que mal de la remiser dans un coin de mon esprit et de profiter de la fête.

Au bout de quelques chansons et quelques verres, il a retrouvé le sourire. Moi aussi, par la même occasion. Même la tentative de rapprochement d'Anaïs, qui danse un peu trop près de lui si on me demande mon avis, ne parvient pas à me gâcher l'ambiance.

Il est 4 heures du matin, les derniers invités viennent de partir. Il ne reste plus que lui et moi. Je suis en train de rincer un dernier plat dans l'évier de la cuisine avant de rentrer quand il m'est enlevé des mains. Thomas me retourne de manière à ce que je sois face à lui. Il me contemple avec les yeux brillants et un sourire niais, miroir de ma propre expression, j'en suis certaine. Nous sommes tous les deux toujours un peu imbibés et d'humeur festive.

— Je m'en occuperai demain. Tu en as assez fait.

Avec un air filou, il m'enlace, et je passe mes bras autour de son cou par réflexe.

— Danse avec moi.

— Thomas, il est tard, et il n'y a pas de musique.

— On s'en fout. Je peux chanter si tu veux.

— Ah, je donnerais cher pour entendre ça.

Il pose son front contre le mien, et nous nous balançons d'un pied sur l'autre alors qu'il murmure une mélodie inconnue. Je ferme les yeux et me laisse aller, inspirant son odeur. Est-ce la fatigue, les reliquats d'alcool dans mes veines ou ma traversée du désert sexuel qui me montent à la tête ? Toujours est-il que j'ai chaud et que la proximité de sa bouche m'apparaît très tentante. Un bras remonte le long de ma nuque qu'il vient pétrir sensuellement. À chaque pression de ses doigts, sa chaleur s'imprime dans ma chair et me rend fiévreuse.

— J'ai passé une super soirée, merci de m'avoir aidé pour l'organisation.

— Il n'y a pas de quoi, j'aime te voir heureux.

Sa respiration se hache.

— Je suis toujours heureux quand je suis avec toi.

À ses paroles, des fourmillements éclatent dans le creux de mon ventre. Mes seins se font lourds. Je suis troublée et la tension entre nous grimpe d'un cran. Les frontières de notre amitié se floutent et se dilatent.

— Qu'est-ce que Mathieu s'apprêtait à dire avant que tu ne le coupes ? je dis dans l'espoir de me distraire de mon corps qui me trahit.

Thomas a un petit grognement embarrassé, mais me répond tout de même :

— Que je n'avais pas baisé depuis ma rupture.

Je retiens brusquement ma respiration. Il interprète mal mon geste et ses joues s'empourprent alors qu'il s'écarte de moi maladroitement. Une bouffée de tendresse m'envahit.

— Ah, je comprends que tu n'aies pas eu envie que Mathieu t'affiche de la sorte. Surtout devant Anaïs, cela aurait été inconfortable.

— Cela aurait été gênant devant n'importe qui. Je n'arrive même pas à te regarder dans les yeux.

— Hé, ce n'est pas grave, ça m'est égal. Il n'y a pas de honte à avoir. Je peux t'assurer que cela fait plus longtemps pour moi que pour toi, et ce n'est pas un drame, je tente de le rassurer.

— Tu veux qu'on sorte les calendriers ? Ce n'était pas la fête du slip non plus avant ma séparation...

— Et si on allait de l'avant ? Tu es célibataire, maintenant, libre, tu vas tomber sur une personne qui t'attirera, et on en parlera plus. C'est comme le vélo, ça ne s'oublie pas.

Il a un petit rire désabusé.

— Si, justement. Je crois que ça ne changerait pas grand-chose s'il y avait quelqu'un. Je n'y arrive plus, Manon. Je suis cassé.

Sa voix est rauque, vibrante de détresse. Il en est persuadé, et je ne supporte pas de le voir dans cet état. Une colère sourde m'envahit. Une rage intense contre cette fille qui a fichu en l'air un mec en or. Je donnerais tout ce que j'ai sur moi pour lui prouver qu'il a tort, que c'est dans sa tête et qu'il n'a plus à s'empêcher de vivre. Il suffirait d'une fille pour changer la donne et effacer le désarroi de ses yeux.

Tout à coup, c'est l'illumination. Pourquoi ce ne serait pas moi ? Nous sommes amis, les bases ont été posées dès le départ, il n'y aura pas de déçus. Il a besoin d'être avec quelqu'un en qui il a pleinement confiance pour surmonter son blocage, et il s'avère que je suis prête à lui rendre ce service. Plus j'y pense, plus je me dis que c'est la meilleure solution.

23

Thomas

Je ne sais plus où me mettre. J'ai beau avoir cette relation particulière avec elle, de celles qui ne jugent pas et qui invitent à toutes les confidences, j'aimerais disparaître. Et malgré mon manque de filtre, que je mettrais probablement sur le compte de l'alcool ou de l'heure avancée, j'ai la certitude que je peux tout lui dire. Pourtant, j'ai les joues en feu et je suis soulagé que le faible éclairage de la cuisine masque mon émotion. Elle ne réagit pas et garde le silence, et je finis par me demander si je n'ai pas dépassé les bornes. Je me force à affronter son regard, y lire de la pitié m'achèverait. J'ai pu le supporter chez mes proches après ma rupture mais avec elle, c'est au-dessus de mes forces. Probablement parce qu'elle ne m'a jamais donné la sensation d'être une victime, un loser ou un sous-homme. Manon est songeuse un instant, puis son visage se pare d'un air décidé. Dans ses yeux brille la détermination et quelque chose de plus sombre.

— C'est des conneries tout ça, assène-t-elle, un brin remontée.

Ses poings sont serrés le long de son corps.

— J'aimerais bien, crois-moi, mais non.

Je n'ai pas le temps de m'attarder à déchiffrer

son expression qu'elle m'a déjà attrapé la main pour m'entraîner en direction de ma chambre. Je la laisse faire, un peu abasourdi. Pourquoi le reste de cette conversation doit avoir lieu dans une autre pièce est un mystère. Manon ouvre la porte dans un geste brusque, s'arrête au pied du lit et, sans crier gare, me pousse dessus sans ménagement. Puis, elle s'assied à califourchon sur moi, ses mains atterrissant sur mes épaules.

— Mais qu'est-ce que tu fais ? je proteste, stupéfait, ma voix montant dans les aigus alors que je me redresse.

— Je te prouve que tu te trompes.

Sûrement, cela ne veut pas dire ce que je crois comprendre. Tout mon corps se raidit. Je ne sais plus quoi penser. C'est mon amie, elle ne m'attire pas comme cela, alors pourquoi je sens mon sang filer dans mes veines dans une traînée de feu ? Mille scénarios me traversent l'esprit, et j'en ai la gorge sèche. Qu'est-ce qui m'arrive ?

— Je veux t'aider, tu me fais confiance ?

— Bien sûr que oui, mais…

— Alors détends-toi et ferme les yeux.

Elle joue au jeu de la poule mouillée avec moi, il n'y a pas d'autre explication. Voir qui va s'écarter le premier en invoquant les microbes de l'autre. Comme des gamins dans la cour de récré. Si elle croit que je vais me dégonfler, elle se trompe. Le semblant d'amour-propre qu'il me reste me l'interdit. J'obéis, étrangement excité de découvrir jusqu'où elle va pousser l'expérience. Dans ce jeu dangereux dans lequel elle nous a lancés, le premier pas ne m'appartient pas. Elle a jeté les règles par la fenêtre quand elle m'a escaladé sans me demander mon avis. La chaleur qui émane d'elle infuse lentement mes membres. Manon me retire mes lunettes et caresse mon visage du bout des doigts, mes pommettes, l'arête de mon nez, mon arc de Cupidon avant de s'arrêter. Elle reprend le même trajet mais avec ses lèvres cette fois-ci puis s'interrompt à nouveau. J'attends le souffle court ce qui va suivre. Son haleine sucrée vient affleurer ma bouche, et je n'ose bouger. Après quelques instants de silence où nos respirations se mêlent, je commence à frétiller sous elle, l'attente me tue. Elle doit le regretter et ne pas savoir comment se dépêtrer de cette situation mais je ne serai pas le perdant qui craque d'abord. Je ne peux pas la regarder, pas encore alors je garde les yeux clos. Manon va déclarer forfait, d'une minute à l'autre, j'en suis convaincu et...

Sa bouche se pose contre la mienne et quelque chose d'inattendu se produit, une onde de plaisir me traverse. Mes lèvres s'entrouvrent, et Manon y plonge sa langue. La mienne la rejoint, et j'oublie tout. À cet instant, je me moque de savoir si c'est un jeu, de l'endroit où nous nous trouvons ou des conséquences. Je me laisse aller, et je ressens. Son goût, ses mains qui se perdent dans mes cheveux, la texture de ses lèvres.

De timide et hésitant, le baiser se fait passionné. Nos langues se titillent, tantôt caressantes, tantôt conquérantes. Mes mains, jusque-là sur ma couette, viennent se poser sur ses hanches de pin-up que je serre pour mieux m'ancrer dans le présent, je ne veux pas que ça s'arrête. Nos bouches, qui se perdent et se retrouvent, agissent comme une drogue qui vient aiguiser mes sens et me fait prendre conscience des besoins de mon corps. Celui du contact et de l'ivresse d'une autre peau, souple et tiède, de la tendresse et du plaisir partagé. C'est comme si le voile d'énergie négative qui me maintenait amorphe se déchirait et que je découvrais ce puits de désir qui couvait en moi.

Comment j'ai pu oublier ? Que cela pouvait être aussi fort, aussi bon. Et le plus incroyable, c'est que nous ne faisons que nous embrasser.

Ma peau est brûlante, et quand elle se met à aspirer ma lèvre inférieure, une décharge électrique achève de me raviver l'entrejambe. Je gémis dans sa bouche et ne peux m'empêcher de bouger. Je me sens vivant comme si chacune de mes terminaisons nerveuses venait se réveiller à son contact. Je n'ai plus de mots pour décrire mon excitation. Mais mon plaisir est de courte durée. La petite voix dans ma tête ne tarde pas à refaire surface. *Qu'est-ce que je suis en train de faire ?* Manon, mon amie, s'avère être la première femme pour qui j'éprouve du désir depuis mon ex. J'ai vraiment un karma pourri. Cela n'a pas de sens. Nous ne devrions pas nous embrasser mais c'est plus fort que moi. C'est la zizanie dans mon corps, dans mon esprit. Paradis, purgatoire, je ne sais plus. Trop fort, trop vite, j'en ai la tête qui tourne. Je me détache avec peine du nectar de sa bouche, et elle émet un son de protestation du fond de sa gorge, qui me remue. Ses yeux embrumés balaient mon visage de haut en bas. Je ressens leur passage comme une caresse physique. Nos respirations bruyantes rompent le silence de mon appartement.

— Tu vois, je t'avais bien dit que c'était des conneries, finit-elle par me lâcher comme si de rien n'était avec un clin d'œil et une ondulation appuyée du bassin qui fait tressauter mon érection.

Comment trouve-t-elle la force de plaisanter maintenant ? Alors que mon cerveau est proche de l'encéphalogramme plat. Elle m'a court-circuité. À croire que ce baiser n'a pas perturbé son monde autant que le mien. Comme si c'était parfaitement naturel pour deux amis de s'embrasser avec autant de fougue, alors que je n'ai jamais été autant absorbé par un baiser de ma vie.

— Et maintenant ?

— Tu sais très bien ce qui arrive après.

Mon désir pour elle me consume. Je le sais en effet, et cela m'excite autant que cela me terrifie, mais je veux l'entendre de sa bouche.

— Éclaire-moi.

— Une nuit pour relâcher la pression, se faire du bien et te remettre sur les rails. Sans prise de tête et sans serment.

Mon corps est plus que partant pour oublier toute prudence et foncer, ma raison vacille. Peut-être que ça l'est, naturel, après tout. Un homme et une femme qui se veulent et qui assouvissent leurs pulsions, c'est une histoire aussi vieille que le monde. Je proteste une dernière fois.

— C'est une mauvaise idée.

— Tu penses trop, Thomas. Je te jure que si tu me dis que cela va gâcher notre amitié, je t'attache à une chaise et te fais regarder le pire film d'horreur que je connaisse. On a déjà établi que nous n'étions pas faits pour sortir ensemble. Demain, je te promets, nous serons de nouveau Thomas et Manon, plus platoniques, tu meurs. Mais si tu n'en as pas envie...

Je n'ai plus les capacités pour réfléchir clairement. Tout ce que je sais, c'est ce que mon désir me crie. Cette volonté impérieuse de me perdre en elle, maintenant.

— Non, ce n'est pas ça. Je... D'accord, juste cette nuit, j'approuve, la gorge nouée.

Elle m'embrasse, et mes inhibitions et mes fausses excuses s'envolent. Je donne la permission à mes mains de faire ce qu'elles veulent vraiment faire depuis qu'elle me chevauche : explorer son corps. Elle s'écarte quand je lui enlève son haut, découvrant un soutien-gorge en coton à motifs cerises. Il finit sur le sol. Ses seins sont parfaits, voluptueux, ronds comme des pommes et surmontés de tétons aussi rosés que sa bouche. Ils débordent de mes paumes, et je trouve cela sexy en diable. Je joue avec une pointe, l'excitant du pouce avant de l'aspirer entre mes lèvres. Elle gémit, et je sens sa cage thoracique vibrer contre moi. Ses mains glissent sous mon T-shirt pour mieux me l'arracher, et c'est à mon tour de me détacher. Elle me caresse le torse en me dévorant des yeux, puis s'aventure dans mon caleçon après avoir déboutonné mon jean. Quand elle empoigne mon sexe, ma vision se brouille. Elle entame un va-et-vient et je vois des étoiles. Je dois la sentir à mon tour, j'en ai besoin. Je pose ma main sur la sienne, arrêtant son geste avant de l'embrasser fougueusement une nouvelle fois.

— Déshabille-toi.

Nos bas disparaissent, et je peux enfin la découvrir dans toute sa splendeur. Ses courbes me mettent l'eau à la bouche. Le triangle de poils aussi flamboyants que sa chevelure m'attire inexorablement.

— Écarte les jambes, Manon, je veux te voir.

Elle le fait et, sans surprise, elle est aussi alléchante en bas que le reste de sa personne. Je ne me fais pas prier pour la pénétrer du doigt. Elle est douce, chaude et mouillée, et j'inspire brusquement alors qu'elle se contracte autour de moi. Je continue de la caresser, mon pouce effleurant son clitoris alors que je glisse un deuxième doigt en elle. Des soupirs lui échappent alors que ma bouche retrouve le chemin de sa poitrine et que j'accélère le tempo. Elle ne tarde pas à jouir, et je crois mourir d'excitation et de satisfaction. C'est moi qui lui ai fait ça. Jamais je ne me suis senti aussi désirable, aussi en confiance.

— À ton tour, chuchote-t-elle. Montre-moi.

Elle guide ma main qui était en elle et la pose sur mon érection. Je coulisse tout doucement de bas en haut, utilisant son plaisir pour me lubrifier. Elle me regarde avec des yeux de braise. J'attrape son poignet et enroule sa paume autour de mon sexe, nos doigts entremêlés, je lui montre le rythme et la pression qui me font décoller.

— À toi, je souffle d'une voix rauque, la laissant mener la danse.

Je gémis alors qu'elle vient déposer des baisers mouillés sur mon torse et que son autre main entre en scène, m'agaçant le gland. Mes hanches bougent d'elles-mêmes alors que la tension monte. C'est comme si elle était partout à la fois. Ma vision blanchit derrière mes paupières fermées, surcharge sensorielle.

— Manon, je suis proche.

— Ta, ta, ta ! Pas si vite. Capote ?

Elle s'arrête, et je soupire de frustration. D'un geste de la tête, je désigne le tiroir de la table de nuit où j'ai placé le paquet que Mathieu m'a acheté en signe d'encouragement il y a deux mois. Elle s'empresse de l'éventrer et d'en retirer un préservatif qu'elle déroule sur moi. Je tremble lorsqu'elle m'enjambe en amazone. Manon m'enserre le sexe et me guide à son entrée avant de s'asseoir lentement sur moi. Nous laissons échapper deux grognements de plaisir quand je la pénètre centimètre par centimètre. Quand je suis en elle complètement, ses muscles m'agrippent, et je dois penser à Gaylord pour que cela ne finisse pas plus vite que prévu. Manon reste immobile un instant, les mains sur mon torse, s'habituant à moi. C'est une douce torture.

— Tu es tellement belle. Bouge, s'il te plaît, je souffle d'une voix rauque.

Elle ondule enfin, de haut en bas en faisant rouler

ses hanches. La sensation est exquise, et je réprime un râle. Bientôt, elle accélère, et je ne peux plus rester simple adorateur du spectacle qu'elle me donne. Je ponctue chaque descente d'un rapide coup sec du pelvis qui la fait pulser autour de moi. Manon va de plus en plus vite, frottant son clitoris contre mon bassin, et m'embrasse à perdre haleine. Je devine qu'elle n'est pas loin quand ses mouvements se font de plus en plus désordonnés, et je prends la relève, une main sur une poignée d'amour, l'autre sur son cul généreux. Je me jette à sa rencontre, la remplissant encore et encore. L'orgasme l'emporte, et elle s'affale contre moi. Le plaisir est si intense que j'ai du mal à former une phrase cohérente.

— Putain, Manon, oui...

Un chatouillement familier se fait ressentir à la base de mes reins. La jouissance détone dans mes veines, et je halète des mots inintelligibles contre son oreille avant de basculer en arrière sur le matelas.

Nous planons dans un enchevêtrement de membres. J'ai du mal à distinguer ce qui est à moi et ce qui est à elle tellement je suis étourdi par l'euphorie, flottant dans un état second, mon corps en coton. Les fonctions de ce dernier finissent par se rappeler à moi, et elle laisse échapper un son de mécontentement lorsque je me désengage pour m'occuper du préservatif.

Quand je reviens, Manon est assise sur le rebord du lit et m'observe avec un drôle d'air.

— Laisse-moi deviner, tu as trouvé que j'étais un mauvais coup, et tu ne sais pas comment me le dire.

— Mais non, tête de nœud, c'était bien et tu le sais parfaitement. Je me demandais si tu allais me faire le coup du flip.

— Juste bien ?

— Phénoménal, maintenant réponds à la question.

— Pas de flip, pas maintenant, je n'en ai pas l'énergie.

— Demain alors ?

— Non plus.

— Tu le jures sur Batman ?

— Craché. On s'est envoyés en l'air de manière phénoménale et on est toujours amis.

— Je dirais même amis et plus.

— Beaucoup plus, notre affinité n'est plus à prouver. Tu dors ici ?

— À une condition, tu ne monopolises pas la couette !

— Vendu, mais ça vaut aussi pour toi, je te signale.

Nous nous glissons sous l'édredon, et je ne peux m'empêcher de l'attirer contre moi pour la câliner. Elle jette une jambe sur les miennes, plaquée contre mon flanc, la tête posée sur mon torse tandis que je trace des petits cercles dans son dos.

Manon n'est pas longue à s'endormir, et j'écoute sa respiration profonde. Les heures passent et le sommeil ne vient pas. Quelque chose me retient, m'interdit de sombrer. J'ai menti, je balise grave. C'est mon premier coup d'un soir, je n'ai jamais été le mec qui couche pour coucher et je ne sais pas comment gérer l'après. Quel est le protocole pour que rien ne change ? C'est la pagaille dans ma tête. J'ai l'impression de ne plus rien maîtriser. Dans une vaine tentative pour me calmer, j'inspire sa chevelure et me concentre sur mes sensations. Sa peau de pêche sous mes doigts, son souffle sur ma peau. Je ferme les yeux et elle est mon seul horizon. Elle m'a apprivoisé, ma belle inconnue, m'a réappris l'affection, la tendresse mais aussi la confiance et le respect. J'ai l'impression qu'elle a toujours fait partie de ma vie.

Je n'ai plus l'habitude de ressentir. Depuis ma rupture, j'ai verrouillé mon corps et mes émotions pour mieux les contrôler mais elle vient de faire sauter presque tous mes cadenas. *Elle est à la fois la tempête et ma planche de salut.* Mon instinct de conservation primaire refait surface. *Elle est déjà trop proche*, me crie-t-il, *trop ancrée dans ma réalité.* Il ne faut plus jamais donner à une femme l'opportunité de me briser émotionnellement. Je n'y survivrais pas. Je ne peux pas rester à côté d'elle plus longtemps, je redoute l'instant où elle ouvrira les yeux. C'était facile de la jouer cool dans le noir mais à la lumière du jour... Je ne peux pas tricher, pas avec elle. Tout doucement, je m'extrais de ses bras et sors du lit. Mes affaires de sport sont en train de sécher dans la salle de bains, je les revêts et pars pour un run matinal.

Une heure plus tard, je suis de retour, en sueur et fatigué, mes pensées sont toujours aussi embrouillées. Je ne suis pas plus avancé et ne sais pas quelle attitude adopter. J'entre comme un voleur dans mon propre appartement et dépose le sachet de viennoiseries que je suis allé chercher à la boulangerie pour elle sur la table de la cuisine. Ma manière d'adoucir ce que je m'apprête à faire. Je griffonne un petit mot sur un post-it, puis vais me doucher en vitesse. Elle ne donne toujours pas signe de vie quand je réapparais, changé. C'est rassuré d'avoir évité toute confrontation gênante que je pars. Mon attitude est lâche mais salutaire. La première séance au cinéma du coin devrait lui laisser assez de temps pour vider les lieux.

24

Manon

Lorsque j'ouvre les yeux, la situation a comme un goût de déjà-vu. Pour la seconde fois de l'année, je me réveille dans le même lit que Thomas. Sauf que là, j'ai vraiment couché avec lui. Et que je ne pourrais pas l'oublier même si ma vie en dépendait. Tremblante, j'étends mon bras tout doucement de son côté et mes doigts rencontrent du vide. Les draps sont froids, comme s'il s'était levé il y a un moment déjà. Refusant de me laisser emporter par la panique, je m'habille avec mes vêtements d'hier et fais le tour de l'appartement. Il est désert. Il faut que je me rende à l'évidence, Thomas est parti. La déception est intense. Il m'avait promis de ne pas flipper. Sa fuite me renvoie mes mauvaises décisions en pleine figure. *Bordel, Thomas, il fallait que tu compliques les choses !* Si nous nous étions réveillés côte à côte, nous en aurions rigolé, nous aurions mis ça sur le compte de l'alcool et de l'euphorie d'une bonne soirée, même si nous étions tous les deux plus que lucides en plein cœur de l'action, et nous serions passés à autre chose. Ou alors le réveil aurait été bizarre, et nous aurions prétendu le contraire, pour le bien-être de notre amitié et au moins, j'aurais été fixée. Ne pas savoir me tue. Je soupire alors que le malaise grandit. Cela ne sert à rien de me torturer, d'imaginer des scénarios qui n'auront jamais lieu.

Fichu pour fichu, je décide de me préparer un café avant de rentrer chez moi, je ne vais pas l'attendre en embuscade pour lui remonter les bretelles dès qu'il aura passé le pas de sa porte. Je n'en ai pas le droit. Voilà ce qui arrive quand on invoque la règle du sacro-saint « juste une fois entre potes ». On gagne seulement le monopole de la boucler. Je ne suis pas une oie blanche, j'ai eu mon lot d'histoires sans lendemain, mais c'est la première avec un ami. Et il y a probablement une raison, c'est une idée foireuse ! Le but, maintenant, est de limiter les dégâts afin que notre relation n'en soit pas transformée et qu'elle conserve les beaux jours qu'elle a devant elle. Tu parles d'un binz.

Un sachet de viennoiseries trône sur la table de la cuisine, je m'en empare et pioche dans les chouquettes. Elles sont encore chaudes. Je rêve où il est allé me chercher le petit déjeuner avant de se faire la malle ? ! Cet homme est le roi des messages contradictoires. Un post-it gisant sur le sol attire mon attention. Je le ramasse et dévore les quelques lignes griffonnées de son écriture brouillonne.

Le dernier Batman passait au cinéma, et je n'avais pas le cœur de te réveiller, tu dormais si bien. Fais comme chez toi. Je t'appelle plus tard.

Thomas

Mon estomac proteste en se contractant douloureusement sous l'assaut de la nervosité. Je ne sais pas quoi en penser. Cela veut-il dire qu'il est vraiment à l'aise avec cette nuit ? Si c'est le cas, pourquoi a-t-il disparu ? S'il a des regrets à mon égard ou, pire, de l'indifférence, je crois que je préfère ne pas le savoir. Je ne veux pas être son erreur de parcours. Il a pris son pied hier, moi aussi d'ailleurs, mais pour la première fois, je doute de notre capacité à passer outre. En ce qui me concerne, la lobotomie est plus envisageable que de me défaire des souvenirs brûlants avec lesquels il m'a laissée... Même si on s'est juré le contraire, le sexe change toujours la donne. Et si mon acte pas si altruiste que ça nous avait ruinés ? Les chouquettes sont comme du plomb dans mon abdomen et le café m'écœure. Être dans son appartement, sur les lieux du crime, ne me facilite pas la tâche et ce que j'ai mis en danger par mon comportement irréfléchi est constamment à la lisière de mes pensées. L'idée de le perdre pour un truc aussi bête que du sexe m'est insupportable. Il est temps de rentrer chez moi.

Le restant de la journée, je fais de mon mieux pour ne pas faire une fixation sur ce coup de fil qui ne vient pas. J'ai embarqué le paquet de chouquettes que j'ai fini dans mon lit, allant même jusqu'à renverser le sachet au-dessus de mon gosier pour récupérer les grains de sucre récalcitrants. Moralité, j'ai le décolleté et le bas du menton qui collent. Câliner Bruce ou regarder une série ne m'aide pas vraiment. J'aimerais bien pouvoir en parler mais mon confident habituel est aux abonnés absents. Quant aux filles, je ne suis pas près de leur raconter. Cela doit rester entre Thomas et moi. Si elles ont vent du moindre rapprochement, l'histoire me poursuivra toute ma vie vu comment elles m'enquiquinaient avant que quelque chose n'arrive. Je peux entendre Lorna chantonner dans ma tête d'une voix aigrelette : *Il n'y a pas de fumée sans feu.* J'ai envie de m'étouffer avec mon oreiller.

À court d'inspiration, je décide de prendre un bain pour me détendre. Mon appart est peut-être minuscule, mais j'ai la chance d'avoir une baignoire. J'ai choisi un bain moussant à la lavande et à la vanille relaxante qui embaume ma salle de bains. Je suis nue sous mon peignoir beige délavé et j'ai une moitié du visage tartinée d'argile rose lorsque mon téléphone retentit. Mon cœur s'emballe, et je décroche avec précipitation avant de coasser un « allô » faiblard. Je l'entends inspirer au bout de la ligne, comme s'il retenait sa respiration.

— Allô, Thomas ? Tu es là ?

— Hé, Manon, finit-il par lâcher.

Sa voix rauque me rappelle les choses illicites qu'il me murmurait à l'oreille cette nuit. J'en ai des frissons. Quelques secondes s'écoulent avant qu'il ne reprenne la parole.

— Alors... Ça va ?

Ça va ? Ça va ? ! C'est tout ce qu'il a à me demander après m'avoir abandonnée comme une vieille chaussette ? Très bien, c'est donc comme ça qu'on va la jouer. Je suis dépitée et l'appréhension générée par l'attente de son appel vire à l'aigreur.

— Très bien depuis ce matin. J'ai super bien dormi. En même temps, avec le lit pour moi toute seule... Merci pour les chouquettes, au fait, je me suis régalée. Et toi, comment était le film ?

La pique m'a échappé, sa désertion est trop fraîche, et je suis trop à vif pour faire comme si de rien n'était. Son silence gêné me fait me sentir toute petite. Ce n'est rien comparé à sa réponse évasive.

— Bof, ils ont encore changé de Batman.

— Oui, j'avais lu ça quelque part. Christian Bale forever.

— Michael Keaton n'était pas mal non plus.

Un ange passe.

— Manon... On est OK ? Il n'y a pas de malaise entre nous ?

ensemble était à l'origine de cette prise de distance soudaine. La solution était bien plus simple que cela. Il a des vues sur elle. Pourquoi me lâcherait-il sinon ? Il n'y a que les petites copines qui priment sur les amies. Ah, on peut dire que j'ai réussi mon coup ! Depuis qu'il est rassuré quant à sa masculinité, le champ des possibles s'est ouvert pour Thomas. Il peut désormais aller de l'avant et tenter une approche sur la fille qui l'intéresse vraiment. Mon inquiétude se mue en amertume. J'ai le sentiment d'avoir été utilisée, alors que je n'ai aucune raison de l'être. Le sexe était mon idée et Thomas a été parfaitement clair avec moi concernant notre statut. Je ne peux que me blâmer, et cela me met encore plus en rogne. Le sarcasme fuse de ma bouche.

— Je vois, s'entraîner, rencontrer d'autres personnes, flirter, du pareil au même.

— Ce n'est pas comme ça.

— Bien sûr, il ne s'est rien passé entre vous...

Son silence est éloquent, mais je ne vais pas le laisser s'en tirer comme cela.

— Thomas ?

— Bon d'accord, on s'est embrassés à un afterwork mais c'est tout. On est amis.

« Amis » ? Comme toi et moi, tu veux dire ? La question me brûle les lèvres. Sa révélation, qui confirme mes suspicions, me blesse plus que de raison. La jalousie m'envahit et attise les flammes de ma colère.

— Ouais, des amis qui se lèvent aux aurores pour aller *courir* tous les dimanches matin.

— Tout à fait, pourquoi tu le prends sur ce ton-là ? Pourquoi tu me demandes de te rendre des comptes tout à coup ?

— Oh ! je ne sais pas, peut-être parce qu'on avait fixé des plans depuis longtemps et que tu t'en laves les mains en un claquement de doigts. Et aussi, parce que

La gorge nouée, je feins la sérénité même si je suis tout sauf zen.

— Il n'y en aura un que si on le laisse s'installer. Une nuit, on connaissait la chanson tous les deux avant de signer. Tout va bien, ne t'inquiète pas.

— Toujours amis et plus car affinités ?

— Ouais.

— Tant mieux. J'ai agi comme un abruti en filant à l'anglaise, pardon, je n'aurais pas dû.

— Tu avais très, très envie de voir le film apparemment.

— Quelque chose comme ça. On n'en parle plus alors ? Comme du nouvel an ?

Au téléphone, il est difficile de relever une quelconque émotion, mais j'ai comme l'impression qu'il est soulagé. Mon cœur se serre à éclater dans ma poitrine. Il ne s'agissait que d'une étape nécessaire à la reconstruction de sa confiance en lui, rien de plus, je me fustige. Il n'allait pas me déclarer subitement sa flamme après une nuit, la vie n'est pas une comédie romantique, et j'aurais été bien embêtée si tel avait été le cas. Je suis perdue dans un maelström de sentiments contradictoires. C'était ce que je voulais, qu'il me rassure quant à notre relation, qu'il me jure que rien n'avait changé. Mais aucune de mes aventures ne m'a laissé cette impression de bien plus qu'un exutoire physique. Qu'on l'ait voulu ou non, cela ressemblait à s'y méprendre à une déclaration d'amour. Qu'est-ce que j'en sais après tout, du haut de mes vingt-huit ans ? Je n'ai jamais été amoureuse. Je dois confondre.

— Oui, on efface tout et on recommence. On a l'habitude maintenant.

— Je... Cool, content que nous soyons sur la même longueur d'onde. Au fait, ça tient toujours chez toi dimanche aprèm ?

Pourquoi éprouve-t-il soudain le besoin de confirmer ? Nos dimanches après-midi à regarder des séries sont désormais inscrits dans le marbre.

— Yep, toujours.

— Super, à dimanche alors !

Nous raccrochons. Je devrais être apaisée, il m'a appelée comme promis et n'a pas l'air d'avoir envie de me rayer de sa vie. Alors pourquoi ma nausée ne m'a pas quittée ? J'ai envie de me botter les fesses ainsi qu'à mes idées de génie.

Ça te dérange si on reporte notre session série ?

Mais qu'est-ce que c'est que cette histoire ? ! À tous les coups, Thomas essaie de se débiner mais je ne sais pas si c'est parce qu'il a la trouille de me revoir pour la première fois après que nous avons couché ensemble ou de visionner *The Haunting of Hill House*. Bien avant la crémaillère, il était prévu que j'aille déjeuner chez lui afin de commencer à regarder cette nouvelle série d'horreur qui s'annonce très prometteuse. Cela avait nécessité beaucoup de persuasion de ma part mais après que j'ai monté tous ses meubles, il n'y avait plus grand-chose que le pauvre homme puisse me refuser. Moi qui me faisais presque autant une joie de la regarder que d'observer l'état dans lequel elle allait mettre Thomas. Mon but est de le convertir à mon genre préféré mais vu sa réaction de la dernière fois, ce n'est pas gagné. Hors de question de le laisser esquiver, j'ai l'impression qu'il en va de notre amitié. Contrairement à nos habitudes, nous ne nous sommes pas vus cette semaine. Problèmes d'emploi du temps soi-disant. Nous avons échangé quelques messages mais rien de bien transcendant. La gêne est palpable, et je voudrais éviter à tout prix que l'écart se creuse. Dire

que je suis dans un sale état est un euphémisme et j'ai besoin de le voir de mes propres yeux pour m'assurer que tout va bien entre nous. Je l'appelle illico pour mener l'enquête.

— Thomas, dis-moi que c'est une blague ?

— J'ai bien peur que non. J'en déduis que ça te gêne.

— Bah non…

— Mais un peu quand même ? Est-ce que c'est du langage de fille ou le « non » veut dire « oui », et je suis censé le savoir ?

— Thomas… Là n'est pas la question. Tout dépend de la raison pour laquelle tu me plantes. Parce que si c'est parce que tu flippes, je te jure que…

Son rire me chatouille les oreilles.

— Rien de tout ça. Tu te rappelles ce petit événement microscopique auquel je participe et qui aura lieu dans quelques semaines. Trois fois rien, le marathon.

— Ah ça ?

Pour être honnête, je pensais qu'il avait laissé tomber.

— Oui ça, eh bien il faut que je me focalise sur l'entraînement maintenant. Ma partenaire ne peut pa dimanche matin donc je souhaiterais décaler.

MA partenaire ? Depuis quand ? C'est la premiè fois que j'entends parler d'elle.

— Je ne savais pas que tu courais avec quelqu' Ça fait longtemps ? Je la connais ?

— Quelques mois, depuis que j'ai décidé de remettre sérieusement. C'est Anaïs, tu l'as renco à ma crémaillère.

Une sensation désagréable me brûle les Anaïs, on y revient. Cette fille tient une pla plus importante que je ne le pensais dans sa cela me déplaît. Fortement. Il passe régulière temps avec elle et cette fois-ci, il préfère sa co à la mienne. Moi qui étais convaincue que

La gorge nouée, je feins la sérénité même si je suis tout sauf zen.

— Il n'y en aura un que si on le laisse s'installer. Une nuit, on connaissait la chanson tous les deux avant de signer. Tout va bien, ne t'inquiète pas.

— Toujours amis et plus car affinités ?

— Ouais.

— Tant mieux. J'ai agi comme un abruti en filant à l'anglaise, pardon, je n'aurais pas dû.

— Tu avais très, très envie de voir le film apparemment.

— Quelque chose comme ça. On n'en parle plus alors ? Comme du nouvel an ?

Au téléphone, il est difficile de relever une quelconque émotion, mais j'ai comme l'impression qu'il est soulagé. Mon cœur se serre à éclater dans ma poitrine. Il ne s'agissait que d'une étape nécessaire à la reconstruction de sa confiance en lui, rien de plus, je me fustige. Il n'allait pas me déclarer subitement sa flamme après une nuit, la vie n'est pas une comédie romantique, et j'aurais été bien embêtée si tel avait été le cas. Je suis perdue dans un maelström de sentiments contradictoires. C'était ce que je voulais, qu'il me rassure quant à notre relation, qu'il me jure que rien n'avait changé. Mais aucune de mes aventures ne m'a laissé cette impression de bien plus qu'un exutoire physique. Qu'on l'ait voulu ou non, cela ressemblait à s'y méprendre à une déclaration d'amour. Qu'est-ce que j'en sais après tout, du haut de mes vingt-huit ans ? Je n'ai jamais été amoureuse. Je dois confondre.

— Oui, on efface tout et on recommence. On a l'habitude maintenant.

— Je... Cool, content que nous soyons sur la même longueur d'onde. Au fait, ça tient toujours chez toi dimanche aprèm ?

Pourquoi éprouve-t-il soudain le besoin de confirmer ? Nos dimanches après-midi à regarder des séries sont désormais inscrits dans le marbre.

— Yep, toujours.

— Super, à dimanche alors !

Nous raccrochons. Je devrais être apaisée, il m'a appelée comme promis et n'a pas l'air d'avoir envie de me rayer de sa vie. Alors pourquoi ma nausée ne m'a pas quittée ? J'ai envie de me botter les fesses ainsi qu'à mes idées de génie.

Ça te dérange si on reporte notre session série ?

Mais qu'est-ce que c'est que cette histoire ? ! À tous les coups, Thomas essaie de se débiner mais je ne sais pas si c'est parce qu'il a la trouille de me revoir pour la première fois après que nous avons couché ensemble ou de visionner *The Haunting of Hill House*. Bien avant la crémaillère, il était prévu que j'aille déjeuner chez lui afin de commencer à regarder cette nouvelle série d'horreur qui s'annonce très prometteuse. Cela avait nécessité beaucoup de persuasion de ma part mais après que j'ai monté tous ses meubles, il n'y avait plus grand-chose que le pauvre homme puisse me refuser. Moi qui me faisais presque autant une joie de la regarder que d'observer l'état dans lequel elle allait mettre Thomas. Mon but est de le convertir à mon genre préféré mais vu sa réaction de la dernière fois, ce n'est pas gagné. Hors de question de le laisser esquiver, j'ai l'impression qu'il en va de notre amitié. Contrairement à nos habitudes, nous ne nous sommes pas vus cette semaine. Problèmes d'emploi du temps soi-disant. Nous avons échangé quelques messages mais rien de bien transcendant. La gêne est palpable, et je voudrais éviter à tout prix que l'écart se creuse. Dire que je suis dans un sale état est un euphémisme et j'ai besoin de le voir de mes propres yeux pour m'assurer que tout va bien entre nous. Je l'appelle illico pour mener l'enquête.

— Thomas, dis-moi que c'est une blague ?

— J'ai bien peur que non. J'en déduis que ça te gêne.

— Bah non...

— Mais un peu quand même ? Est-ce que c'est du langage de fille ou le « non » veut dire « oui », et je suis censé le savoir ?

— Thomas... Là n'est pas la question. Tout dépend de la raison pour laquelle tu me plantes. Parce que si c'est parce que tu flippes, je te jure que...

Son rire me chatouille les oreilles.

— Rien de tout ça. Tu te rappelles ce petit événement microscopique auquel je participe et qui aura lieu dans quelques semaines. Trois fois rien, le marathon.

— Ah ça ?

Pour être honnête, je pensais qu'il avait laissé tomber.

— Oui ça, eh bien il faut que je me focalise sur l'entraînement maintenant. Ma partenaire ne peut pas dimanche matin donc je souhaiterais décaler.

MA partenaire ? Depuis quand ? C'est la première fois que j'entends parler d'elle.

— Je ne savais pas que tu courais avec quelqu'un. Ça fait longtemps ? Je la connais ?

— Quelques mois, depuis que j'ai décidé de m'y remettre sérieusement. C'est Anaïs, tu l'as rencontrée à ma crémaillère.

Une sensation désagréable me brûle les veines. Anaïs, on y revient. Cette fille tient une place bien plus importante que je ne le pensais dans sa vie, et cela me déplaît. Fortement. Il passe régulièrement du temps avec elle et cette fois-ci, il préfère sa compagnie à la mienne. Moi qui étais convaincue que notre nuit ensemble était à l'origine de cette prise de distance soudaine. La solution était bien plus simple que cela. Il a des vues sur elle. Pourquoi me lâcherait-il sinon ? Il n'y a que les petites copines qui priment sur les amies. Ah, on peut dire que j'ai réussi mon coup ! Depuis qu'il est rassuré quant à sa masculinité, le champ des possibles s'est ouvert pour Thomas. Il peut désormais aller de l'avant et tenter une approche sur la fille qui l'intéresse vraiment. Mon inquiétude se mue en amertume. J'ai le sentiment d'avoir été utilisée, alors que je n'ai aucune raison de l'être. Le sexe était mon idée et Thomas a été parfaitement clair avec moi concernant notre statut. Je ne peux que me blâmer, et cela me met encore plus en rogne. Le sarcasme fuse de ma bouche.

— Je vois, s'entraîner, rencontrer d'autres personnes, flirter, du pareil au même.

— Ce n'est pas comme ça.

— Bien sûr, il ne s'est rien passé entre vous...

Son silence est éloquent, mais je ne vais pas le laisser s'en tirer comme cela.

— Thomas ?

— Bon d'accord, on s'est embrassés à un afterwork mais c'est tout. On est amis.

« Amis » ? Comme toi et moi, tu veux dire ? La question me brûle les lèvres. Sa révélation, qui confirme mes suspicions, me blesse plus que de raison. La jalousie m'envahit et attise les flammes de ma colère.

— Ouais, des amis qui se lèvent aux aurores pour aller *courir* tous les dimanches matin.

— Tout à fait, pourquoi tu le prends sur ce ton-là ? Pourquoi tu me demandes de te rendre des comptes tout à coup ?

— Oh ! je ne sais pas, peut-être parce qu'on avait fixé des plans depuis longtemps et que tu t'en laves les mains en un claquement de doigts. Et aussi, parce que personne ne m'a demandé à moi si je voulais participer à vos petites sessions.

— Tu me charries là ? Tu n'aimes pas ça, tu me l'as dit toi-même. Écoute, Manon, si ça t'ennuie de reporter, dis-le-moi franchement au lieu de tourner autour du pot !

— J'ai peut-être exagéré un petit peu. C'est de me lever tôt qui me déplaît. Mais dans ce cas, comme la séance se déroule l'après-midi, aucun problème.

— Ouais, fait-il, narquois et peu convaincu par mon tissu de bobards.

Il me connaît par cœur et arrive à me faire passer le message en une intonation. Ce qui a le don de m'horripiler au plus haut point.

— Tu ne me crois pas ?

— J'ai des doutes...

— Eh bien, tu sais quoi, puisque c'est comme ça, tu as tout gagné ! Pas de série dimanche aprèm, et je viendrai vous faire une démonstration de l'étendue de mes talents. Et je ne vais pas te ménager parce que tu es mon pote, loin de là.

— Carrément ? Avec joie, rendez-vous 14 heures au départ de la promenade plantée. J'ai hâte de te voir en pleine action.

— J'y serai !

Je raccroche, tremblante, et fais les cent pas dans mon appartement, ressassant notre échange en parlant à mon chat. Il a fichu ma petite soirée cocooning en l'air. Mon bain est froid et le masque me tiraille la joue. Je suis complètement barbouillée, à la limite de la nausée. Impossible de me réconforter avec ma dose habituelle de gluten-glucose-chocolat à faible pourcentage en cacao (mon muesli favori) devant un bon film gore. L'heure est grave. Cela ressemblait un peu trop à une dispute à mon goût, et il y a trop de choses qui me déplaisent dans notre conversation. À commencer par sa proximité avec Anaïs. C'est sûr que souffrir ensemble, cela rapproche. Je m'étais habituée à notre relation privilégiée avec Thomas.

Soudain, je réalise la grosse galère dans laquelle je me suis fourrée. Dimanche, je vais faire du jogging. Avec mon (ex ?)-meilleur ami et la fille qu'il veut serrer. Moi, l'allergique à l'EPS. Je n'ai pas fait de sport depuis le bac, dont l'épreuve a été un cauchemar et s'est soldée par un 6 sur 20 pour toute récompense. Je suis sûre à 99 % que les uniques survêt et paire de baskets qui traînent dans un recoin de mon armoire ont été portés pour la dernière fois lors dudit calvaire. Il y a dix ans. Dans quoi je me suis encore lancée ? Il est malheureusement trop tard pour faire machine arrière, ma fierté me l'interdit.

25

Manon

L'élastique me scie la hanche, faisant ressortir un bourrelet que j'ai astucieusement planqué sous un gros pull. Nous sommes toujours en mars et même si on sent que le printemps se rapproche, il fait toujours un peu frisquet. Le pantalon est également très ajusté au niveau de mon postérieur, preuve que je n'ai plus les fesses de ma jeunesse. Et Dieu merci ! Les baskets me vont toujours, c'est déjà ça. Enfin, plus ou moins, ce n'est pas censé être confortable ces trucs ? Je ne savais pas qu'on pouvait grandir des pieds passé la vingtaine. Mon talon est quelque peu comprimé mais pour une heure de course, ça ira. Une heure, c'est suffisant, non ? Ça me paraît un peu exagéré mais je préfère tabler sur cet ordre d'idée pour que ce soit une bonne surprise si on arrête avant. C'est un truc de coaching mental que j'ai lu quelque part. Probablement dans l'un des livres de maman. Si ça dure plus longtemps, je suis cuite par contre.

Je suis légèrement en retard et presse le pas, j'ai peur qu'ils partent sans moi. Je n'aurais pas dû me maquiller, ça m'a mise dedans. Mon eye-liner était particulièrement récalcitrant, mais j'avais besoin de me sentir au top. Je monte les marches quatre à quatre en guise d'échauffement. Ils sont là, à discuter sous l'arche, et j'ai un pincement au cœur quand je les vois côte à côte. Elle est tout ce que je ne suis pas, grande, brune, plate – je ne peux m'empêcher de le remarquer avec une certaine satisfaction – mais musclée dans son legging high-tech qui n'essaye pas de ne faire plus qu'un avec sa raie. Je parie qu'elle n'a pas de cellulite et de vergetures. Un alien à tous les coups. Il faudra que j'en touche un mot à Antoine. Elle a de jolies chaussures de running fluo assorties à sa veste légère d'athlétisme. Thomas, qui est vêtu d'une manière à peu près similaire à l'exception du corsaire moulant, me repère le premier et me fait signe en souriant.

— Hé, Manon, tu as pu venir, super. Honnêtement, j'ai cru que tu allais te dégonfler, me glisse-t-il à l'oreille alors qu'il me fait la bise. Anaïs, tu te souviens de Manon ?

Elle me renvoie un sourire forcé, l'air moyen contente de ma présence, et détaille ma tenue de la tête aux pieds avec un air critique.

— Salut. Tu ne cours pas souvent toi... Je me trompe ? Le pull, c'est l'erreur de débutante, le meilleur moyen d'attraper la crève.

— Au contraire, trois fois par semaine ! Je suis frileuse, c'est tout et j'ai l'habitude de m'entraîner comme ça, je réponds, doucereuse. On y va ?

— C'est parti ! déclare Thomas avec enthousiasme en me faisant un clin d'œil.

Il n'est pas dupe et n'a pas l'air plus perturbé que ça de me retrouver. Sur ce plan-là, tout va bien. Nous démarrons à petites foulées, et je me dis que ça va aller. Nous passons sur le viaduc des Arts, puis au-dessus du boulevard Diderot.

La cadence augmente progressivement, et je commence à avoir chaud. Je me refuse à enlever mon pull et donner raison à Miss Doctorat-en-running. Ils courent de plus en plus vite, et j'ai du mal à suivre. Mes seins bondissent comme s'ils voulaient s'échapper de mon soutien-gorge plutôt que de subir la torture que je leur impose. Bon sang, ça fait mal. Je croise les bras sur ma poitrine dans une tentative de les maintenir en place. J'ai l'air ridicule. Un point de côté fait son apparition, et mes poumons de fumeuse crient à la délivrance. Ils me sont passés devant depuis un petit moment, mais je m'accroche, fixant mon regard sur la queue-de-cheval d'Anaïs qui gigote devant moi comme si c'était la queue du Mickey d'un manège. Je fantasmerais presque sur le fait de lui tirer les cheveux pour mettre fin à toutes ces bêtises. Les humains ne sont plus faits pour courir depuis que nous n'avons plus de prédateurs aux trousses pour nous boulotter. Mon chignon à la va-vite tressaute sur le haut de mon crâne et des mèches qui s'en sont échappées se collent à mes tempes, mon front et ma bouche. Mon regard glisse sur les fesses de Thomas, autrement plus motivantes à regarder. Je ne m'étais jamais rendu compte à quel point il avait le postérieur rebondi. Dommage que nous n'ayons pas allumé la lumière et stop...

Je suis déshydratée. Le paysage et la végétation changent au fur et à mesure que nous avançons. Nous traversons des bambous, puis les jardins de Reuilly. Malgré mes efforts, je sens bien que je les ralentis et qu'ils ne sont pas à leur rythme optimal. Thomas vient se mettre à mon niveau sous l'œil noir d'Anaïs.

— Tout va bien ?

Je m'étrangle avec la salive épaisse qui me colle au palais et tousse disgracieusement avant de pouvoir m'exprimer.

— Oui. Si vous voulez, vous pouvez partir devant, je vous rattraperai.

— T'es sûre ?

— Oui !

Il m'observe, peu convaincu, mais finit par accepter.

— Bien, si tu ne nous vois pas, attends-nous au niveau de la fontaine d'eau gazeuse, à l'entrée du jardin de Reuilly. On continue habituellement par un tour de parc, mais on reviendra te chercher.

Il retourne au niveau d'Anaïs et lui explique le programme. Elle me jauge, narquoise et suffisante, puis les voilà partis, s'éloignant petit à petit. Cela me coûte mais ils n'avaient pas l'air de vouloir s'arrêter de sitôt. Étant proche de l'abandon, je ne voulais pas lui donner la satisfaction de me voir marcher. Je puise dans mes réserves, bien décidée à aller au moins jusqu'au point de rendez-vous. Mon pantalon me coupe la respiration, mes chaussures me serrent douloureusement les pieds et mes seins demandent grâce. Je sue à grosses gouttes, et je sens mon maquillage couler. Le mascara me pique les yeux, et je cligne furieusement des paupières pour chasser la brûlure sans avoir à me les frotter et aggraver mon cas. C'est pourquoi je ne vois le bambin qui me fonce dessus avec son tricycle qu'au dernier moment. Je fais un écart pour l'éviter mais percute le petit rebord qui délimite la promenade de mon pied gauche et chute en me tordant violemment la cheville. La douleur irradie de mon articulation, et je crie sous le choc et la surprise.

— Ça va, mademoiselle ? Je suis désolé, je pensais que vous aviez vu mon fils et que l'un de vous allait s'écarter. Laissez-moi vous aider.

Devant l'air inquiet du papa, je me force à être brave et accepte sa main tendue.

— Ça va aller, juste une petite roulade. Plus de peur que de mal.

Je m'époussette de la poussière du chemin. Mes

paumes sont écorchées, et je n'ose m'appuyer de tout mon poids sur ma jambe gauche. J'attends qu'ils reprennent leur chemin, rassurés, avant de tester mon appui un peu plus fermement. J'essaye d'avancer mais la douleur me tire des larmes. Désemparée, je me rassieds. Je n'ai pas pris mon téléphone, et cette partie du parcours n'est pas la plus fréquentée. Avant de paniquer, je me décide à évaluer les dégâts. Je me débats avec ce maudit jogging pour le remonter mais ma cheville tuméfiée rend l'opération intolérable. Au bout de quelques minutes, j'abdique. Relevant mon genou valide, je pose ma tête dessus et réfléchis.

— Manon ? Qu'est-ce qu'il s'est passé ? Pourquoi es-tu par terre ?

— Thomas ? Tu es revenu ?

Ma voix vacille tant le soulagement que sa vision me procure est grand. L'étau qui me serrait la gorge et le désespoir qui me picotait le nez s'envolent.

— Oui, je m'inquiétais de ne plus te voir, du coup nous avons rebroussé chemin. Et nous avons bien fait, on dirait.

Ô joie, Anaïs est là aussi et me contemple, l'air contrarié, à quelques pas. Elle est à peine transpirante alors que je ne dois plus ressembler à grand-chose. C'est officiel, je la hais.

— Je me suis tordu la cheville et je n'arrive pas à marcher. Cela me fait trop mal.

En un instant, il est accroupi à mes côtés, soulevant mon mollet avec précaution. La mine grave, il palpe la zone avec douceur du bout des doigts, et je grimace.

— Ça a craqué ?

— Je n'ai pas entendu, je ne crois pas. Par contre, j'ai l'impression que c'est gonflé.

— OK, je t'emmène.

— Où ça ? Aux urgences ?

— Non, ce serait trop long. Chez mes parents, ils n'habitent pas loin. Il faut qu'on mette de la glace dessus rapidement.

Il m'aide à me remettre à la verticale et me tourne le dos en fléchissant les genoux.

— Est-ce que tu peux t'agripper à mes épaules ?

— Je vais essayer.

Je me plaque contre lui, enserrant son cou des bras du mieux que je peux tandis qu'il m'attrape sous les fesses et me propulse avec assez d'élan pour que je sois positionnée plus haut. Me voilà à califourchon sur son dos. Anaïs rajoute son petit grain de sel :

— Ça ne serait pas mieux d'appeler les pompiers et qu'ils se chargent d'elle ? On a un entraînement à terminer.

— C'est bon, je gère.

Elle soupire.

— Ce n'est pas sérieux, Thomas, la compétition est imminente. Et puis, on avait prévu de sluncher[1] chez moi, je te rappelle.

— Je crois qu'il va falloir annuler. Le reste de l'entraînement et le slunch.

— D'accord, appelle-moi, on pourrait peut-être remettre ça à un soir cette semaine ?

— Oui, je te tiens au courant. Salut, Anaïs.

Non mais je rêve ? Elle est sérieusement en train de se programmer un rencard alors que je suis à l'agonie. Aucun respect. J'essaie d'occulter leurs plans de manger ensemble alors qu'à la base, il devait passer la journée avec moi. Juste amis, mon œil.

Ma vue se brouille, et je cille pour ne pas craquer. Thomas part au pas de course et chaque mouvement se répercute dans ma cheville qui pulse de douleur.

1. Contraction de *supper* et *lunch*, sorte de goûter dînatoire.

Je geins et ferme les yeux, la tête calée dans le creux de sa nuque, je me concentre sur autre chose pour oublier la souffrance. Comme son odeur qui m'apaise ou sa voix qui me réconforte.

— On est presque arrivés, me rassure-t-il d'une voix douce. Tu tiens le choc ?

— Hum, hum. C'est plutôt à toi que je devrais demander ça. Je ne suis pas trop lourde ?

— Disons que si tu ne veux pas te faire kidnapper, tu peux continuer à manger des céréales à tous les repas.

— Hééé ! je m'exclame en lui pinçant le bras.

— Ouch ! Je plaisantais, je te trouve parfaite telle que tu es. Tu remplis mes mains juste ce qu'il faut.

Il presse mes fesses de ses paumes pour souligner ses paroles.

— Pervers, ne profite pas de la situation !

— Jamais. Bon, j'ai besoin de faire une pause, me prévient-il. Laisse-toi glisser le long de mon dos, m'intime-t-il alors qu'il fléchit les genoux.

Il a beau être le plus délicat possible, la réception n'est pas des plus agréables. Je l'observe, tel un flamant rose en équilibre sur ma cheville valide, les mains sur ses hanches pour me stabiliser pendant qu'il souffle en s'étirant les bras. Ses lunettes sont légèrement de travers, ses cheveux sont dans tous les sens, et ses joues sont rosies par l'effort. S'il est inquiet, il n'en montre rien et continue de me distraire en me faisant rire. Son calme me détend, il semble avoir le contrôle de la situation. À ses côtés, j'ai le sentiment que tout ira bien. Qu'il ne peut plus rien m'arriver de grave.

— Allez, en selle, Calamity Jane, on est bientôt arrivés.

Nous avançons encore un petit quart d'heure avant qu'il ne s'arrête au pied d'un immeuble. Il me repositionne sur son dos d'un coup de hanches. Je siffle.

— Désolé, tu étais en train de glisser. Tu peux faire le code ? A6089.

Je m'exécute puis pousse la porte quand le bip valide l'ouverture. Dans l'ascenseur, il me fait presser le bouton de l'étage, 5e. Nous stoppons devant la troisième porte à gauche.

— Est-ce que tu peux atteindre ma poche de droite, mon trousseau est dedans ?

Je me penche difficilement et arrive à attraper les clés, puis à ouvrir le verrou au moyen d'une acrobatie de haute voltige. Nous pénétrons dans l'entrée et sommes accueillis par un bruit de pattes sur le parquet. Le fameux Gaylord, j'avais oublié. Il se met à couiner d'excitation en voyant le fils de sa maîtresse.

— Pas maintenant Lord, s'il te plaît, ce n'est pas le moment, susurre Thomas entre ses dents quand le chien saute sur ses jambes comme s'il voulait s'y frotter, manquant de lui faire perdre l'équilibre.

— Un yorkie ? Vu comment tu en parlais, je croyais que c'était un labrador.

— Eh non, juste une crevette qui se prend pour un doberman.

Cela me tire un éclat de rire malgré la douleur. Thomas m'emmène dans le salon et me dépose avec délicatesse sur le canapé. Puis, il écarte mes cheveux de mon visage pour prendre ma mâchoire en coupe. J'incline la tête pour accompagner son geste d'affection.

— Ça va aller, Manon, affirme-t-il et il m'en persuaderait presque.

Il m'embrasse la tempe avant de quitter la pièce. J'entends une porte de placard claquer puis de l'eau couler. Il revient quelques minutes plus tard avec un verre plein, du paracétamol, une paire de ciseaux, un gel anti-inflammatoire et de la glace emballée dans un torchon. Il me tend l'eau et les médicaments.

— Ça devrait aider. Tu y tiens beaucoup à ce pantalon ?

— Je comptais le brûler après cet après-midi.

Il ricane.

— C'est dommage, je trouve qu'il te va bien.

— Thomas, le *camel toe* n'est sexy sur personne.

— Bon, soyons sérieux deux secondes veux-tu, et reste tranquille, s'esclaffe-t-il.

Il s'assied à côté de moi sur le canapé et pose l'extrémité de ma jambe blessée sur ses genoux. Il enlève ma chaussure et ma chaussette. En temps normal, j'en éprouverais une certaine gêne. Je ne dois pas sentir la rose, mais j'ai tellement mal que je ferais tout pour que ça s'arrête. Très lentement il entreprend de découper mon survêtement dans la longueur jusqu'au genou. Puis, il écarte les pans et déchire le tissu d'un mouvement vif pour agrandir l'accès.

— Eh bien, tu ne t'es pas loupée ! s'exclame-t-il en examinant la zone contusionnée.

Il s'empresse d'appliquer la glace, et je soupire de soulagement alors que le froid m'anesthésie. Il caresse du pouce la peau au-dessus de la balle de tennis qu'est ma cheville.

— Il faut maintenir la glace vingt minutes pour faire dégonfler. Comment c'est arrivé déjà ?

Je lui raconte ma mésaventure avec le garçonnet, et il écoute avec attention.

Au bout de trente minutes, il retire le torchon rempli de glaçons et me passe de l'anti-inflammatoire en massant doucement du bout des doigts. Il n'y a rien de sensuel dans son toucher, pourtant sa sollicitude et l'application avec laquelle il me prodigue ces soins me remuent. Jamais quelqu'un, en dehors de mes parents, ne s'était occupé de moi comme cela. Tout cela ne serait pas arrivé si je n'avais pas fait ma curieuse.

C'était débile comme idée, je ne sais pas pourquoi je me suis obstinée. Mon comportement me fait honte. Je me sens très fragile soudain. Vulnérable. Comme si le moindre choc pouvait faire venir éclater ma carcasse en mille morceaux. Ma lèvre tremblote, et je renifle. Cela n'échappe pas à Thomas. Il s'essuie sa main pleine de gel sur le torchon et vient se pencher à mon niveau.

— Tu as très mal ? Ça ne va pas mieux ? Peut-être qu'on aurait dû aller aux urgences finalement. Mince, Manon, je suis désolé.

Il affiche un air embêté, ses billes marron noyées de tracas et de compassion.

— Non, c'est moi qui suis désolée. J'ai ruiné ton entraînement et ton rencard.

Une larme s'échappe du coin de mon œil.

— Hé, non, non, ne pleure pas. Tu n'as rien à te reprocher. Et pour la deuxième fois, ce n'était pas un rencard.

Il essuie mes yeux humides avec la manche de son T-shirt, me maintenant le menton d'une main. J'en suis toute retournée et essaye de dédramatiser par un trait d'humour.

— Slunch ? Qui utilise ce mot de nos jours ? Félicitations, Thomas, tu es officiellement devenu un bobo parisien.

— Hé, ce n'est pas moi qui l'ai prononcé ! J'avoue que c'est un peu ridicule comme expression.

Ses yeux se remplissent d'espièglerie et de petites rides d'expression se créent au coin de ses paupières alors que sa bouche se tord en un rictus canaille. Son visage est tout près, et je peux sentir son souffle sur mes lèvres lorsqu'un petit rire lui échappe. Par réflexe, je les humidifie de ma langue et son regard s'y attarde pour venir alterner entre ma bouche et mes pupilles.

Il y a un moment de flottement. Nous nous contemplons en silence et sans bouger. L'air devient épais. Ma gorge est sèche et mon sang bourdonne à mes oreilles. Je tends mon visage de manière infinitésimale, et il déglutit avec force, sa pomme d'Adam bougeant à toute vitesse. Il replace une mèche de cheveux derrière mon oreille, et sa tête entame une descente contrôlée alors que ses prunelles continuent leur danse entre les miennes et mes lèvres. Il est à quelques millimètres lorsqu'il s'arrête, se contentant d'effleurer ma mâchoire par un mouvement circulaire du pouce. Je ne sais pas ce qu'il attend. Ma permission peut-être ? Mon pouls pulse très fort dans ma gorge, il doit le sentir. Je suis en transe, à demi consciente de l'arête du précipice sur lequel nous nous tenons.

— Thomas ? C'est toi, mon chéri ? Gaylord m'a tirée de ma sieste avec ses sottises. Quelle belle surprise, je ne savais pas que tu voulais passer comme tu n'es pas venu déjeuner avec nous. Je suis contente que tu sois là et oh... Bonjour.

Le charme est rompu. Il s'écarte subitement, comme si ma peau le brûlait tout à coup. Pris en flagrant délit. De quoi au juste ? Je suis trop fatiguée physiquement et émotionnellement pour chercher la réponse. En tournant la tête pour découvrir sa maman, je tombe sur mon reflet dans le miroir au-dessus d'une console à côté de l'entrée du salon. J'ai l'air d'un croisement entre un épouvantail et un panda qui aurait abusé du blush. Il y a mieux pour rencontrer les parents de qui que ce soit.

26

Thomas

Je me relève brusquement, un peu penaud, comme quand j'avais fait une bêtise et que je me faisais prendre la main dans le sac. Mes pensées tournent à cent à l'heure, j'ai failli embrasser Manon alors que je fais tout ce qui est en mon pouvoir pour passer à autre chose depuis ma crémaillère. Cette nuit... C'est une lutte de tous les instants et prendre mes distances n'a pas diminué mon désir. Pire, mon esprit trop libre vagabonde et se tourne continuellement vers elle. Sa peau douce, son parfum, ses soupirs de plaisir. Je m'endors sur la béquille tous les soirs. Elle s'invite même dans mes rêves de manière très sensuelle. Mon corps et mon inconscient sont sur la même longueur d'onde. J'ai failli avoir une attaque quand elle a débarqué dans ce pantalon ultramoulant, et c'est sans parler de ses seins qui gigotaient au moindre mouvement. Manon m'a transformé en obsédé. J'ai très envie de recommencer mais d'une, je ne pense pas qu'elle soit d'accord, elle ne faisait que me rendre service après tout. De deux, c'est une très mauvaise idée. Une fois, c'est un accident, plus c'est signer l'arrêt de mort de notre amitié. Ajouter à cela mes sentiments qui se bousculent pour elle, pas étonnant que j'aie eu cet accès de faiblesse, comme un contrecoup des événements de la journée. Manon au sol, son beau visage déformé par la souffrance. Mon ventre qui se serre. Ma réaction viscérale de vouloir la mettre en sécurité et de gommer ce rictus de douleur qui tordait sa bouche. Le soulagement d'entendre son rire et de me sentir utile lorsque ses traits se sont détendus. L'émotion qui prend aux tripes, sans prévenir. Le besoin de la toucher, de la réconforter, de s'assurer qu'elle va bien. Un moment d'égarement dû à la chute d'adrénaline dans mon système, il faut que je sois plus fort. Tout finira bien par rentrer dans l'ordre avec le temps.

L'intervention de maman arrive à point nommé. Je vais la saluer et, lui entourant les épaules d'un bras, l'amène près du canapé où est assise Manon.

— Maman, je te présente Manon, une amie. Nous étions en train de courir quand elle s'est blessée. On n'était pas loin alors...

Elle se rapproche, l'air affolé, mode maternel enclenché.

— Bonjour Manon, moi, c'est Doria. Quel dommage de vous rencontrer dans ces circonstances. Comment vous sentez-vous ?

— Enchantée, Doria. Mieux, merci. Votre fils s'est bien occupé de moi.

— Je vois ça, constate-t-elle d'un air impénétrable. Mais il serait peut-être préférable de vous bander la cheville pour vous permettre de vous déplacer plus facilement. Thomas, va chercher Étienne Cholet du 3e, il est pharmacien.

— Oh ! ce n'est pas nécessaire. Je pensais appeler ma mère, elle est infirmière et...

— Cela n'a pas de sens. Vous êtes là, autant qu'Étienne jette un œil.

Pas besoin d'être très futé pour comprendre que je dois m'exécuter illico. Et je suis contrit de ne pas y avoir songé moi-même. Même si je suis réticent à la laisser seule avec ma mère, c'est la première fille que je ramène à la maison depuis ma rupture après tout, j'acquiesce et pars chercher M. Cholet en jetant un dernier regard qui se veut rassurant à Manon. Fort heureusement, il est chez lui et accepte de venir tout de suite quand je lui explique la situation. Quand nous arrivons chez mes parents, Manon est en pleine discussion avec ma mère et ma sœur. Guillaume et Hannah sont en train de jouer sur le tapis, et mon père sert des cafés.

— Rach ? Guillaume ? Qu'est-ce que vous faites là ?

— Nous aussi, on est contents de te voir, déclare Rachel en secouant la tête avec un sourire carnassier. On était partis se promener après manger pendant que maman faisait sa sieste.

— Étienne, merci d'être venu si rapidement.

— De rien, Doria, c'est normal.

— Tout le monde dehors, qu'il puisse ausculter Manon dans le calme !

Nous migrons autour de la table de la cuisine, sauf mon père, qui va coucher Hannah dans la chambre de Rachel.

— Alors, c'est elle, Manon... Elle est jolie, tu ne trouves pas ?

— Parce que tu as entendu parler d'elle ? s'exclame maman, les yeux brillants. C'est une belle fille, Thomas, des hanches comme ça, elle est faite pour avoir des enfants !

— Ce n'est pas une pouliche, maman !

— Oh oui, Tom-Tom l'a mentionnée en début d'année, mais tu sais comment il est, c'est difficile de lui tirer les vers du nez, même pour sa sœur fliquette.

À entendre une partie de la vérité de la bouche de Rachel, maman prend un air entendu qui m'alarme.

Je suis sûr qu'elle est en train de se demander combien de temps elle peut attendre avant d'envoyer les faire-part de fiançailles et de planifier notre mariage.

— C'est grâce à elle qu'il a des meubles chez lui et que son appartement ressemble à quelque chose.

J'ai eu le malheur de dire à Rachel que Manon me donnait un coup de main quand elle m'a proposé son aide et celle de son mari pour l'étape raid chez les Vikings du mobilier. J'espère qu'elle va passer sous silence l'épisode où elle a dû jouer les entremetteuses pour que je récupère mon téléphone.

— Et débrouillarde en plus d'être sympa. Tu sais, mon fils, l'intelligence, c'est d'être capable de reconnaître quelqu'un de bien quand on l'a sous les yeux.

Rachel se gausse alors que je bafouille :

— Entièrement d'accord avec toi, maman, mais...

M. Cholet entrouvre la porte de la cuisine.

— Je lui ai fait une attelle mais le mieux serait qu'elle consulte un médecin d'ici quelques jours.

— Merci monsieur Cholet, j'y veillerai. Bon, on va y aller, je vais la ramener chez elle. Elle ne doit avoir qu'une envie, se reposer.

Ma mère et ma sœur échangent un regard que je préfère ignorer. Je nous commande un VTC, puis embrasse les membres de ma famille avant de retrouver Manon dans le salon.

— Hé, comment tu te sens ?

— J'ai moins mal, mais ce n'est pas encore ça.

— Je m'en doute bien. On met les voiles, tu as eu assez d'émotions fortes pour aujourd'hui avant que ma famille s'en mêle. Tu connais la procédure ?

Elle esquisse un sourire.

— Hiyaa, c'est parti, mon fidèle destrier ! Tu m'aides à me relever ?

— Je laisse couler pour cette fois-ci mais la prochaine fois que tu me compares à un canasson, gare à toi !

Je la porte sur mon dos jusqu'à la voiture, puis jusque chez elle, où je l'installe le plus confortablement possible sur son canapé-lit, son portable, de l'eau, de la nourriture et des médicaments à proximité. Le chat est complètement indifférent à ma présence. Ce n'est pas la première fois que je retourne chez Manon depuis notre accrochage, et je dirais que nous avons atteint un accord tacite, le stade de l'ignorance mutuelle qui nous permet de nous tolérer. Je rechigne à la quitter lorsqu'elle me dit que je peux prendre congé. Elle a l'air épuisée et un peu désemparée.

— T'es sûre que tu ne veux pas que je reste ? Et si tu veux aller aux toilettes ? Te laver ou même manger ?

— J'ai déjà une maman, Thomas, et j'aimerais l'appeler. Ça ira, je t'ai suffisamment gâché ton dimanche. S'il y a le moindre problème, tu seras le premier à le savoir.

Je fronce les sourcils, blessé par sa rebuffade. Si j'étais un brin plus parano, je jurerais qu'elle cherche à se débarrasser de moi.

— OK, tiens-moi au courant.

Je ne résiste pas à l'envie de la prendre dans mes bras avant de regagner mes pénates. Elle me rend mon câlin et la boule dans ma gorge se desserre un peu.

— Au fait, je l'aime bien ta famille. Ils sont gentils. Même Rachel, elle n'est pas si terrible que ça.

Cela me remplit de contentement.

— Tant mieux, parce que tu es déjà adoptée, je réplique avec une dernière caresse sur le bout de son nez.

Manon est ronchonne quand je me pointe chez elle après avoir posé un après-midi le mardi suivant pour l'emmener chez le médecin mais elle se laisse faire. Verdict : entorse moyenne sans rupture de ligaments et port d'une orthèse pendant un mois et demi. Elle refuse de se faire arrêter et doit par conséquent apprendre à marcher avec des béquilles. En la raccompagnant, je fais la connaissance de sa maman, Julie, qui passait voir sa fille pour l'emmener au travail comme elle l'a fait hier. Je lui propose mon aide pour prendre soin de Manon malgré les protestations de cette dernière. Julie me donne les numéros de Camille-Lou et Lorna, pour voir comment elles peuvent nous épauler et à nous cinq (avec Marc, son papa), nous mettons en place un système de roulement efficace afin qu'elle ait toujours de la visite au cas où elle aurait besoin de quelque chose et de l'aide dans ses déplacements. J'apprends à connaître ses meilleures amies par messages interposés sur une conversation de groupe et je les trouve aussi attachantes que rigolotes. Mon emploi du temps est assez complexe entre mon travail et mes séances d'entraînement, le marathon se rapproche à grands pas. J'étais prêt à mettre de côté ce projet afin de pouvoir être plus présent pour elle, mais Manon a refusé tout net et me met dehors dès qu'elle considère que je passe un peu trop de temps avec elle. Nos sessions avec Anaïs en ont pâti et se sont espacées mais Manon est ma priorité.

Pourtant, les choses entre nous sont loin d'être simples. Je ne dirais pas qu'il y a un malaise mais l'ambiance est différente depuis son accident, moins légère, plus aiguisée. Nous marchons sur des œufs lorsque nous sommes seuls tous les deux, comme si nous ne savions plus comment nous comporter l'un envers l'autre. Notre nuit, puis ce presque baiser, que nous évitons soigneusement d'évoquer, y sont peut-être pour quelque chose. Comme si nous étions redevenus ces deux étrangers qui ont du mal à se comprendre. Quelque chose a changé, évolué pour se muer en ce nouveau nous qui ne me plaît pas. Mais je persévère, même lorsque je sens que je ne suis pas tout à fait le bienvenu. Et c'est le cas, ce soir, lorsque je passe la chercher à la sortie de son travail alors qu'elle ne s'attend pas à me voir. Avec ses amies, nous avons trouvé qu'elle était d'humeur morose, et nous lui avons concocté une surprise afin de lui remonter un peu le moral.

— J'ai une cheville en moins, je n'ai pas perdu mes mains, grogne-t-elle quand je lui ouvre la portière passager de la voiture de mes parents.

Même si elle essaye de ne pas me le montrer, être handicapée par sa blessure la frustre beaucoup, aussi, je ne me formalise pas.

— Message reçu.

— On va où ? Ce n'est pas le même trajet que d'habitude.

— Je t'emmène manger dehors ce soir. Ça va te faire du bien de sortir un peu de chez toi. Parle-moi de l'émission du jour, je l'ai ratée.

Son visage un peu crispé se détend, et elle commence à me raconter comment Ornella a fait pleurer un auditeur. Même les frasques de sa collègue ne parviennent pas à réchauffer l'ambiance. Je me gare dans une rue non loin du point de rendez-vous, le Marylou, un café-bistrot dans le 11e où elles ont leurs habitudes. Nous allons retrouver Lorna et Camille-Lou, mais je me demande si c'était une bonne idée. Alors que j'étais déjà un peu anxieux, le comportement à la limite du glacial de mon amie augmente mon stress. Elle clopine à mes côtés, en silence, et n'a l'air de se douter de rien. C'est comique de voir ses yeux s'agrandir de surprise quand nous nous arrêtons devant la devanture. Elle est accueillie comme une star par le serveur, Alex.

— Bah, alors Manon, qu'est-ce qu'il t'est arrivé ? Ça fait longtemps qu'on ne t'a pas vue, on commençait à s'inquiéter avec Loubna.

— Cascade qui a mal tourné.

— Je vois ça. Allez, entrez, ne restez pas là dans le froid. Ta table habituelle est prête.

Cette fois-ci, c'est moi qui me laisse guider alors qu'elle manœuvre ses béquilles gauchement.

— Comment tu as su ?

Ses mirettes brillent, et elle a le sourire collé aux lèvres. J'ai l'impression de la retrouver l'espace d'un instant.

— Deux petits oiseaux...

Un cri de ravissement lui échappe quand elle aperçoit ses deux amies déjà attablées. Elle franchit les quelques mètres de distance en deux claudications, et les filles s'étreignent comme si elles ne s'étaient pas vues depuis des années. Je les contemple, amusé, les mains dans les poches.

— Je suis tellement contente de vous voir ! Ça faisait trop longtemps qu'on ne s'était pas réunies ici !

Je ne peux m'empêcher de couver Manon d'un œil inquiet lorsqu'elle manœuvre pour s'asseoir sur la banquette, mais je n'interviens pas, je sais qu'elle détesterait ça. Alex, qui guettait notre installation, prend nos commandes qui arrivent rapidement. Cela a ses avantages d'être un habitué.

— Tu te débrouilles pas mal avec tes béquilles. Mieux que la dernière fois.

— Merci Lou, tu es sympa. Je hais ces trucs. Le plastique me mord la chair des avant-bras et me laisse des bleus même à travers mes pulls. L'enfer. Je compte les jours jusqu'à la libération.

— Je te jure, il faudrait t'emballer dans du papier bulle. Tu es la seule personne que je connaisse qui arrive à se blesser chez elle.

— Mais ce n'était pas chez elle, Manon s'est blessée en faisant du sport avec moi.

La remarque m'échappe, et je comprends que je n'aurais pas dû quand Manon écarquille les yeux. Lorna, tel un limier sur la trace d'un gibier blessé, flaire l'entourloupe.

— Du sport, tu m'en diras tant...

Je me racle la gorge, mal à l'aise, et tente de rattraper le coup tant bien que mal.

— Oui, euh, nous étions chez moi, en train de discuter de nos talents cachés. Je n'ai pas cru Manon quand elle m'a dit qu'elle pouvait faire un équilibre. Elle m'a fait une démo et...

Ses amies sont secouées par l'hilarité.

— Alors ça, c'est la meilleure ! Ça se voit que tu n'étais pas dans son équipe d'acrosport au lycée.

Même Manon s'y met.

— C'est vrai, j'étais un vrai désastre.

Elle me contemple avec tendresse pour la première fois depuis son accident, et je fonds. Ses yeux me communiquent leur gratitude d'avoir essayé.

— Plus un pour l'originalité, me félicite Lorna, la paume tendue, *high five* !

Je claque ma main dans la sienne avant qu'elle ne redirige son attention sur Manon.

— Bon alors, tu vas le cracher le morceau ? Comment c'est réellement arrivé ?

Manon ne peut résister longtemps et finit par avouer :

— Jesuisalléecouriraveclui.

Elle répond très vite et très bas, comme si cela allait la dissuader de tout commentaire.

Cela redéclenche une vague d'hilarité qui s'arrête

une fois que ses amies comprennent qu'elle est sérieuse. Manon est pivoine, et je vole à son secours.

— Je me suis inscrit au marathon de Paris, et Manon a tenu à me soutenir dans mes efforts d'entraînement.

Camille-Lou et Lorna échangent un regard entendu. Avant qu'elles puissent ajouter quoi que ce soit, Manon impose sa loi.

— J'aimerais que l'on ne s'attarde pas sur cet épisode malencontreux, j'en paye déjà le prix fort, je suggère donc que l'on passe à autre chose.

Ses amies me contemplent avant d'acquiescer avec des yeux pétillants qui me laissent présager des représailles lorsqu'elles seront toutes les trois.

— Lolo, tu en es où dans l'organisation de ta soirée de lancement ?

— Ça avance. Beaucoup de challenges, mais ça s'annonce grandiose. J'ai réussi à booker le Principessa. Je travaille avec leur barman pour élaborer de nouveaux cocktails qui seront servis lors de l'*event*. Il y aura même un show digne de Las Vegas ! Davis pourra aller se rhabiller après ! Et à moi la promotion !

— Oh ! quelle bonne idée ! Tu as bien fait, il a du talent ce mec. J'aimerais bien pouvoir les goûter ses créations, glisse Camille-Lou.

— Bien sûr, vous aurez vos invitations ! Toi aussi, Thomas !

— Merci. C'est dans quel cadre ?

— Le lancement d'une nouvelle gamme de vodka Bison Ice. Il y aura tout le gratin parisien, tu ne veux pas rater ça.

— Oh ! tu sais, ce n'est pas trop mon style ce genre de soirée. Je ne suis pas très à l'aise quand il y a trop de monde mais pour toi, je ferai un effort. Tu crois que je peux venir accompagné ?

— Tu veux emmener Anaïs ? intervient Manon d'une voix tendue.

Le visage de mon amie se ferme alors que j'avais pu la voir se détendre au fur et à mesure de la soirée. J'encaisse et clarifie :

— Non, Mathieu. Il adorerait ce genre d'ambiance. Et pour ta gouverne, je ne parle plus trop à Anaïs en ce moment.

Je ne mentionne pas le fait que nous nous sommes brouillés après l'accident de Manon. Son attitude déplacée m'a fortement déplu. Elle affiche une mine indéchiffrable avant de baisser les yeux sur son assiette.

— Quelle bonne idée ! Ce mec est génial ! Je te note avec un « plus un » alors, conclut Lorna.

— Super, il va être content.

Le reste du repas est fluide même si Manon se fait discrète. Malgré tout, je prends beaucoup de plaisir en compagnie de ses amies. Nous nous quittons avec la promesse de remettre ça bientôt. Sur le trajet du retour, Manon est pensive. Je trouve une place sur un bateau au pied de son immeuble et coupe le contact.

— Et voilà, vous êtes arrivée à destination, mademoiselle.

Elle relève la tête de ses doigts qu'elle était en train de tripoter. Son regard papillonne sur mon visage avant de se fixer quelque part au niveau de mon menton.

— J'ai conscience que je ne suis pas la plus facile à vivre en ce moment. Je suis un peu chamboulée, mais ce n'est pas une excuse pour la manière dont je te traite. Tu développes des trésors de patience et la manière dont tu t'occupes de moi est tout à ton honneur. Merci d'être là pour moi, je t'en suis infiniment reconnaissante.

— Pas de problème.

— Si, justement, je crois qu'il est temps que tu

penses un peu à toi. Que tu te concentres sur ton objectif du marathon. Avec le grand jour qui approche, tu n'as pas à te prendre le chou avec mes états d'âme.

— Donc, qu'est-ce que tu suggères ? Que je t'abandonne quand tu as le plus besoin de moi ? Hors de question !

— J'ai mes parents et mes amies, et je vais de mieux en mieux. On devrait arriver à s'en sortir sans toi. S'il te plaît, Thomas. Je culpabilise à mort, j'ai l'impression de ruiner ton projet. Ce n'est que temporaire, une pause, le temps de ta course, cela nous ferait du bien à tous les deux.

Je suis abasourdi, je ne m'y attendais pas. Le pire, c'est que je comprends en un sens sa culpabilité même si elle n'y est pour rien dans mes entraînements en dents de scie. C'est moi qui ai choisi de les réduire pour mieux l'épauler. Au fond de moi, j'ai peur que ce ne soit qu'un prétexte. J'ai l'impression qu'elle cherche à rompre alors que nous ne sommes même pas ensemble. Il s'avère que l'on n'est pas obligé d'être en couple pour avoir le cœur en miettes.

— Si c'est ce que tu souhaites.

27

Thomas

Ça y est. Nous y sommes, le jour J. J'ai suivi tous les conseils et essayé de m'entraîner au mieux dans le laps de temps qui m'était imparti, mais le stress n'en a cure. Quand le réveil a sonné, cela faisait plusieurs heures que je tournais et virais dans mon lit, la boule au ventre. Je me suis forcé à avaler un thé, des tartines beurrées et une pomme. J'ai enduit tout mon corps de crème anti-frottements et vérifié des dizaines de fois le contenu de mon sac de course (dossard, coupe-vent, bouteilles d'eau, ravitaillement, vêtements de rechange...). L'échauffement sommaire que j'ai effectué avant de partir pour le point de ralliement m'a fait oublier mon angoisse pour un petit moment.

Quand je ne songe pas à l'épreuve qui m'attend, c'est vers elle que mon esprit se tourne. Manon. Fidèle à notre décision commune, je ne l'ai pas revue depuis notre discussion dans la voiture. Nous avons échangé quelques messages d'une banalité à pleurer avant d'abandonner et de nous laisser de l'espace. Depuis, c'est le silence radio. Nous avons peut-être mis un peu trop de distance. Elle me manque.

Aussi, quand elle m'appelle alors que je suis dans les transports pour rejoindre le départ, je suis troublé.

— Coucou Thomas, je voulais juste prendre la température avant le grand bain. Comment tu te sens ?

— C'est sympa. Bof, je suis angoissé.

— Tout va bien se passer, tu verras. Tu vas y arriver, j'en suis certaine. J'ai trouvé une application sur laquelle je peux te traquer grâce à ton numéro de dossard. Comme ça, même si je ne suis pas avec toi physiquement, je serai quand même avec toi.

— Merci Manon. Je tâcherai de ne pas te décevoir alors.

— Aucun risque de ce côté-là, tu as gagné mon admiration éternelle depuis un bon bout de temps déjà.

— Tu es bonne pour mon ego. Je vais te laisser, je dois retrouver Mathieu.

— Je sais. Allez, merde, champion ! Je crois en toi.

Manon n'est pas encore tout à fait rétablie et même si je l'imaginais mal venir m'encourager avec ses béquilles depuis notre break, je ne peux m'empêcher d'être un peu déçu. Néanmoins, son appel m'a fait du bien, elle pense toujours à moi. C'est plutôt bon signe.

Mathieu finit par me repérer le premier et m'entraîne vers un petit groupe déjà formé, ses amis de son club de course. Anaïs n'est pas présente, elle est probablement avec les autres coureuses qui vont partir avec de l'avance sur les participants masculins. Il fait les présentations, et nous rejoignons l'espace du départ, au pied de l'Arc de Triomphe. Nous nous plaçons côte à côte, noyés dans la foule compacte.

— Alors mec ? ! Prêt ?

— Comme jamais. Et toi ?

— Wouhou ! C'est ce que je veux entendre ! Pareil ! On va le finir ce putain de marathon.

L'ambiance est folle, l'excitation monte, et quand le départ est enfin donné, j'ai du mal à me contenir pour ne pas partir trop vite et griller toute mon énergie d'un coup. Je m'élance sur cette mythique avenue des Champs-Élysées sous les encouragements des passants. Je me bride et profite du paysage exceptionnel pour caler mon allure, la rue de Rivoli, le Louvre, la place de la Bastille. Mathieu m'a perdu depuis longtemps, ce n'est plus que moi face à moi-même maintenant. Suivent la rue de Reuilly et le bois de Vincennes, qui est comme un havre de paix après l'agitation de la capitale. Le retour intra-muros est comme une explosion, d'énergie, de bruit, de personnes.

Ils sont nombreux à être venus encourager les coureurs et, sur les quais, un petit groupe crie plus fort que les autres à mon approche. J'aperçois les membres de ma famille affublés de T-shirts « Team Zimmerman » d'un orange criard. Ils le portent tous, même ma nièce. Manon, Lorna et Camille-Lou sont à leurs côtés, dans la même tenue, et tout ce petit monde s'égosille à pleins poumons :

— *Go, Thomas, Go !*

Mon cœur a des ratés, et je manque de me casser la figure mais, fort heureusement, je me rattrape in extremis. Je les dépasse en leur faisant coucou, le sourire aux lèvres. La petite filoute, prétendre qu'elle ne viendrait pas pour mieux m'étonner. Et quelle surprise !

Découvrir tout mon clan réuni me booste pour ce qui s'annonce le plus compliqué, la seconde moitié de la course. J'ai hâte d'être à la ligne d'arrivée pour lui dire tout le bien que je pense de son initiative. S'enchaîne une enfilade de tunnels, qui mettent à mal mes jambes déjà fatiguées. Quand arrive le boulevard Suchet, je le sens, mes réserves bien attaquées vacillent, et je crains de me le manger, ce fameux mur du marathon dont j'ai pu lire et entendre les nombreux témoignages effrayants. Ce moment où vos forces sapées vous abandonnent parce que vous avez littéralement grillé toute votre énergie et qu'il faut réduire l'allure ou marcher sous peine de risquer l'abandon. Je pousse et arrive en haut de la montée bien malmené. Il me reste une dizaine de kilomètres, et les doutes ainsi que la fatigue de la distance parcourue m'assaillent. Je ne vais pas y arriver, je n'en ai pas la force.

Mais la voix de Manon et ses encouragements sont comme un feu au creux de mon estomac et un mantra dans mon esprit. En pilotage automatique, je repense à toutes les épreuves traversées ces derniers mois, de ma séparation à mes déménagements, aux rencontres que j'ai faites et qui m'ont aidé à grandir et à m'épanouir. Je sonde les tréfonds de mon cœur à la recherche de tout le négatif que j'ai ressenti. Je le laisse m'envahir, la douleur, la déception, l'échec et je lâche tout, je me détache en me concentrant sur le positif. Ma famille, ma nouvelle vie, Mathieu, Lorna, Camille-Lou, Manon.

En ce moment d'introspection, alors que je suis seul face à moi-même, il n'y a pas de place pour les mensonges. Envolée l'emprise de Sarah, je suis tombé sous le charme de Manon. Il se pourrait même que je sois amoureux d'elle. Cette prise de conscience, je ne sais pas encore ce que je vais en faire. Elle me remplit toujours autant de terreur mais aussi d'espoir et d'excitation. Je ne suis pas un homme brisé. Je suis un être humain avec des forces et des faiblesses, capable d'aimer encore et qui fait du mieux qu'il peut. Manon avait raison, elle est avec moi en ce moment, elle m'aide à tenir, à me dépasser. Je vais la finir cette course, pour elle mais surtout pour moi. Comme une assurance que tout ira bien parce que j'ai finalement compris. Quoi qu'il se passe entre elle et moi, je pourrai toujours compter sur moi-même. Je me suis redécouvert, je suis de nouveau moi-même.

L'arche gonflable qui annonce la fin de la course

apparaît dans mon champ de vision. L'avenue Foch n'est pas loin. J'ai mal partout, mes cuisses me semblent en plomb, mon mental ne tient plus qu'à un fil lorsque je franchis la ligne d'arrivée à 04 h 47 min 18 s. Je l'ai fait, j'ai couru le marathon de Paris !

La tension se relâche, et je flotte sur mon petit nuage d'épuisement et d'endorphines. On me remet ma médaille, et j'ai mal aux maxillaires tellement je souris. Je congratule des inconnus qui me rendent mes félicitations, pose pour des photos et savoure l'instant. Il me tarde d'être réuni avec les miens. Je récupère mes affaires tant bien que mal au milieu de tout ce petit monde quand je suis soulevé de terre par-derrière par deux bras autour de ma taille et secoué de haut en bas.

— On l'a fait ! On l'a fait ! On l'a fait ! scande l'imbécile haut et fort.

— Mathieu ! Laisse-moi descendre ou je te jure que je te gerbe dessus. Je ne suis plus en état de me retenir, là.

Mes pieds retrouvent le sol, et nous nous étreignons.

— T'es pas croyable, que tu puisses avoir encore assez d'énergie est un mystère. En tout cas, bravo mon pote !

— On va fêter ça avec les autres marathoniens. Burgers aussi gros que ta tête au programme, tu viens ?

— Arf, j'aurais adoré mais ma famille est venue ainsi que Manon et ses amies, je veux les retrouver avant de faire des plans sur la comète.

— Manon ? Le moment de déclarer « je l'avais prédit » est-il venu ?

— Peut-être, on en reparle dans quelques mois !

— Ouuuuh, je ne sais pas si je pourrai tenir jusque-là, fait-il avec une voix haut perchée d'ado prépubère.

Je secoue la tête, faussement affligé.

— Bon dimanche mec, ne fais pas trop de folies.

— Tu me connais, la vertu personnifiée. Toi aussi.

Un court appel avec ma mère m'apprend qu'ils m'attendent au niveau de la station George V, mais que Manon est partie à ma rencontre à la sortie de l'espace des arrivées. Mon cœur cogne plus fort dans ma poitrine alors que je vais la rejoindre aussi vite que je le peux. Elle est là, un peu en retrait en train de scruter la foule avec ce T-shirt ridicule sous sa doudoune ouverte. Jamais je n'ai été aussi heureux de la voir. Je la hèle, et elle tourne la tête dans ma direction. Son visage s'éclaire lorsqu'elle me voit et nous nous élançons l'un vers l'autre. Elle se déplace avec beaucoup plus d'aisance qu'à ses débuts mais maîtrise encore mal sa vitesse, si bien qu'elle me percute de plein fouet. Ses béquilles cognant contre mes tibias me tirent une grimace. Elle me serre dans ses bras, à m'étouffer.

— Manon, je suis trempé de sueur ! je m'esclaffe, touché par la force de nos retrouvailles.

— Je m'en fous, rit-elle contre mon torse. Tu m'as manqué.

— Toi aussi.

— Je suis tellement fière de toi, Thomas. C'est incroyable ce que tu viens de faire.

L'émotion s'accumule dans ma poitrine, lumineuse, chaleureuse et puissante. J'ai l'impression de récupérer une partie de moi-même. Ma respiration s'accélère, et ma gorge se noue alors que je lui rends son étreinte. Nous sommes rejoints par Lorna et Camille-Lou. Je me détache de Manon partiellement, le bras passé autour de ses épaules, et elle glisse le sien autour de ma taille. Après ces longues semaines de séparation, nous avons du mal à nous lâcher.

— Ah bah, ça y est, elle a fini par te retrouver. Félicitations, Thomas ! me congratule Lorna. Si mon genou avait été d'attaque, je l'aurais fait également. J'ai toujours voulu courir un marathon.

— Bravo Thomas ! Tu es content ? Tu dois être épuisé, ajoute Lou.

— Merci les filles, d'être venues me soutenir. C'est un très beau cadeau qui m'a bien aidé à tenir sur la fin, je leur réponds en pressant l'épaule de Manon. Je ne rêve que d'une chose maintenant, aller m'écrouler.

Manon me presse la hanche en retour.

— Je crois que ça ne va pas être possible. Ta mère a organisé une fête en ton honneur. Nous sommes toutes les trois conviées, bien sûr.

— Bien sûr, j'aurais dû m'y attendre. La connaissant, elle doit déjà trépigner. C'est parti alors.

Le repas touche à sa fin. Après une démonstration d'amour maternel un peu humiliante devant les filles, nous avons pris le métro pour rentrer chez mes parents. Une douche chaude qui n'a pas duré assez longtemps à mon goût et un changement de garde-robe plus tard, j'ai réapparu dans le salon. Quelle n'a pas été ma surprise de voir que maman avait mis les petits plats dans les grands et nous avait concocté un festin. Voisins et amis de la famille étaient conviés et mes grands-parents ont même fait une apparition. C'est fou comme Manon s'est vite intégrée au sein de mon clan. En bon introverti, je me serais fait aussi discret que possible si je m'étais retrouvé parmi ses proches mais elle a charmé tout le monde et semble être dans son élément. Ses amies aussi d'ailleurs. Elles ont régalé les miens d'anecdotes sur leur quotidien et de souvenirs rigolos. Grande nouveauté, je n'ai pas eu à me faire violence pour éviter d'être trop discret. J'étais heureux moi aussi de papillonner d'un groupe à l'autre pour raconter mon expérience et mes sensations.

Les invités ont commencé à prendre congé peu à peu. Lorna et Camille-Lou sont déjà parties, ne restent plus que quelques petites grappes qui discutent dans le salon. Je me repose sur le canapé, repu et les muscles endoloris. Comme toujours mon regard la cherche, et je la repère en train de discuter avec mon père. J'ai tellement de choses à lui dire, à commencer par savoir où nous en sommes. Ce premier contact après la course m'a partiellement rassuré, mais j'ai besoin d'entendre de vive voix que les choses sont revenues à la normale. Elle doit sentir mon attention, car ses yeux explorent la pièce à leur tour jusqu'à se poser sur moi. Je me relève avec la lenteur d'un petit vieux. Me déplacer n'est guère mieux, à côté de moi, Manon a fière allure. Je la rejoins, et mon père s'éclipse sous prétexte d'aller parler à ma mère.

— Tu n'as pas eu droit à la visite de l'appartement ?

— Pas encore.

— Nous allons rectifier cela tout de suite.

Elle m'emboîte le pas alors que je l'entraîne du salon vers la cuisine.

— Fatiguée ? Cela n'a pas dû être de tout repos d'être debout toute la journée avec tes béquilles.

— Ce n'était pas plus fatigant que de courir le marathon.

— Touché. Voici la salle de bains.

— Honnêtement, je vais bien. L'orthèse dégage la semaine prochaine, et tout redeviendra comme avant. D'ailleurs, je ne te remercierai jamais assez pour tout ce que tu as fait pour moi.

— C'est ça l'amitié, tu montes mes meubles et je joue les infirmiers. Le deal du siècle, non ?

— Carrément.

Nous empruntons le couloir, direction le fond de l'appartement.

— Et voilà, ma chambre d'ado.

Nous pénétrons dans la pièce, et je ferme la porte pour plus d'intimité. Elle observe l'espace d'un regard avide avant de s'allonger sur le dos dans mon lit, les jambes se balançant dans le vide. Elle semble à l'aise dans mon univers, et cela me plaît. Je m'étale à mon tour.

— Tu ne m'avais pas menti. Sympa la déco Pokémon.

— Merci. Le moi d'il y a quinze ans serait tout fou d'avoir l'approbation d'une fille, que dis-je, qu'une représentante du sexe opposé soit dans sa chambre tout court. Bon alors, qu'est-ce que j'ai raté ?

— Rien de particulier.

— Manon, je soupire, comment tu vas ? Si je pose la question, c'est que ça m'intéresse vraiment. Trois semaines sans te voir, c'est trop long. Tu es ma meilleure amie.

C'est la vérité à laquelle je préfère me raccrocher pour le moment. Nous sommes encore trop fragiles pour que j'ose me dévoiler plus. Elle se couche sur le côté, les mains sous sa tête pour me faire face, et j'imite sa position.

— C'est vrai ? Je suis ta meilleure amie, tu ne me l'avais jamais dit.

— Je pensais que c'était évident !

— Des fois, ça fait du bien de l'entendre. Toi aussi, tu es mon meilleur ami, et c'était l'*enfer* sans toi. Donc, tu ne m'en veux pas trop pour cette distance imposée ? Tu comprends ?

— Avec le recul, oui, c'était la meilleure chose à faire, même si ce n'était pas la joie pour moi non plus. Tu as raison, ça fait du bien de le savoir.

Je la sens toujours sur la réserve malgré nos paroles réconfortantes, il y a un truc qui cloche.

— Bon, tu le craches le morceau ? Qu'est-ce qui te tracasse ?

— Rien de bien grave. J'ai eu beaucoup de temps pour réfléchir, à rester enfermée chez moi, et je cogite beaucoup sur le travail. C'est tout. Même si j'ai appris à aimer l'émission avec Ornella, il me manque quelque chose pour être vraiment épanouie.

— Comme ?

— Du sens. À quoi ça sert ce job ? C'est quelque chose de sympa mais qui ne va pas changer la vie de mes auditeurs, les faire réfléchir, les questionner, les interpeller sur des sujets plus profonds, qui me parlent.

— D'accord.

— Ne te méprends pas, je ne voudrais pas passer pour une ingrate. Ce boulot, même si j'étais dubitative au départ, il me plaît, vraiment. C'est juste que je souhaiterais parfois me confronter à plus de substance.

— Non, je comprends, c'est difficile de concilier nos aspirations et la réalité du marché du travail. Il en faut du courage pour s'avouer à soi-même et pour admettre devant autrui qu'une situation qui en ferait saliver plus d'un n'est finalement pas idéale. Après, aucun job n'est jamais parfait. Je doute que tout plaquer pour aller monter une retraite de yoga en Ardèche soit la solution.

— T'es bête ! Tu as vu ce qui arrive quand je fais du sport, non ? Antoine m'a parlé de me lancer dans l'aventure podcast, et je dois avouer que j'y songe de plus en plus. C'est quelque chose que je peux faire à côté de mon boulot actuel, en choisissant le contenu que je veux mettre en avant et en y apportant ma patte. Du sur-mesure en somme.

— C'est une super idée ! Tu devrais te lancer !

Manon bascule sur le dos et cache son visage avec ses mains.

— Je ne sais pas. J'ai la trouille. De ne pas être légitime, de ne pas savoir faire, de décevoir...

Je m'approche d'elle et écarte ses doigts avec douceur. Son expression est empreinte de vulnérabilité. Je caresse sa joue avec tendresse.

— Ce sont de fausses excuses tout ça. Si seulement tu pouvais te voir comme je te vois. Une fille bourrée de talent qui peut réaliser tout ce qu'elle veut du moment qu'elle s'en donne les moyens. Tu travailles déjà dans un milieu similaire dans lequel tu excelles. Si ce n'est pas de la légitimité, ça, on marche sur la tête. Tu peux emprunter le matériel de la radio, demander des conseils à tes collègues. Et si tu n'oses pas, tu m'as moi. Je peux t'aider : montage, prises de son... J'ai quelques notions, et ce serait avec plaisir que je les mettrais à ton service. Appuie-toi sur ce que tu connais et ton réseau et, surtout, fais-toi un peu confiance.

La fragilité a laissé place à quelque chose de doux qui fait briller ses iris.

— Je n'ai pas envie de mêler la radio à ça parce que le contenu que je veux produire est à mille lieues de ce que je fais chez eux. Je ne veux pas discréditer le projet avant même qu'il ait commencé. Antoine m'a dit qu'il me prêterait son micro et son enregistreur et pour le reste, je suis très reconnaissante de pouvoir compter sur toi.

Elle pose sa main sur la mienne qui explorait sa joue et entrelace nos doigts.

— Je serai toujours là pour toi, Manon. Quoi qu'il arrive.

28

Manon

— Manon, un Antoine Boulanger qui prétend être ton frère vient d'arriver. Tu confirmes ?

— Oui, malheureusement.

— Je le fais monter ou il t'attend à l'accueil ?

— Il peut nous rejoindre dans le studio d'ici quinze minutes. Merci Laure.

C'est la dernière page de publicité avant la fin de l'émission. Et après, je vais dîner avec Antoine. Une grande première. J'ai ravalé ma fierté et ma méfiance quant à la gratuité de son coup de pouce et fini par lui demander son aide. Il m'apporte le matériel, puis est censé me donner un cours d'initiation au podcast. Il est très motivé comme le prouve son quart d'heure d'avance. J'ai à peine lancé une chanson et annoncé Raphaël qui prend la suite qu'il entre sans frapper.

— Salut Toinou, le temps de ranger et je suis à toi.

— Pas de problème, Scrat.

— Hum, hum, vous ne nous présentez pas ?

Je lève les yeux en direction d'Ornella, qui coince une mèche de cheveux derrière son oreille, le regard fixé sur le benêt avec qui je partage de l'ADN. Je secoue la tête, oui, il ressemble à Thor, mais il est bien gratiné. Antoine n'est pas mieux et la dévisage de façon assez intense et malpolie, la bouche entrouverte. Quelle mouche les a piqués ?

— Si, bien sûr, Ornella, voici mon grand frère Antoine. Antoine, Ornella coanime avec moi et elle est également médium.

L'abruti lui fait un baisemain, et elle en a les joues qui rosissent.

— Enchanté, si j'avais su que Manon avait une collègue aussi charmante, je serais venu plus tôt.

— Ravie de faire votre connaissance, glousse Ornella avec une voix de gamine.

J'ha-llu-cine, on est entré dans quelle dimension là ? La voyante semble avoir oublié qu'elle ne peut plus piffer les hommes.

— Médium, c'est intéressant. Une spécialité en particulier ? Cartomancie, astrologie, divination ?

— Vous trouvez ? Merci. C'est rare que l'on me prenne au sérieux. Cela dépend du vecteur que mon don souhaite emprunter, bien que j'aie une préférence pour les cartes. Je fais de tout, même du Yi-King, c'est important d'ouvrir le champ des possibles.

— Tout à fait. Vous êtes libre pour aller boire un verre ce soir ?

Du Yi quoi ? Non mais je rêve, il a oublié qu'on allait manger ensemble ? Il n'a pas lâché sa main. Je lui file un coup de coude dans les côtes et ris jaune.

— Hin hin, Antoine est un petit plaisantin. Nous avons déjà des projets.

— Facilement décalables, déclare-t-il avec un clin d'œil pour Ornella.

Je m'apprête à protester, outrée, mais la voyante est plus rapide que moi.

— Cela aurait été avec plaisir mais je ne suis pas disponible. À un autre moment peut-être ?

Elle bat des cils. Je répète, elle BAT des cils.

— Si vous acceptez de me donner votre numéro, nous aurons tout le loisir d'accorder nos emplois du temps, roucoule mon frère.

Alors là, c'est la meilleure. Je ne peux plus voir ça.

— Je t'attends en bas !

Je ne suis même pas sûre qu'il m'ait entendue.

— C'était quoi ce cirque ?

Antoine s'est finalement décollé d'Ornella, et nous avons pu partir nous installer au bistrot du coin. J'ai attendu le dessert pour lui remonter les bretelles.

— Ornella est une belle femme qui a l'air d'avoir de la personnalité. Je suis attiré par les caractères forts.

— Tu vas être servi... Je n'ai pas besoin de te demander de la traiter avec respect ? C'est ma collègue et tout se sait à la radio. J'aimerais autant continuer à travailler dans une entente cordiale.

— Aucun risque en dehors de la chambre à coucher, je suis un parfait gentleman.

— Antoine, nous étions si bien partis, ne bascule pas du côté obscur, je te prie. Je vais rendre mon tartare.

Il s'esclaffe, content de lui.

— J'ai compris, passons au vif du sujet.

Il farfouille dans son sac et en sort des câbles, des micros et un boîtier noir étrange surmonté de deux bidules argentés.

— Alors, cette petite merveille est un enregistreur, énonce-t-il en me montrant ce dernier, et ça, ce sont les fiches micro.

Il m'explique ensuite comment effectuer les branchements des câbles, des micros, l'emplacement de la carte SD et surtout comment réussir la prise de son.

— Donc, l'enregistrement de la première interview, c'est mardi prochain ?

— Oui, j'ai un peu le trac.

— Il ne faut pas. Tiens, on va s'entraîner. Prépare le matériel et pose-moi une question.

— Ici ? Tout de suite ?

Je parcours la salle animée du regard.

— Non, à Noël ! Bah oui, maintenant, c'est un test. Ne t'en fais pas, si c'est nul on n'entendra pas grand-chose avec le brouhaha en fond de toute manière.

— Il n'y a pas à dire, tu sais comment me motiver.

— De rien, je t'avais dit que je t'aiderais, alors je suis là. Je t'aurais aussi donné un coup de main avec ta cheville si tu me l'avais demandé.

Il me cueille au moment où je m'y attendais le moins. Devant sa mine sincèrement blessée, je ne peux m'empêcher de culpabiliser, moi qui n'ai pas l'habitude de le voir dans cet état.

— Toinou... On a beau être comme chien et chat la plupart du temps, tu restes mon grand frère que j'aime et sur qui je sais que je peux compter. La preuve, j'ai besoin de toi pour lancer mon podcast, et tu es la première personne que j'ai appelée à la rescousse. C'était juste une petite entorse de rien du tout. Il n'y avait pas de quoi en faire tout un foin. Papa et maman ont réagi de façon excessive, je t'assure.

Cela a l'air de le ragaillardir, parce qu'il retrouve de sa superbe attachiante.

— Évidemment, tu es perdue sans moi. Alors, ma question ? J'attends.

— Parle-moi de ton bunker, je demande en lui tendant le micro. Pourquoi ?

— La réponse est très simple. Tu sais ce que font tous les gens de la Silicon Valley en ce moment ? Ceux qui travaillent dans la Tech, l'informatique, qui développent des logiciels et des robots pour remplacer les humains, mais ça, c'est un autre débat. Eh bien, comme moi ! Ils construisent des abris et achètent des îles sur lesquelles se rapatrier en cas de catastrophe.

— Si tu le dis. Tu ne crois pas que c'est un peu extrême comme comportement ? Il y a quand même peu de chances pour que les hommes se transforment en zombies ou que les robots prennent le contrôle, je ne peux m'empêcher de me moquer gentiment.

— Tu te trompes, sœurette, tu te trompes.

Au lieu de m'en agacer, je choisis pour une fois de m'amuser de ses bêtises, et je passe un bon moment en sa compagnie à l'écouter me débiter ses théories.

— Tiens, ton thé.

J'accepte la tasse qu'il me tend et souffle sur le breuvage trop chaud pour me distraire de la nervosité qui me dévore. Même si nous avons repris notre rythme normal de sorties, je n'avais pas remis les pieds chez lui depuis la crémaillère. Les lieux du crime que nous avons, d'un commun accord, préféré oublier.

Thomas s'assoit à mes côtés sur son canapé en soupirant d'aise.

— Je suis content qu'on reprenne nos sessions séries-glandouille devant la télé du dimanche. Elles m'avaient manqué.

— À moi aussi. Notre petit rituel était mon moment préféré du week-end.

Nous échangeons un regard complice, et mon estomac se vrille de plus belle, mais pas sous le coup de l'anxiété cette fois-ci. Non, de quelque chose de bien plus perfide, un trouble mâtiné d'appel à la sensualité qui me caresse de plus en plus à son contact ou quand je pense à lui. Je crois que je suis en train de tomber amoureuse. Je ne sais pas exactement quand mes sentiments ont basculé dans cette zone dangereuse, mais s'il y a une chose dont je suis certaine, c'est que Thomas Zimmerman est quelqu'un de bien et que je suis incroyablement chanceuse de l'avoir dans ma vie.

Immobilisée chez moi pendant presque un mois, j'ai eu le loisir de ressasser toutes nos interactions, tous ces gestes et remarques bienveillantes qu'il a eus à mon égard, son humour et sa vivacité d'esprit, nos petits accrochages et nos compromis. Il a été mon roc quand j'étais au trente-sixième dessous et j'ai voulu être plus forte pour lui, pour lui donner la possibilité de réaliser son défi. Mais le manque n'a fait qu'accroître mon désir. J'ai failli tout lui balancer quand je l'ai revu après son marathon. Alors qu'il transpirait et avait les traits tirés, mon attirance pour lui m'a frappée de plein fouet comme un uppercut. Je l'ai trouvé beau. Les mots me comprimaient la gorge et faisaient pression sur mes lèvres pour sortir mais je les ai ravalés, ce n'était ni le lieu ni l'endroit.

— Au fait, tu m'avais promis de me raconter ta première interview plus en détail.

— Il n'y a pas grand-chose à dévoiler de plus que ce dont je t'ai fait part au téléphone. Tu verras assez rapidement quand je t'enverrai les pistes pour le montage de toute façon. J'avais le trac mais Antoine m'avait bien coachée. Tu sais qu'il a dragué Ornella quand il est venu me déposer le matériel à la radio ?

— Mais non ? !

— Si, c'était à n'y rien comprendre. Un coup d'œil à Ornella et son visage est devenu tout bizarre, j'ai cru qu'il était en train de me faire une attaque.

— Et elle ?

— Tu l'aurais vue, Thomas, elle pouffait comme une ado lorsque j'ai fait les présentations. Elle en a oublié son accent de pacotille. Ils ont commencé à se parler d'astrologie avec des étoiles plein les yeux, et Antoine a fini par lui proposer d'aller boire un verre.

— Bien joué, il ne perd pas de temps !

— Premier rencard hier soir, je suis sûre que j'en entendrai parler demain.

— Ça alors, je ne l'avais pas vue venir celle-là ! s'esclaffe-t-il.

— Moi non plus, je dois dire... Ça me fait mal de l'admettre, mais, en ce moment, la vie amoureuse de mon frère est bien plus excitante que la mienne.

— On est deux, moi aussi, c'est le calme plat.

— Ah bon ? Rien de nouveau avec Anaïs ?

— Je te l'ai déjà dit, elle ne m'intéresse pas comme ça.

— Une autre fille alors ? Juste pour t'amuser ?

— Je n'ai jamais été quelqu'un de très fun.

— Oh ! le menteur ! Je ne suis pas d'accord, je m'exclame en le poussant malicieusement du pied.

— Très bien, disons qu'il n'y a qu'avec toi que je me permets de faire des folies.

Sous-entendu, la dernière fois qu'il a eu de l'action, c'était avec moi. Quelque chose crépite entre nous, comme le craquement d'une allumette. Comme aimantés, nos yeux se cherchent et s'accrochent. Une lueur familière brûle dans les siens, une invitation ? Je pourrais jurer que nous pensons à la même chose. Sa crémaillère et la collision incandescente de nos corps. Ma gorge est plus sèche que le Sahara.

— Il est de notoriété publique que je suis une mauvaise influence.

— Cela ne me dérange pas, tu es *ma* mauvaise influence.

Il se tient à l'autre bout du canapé mais sa présence occupe tout l'espace, son aura faisant vibrer l'atmosphère environnante. Il me faut de l'air ou je vais craquer, j'étouffe sous toute cette tension. Je me détourne de lui, dépose ma tasse sur la table basse et, me saisissant de la télécommande pour m'occuper les mains, je nous aiguille hors de ce terrain glissant du comment je le dévergonde.

— Alors, quel est le programme du jour ? La dernière fois, on était partis pour une série d'horreur.

— Minute, papillon. Mon Netflix, mes règles. C'est moi qui choisis ce qu'on va regarder.

— C'est celui qui a la télécommande qui a le pouvoir.

— Ah ouais ?

En un éclair, il fond sur moi. Je me tortille en piaillant pour échapper à ses chatouilles, me recroquevillant tantôt ou tendant les bras pour éviter qu'il ne me la vole. Je soulève les hanches pour le désarçonner, mais cela n'a pour effet que de plaquer nos entrejambes plus fortement l'un contre l'autre. La sensation de son membre dur contre moi me fige. Il me recouvre entièrement, mes poignets prisonniers de ses mains, et nos bouches qui laissent échapper des souffles saccadés se frôlent. Mon sexe avide s'humidifie et se contracte alors que je me noie dans ses orbes foncés qui me contemplent comme si j'étais la seule femme sur Terre.

— Thomas..., je le supplie de faire quelque chose.

Il ne lui en faut pas plus, il me dévore tout entière, plaquant ses lèvres contre les miennes. Son goût, si familier et nouveau à la fois, m'arrache un gémissement. Notre baiser est le plus sauvage et fiévreux qu'il m'ait donné, il me consume. Son bassin glisse entre mes cuisses, et je n'ai d'autre choix que de bouger mes hanches contre les siennes. Sa bouche dévie vers mon cou, qu'il mord et suce avidement, et je m'arc-boute, impuissante. Il libère mes poignets et descend avec frénésie le long de mon corps. Mon top est retroussé, les corbeilles de mon soutien-gorge abaissées sous ma poitrine, mon jean et ma culotte envolés si vite que ma tête bourdonne. Il place mes jambes sur ses épaules, m'offrant ainsi à sa vue. Sans préambule, sa langue entre en jeu, taquinant mon clitoris. Je sursaute en gémissant et ma tête se renverse sur les coussins, le plaisir jaillissant à travers moi. Ses mains me maintiennent en place alors qu'il part en exploration, léchant mes lèvres avant de s'introduire en moi. Bon sang que c'est bon. La télécommande que je gardais dans ma main crispée tombe par terre avec fracas. Sa langue est remplacée par ses doigts. Il me fouille, exigeant, jusqu'à trouver le point névralgique qui me coupe le souffle. Je râle lorsqu'il m'embrasse plus haut, là où j'ai besoin de lui, et je décolle.

Quand je reprends ma respiration, il est nu et me contemple avec des yeux brûlants. Je me débarrasse du reste de mes vêtements tant bien que mal et ne perds pas une miette du spectacle alors qu'il se positionne entre mes cuisses alanguies. Thomas se laisse tomber au-dessus de moi et me pénètre d'un mouvement fluide. Je cambre mes reins et m'accroche à son cou, mes mollets enserrent ses fesses. Il en profite pour happer un téton. Les sensations déferlent sous ses attentions répétées mais il me manque quelque chose. J'attrape sa mâchoire et attire sa bouche contre la mienne, nos langues s'entremêlent avec passion, et je me sens entière. Nos mouvements ralentissent dans un instant suspendu où notre danse de l'extase change. Tout se mélange, la baise, la tendresse, la soif de lui et le plaisir que nous partageons. Sous la surface, chaque geste auparavant impétueux est maintenant calculé, savouré et empreint d'une sorte de familiarité, une évidence.

— Thomas, dis-moi que je ne suis pas la seule. Que toi aussi, tu le ressens, ce lien entre nous.

Il acquiesce avant de soupirer mon prénom, ses prunelles me fixent avec intensité. La manière dont il le prononce, bas, torturé et débordant de sensualité, m'embrase, et je le pousse à accélérer en malaxant son postérieur pour l'attirer plus près. Toujours plus près. Il s'exécute en perdant le contrôle et bouge avec force contre moi.

— Tu es parfaite, grogne-t-il quand il éjacule et sa jouissance entraîne la mienne dans une spirale détonante et sans fin.

Le silence entre nous, confortable et enveloppant, s'étire au fur et à mesure que la sueur sur nos corps se refroidit. Je devine le moment exact où les endorphines cessent de noyer son cerveau et qu'il réalise. Sa posture devient rigide au-dessus de moi, il manque une respiration contre mon oreille. Je remue, et il prend cela comme une incitation à bouger. La panique commence à me gagner, nous avons rompu notre promesse. Juste une fois. Je rirais de notre naïveté si je n'étais pas aussi bouleversée. Nous n'avons toujours pas recouvré notre équilibre après la première fois et c'était il y a un mois. Nous venons de pulvériser toute chance de retour à la normalité. Mais une amitié platonique est-elle vraiment à l'ordre du jour de toute façon ?

J'attrape le plaid qui gît sur le dossier du canapé et me réfugie dans la salle de bains. Adossée à la porte close, je prends conscience du liquide chaud qui s'écoule entre mes cuisses. Ma tête cogne contre le battant, nous ne nous sommes pas protégés. Cette imprudence ne me ressemble pas. Il me fait perdre la tête. Je ne me reconnais pas.

— Manon ? Tout va bien ?

Il toque avec inquiétude.

— Oui, je... J'arrive.

Je me nettoie rapidement et sors, le tissu enroulé comme une toge autour de mon corps nu. Il a enfilé son boxer et se tient la tête, les coudes fléchis sur les genoux sur le canapé. Je me laisse tomber à ses côtés en me mordillant la lèvre, et il me scrute avec intensité, dans l'attente.

— Qu'est-ce qu'on va faire ? je souffle.

Il semble perdre de son assurance sous mes yeux, son expression se muant en un masque indéchiffrable.

— Rien, enfin, je veux dire... Ce qui est arrivé est arrivé, inutile de chercher une explication rationnelle. Nous avons couché ensemble deux fois, il n'y a pas mort d'homme. Nous sommes deux adultes consentants et...

La boule dans ma gorge est de la taille d'une pastèque. C'est surprenant que j'arrive encore à respirer normalement sous l'afflux de la peine que ses paroles désinvoltes me procurent. J'ai envie de hurler, de le secouer en lui demandant des comptes. Qu'en est-il de ce qu'il m'a affirmé ? De cette force qui nous lie. Était-ce du vent ? Des promesses en l'air sur l'oreiller ?

— On n'a pas mis de capote.

— Oh... Manon...

Sa main se pose avec douceur sur mon épaule et m'enjoint de lui faire face.

— Jamais, je ne te mettrais en danger de cette manière. Il n'y a eu personne d'autre que toi depuis ma rupture.

— Pour moi aussi, tu étais le dernier. Et je suis sous pilule.

Il hoche la tête, et je n'arrive plus à détecter une quelconque autre émotion sur son visage.

— D'accord. Tu es sûre que ça va ?

— Très bien, et toi ?

— Si tu es OK, je suis OK.

Nous valons mieux que cela. Ma souffrance se mue en colère contre moi-même et ma stupidité. Comme une conne, j'y ai cru. À la possibilité d'autre chose. J'ai fait fi de tous les signaux d'alarme, de toutes ces mises en garde. Dieu sait s'il n'a cessé de me répéter qu'il était fichu émotionnellement, incapable d'aimer et que, de toute manière, il ne voulait pas d'une nouvelle relation. Bordel, il m'a même dit noir sur blanc que je n'étais pas son genre et qu'il n'y aurait jamais rien entre nous. Mais c'est plus facile de protester contre une situation qui ne convient plus quand les sentiments ne sont pas en jeu. Qu'elle est cruelle, la volonté d'un cœur aveuglé. Je me blinde afin de ne rien laisser paraître.

— Cool.

Son sourire me fend le bide comme une lame de rasoir. Il rend ma vie plus riche, plus belle, alors pour lui, j'enfilerai ce costume de l'amie fidèle et j'endurerai en silence quand il retombera amoureux, parce que c'est ce que font les filles comme moi. Celles qui sont juste bonnes à panser les plaies, celles avec qui on s'amuse, mais on ne s'engage surtout pas.

29

Manon

Je suis d'une humeur de chien pour le restant de la semaine, à tel point que même Ornella daigne s'en apercevoir. Elle ne cesse de soupirer à mes accès de ronchonnement ou de me lancer des petits regards entendus. Elle finit par craquer après l'émission un soir, probablement excédée par mon comportement.

— Mais enfin, Manon ! Qu'est-ce qui vous prend à la fin ? Cela ne peut plus durer, il n'y a qu'une *drama queen* dans ce studio et c'est moi ! Venez, on va aller au bar d'à côté et vous allez me raconter ce qui vous tracasse.

— Euh, c'est-à-dire que j'avais quelque chose de prévu et que...

— Et maintenant, vos plans ont changé, allez, pas de protestations, et on se remue. Je vous dois une fière chandelle, vous m'avez soutenue depuis l'annonce de mon divorce. Grâce à vous, j'ai rencontré Antoine et...

— Et n'allez pas plus loin, je n'ai pas besoin d'entendre encore une fois à quel point mon frère est une bête de sexe. Je suis assez traumatisée comme ça !

— Roh, détendez-vous, je vous pensais moins prude ! Il n'est pas seulement doué au lit, il est aussi attentionné, drôle, gentil...

— On parle bien du même ? Parce que je pourrais vous raconter deux trois trucs qui vous expulseraient de la phase lune de miel fissa fissa.

J'ai beau faire ma sceptique, je bluffe. L'idée que ces doux dingues se soient trouvés grâce à moi me plaît même si je ne l'avoue jamais. Parfois l'amour, c'est aussi simple que ça. Pas comme avec Thomas et moi. La mélancolie m'envahit, et mon cœur se serre. Ouais, finalement, cela ne me ferait pas de mal de me changer les idées, et aller au bistrot avec Ornella est un moyen comme un autre. Je la suis en traînant les pieds, mais Raphaël m'alpague à la sortie du studio. Qu'est-ce qu'ils ont tous ce soir ? Ornella le fixe d'un air mauvais avant de s'éloigner un peu pour nous laisser de l'intimité.

— Coucou toi, me susurre-t-il à l'oreille en me prenant dans ses bras. Ça fait longtemps. Maintenant que Madame est une star de la radio, elle n'a plus le temps pour nous, le commun des mortels.

Avant, j'aurais eu des étoiles dans les yeux à ce contact rapproché. Maintenant, ces familiarités entre collègues, dont je ne suis pas la seule bénéficiaire, m'exaspèrent. Depuis notre rencard catastrophique, la magie Raphaël n'opère plus. Bien sûr, il est toujours très beau mais côtoyer Thomas et la naissance de mes sentiments pour lui a terminé de m'ouvrir les yeux. Maintenant, j'arrive à reconnaître l'absence de sincérité, un intérêt feint, la laideur qui point sous les traits d'ange. Je m'écarte de ses mains baladeuses.

— Hé ! T'exagères, de nous deux, c'est toi la star de la radio, on le sait bien. Je suis très prise par un projet perso en ce moment.

— Hum, un projet mystère, j'ai hâte que tu me racontes. Tu restes pour l'émission et tu viens boire un verre après chez moi pour en parler ?

Il ne manque pas d'air ! Parler est bien la dernière chose qu'il attend de moi. L'idée d'un autre baiser baveux me fait frémir. Mais nous sommes collègues, alors je m'abstiens de lui faire un scandale et m'apprête à refuser poliment quand Ornella nous interrompt. Me tirant par le bras vers la sortie, elle jette par-dessus son épaule sans même lui accorder plus d'attention :

— Manon est déjà prise. Et puis, Vénus est en rétrograde pour vous, trèèèès longtemps. Traduction : c'est mort pour pécho.

Mi-amusée, mi-estomaquée par la manière dont elle s'est immiscée dans notre conversation, je fais un signe d'au revoir à un Raphaël scotché.

— Ma petite chérie, parfois je me demande si vous n'êtes pas un cas désespéré.

Ses talons claquent sur le bitume, elle a l'air très remontée.

— Alors ça, c'est un peu fort. Et pourquoi je vous prie ?

— Vous savez ce qu'on dit sur les fantasmes ? Il ne faut jamais les réaliser, car la réalité est toujours d'une cruauté décevante.

— J'ai une amie qui ne serait pas d'accord avec vous sur le sujet.

— Ça tombe bien, c'est à vous que je parle.

— Admettons, mais je ne vois pas ce que mes fantasmes viennent faire dans tout cela.

— Je vous en prie, n'insultez pas mon intelligence. Raphaël ! Vous n'êtes pas du genre discrète, ma petite. Ça se voit comme le nez au milieu de la figure !

Elle pousse la porte du bar, s'approche du comptoir et commande deux martinis dry. Puis, elle choisit une table et m'indique d'un petit coup sec de la tête de m'asseoir en face d'elle.

— Vous avez oublié de préciser si vous les vouliez

agités ou remués nos cocktails. Quand bien même j'aurais des vues sur lui, cela ne regarde que moi, vous ne pensez pas ?

Ornella balaie mon trait d'humour d'un geste de la main et me transperce de derrière ses lunettes rondes.

— Croyez-le ou non, je veux vous aider.

— Ne vous en faites pas, j'ai loupé le coche avec lui, il ne m'intéresse plus.

— C'est pour cela que vous n'étiez pas à prendre avec des pincettes ces derniers temps, parce que vous vous êtes pris un râteau ?

— Vous perdez votre fluide, Ornella, c'est moi qui ai mis le holà. Et non, ce n'est pas à cause de ça.

— Vous le crachez le morceau ? Je n'ai pas toute ma soirée.

— Je... Eh bien, il y a cet homme.

— Ah ! Je le savais, c'est toujours leur faute.

— Dans ce cas précis, il n'y est pour rien. C'est moi, je me suis laissé emporter par mes émotions, je lui ai imposé une situation avec laquelle il n'était pas à l'aise, ça a dérapé, une fois. Puis deux, et je crois que c'est en train de nous ruiner.

— Si on pouvait faire faire ce que l'on voulait à un homme, ça se saurait. Surtout plusieurs fois. Et puis, il faut être deux pour « déraper ». S'il vous met dans cet état-là, dites-le-lui.

— Ce n'est pas aussi simple que ça.

— Manon, on accepte l'amour que l'on pense mériter. Apprenez à reconnaître votre propre valeur, c'est le meilleur conseil que je puisse vous donner. Ayez conscience de vos limites pour ne pas les dépasser et écoutez votre boussole intérieure, cela vous évitera bien des regrets.

C'est trop philosophique pour moi. Je ne suis pas en état de comprendre son charabia qu'on dirait tiré de mon calendrier zen. Cela doit se lire sur mon visage, car elle ajoute avec un petit sourire entendu :

— On trinque ?

— Salut.

Quand je lui ouvre la porte de mon appartement, je suis une vraie pelote de nerfs. Dans un effort désespéré de nous prouver que rien n'a changé, nous nous sommes revus à outrance depuis notre baptême de son canapé. Nous ne trompons personne, nous les premiers. Le fantôme du sexe et du désir continue de flotter entre nous, palpable comme un mauvais présage. Il finit toujours par nous rattraper au moment où l'on ne s'y attend pas. Nos échanges ont cette pesanteur moite et étouffante, comme un ciel d'orage où les nuages noirs s'accumulent avant que cela ne pète. Nous marchons sur des œufs pour éviter la tempête, mais parfois, quand l'affection et l'envie me prennent à la gorge et me coupent le souffle, j'oublie toute prudence et prie pour qu'elle éclate.

Thomas me fixe avec un mélange d'intensité, de douceur et d'incertitude. Ses cheveux sont ébouriffés, des cernes bleutés se peignent sous ses lunettes et ses traits sont tirés. Il n'en est pas moins magnifique.

— Hé ! je réplique avec difficulté.

Nous nous faisons la bise en nous prenant dans les bras pour continuer la mascarade. Je voudrais me laisser aller entre eux, fermer les yeux et ne penser à rien d'autre qu'au réconfort que Thomas me procure, mais c'est interdit alors je maquille ma langueur et m'écarte avant que cela ne s'éternise en une durée non acceptable pour deux amis. Il m'observe, ses longs doigts se caressant la mâchoire distraitement.

— On se met où ?

— Sur le bar ?

Mon lit est exclu, je ne veux pas tenter le diable, une troisième incartade que l'on balaie sous le tapis m'achèverait, et je ne veux pas nous laisser l'opportunité de nous aventurer sur ce terrain miné. Notre relation qui se délite m'est suffisamment pénible comme cela. Il se dirige vers ma kitchenette et s'installe. Retirant son ordinateur portable de son sac à dos, il l'allume et en quelques clics prépare la piste audio. L'atmosphère chargée me fait l'effet d'une bombe à retardement. Pour nous détendre, je décapsule deux bières, et il accepte la sienne avec un sourire, le premier depuis qu'il est arrivé. Mon cœur fait un bond dans ma poitrine, je suis mordue. Il prend une gorgée avant de m'expliquer :

— Ce n'est que le premier jet, ne te formalise pas si ce n'est pas parfait surtout. Je propose qu'on écoute l'épisode en entier, juste pour se faire une idée. Et après, à la deuxième écoute, qu'on prenne des notes pour les modifications à apporter.

— Ça me paraît bien, je réponds en m'asseyant à ses côtés.

S'il est là ce soir, c'est pour me faire découvrir son travail sur le pilote de *Plurielles*, mon podcast. Je suis partie sur un format dit de conversation avec pour seule consigne de donner la parole aux femmes sur un thème donné. Il a fallu sonder mon entourage, faire des appels à témoins et contacter des spécialistes pour voir qui accepterait de participer. Un travail titanesque mais qui s'est révélé passionnant. Ma cuisse tressaute sur le repose-pieds de mon tabouret tellement je suis nerveuse. À cause de lui, de la découverte de mon travail et du fait que j'appréhende de savoir ce qu'il en pense.

Je sursaute quand il pose une main apaisante sur moi, pour que j'arrête de gigoter.

— Tu me stresses, confesse-t-il, la commissure des lèvres légèrement relevée.

— Pardon, c'est plus fort que moi.

Il lance l'enregistrement sans plus de commentaires mais laisse sa main sur ma jambe. L'effort qu'il m'en coûte pour me focaliser sur ce que j'écoute et non sur ce point de contact qui me marque au fer rouge est phénoménal. Je garde mon regard droit devant moi pour ne pas trahir mon trouble. Cela me prive du loisir de contempler son visage et ses réactions mais je peux les sentir. Ses doigts se contractent autour de moi lors des passages les plus difficiles. Comme celui où Emma raconte son histoire de harcèlement sexuel au travail et le licenciement qui s'est ensuivi lorsqu'elle a voulu poursuivre en justice son supérieur harceleur. Tous ces gestes intimidants, ces remarques offensantes, sans parler de l'humiliation et de la baisse de l'estime de soi qui en découlent. Le paradoxe du fardeau qui pèse sur les épaules de la victime devant démontrer que ces actes constituent bien une atteinte et les condamnations trop peu nombreuses. Il a dû entendre ces extraits des milliers de fois quand il a travaillé sur le montage, mais ce réflexe infinitésimal vient de ses tripes et me touche profondément. Je tombe un peu plus amoureuse de lui.

Ma voix boucle ce premier épisode en rappelant des statistiques, des exemples de comportements à adopter si on est confronté à cette situation et en exhortant les futurs auditeurs et auditrices à ne pas garder le silence. J'attends ses commentaires sur des charbons ardents et quand ils ne viennent pas assez vite à mon goût, je laisse échapper un « alors ? ». Il a un petit rire nerveux.

— J'allais te demander la même chose. C'est très bon, construit et édifiant. Les conseils d'avocats spécialisés dans le droit du travail combinés aux témoignages, c'est puissant. Tu voulais faire cogiter et, selon moi, le pari est réussi. Je suis fier de toi.

L'émotion m'envahit, et je ne réfléchis pas, je le serre contre moi.

— Merci, ton avis compte infiniment pour toi. Tu as fait un super travail.

Ses bras se referment autour de moi dans une étreinte chaleureuse. Ce contact apaise mes tensions et, pour une fraction de seconde, je baisse la garde. Hissée sur la pointe des pieds, mon nez venant se nicher dans son cou, j'inspire profondément. Son odeur m'enivre, et je ne peux résister à l'envie d'y déposer un petit baiser. Thomas se raidit avant de se détacher.

— Thomas ?

L'anxiété me tricote soudain les entrailles, j'ai dépassé les bornes.

— Je... J'ai besoin d'une minute.

— Pourquoi ?

— Parce que j'ai très envie de t'embrasser et que je ne suis pas sûr que ce soit ce que tu souhaites. Je me trompe ?

Sa question me désarçonne mais libère aussi quelque chose en moi, brisant la digue du tabou que l'on appose sur nos dérapages.

— Qu'est-ce qui te fait dire ça ?

— La manière dont tu as paniqué la dernière fois. Quand tu t'es réfugiée dans la salle de bains après que nous avons fait l'amour, j'ai cru que tu regrettais. Ce qui s'était passé entre nous, ce que l'on s'était avoué et cela m'a fait mal parce que pour moi, c'était magnifique.

Il a fait un pas dans ma direction quand je m'y attendais le moins. Les paroles énigmatiques d'Ornella résonnent dans mon esprit.

— Pourtant, ce n'est pas l'impression que tu m'as

donnée avec ton petit speech sur les adultes consentants. J'ai cru que tu n'assumais pas, enfin jusqu'à la prochaine fois où tu aurais eu envie de moi pour assouvir tes pulsions. Cela m'a extrêmement blessée et attristée. Et je ne sais pas si je peux continuer, à m'abîmer lorsqu'on se fait du bien. Coucher avec toi, ce n'est pas anodin. Cela signifie quelque chose pour moi.

— C'est ridicule, tu n'as rien à voir avec une pulsion. Cela me tue que tu penses ça. Jamais je ne pourrais te regretter. Tu m'es apparue comme une vision dans le brouillard, un soir de fin d'année. Je t'ai trouvée belle, trop belle pour moi. Puis drôle, quand tu m'as parlé. La fois où tu m'as rendu mon téléphone, tu m'as paru intrigante. Dans le métro, j'ai été séduit par ta finesse d'esprit. Plus on se côtoyait, plus ma liste d'adjectifs te concernant s'allongeait. Aujourd'hui, les mots me manquent pour exprimer ce que tu représentes pour moi.

Mon cœur enfle dans ma poitrine, accélérant la cadence et faisant pulser mon sang à une vitesse frénétique. Pourtant, quelque chose m'empêche de me réjouir trop vite. Il vient de m'avouer ses sentiments mais je le sens encore en retrait, sur le qui-vive. Sa façade commence à se fissurer, laissant apparaître le déchirement qu'il éprouve.

— Tu es la personne la plus importante dans ma vie, Thomas. Pourquoi tu ne m'en as pas parlé avant ?

— Parce que j'ai peur et que je ne peux pas, tu comprends ? Revivre ça, me laisser aller et finir de tomber pour toi, parce que cette fois, si quelque chose tourne mal, je ne m'en relèverai pas. C'est au-dessus de mes forces.

— Je ne suis pas elle, Thomas. Notre relation est unique et précieuse. Elle vaut la peine qu'on se batte pour elle, J'EN vaux la peine !

— Je ne le sais que trop bien. Si je résiste, c'est pour que notre relation continue, pour ne pas te perdre.

Je m'approche de lui et caresse lentement sa joue.

— Pourquoi es-tu si sûr que tout va capoter ? Accorde-nous une chance avant de nous condamner.

Il frissonne et incline la tête, soudant nos fronts. Il me laisse lire en lui, la crainte, la fragilité mais aussi un amour sous clé, qui ne demande qu'à sortir pour laisser éclater sa puissance féroce. Malgré cette vérité arrachée, il lutte, toujours.

— Les relations ne sont pas mon point fort.

— Menteur, cela fait des mois que nous en avons une, et c'est la plus belle que j'aie jamais vécue. Parce qu'elle était inattendue, parce que c'est toi, parce que nous avons construit quelque chose ensemble malgré nous. L'amour ne tombe pas du ciel, c'est rarissime qu'on sache qu'une personne est la bonne dès le départ. On se rencontre, on échange, on pense à l'autre, on donne son temps, on couche ensemble, une fois, puis deux, puis sept et bam ! Sans s'en rendre compte, on est amoureux.

Ses yeux brillent d'émotion. Ses mains enserrent ma mâchoire avec une douceur infinie, et il laisse échapper un long soupir dont la chaleur vient me caresser les lèvres.

— Je crois que c'est un beau résumé de notre situation. Ma Manon, toujours à me sauver de mes névroses. J'aurais dû me montrer plus honnête avec toi, avec moi-même.

— Ce n'est pas grave, il n'est pas trop tard, je chuchote.

Cela lui tire un petit sourire.

— Non, en effet. Quand je t'ai dit que je vivais en colocation, c'était un petit maquillage de la vérité, j'étais chez mes parents et j'avais honte de te l'avouer.

— D'accord, je comprends. Je ne t'aurais pas jugé, tu sais ? La vie est imprévisible et parfois, on a besoin de s'appuyer sur sa famille pour rebondir, il n'y a pas de mal à cela même si c'est pénible.

— Ton chat me fiche le trouillomètre à zéro à nous fixer comme ça. Je crois qu'il ne m'aime pas beaucoup.

— D'ici quelques mois, vous serez inséparables, tu verras. Quelque chose d'autre ?

— J'ai envie d'essayer, être en couple avec toi.

— Moi aussi, je réponds sur un ton conspirateur.

— Est-ce que je peux t'embrasser ?

— Oui, c'est même fortement conseillé.

Et c'est ce qu'il fait, avec une profondeur et une lenteur qui me font tourner la tête et oublier que même s'il s'est dévoilé comme jamais, il n'a pas prononcé le mot *aimer*.

30

Thomas

— Hum, reste encore, ne pars pas tout de suite.

Elle m'emprisonne dans ses bras, et je fonds de tendresse pour elle.

— Cette fois-ci, je reviens, ne t'en fais pas, je lui chuchote avant de l'embrasser dans le cou.

Je quitte la chaleur de son corps et du lit et me dirige, plus léger, vers la salle de bains où je me débarrasse du préservatif et m'apprête à faire pipi quand un mouvement en périphérie m'attire l'œil. *Merde, le chat.* J'avais complètement oublié que nous l'avions enfermé dans la salle de bains afin de pouvoir nous retrouver en toute tranquillité avec Manon. Il a une lueur vengeresse dans le regard, je pourrais le jurer. J'essaye de me détendre et de me concentrer sur mon affaire, en me répétant que ce n'est que dans ma tête, alors qu'il s'approche nonchalamment. Bruce se frotte contre mes mollets comme pour m'endormir sur sa fourberie mais je n'y crois pas un seul instant. Il s'arrête entre mes pieds écartés et lève la tête. Nu, je mesure ma vulnérabilité, à la merci de ses griffes et de ses crocs.

— Allez, Bruce, ne fais pas le con, je lui intime, plus pour moi que pour lui. On est copains maintenant.

Il miaule et louche sur mes parties génitales au-dessus de lui d'un air vicieux. *Oh oh*. J'en connais un qui n'a pas supporté de se séparer de sa maîtresse, surtout à cause de moi. Il est temps de regagner la chambre sans faire de mouvements brusques. Mais c'est trop tard, Bruce s'élance, propulsé par ses pattes arrière musclées, et lance un crochet en direction de mes bourses. J'hallucine, il se prend pour Muhammad Ali. Je m'écarte brusquement, hors de question que mes parties servent de punching-ball. Ouf, ce n'est pas passé loin. Moi qui étais vidé après avoir fait l'amour à Manon, me voici sur le qui-vive. L'adrénaline m'envahit, j'ai chaud et la trouille me tord le ventre. Mais il n'en a pas fini avec moi et lance une nouvelle offensive, je bondis de plus belle et me prends le meuble étagère où Manon expose ses produits de beauté dans l'épaule. La douleur y explose alors que quelques crèmes valsent et se retrouvent sur le sol, mais je n'en ai cure, il en va de ma survie et de celle de ma descendance. Telle une proie devant un prédateur, je fuis. En beuglant à pleins poumons, et le petit démon me poursuit avec mes bijoux de famille dans le viseur. Il est trop rapide pour que je l'enferme à nouveau dans la salle de bains alors je zigzague dans le studio aussi vite que mes jambes peuvent me porter. Mais le petit salopiot est rusé, et me voilà acculé près de l'entrée à sauter d'une jambe sur l'autre à chaque coup de patte, mon sexe oscillant de manière ridicule.

— Mais qu'est-ce que c'est que ce raffut ?

Rameutée par le bruit, Manon sort du lit et s'approche, bouche bée, devant le spectacle que nous offrons avant d'exploser de rire. Je me doute bien du potentiel comique de la situation, aussi je ne lui en veux pas trop d'être pliée en deux, alors que je lutte pour ne pas me faire émasculer.

— Manon, un peu d'aide, s'il te plaît.

— Oui, pardon. Bruce, laisse le petit oiseau de Thomas tranquille, ordonne-t-elle d'un ton péremptoire. Ça suffit !

La voix de sa maîtresse détourne l'attention du fauve, et j'en profite pour mettre le lit entre nous. Cette fois-ci, j'ai la présence d'esprit de placer les mains sur mon entrejambe pour me protéger, comme un joueur de foot devant un penalty. Bruce darde ses prunelles jaunes à l'éclat féroce sur moi et miaule d'outrage de me voir si loin. Sa queue bat l'air avec menace, ses poils du dos sont hérissés, ses oreilles écartées sur son crâne, et il laisse échapper un cri de guerre qui révèle ses dents pointues. Cette fois-ci, ça y est, je vais me faire maraver, ma dernière heure est venue. Je m'apprête à fermer les yeux et à prier très fort pour un miracle quand Manon s'interpose, me remplaçant dans son champ de vision, et le gronde. Son comportement change du tout au tout. Il s'assoit sur son derrière et lui donne des yeux innocents. Elle ne se laisse pas attendrir et le cueille au passage.

— Pas si vite, le chasseur, arrête de traumatiser Thomas, après il ne voudra plus revenir. Je ne suis pas contente, ce n'est pas bien ce que tu as fait. Pour la peine, tu es puni et tu vas dormir dans la salle de bains.

Elle a beau le réprimander, je sens que le sourire n'est pas loin. Elle va l'enfermer dans la pièce, et je m'affale sur le lit. Vidé de mes forces, je m'étale de tout mon long et me cache la tête dans le creux de mon coude. J'entends Manon revenir et le matelas bouger alors qu'elle s'allonge à mes côtés. Lorsqu'elle m'effleure la cuisse du bout des doigts, je me redresse en sursaut.

— Un peu nerveux ?

— Un chouia, c'est assez marquant ce que je viens de vivre.

— J'imagine.

Ses yeux pétillent, et elle se mord la lèvre pour ne pas me montrer son hilarité.

— Vas-y, je te donne un joker sur celle-ci, tu peux rire un bon coup.

Manon me prend dans ses bras et son souffle mêlé à sa chevelure me chatouille la clavicule alors qu'elle pouffe contre moi.

Après quelques minutes, elle m'embrasse dans le cou, adoucissant ainsi mon ego meurtri.

— Il faudra quand même que tu apprennes à t'entendre avec mon chat, si on ne veut pas aller dans le mur.

— Hé, c'est lui qui y met de la mauvaise volonté.

— Je te crois.

— On va y aller en douceur pour éviter d'en arriver à l'ultimatum : lui ou moi.

— Ça me paraît bien. On va se coucher ? Il y a eu assez d'émotions comme ça pour ce soir.

— OK, mais c'est moi la petite cuillère. J'ai besoin de réconfort.

Elle pouffe contre mon épaule.

— D'accord.

Nous prenons place sous la couette, et je respire un peu mieux avec ses bras autour de moi.

— Petit oiseau, hein ? Tu ne pouvais pas trouver mieux ?

Elle rigole derechef.

— C'est ce qui est sorti sous le coup de la panique, pardon. Je l'aime, moi, ton petit oiseau ! Et puis ne t'en fais pas, tu es plus impressionnant en action qu'au repos.

*
* *

Depuis que Manon et moi nous sommes mis ensemble, je nage dans le bonheur. Un bonheur doudou, pur et cotonneux, qui m'enveloppe et me fait me sentir invincible. Je suis heureux, j'ai la totale, l'impression d'avoir gagné au loto. L'appart, le job, la super nana dont je suis raide dingue. Ma nature cynique ne s'est pas envolée pour autant. Je ne peux m'empêcher d'attendre le revers du boomerang. Comme si j'avais propulsé au loin mon mal-être et ma poisse dans un effort surhumain et qu'elle risquait de me revenir dans la figure à tout instant. Je redoute ce coup de bambou, et la peur me saisit parfois aux moments les plus inopportuns. Comme quand je me réveille à ses côtés et que je me demande comment j'ai pu être aussi chanceux. Comment j'ai pu être aussi aveugle lors de notre rencontre et ne pas me rendre compte dès le début qu'elle était celle qu'il me fallait. J'ai l'impression de la voir tous les jours pour la première fois maintenant avec mon regard d'amoureux. Elle m'épate par son esprit, sa débrouillardise, ses idées. L'aisance avec laquelle elle s'inscrit dans ma vie. Nous continuons à travailler sur *Plurielles*, et Manon a mis en ligne son pilote qui a dépassé la barre des dix mille écoutes en une semaine. Pas mal pour un natif[1] qui se lance. Je suis incroyablement fier d'elle. La perdre me terrifie toujours autant mais j'essaye de vivre avec. Pour moi, ce n'est pas normal d'être aussi comblé. Je me méfie de notre bonne fortune autant que je m'en délecte.

Nous sommes en train de nous embrasser dans mon salon. Juste nous embrasser, et c'est magnifique. Je

1. Podcast natif : programme audio original en opposition aux rediffusions des émissions de radio.

crois que je pourrais y passer ma vie, et je mourrais satisfait.

— Thomas, soupire-t-elle entre deux baisers. Il va falloir qu'on y aille.

— Tu es sûre, je préférerais rester là avec toi, je murmure en passant les mains sous son top pour caresser sa peau veloutée.

Et parce que avec elle, je ne suis qu'un mec avide qui en veut toujours plus, je parsème le coin de sa bouche, sa gorge et son cou de bisous.

— On ira au resto une autre fois. On peut se commander à manger et se câliner sous la couette.

— Hum, aussi tentant que soit ce programme, je me vois dans l'obligation de décliner poliment. Nous avons une réservation, et cela fait longtemps que j'ai envie de tester cette adresse.

— Ça y est, c'est déjà le début de la fin entre nous, j'ironise pour me distraire du fait que je me sens un tout petit peu rejeté. Tu préfères sortir et voir des inconnus qu'être seule avec moi.

Elle m'embrasse longuement et avec fougue une dernière fois.

— T'es mignon quand tu doutes. Allez, va mettre tes chaussures.

J'arrête de ronchonner et m'exécute.

Une fois prêts, nous enfourchons le scooter de Manon jusqu'à ce fameux endroit. C'est elle qui s'est occupée de nos plans pour ce week-end, et je suis content de me laisser porter. Elle se gare, et nous marchons main dans la main sur les pavés. L'air a ce petit goût de renouveau et de chaleur qui annonce les beaux jours en ce début juin. Nous poussons la porte de l'établissement, un petit bistrot parisien à la décoration cosy.

— Réservation au nom de Boulanger, annonce Manon à un serveur.

— En bas.

Je glisse ma main dans le creux de son dos et lui dépose un baiser sur la tempe, puis nous nous dirigeons dans la direction indiquée. Au pied de l'escalier en colimaçon se trouve un petit couloir que nous empruntons. Il débouche dans une salle circulaire, pleine à craquer.

— SURPRISE ! ! ! !

J'en reste coi. Ils sont tous là, mes parents, Rachel et Guillaume, Mathieu et les collègues dont je suis le plus proche, Camille-Lou et son copain Julien ainsi que Lorna.

— Mais qu'est-ce que vous faites tous là ?

— À ton avis ? C'est pour fêter ton anniversaire ! m'annonce une Rachel, ravie de son petit effet. Sur une idée de Manon.

— Tu ne m'en veux pas trop ? me glisse cette dernière. Je sais que ce n'est pas vraiment ton truc les grosses soirées mais je tenais à marquer le coup. Rachel m'a beaucoup aidée.

— Non, du tout, je suis juste un peu dépassé et touché.

Manon s'illumine à mes commentaires, et je déplore le fait que nous ne soyons pas seuls tous les deux pour lui montrer tout le bien que j'en pense. Au diable l'étiquette sur les démonstrations d'affection en public, je dépose un smack appuyé sur ses lèvres avant de la serrer dans mes bras.

— Merci.

— De rien. Je voulais juste te rappeler à quel point tu étais aimé. Tous ces gens ne sont pas venus parce que je le leur ai demandé. Ils sont là pour toi.

L'émotion m'étreint le gosier. Heureusement pour moi, avant que je ne perde le contrôle, Lorna fait sa Lorna.

— Bon bah, s'il est content, qu'est-ce qu'on attend pour faire péter le champagne ? !

— Je n'aurais pas dit mieux, acquiesce ma sœur.

Si ces deux-là sont de mèche, il y a de fortes chances pour que cela parte en cacahouète. Qu'importe, je suis heureux et j'ai envie de célébrer mon anniversaire avec mes proches. Les *pop* sonores résonnent, bientôt les flûtes s'entrechoquent, et nous nous mélangeons.

Quelques instants plus tard, la fête bat son plein. Je me laisse embarquer dans une partie de billard avec Mathieu, Camille-Lou et son copain. Manon s'échappe, peu intéressée, pour aller discuter avec ma sœur. Mais je ne peux jamais passer trop de temps sans elle, et quand elle me manque trop, je la cherche du regard. Je suis saisi par ce que je vois. Elle se trouve à l'autre bout de la pièce en train de discuter avec un homme de dos dont la silhouette m'apparaît comme étrangement familière. Il pose sa main à la jointure de son cou et de son épaule, et se penche pour lui murmurer à l'oreille. Le mouvement est étrangement intime. Elle ne le repousse pas. Mon sang se glace dans mes veines, et je vacille. Ce n'est pas possible, j'ai dû trop abuser des bulles. C'est une hallucination. Mais lorsqu'il se recule, j'ai la confirmation de ce que je craignais. C'est bien lui. Raphaël, et il tripote ma copine de ses sales pattes. Je bloque, complètement abasourdi. Je tente de me raisonner en respirant profondément. De l'eau a coulé sous les ponts, c'est son collègue. Ils travaillent ensemble, et j'ai toute confiance en elle. Une petite voix dans ma tête me hurle : *Et si ?* Rien n'y fait. Ma concentration est fichue depuis son apparition, mes nerfs sont à vif. Je plante lamentablement mon tour et passe la main à Mathieu.

Raphaël est toujours en pleine discussion avec Manon mais les membres de ma famille ont remarqué sa présence. Du coin de l'œil, je vois mes parents se diriger vers lui pour le saluer, et j'intercepte Rachel, un peu abruptement, avant qu'elle ne fasse de même.

— Il veut quoi notre cher cousin ? Tu peux m'expliquer ce qu'il fout là ?

— C'est moi qui l'ai invité. Je pensais que vous étiez rabibochés.

— Loin de là, c'était juste un bobard pour que les parents me laissent tranquille. Ce type est mort pour moi, Rach, tu m'entends.

Elle blanchit.

— Je suis désolée Tom-Tom. Je ne savais pas, si tu m'avais expliqué pourquoi vous vous êtes brouillés aussi ! Au lieu de tout garder pour toi. Tu veux que j'aille lui demander de partir sans faire de vagues.

— Non, je m'en charge, et il a intérêt à s'éloigner de ma meuf.

Je me retourne et marche d'un pas décidé en direction du petit groupe. À mon approche, Raphaël affiche un air réjoui de circonstance. Et qui sait, peut-être l'est-il vraiment. Content d'avoir encore une fois roulé tout le monde dans la farine sur mon dos.

— Ah Thomas, tu as vu qui est là ? ! me demande ma mère. Je suis contente, toute la famille au même endroit. Cela faisait longtemps que ce n'était pas arrivé.

Mon oncle et ma tante apparaissent à leur tour et me font la bise. Je leur rends leur salut tout en fixant mon regard sur Raphaël.

— Eh bien alors, tu ne dis pas bonjour à ton cousin ?

Acculé, je m'approche de lui à contrecœur. Je ne peux pas faire de scène, pas devant eux. Judas me prend dans ses bras, me donnant une accolade virile.

— Joyeux anniversaire, Thomas ! Merci pour l'invitation.

Puis juste assez bas pour que je sois le seul à entendre :

— Je ne savais pas que tu connaissais Manon. Une vraie chaudasse celle-là, elle en a après ma queue ! Si elle est sage ce soir et qu'elle me montre qu'elle en veut, il se pourrait bien que je la lui donne.

Je me dégage de son étreinte, les mains contractées le long du corps, et le toise avec mépris.

— Qu'est-ce que tu viens de dire sur ma copine ?

Ma voix est cassante, coupante comme un tesson de verre. Ma famille, qui papotait à côté de nous, s'est tue et nous observe avec un intérêt morbide. Mais je n'en ai cure, mon monde vient de se rétrécir à nous deux.

— C'est ta meuf ? Depuis quand ? Je me poserais des questions si j'étais toi... À notre dernier rencard, c'est tout juste si on ne s'est pas fait arrêter pour indécence.

Ma vision se trouble alors qu'un film de rage recouvre mes pupilles. Je tombe des nues. Rencard ? Indécence ? Et soudain, je me remémore la soirée du 31 et les circonstances de notre rencontre avec Manon. Mon cerveau qui tourne à plein régime me bombarde d'images que j'avais occultées. La manière dont elle était collée à Raphaël, le jeu de la séduction évident entre eux. Mais mon cousin avait fini par passer la nuit avec une autre. Se pourrait-il que ce soit dans son lit qu'elle comptait atterrir quand elle s'est trompée de chambre ? Ma cage thoracique est comprimée dans un étau de fer, j'ai du mal à respirer. Je croyais qu'il essayait de me chauffer. Pour me faire craquer, me pousser à la faute et me faire passer pour un mec instable. Maintenant, j'ai des doutes. J'aurais probablement dû y penser avant. Tous les indices étaient là, sous mon nez. Je refuse de regarder Manon, de demander des comptes devant lui, car cela lui donnerait ce qu'il veut. Le pouvoir et la joie de m'infliger de la souffrance.

— Tire-toi. Tu n'es pas le bienvenu ici.

— Pourquoi ? Parce que je te mets en garde sur l'honnêteté de ta copine ? Heureusement que je suis là pour t'ouvrir les yeux. Comme avec Sarah !

Des exclamations de surprise retentissent. Je ferme les paupières brièvement. Mon secret n'est plus. Ma raison ne tient qu'à un fil. Mes yeux dévient sur Manon, et elle affiche une mine choquée, les yeux écarquillés et la bouche entrouverte.

— Alors c'est ça ta méthode. Séduire la femme que j'aime, coucher avec elle pour me montrer à quel point nous ne sommes pas compatibles ? Tu es pathétique. Trouve-toi une vie au lieu de parasiter la mienne. Je t'ai déjà dit que je ne voulais plus te voir. Barre-toi !

— Pff, tu la choisis plutôt que moi ? Ta propre famille, ton meilleur ami ? Mais je te la donne si tu la veux. Ce n'est pas le coup du siècle de toute façon, même si sa lingerie peut sous-entendre le contraire. Tu l'as vu le string rouge ou c'était juste pour moi ?

Ses paroles me lacèrent le cœur. Le bout de tissu que j'ai retrouvé dans ma chambre au nouvel an. L'enfoiré ne ment pas, il a vraiment couché avec elle aussi. Cela confirme mes pires craintes, un coup de poignard en plein cœur. Ma réaction est instinctive, je le saisis par le col et le plaque violemment contre le mur. Mon poing vient s'écraser sur la pierre à côté de son visage dans un impact claquant. Des bras me tirent en arrière et me maintiennent, nous séparant, et les cris traversent enfin mon nuage de colère. Mathieu me ceinture et Guillaume me retient par les épaules.

— Calme-toi, mec, il n'en vaut pas la peine, m'enjoint Mathieu.

Je parcours la foule qui nous entoure du regard. Ma mère et ma tante pleurent. Mon père a le visage fermé. Ma sœur est à deux doigts d'exploser, et Manon me contemple avec un air torturé. Sa vision me percute comme un choc dans le plexus solaire. La souffrance m'envahit, intense, handicapante. Je dois savoir.

— Lâchez-moi, c'est bon.

Ils s'exécutent et me pressent les épaules chacun d'un côté avant de se poster de part et d'autre de moi, les bras croisés. Deux sentinelles qui veillent. Je m'approche de Manon, tremblant, et elle ne bouge pas, comme paralysée.

— Dis-moi que ce n'est pas vrai, j'exige d'une voix rauque et méconnaissable. Qu'il n'a pas vu ton corps, touché ta peau ou goûté tes lèvres.

Elle s'entoure le ventre de manière protectrice. Sa tête se baisse mais j'ai le temps d'apercevoir un flash de culpabilité se peindre sur son beau visage, ses épaules s'affaissent en une posture défaite. Non. Un abysse s'ouvre devant moi. Mes jambes me portent à peine. Et je comprends, l'exclusivité. Cette fameuse clause qui fout en l'air les couples modernes. Nous n'en avons jamais discuté. Je nous pensais au-dessus de cela mais apparemment non. Un rire désabusé m'échappe, et je me frotte la mâchoire de la main droite. Elle pulse de douleur, et je la contemple, surpris. Mes phalanges éraflées et sensibles sont gonflées. Le mur, à la fin c'est toujours lui qui gagne, j'oubliais.

— Je suis vraiment le dernier des cons, je souffle en secouant la tête. J'y ai cru cette fois-ci. Vous vous êtes bien foutus de moi.

— Thomas, non, ce n'était pas comme ça. Je te jure.

— Stop. Je ne peux pas entendre des mensonges. Pas de toi. On se doit au moins ça. C'était une erreur, on n'aurait jamais dû se mettre ensemble. Toi et moi, c'est fini.

31

Manon

— Toi et moi, c'est fini.

Ses mots résonnent dans ma tête comme une détonation et assourdissent tout le reste alors qu'il se détourne et part sans plus de cérémonie. Je suis sous le choc, coincée dans un abîme de silence, Raphaël, la froideur et la douleur de ma supposée trahison qui se peignent sur le visage de mon amoureux. Quelqu'un me secoue par le bras.

— Manon ? Manon ? Bois ça.

Un verre est placé dans mes mains, et je l'avale cul sec par réflexe en grimaçant. Un shot de vodka. La traînée de feu que le liquide trace dans ma gorge achève de me sortir de ma torpeur. Les sons me reviennent peu à peu. La voix stridente de Rachel, qui vole dans les plumes de Raphaël. Mes amies qui m'observent avec inquiétude et un Mathieu désemparé. Il faut que je sorte d'ici. Que je retrouve Thomas et que je lui explique. Je ne peux pas le laisser croire que je ne vaux pas mieux que Sarah.

Je m'élance à sa poursuite, sortant du restaurant en courant comme une dératée. Le trottoir est désert. Il s'est évaporé. Le désespoir me prend aux tripes, et je tire mon portable de la poche arrière de mon jean.

Ça sonne mais je tombe sur répondeur. Je raccroche sans laisser de message et rappelle aussitôt. Une fois, deux fois, dix fois, je frise l'hystérie. Il n'y a rien à faire, il ne répond pas. Mes pensées se bousculent, j'ai du mal à réfléchir de manière cohérente. Ma seule certitude, c'est qu'il faut que je le retrouve à tout prix. Il ne me reste plus qu'à aller chez lui. Je rentre dans le restaurant pour aller récupérer mes affaires.

— Qu'est-ce que tu fais ? me demande Lorna alors que je suis en train de mettre mon casque.

— Je vais le chercher, je dois lui expliquer, Lolo. Je n'ai pas le choix. Il est injoignable.

— Tu n'es pas en état de conduire. Tu trembles, c'est un coup à te foutre en l'air. Tu lui parleras demain. Quand il sera en état de t'écouter.

Elle m'arrache les clés de mon scooter des mains.

— Elle a raison, Manon, je pense que cela vaudrait mieux de lui laisser le temps de se calmer, ajoute Lou.

— Allez, je te ramène. Et je dors chez toi.

— Partez devant, Julien me déposera chez toi.

Je me laisse raccompagner, comme une enfant paumée. Lou arrive dix minutes après, et nous nous allongeons toutes les trois sur mon clic-clac.

— Les filles, qu'est-ce que je vais devenir si ça ne s'arrange pas ? S'il ne veut plus rien avoir à faire avec moi ? Cela aurait dû être la soirée parfaite. Comment a-t-elle pu tourner aussi mal ?

Les larmes me submergent, et elles m'entourent de leur affection. Je me laisse emporter par une lame d'un chagrin sans fin. Seuls leurs bras m'empêchent de sombrer tout à fait. J'aurais voulu que ce soient les siens.

*
**

— Manon ! Ouvre, je sais que tu es là.

La sonnette continue de retentir, stridente et sans appel. Je dois me lever alors que c'est la dernière chose dont j'aie envie. Depuis que nous avons rompu avec Thomas, je suis une loque. Je l'ai inondé de messages et d'appels pour lui demander une chance d'expliquer le malentendu, tous mes efforts sont restés sans réponse. Peu encouragée par son silence, je n'ai pas osé venir chez lui. Rendre des comptes à sa porte close était au-dessus de mes forces. Avec les jours qui s'égrènent, mon espoir d'arranger les choses fond comme neige au soleil et ma colère grandit. Il ne m'a jamais laissé le bénéfice du doute. Il me pense réellement capable de le poignarder dans le dos et ce, même en sachant que j'étais l'une des rares personnes à connaître la vérité. Quelle haute opinion de moi devait-il avoir ? Cela remet en question la sincérité de notre relation et la confiance qu'il me portait réellement. Moi, j'ai été honnête tout du long, même quand il m'a demandé de faire semblant, je n'étais pas vraiment capable de mentir. S'il préfère croire une personne qu'il connaît certes depuis l'enfance mais qui a déjà abusé de lui plutôt que moi, bon débarras ! Quand la foi en celui avec qui on partage sa vie n'est pas là, cela ne sert finalement à rien de continuer. Si les fondations ne sont pas solides, il viendra toujours un moment où tout s'écroulera comme un château de cartes. Nous n'avons pas fait exception à la règle. Je lui en veux terriblement de m'avoir convaincue que j'avais enfin trouvé un amour authentique, celui dont on parle dans les films et les chansons. En même temps, il fallait être débile pour penser que quelque chose de positif ressortirait d'une soirée de nouvel an. Encore une fois, Manon Boulanger se plante lamentablement.

J'ai le moral dans les chaussettes mais la vie

continue. Avec l'arrivée des beaux jours à la capitale, les couples pullulent et j'ai du mal à supporter leur vue. Même mon idiot de frère est amoureux. Son coup de foudre pour Ornella s'est avéré réciproque et depuis leur rencontre, ces deux-là ne se quittent plus. Une fois, je les ai surpris à se bécoter à l'entrée de la radio. Une vision dont je me serais bien passée. Le côté positif, c'est qu'Ornella est beaucoup plus patiente à mon égard et face à mes sautes d'humeur. Je suis sa quasi-belle-sœur après tout, c'est important que je l'aie à la bonne.

— Manonnnn ! ! ! ! m'appelle Lou en tambourinant à ma porte.

Un soupir profond m'échappe, elle n'a pas l'air de vouloir partir. Je me redresse, dérangeant Bruce qui ronronnait sur mon ventre. Il s'en va en feulant. En sortant du lit, j'attrape au passage un sweat abandonné par Thomas qui traînait sur le sol et le revêts par-dessus mon pyjama. J'ouvre la porte et croise le regard réprobateur d'une Lou habillée sur son trente et un.

— Doux Jésus ! Manon... Ne me dis pas que tu viens de te vomir dessus. J'ai bien fait de ne pas venir avec Julien, on dirait.

De quoi elle parle ? Je baisse les yeux sur mon sweat-shirt et y découvre une auréole blanchâtre et grumeleuse.

— Ah ça, non, j'ai renversé mon bol de céréales sur moi accidentellement hier.

Elle rentre dans mon studio, et son nez se retrousse.

— Je n'ai pas fait le ménage non plus, je n'attendais pas de visite.

— Je vois ça... Tu as complètement oublié quel jour on était, pas vrai ?

Je reste silencieuse, n'ayant aucune idée de quoi elle parle.

— La soirée de Lorna ! Pour le lancement de la vodka ! Allez, ne reste pas plantée là, à la douche ! Je sais que tu es triste et que tu veux te morfondre dans ton malheur mais Lorna compte sur nous. On est son soutien moral, elle joue gros ce soir, pas question de la laisser tomber.

Elle a raison, je peux bien faire ça pour ma meilleure amie. Je me dirige vers la salle de bains, laissant Lou s'affairer derrière moi.

Une vingtaine de minutes plus tard, j'ai presque retrouvé figure humaine. Je réapparais dans le salon en démêlant mes cheveux mouillés. Le linge qui traînait a été entassé dans une pile à côté de ma machine à laver, la vaisselle qui s'accumulait un peu partout dans la pièce a été ramassée et nettoyée, et mon lit changé et refait. Un courant d'air frais me fait frissonner. Elle a aéré aussi.

— Waouh, tu es la tornade blanche !

— Il fallait que je m'occupe, je suis stressée, entre toi et Lorna.

Je vais à elle et dépose ma tête sur son épaule en la prenant dans mes bras.

— Merci Lou. Tu es une amie en or. Tu sais que tu n'as pas à t'en faire. Ça ira... éventuellement.

Elle me rend mon étreinte.

— Facile à dire, tu joues les zombies et tu refuses de nous voir. Si Lolo n'avait pas eu autant de boulot avec sa soirée, elle serait venue te secouer les puces bien avant moi.

— C'est vrai, ça m'étonne qu'elle n'ait pas menacé de me botter les fesses pour que je me reprenne ou de s'en prendre à Thomas.

Cela nous fait rire toutes les deux.

— Je sais que c'est dur, ma belle, mais tu n'es pas toute seule, on est là.

J'aime sa manière douce de me réconforter, sans fausses promesses et platitudes sur comment je retrouverai quelqu'un. Bien sûr, je n'entends pas finir seule avec Bruce mais je viens de perdre l'homme de ma vie, j'en ai la certitude et ce n'est pas quelque chose dont je peux me relever en quelques semaines. Cela prendra du temps. Malgré tout, je sens les larmes monter. Avant de me transformer en fontaine, je n'en ai que trop l'habitude en ce moment, je serre une dernière fois mon amie contre moi avant de m'écarter.

— On peut fermer la fenêtre avant que je chope une pneumonie ? je remarque en ramenant les pans de mon peignoir contre moi.

— Oups, il ne fait pas chaud, tu as raison, mais il fallait bien que j'élimine tous ces relents d'apitoiement. Tu sais ce que tu vas mettre ?

— Pas la moindre idée.

— Pourquoi pas la robe que tu avais au nouvel an ? Elle envoie ! De toute façon, on est limite côté timing, donc on n'a pas trop le temps de tergiverser.

Je n'ai pas le cœur de lui dire non. Que cette robe me rappelle Thomas et que c'est la dernière chose dont j'aie besoin. En même temps, tout me fait penser à lui.

— OK, je cède sans enthousiasme.

Je l'enfile avant de me maquiller et de me coiffer en vitesse, puis nous sautons dans un VTC direction le Principessa.

L'endroit est méconnaissable et plein à craquer. Il a été transformé pour l'occasion en casino qu'on dirait tout droit sorti de Las Vegas. Des tables de jeu sont dispersées un peu partout dans la salle, ainsi que des statues en marbre et des murs végétaux. Des

serveurs circulent avec des plateaux de hors-d'œuvre et d'autres chargés de cocktails ou de shots. Il y a même des valets à l'entrée. Une estrade trône au centre de la salle et des artistes de cirque réalisent des numéros d'équilibrisme, de portés, de jonglage et de contorsionnistes. En un mot, ça en jette.

Nous partons à la recherche de Lorna pour la féliciter et lui faire un petit coucou. Nous ne tardons pas à la retrouver près du bar où Aurelio, le barman sexy du Principessa, est en train de s'activer.

— On est comment au niveau des stocks de gingembre ?

— Je viens de vérifier, ça descend bien mais ça devrait être bon pour la soirée.

— Super, continue d'allumer le charme, ça fait son petit effet. Et plus les gens sont contents, plus ma soirée reste dans les annales et plus je suis contente. *Capisce*[1] ?

— *Sì capo*[2], acquiesce-t-il avec un clin d'œil dans notre direction accompagné d'un sourire dévastateur. Vous avez de la visite.

Lorna se retourne, toutes dents dehors dans un ultra-bright des plus hollywoodiens. Celui-ci gagne un peu plus de naturel quand elle nous aperçoit.

— Ouf, c'est vous. Merci d'être venues, les filles, ajoute-t-elle entre deux bises. Vous êtes canon. Alors ? Vous en pensez quoi ?

— Tu n'es pas mal non plus !

Et c'est vrai, elle est à la fois chic et provoc dans une combinaison pantalon noire fendue jusqu'au nombril.

— C'est incroyable ! On se croirait au Bellagio.

— C'est pour quoi les tables de jeu ?

1. « Compris » en italien.

2. « Oui, patron » en italien.

— Pour gagner des goodies, cocktails au choix, bouteilles de Bison Ice, cours de mixologie ou une visite de l'usine de production, entre autres. Chaque personne a droit à dix jetons, après il faut juste un peu de chance et de stratégie pour ne pas repartir bredouille.

— Stylé !

Au lieu de faire la fiérote sous nos compliments mérités pour tout le travail qu'elle a accompli, Lorna se tend comme un piquet et observe quelqu'un derrière nous d'un air mauvais.

— *Well, Smith*, comme c'est original, un casino par une Américaine à Paris. *Classy*..., résonne une voix grave et sensuelle.

— Davis, je ne m'attendais pas à ce que tu passes. Si je me souviens bien, la vodka, c'est pour les fillettes.

Nous nous regardons avec des yeux de merlan frit avec Lou. Davis, l'ennemi juré de Lolo dont elle n'arrête pas de nous rabâcher les oreilles. Comme une seule femme dévorée par la curiosité, nous pivotons pour voir à qui nous avons affaire, et je dois retenir un petit cri de surprise. Moi qui m'attendais à tomber sur un métrosexuel coké jusqu'à l'os, sec et nerveux dans un costume tiré à quatre épingles et une barbe au cordeau, je tombe des nues. D'une beauté brute, le grand Noir baraqué, moulé dans son sweat gris griffé qui fixe Lorna tel le loup dans la bergerie, est on ne peut plus loin de l'image que je m'en faisais. Il la scanne ardemment de la tête aux pieds avant d'ajouter dans un éclair de dents blanches :

— Rien de personnel, j'ai toujours préféré les choses un peu plus... corsées.

— Tu m'en diras tant... Dommage pour toi, j'adore prouver aux autres qu'ils se trompent, et il s'avère que j'ai de quoi te satisfaire.

— Alors ça, ça m'étonnerait, je suis connu pour mes très hautes exigences mais tu peux toujours essayer...

Lorna ne se laisse pas démonter.

— Aurelio, un « Tout ou rien » pour monsieur.

— Ça arrive !

Quelques minutes plus tard, Lorna tend le verre au liquide nacré à Davis, qui soulève un sourcil inquisiteur.

— Toi d'abord, Smith, je ne voudrais pas avoir de mauvaises surprises. Sans vouloir t'offenser, mec.

Aurelio, qui ne perd pas une miette du spectacle, esquisse un sourire amusé.

— Pas de problème, je ne le prends pas personnellement.

— Pff, c'est ridicule, Davis, comme si c'était mon genre, je suis une professionnelle avant tout.

— Bien sûr, je n'en ai jamais douté, où avais-je la tête ?

Elle trempe les lèvres dans la décoction avant d'en prendre une petite gorgée, puis lèche sa lèvre inférieure pour récupérer quelques gouttelettes égarées. C'est les narines frémissantes que Davis lui prend le shot des mains, effleurant ses doigts, puis le boit d'un trait.

— Pas mal. Doux et sucré au début, mais la sensation de chaleur relevée en arrière-bouche est surprenante et pas désagréable. Dommage pour toi, je ne suis pas très sucre.

Lorna pose les mains sur ses hanches et fulmine.

— Pas mal, c'est mieux que pas mal ! L'équilibre coco-piment-gingembre est parfait, mais ça t'arracherait la bouche de le reconnaître !

— D'accord, c'est mieux que le divertissement du pauvre que tu proposes à tes invités, satisfaite ?

— On en reparle après le clou du spectacle. Ou demain, après les retours sur le lancement. Profite de ta soirée, Davis. Sans rancune pour le projet D & V, hein ?

— Aucune du moment que c'est pareil pour toi sur l'événement avec le XV de France.

Lorna se contente de le foudroyer du regard. Il s'éloigne avec un petit geste de la main et un dernier sourire narquois.

— Quand tu nous as annoncé qu'il y avait un petit nouveau au boulot que tu ne pouvais pas saquer, tu as oublié de préciser que c'était le sosie de Michael B. Jordan, souffle Lou.

— Je rêve ou il s'est passé un truc entre vous, toute cette tension... J'avais chaud rien qu'à vous regarder.

— N'importe quoi, je rentrerai dans les ordres avant de coucher avec lui ! Ce type est méprisable, imbu de lui-même. Il se prend pour le cerveau de la boîte, un monsieur Je-sais-tout !

— Donc, tu n'étais pas en train de mater ses fesses à l'instant.

— Pas du tout, je réfléchissais. Les yeux dans le vide.

— Très bien, ma belle, si tu le dis...

— Je vous laisse, j'ai du boulot.

Nous la regardons s'éloigner avant de commenter.

— Elle va finir par se le faire, lâche Lou.

— Yep ! Soit ils baisent pour expulser leur agressivité, soit ils finissent par s'entretuer.

Aurelio rajoute son grain de sel :

— Vous voulez prendre les paris ?

Nous éclatons de rire.

— Pas de patron ce soir ?

— Mon cousin ? Non, il est à la maternité. Sa femme a accouché hier. Je suis le parrain d'un petit Sören. C'est moi qui gère le navire.

— Félicitations ! C'est super.

Nous discutons encore un peu avec lui avant de le

laisser travailler et partons découvrir les animations. J'ai beau être avec Lou, et dans un cadre exceptionnel, je n'arrive pas à m'amuser. De loin en loin, je guette l'entrée et scrute la foule. Thomas était invité ainsi que Mathieu, et j'ai le secret espoir qu'ils viennent quand même, juste pour me donner l'occasion de lui tordre le cou, pas parce qu'il me manque à en crever. J'espère seulement qu'il ne sera pas accompagné... Mais c'est un autre homme que celui que j'attends qui finit par arriver avec plus de deux heures de retard. Julien est venu directement après une sortie avec des collègues, plutôt arrosée si j'en juge son haleine avinée. Il est plus que démonstratif avec Lou qui, gênée, essaye de repousser ses avances ou de les canaliser, c'est selon. Il y a de l'amour cependant entre eux, et être le témoin de cette tendresse m'est difficile. Je m'apprête à rendre les armes et à rentrer chez moi quand Aurelio apparaît soudain à côté de nous.

— Il y a urgence, il faut que vous veniez.

— C'est qui ce mec ? Qu'est-ce qu'il vous veut ?

— Je n'en sais rien, Julien. Aurelio est employé ici et il seconde Lorna pour la soirée. Ne bouge pas, je reviens.

Aurelio nous entraîne sans plus de commentaires par une porte dérobée jusqu'à une petite salle au-dessus du bar. Lorna s'y est retranchée et elle est en train de beugler au téléphone.

— CONNARD ! Tu peux te brosser pour être payé !

Elle raccroche rageusement avant de s'enfouir la tête dans les mains.

Aurelio se racle la gorge, annonçant ainsi notre présence puis poursuit :

— J'ai ramené la cavalerie.

— Qu'est-ce qui se passe, Lolo ? Pourquoi es-tu dans cet état ?

— Oh Lou... Le numéro final vient de me planter. Il ne viendra pas. Je vais être ridiculisée et devant Davis en plus. Mon image va en prendre en coup, et j'en connais un qui se fera un plaisir de me rappeler comment je me suis foirée sur un de nos plus gros clients. J'ai épuisé tous mes contacts, personne n'est disponible. C'est la cata... Aurelio, tu peux m'apporter une bouteille de vodka, s'il te plaît ? Pas la peine de prendre un verre.

— Non, ce ne serait pas vous rendre service.

Lorna le cloue sur place d'un œil noir.

— Ton travail n'est-il pas de fournir de l'alcool sans poser de questions ? T'es un rabat-joie, serial dragueur !

Aurelio secoue la tête en s'esclaffant, ses bras musclés croisés sur sa poitrine et un demi-sourire arrogant au coin des lèvres.

— Pas le pire surnom que l'on m'ait donné. Je suis aussi celui qui retire les clés aux personnes qui ne sont pas en état de conduire et qui sont sur le point d'en faire la bêtise. Je sais reconnaître une mauvaise décision quand j'en vois une.

— Il était censé faire quoi le type ? On va trouver une solution, ne panique pas, essaye de la raisonner Lou.

— Des tours de magie...

Je suis comme frappée par la foudre, mon cœur s'emballe sous l'effet de l'adrénaline et mon sang bruisse dans mes oreilles. Je connais l'homme de la situation. Il n'y a plus qu'à espérer qu'il décroche son téléphone cette fois-ci...

Je ne veux pas donner de faux espoirs à Lorna, aussi, je m'isole dans les toilettes attenantes. Les doigts tremblants, j'extrais mon portable de mon sac et l'appelle, mettant ma rancœur de côté pour le bien de mon amie. Ça sonne dans le vide, une fois, deux fois, je continue d'y croire jusqu'au bip du répondeur.

— Hé, Thomas... C'est Manon. Écoute, j'ai bien compris que j'étais la dernière personne à qui tu voulais parler en ce moment mais il s'agit d'une urgence. Lorna a besoin de toi. C'est sa soirée de lancement et le magicien qui devait clore l'événement l'a laissée tomber. Tu es son seul espoir. S'il te plaît, Thomas, c'est important pour elle. Elle risque gros, elle pourrait même perdre des clients. Si jamais tu as ce message à temps et que...

Je suis coupée. J'hésite à le rappeler mais finalement renonce. J'aurai essayé. La mort dans l'âme, je m'apprête à rejoindre les autres quand une notification de message retentit.

J'arrive.

32

Thomas

— Explique-moi encore une fois pourquoi au lieu de se remplir de vodka et de petits-fours gratos, on se retrouve à boire des bières dans ce bar désert tous les deux ?

— Parce que je ne suis pas d'humeur à faire la fête.

— J'ai remarqué, deux semaines que tu es imbuvable et que tu as régressé à ton rang initial d'asocial. Ce n'est pas parce que vous n'êtes plus ensemble avec Manon que vous ne pouvez pas vous croiser. Tu lui as parlé depuis d'ailleurs ?

Si, Mathieu, justement, je ne peux pas infliger ça à l'organe déliquescent dans ma poitrine.

— Non, pas envie, je marmonne dans ma barbe.

Je fixe le fond de ma pinte d'un air dépité avant de la finir d'un trait. Mathieu soupire puis me fixe avec des yeux graves avant de durcir ses traits.

— Thomas, je t'adore, tu le sais, alors considère que ce que je vais dire est une preuve de l'amitié que je te porte. Quand est-ce que tu vas arrêter de te comporter comme un gros con ?

— Attends, elle m'a trompé avec mon cousin, qui s'avère être aussi l'homme avec lequel mon ex-fiancée m'a fait cocu, et c'est moi le méchant dans l'histoire ?

— Soit tu es le mec le plus poissard que je connaisse, soit il y a un malentendu. Ce n'est pas possible autrement. J'étais là, rappelle-toi, et ton cousin s'est comporté comme une belle enflure, c'est indéniable mais réfléchis deux secondes. Ça suffit, la fierté. Ouvre les yeux ! Tu as préféré croire un mec qui t'a trahi plutôt qu'elle ? La fille avec qui tu as partagé ta vie ces derniers mois, qui a été présente à tous les moments significatifs et ne t'a jamais donné une raison de douter d'elle ? Il ne t'est jamais venu à l'esprit qu'il aurait pu mentir ?

C'est vrai qu'énoncé comme ça, mon choix n'apparaît pas des plus rationnels mais c'était un moment de haute tension. Bien sûr que j'y ai songé mais à chaque fois que je penche pour cette éventualité, les traits empreints de culpabilité de Manon se fixent derrière mes paupières. La douleur que j'ai pu ressentir quand Sarah m'a quitté n'est rien en comparaison de celle que je ressens dans ces moments-là. Et je m'y raccroche parce que l'alternative, celle où j'ai faux sur toute la ligne et j'ai fichu en l'air ma plus belle histoire d'amour, serait encore plus dévastatrice. Raphaël n'est pas un mec fiable mais quelle raison aurait-il de me berner encore ? Surtout devant toute la famille ? Il est *persona non grata* chez mes parents et ma tante a avoué à ma mère qu'elle avait honte de son fils. Non, il n'a rien à y gagner, et j'ai compris depuis belle lurette qu'il n'agit jamais sans que cela soit dans son intérêt.

— Manon ne l'a pas corrigé...

— La belle affaire ! Toutes les histoires ont plusieurs versions. Cela vaudrait probablement le coup que tu écoutes la sienne plutôt que de te braquer de la sorte. Ne serait-ce que pour tourner la page. Réfléchis-y, mec ! Je vais pisser et on s'en reprend une. Ma tournée.

Pendant que Mathieu est aux toilettes, je navigue sur mon téléphone et m'aperçois que j'ai un appel en absence et un message vocal de Manon. Le premier contact depuis une semaine où les coups de fil ont cessé. Même si je ne lui répondais pas, j'écoutais sa voix religieusement à chaque fois qu'elle me la laissait sur répondeur. Je collectionne ses messages même, au lieu de les effacer. C'est plus fort que moi, décrocher d'un coup de l'amour de sa vie, c'est hardcore. Même si c'était ce que je voulais, qu'elle me fiche la paix, qu'elle arrête de tenter de communiquer m'a fichu le cafard. Cela rend notre séparation plus réelle, plus finale, et me force à me confronter d'un peu trop près aux conséquences de mes décisions dans le feu de l'action.

Entendre sa voix me fait autant de bien que de mal. Ce message est différent des autres. Il n'est pas une injonction à la revoir. Non, c'est un appel à l'aide et c'est bien pire, car je n'ai jamais pu résister à une Manon en détresse. À ce stade, ma colère est retombée, reste seulement mon amour-propre blessé. Sa trahison m'a atteint dans ma fierté bien plus que celle de Sarah, et j'ai beau me répéter que je ne lui dois rien, au fond de moi, je sais que c'est entièrement faux. Elle a recollé les morceaux, m'a rendu plus fort et m'a redonné le sourire et le goût de vivre.

L'espace d'un instant, je songe à la laisser se débrouiller, à supprimer son numéro ou la bloquer pour essayer de passer à autre chose. Les souvenirs me submergent, tous les services qu'elle m'a rendus, tout ce que nous avons partagé, tout l'amour que j'ai encore pour elle, je ne peux pas l'éradiquer aussi facilement. J'ai fui devant mes sentiments, aux premières difficultés, pour me protéger, mais je ne peux le faire devant ce SOS. Manon n'a été que patience et bienveillance devant mes moments d'égarement. Elle était devenue ma force, mon point d'attache dans ce chaos qu'était devenue ma vie. Prendre la poudre d'escampette ne m'a pas empêché d'avoir le cœur brisé. Pire, cela m'a laissé seul avec mes doutes. Les « et si ? » me torturaient déjà bien avant que Mathieu ne rajoute son grain de sel. De plus, je me suis attaché à ses amies dont cette fofolle de Lorna et si je peux sauver sa soirée... Il ne s'agit plus que de nous deux, là. Ma décision est prise, je lui envoie un message et commence à mettre mon manteau.

— Qu'est-ce que tu fous ? On n'était pas censés en prendre une deuxième ?

— Non, on va se finir à la vodka. Je dois juste passer chez moi me changer et récupérer deux trois trucs avant.

— Yes ! Je savais que tu reprendrais tes esprits tôt ou tard.

Il y a une queue de dingue lorsque nous arrivons au Principessa, et il est difficile de se frayer un chemin jusqu'à l'entrée. La personne de l'accueil refuse de nous faire passer en VIP, et je me résigne à appeler Manon.

— Hé, je suis là mais impossible de rentrer.

— Je viens te chercher.

Sa voix neutre et éteinte ajoute à mon stress de la revoir. Elle apparaît quelques minutes plus tard, renversante dans la robe qu'elle portait au nouvel an, et j'ai les genoux qui flageolent de la contempler après tout ce temps passé à essayer de l'oublier. Sa beauté est comme un uppercut dans l'estomac et l'adrénaline explose dans mes veines. Juste comme cela, je suis plus alerte que je ne l'ai été au cours de ces dernières semaines. Mes doigts brûlent de caresser sa peau, mes lèvres de se poser sur sa bouche et de la revendiquer comme mienne. Je suis fichu, je crois que je ne me déferai jamais de son effet sur moi. Il faut que je me reprenne. Nos regards se cherchent, s'effleurent et s'accrochent un instant, je peux y déceler sa tristesse et sa colère avant qu'un voile d'indifférence ne recouvre ses prunelles. Je me demande si elle a réussi à déchiffrer ma peine et mon désir dans les miennes.

— Salut, merci d'être venu, cela signifie beaucoup.

— Pas de problème. On y va ?

— Oui, suivez-moi.

Elle nous entraîne dans une arrière-salle où campe la cellule de crise.

— Thomas ! Tu me sauves la vie, tu n'as pas idée ! déclare Lorna en me serrant le bras.

— Attends, je n'ai encore rien fait.

— Mais tu as répondu présent, et c'est déjà énorme.

— Dis-moi ce que tu attends de moi exactement.

— À ce qu'il paraît, tu es magicien.

— Je me débrouille.

— Il fait plus que se débrouiller ! ajoute Manon. Il donnait des spectacles tout le temps étant plus jeune.

— J'ai besoin que tu leur en mettes plein la vue pour clôturer la soirée en beauté ! Dis-moi que c'est dans tes cordes ou il ne me reste plus qu'à aller noyer mon humiliation dans l'alcool.

En temps normal, je serais paralysé par le stress avec la pression que Lorna me met mais Manon croit en moi, son affirmation de mes talents me donne le boost de confiance qu'il me fallait. Je suis son joker, sa roue de secours, et je ne la décevrai pas. Toute mon énergie est focalisée sur l'espoir de la récupérer. L'éventualité de la perdre est hautement plus effrayante que de me produire pour la première fois depuis un bon bout de temps sur scène.

— Ouais, c'est bon, ne t'inquiète pas. Combien de temps doit durer le spectacle ?

— Une demi-heure maximum.

— OK, c'est parti !

— Parfait, donne-moi ton nom de scène que je t'annonce. Et après ce sera à toi de jouer.

Je déchire le spectacle. La salle est suspendue à mes mouvements, poussant des exclamations au rythme des numéros. Cela m'avait manqué, non seulement de pratiquer mais aussi les réactions du public, elles me font me sentir comme un surhomme, un mec cool, digne d'être admiré. Celui qui détient le pouvoir de les surprendre et les émerveiller. De les faire retomber en enfance et croire, même pour un court instant, que la magie existe bel et bien. Je suis heureux, dans mon élément, et je pense que cela transpire dans mes gestes. Ils me mangent dans la main, et il est temps de clore le show. Je bats mon jeu de cartes d'une main et, d'un geste de l'autre en direction des spectateurs, je les interroge :

— Un volontaire pour monter sur scène ?

Les doigts se lèvent, et je désigne un jeune homme.

— On applaudit monsieur. Merci de vous être dévoué... ?

— Pierre.

— Pierre, pouvez-vous tirer une carte et la montrer au public ? je lui demande en lui présentant le jeu en éventail.

Il s'exécute puis me la rend.

— Je vais donc tenter de retrouver votre carte, j'annonce en battant une nouvelle fois.

Puis, en coupant le jeu, je retourne la première.

— Dame de cœur. Ce n'est pas votre carte, n'est-ce pas ?

— Non, en effet.

— Pas de problème alors, je peux la déchirer.

Je la déchiquette puis la place dans sa main, que je referme en un poing.

— Surtout, vous la tenez bien, Pierre, hein ? j'insiste en remélangeant.

Suivant le même procédé qu'avant, je retire la carte du dessus.

— Ah, ça y est, je crois que je l'ai. Est-ce que c'était l'as de trèfle par hasard ?

— Oui, tout à fait.

Je pose le jeu de cartes tout en gardant l'as sous les applaudissements du public, mais fais signe à mon assistant du jour de rester.

— Je dois vous avouer une chose, Pierre. La dame de cœur est ma carte favorite, et cela m'a un peu chamboulé de la saccager. Tendez le poing.

Je passe l'as de trèfle au-dessus en comptant :

— Un, deux, trois !

D'un geste vif, la dame de cœur réapparaît intacte entre mes doigts.

— Mais non, ce n'est pas possible ! s'exclame Pierre alors que je la montre au public.

— Pouvez-vous ouvrir la main, s'il vous plaît ?

Au creux de sa paume repose l'as de trèfle en morceaux. Il est abasourdi. La salle jubile. La fierté et l'excitation m'étreignent. J'ai hâte de voir leur réaction à ce qui va suivre.

— Allez, ne faites pas cette tête, je le console en récupérant les bouts avant de les glisser dans ma bouche.

Au bout de quelques secondes et sous les yeux ébahis du public, je tire la langue et récupère le papier qui s'y trouve.

— Le voilà, votre as, j'annonce en dépliant la carte reconstituée.

Je suis applaudi à tout rompre et quelques cartes de visite me sont même glissées si jamais je venais à me libérer pour d'autres événements. Cette reconnaissance de mes talents de prestidigitateur me met du baume au cœur et me donne envie de me remettre à la magie encore plus sérieusement. Surprendre les gens, voir l'incrédulité puis l'émerveillement briller dans leurs yeux, cela n'a pas de prix. Je suis très ému de ce retour. Ce spectacle imprévu m'a redonné le goût de la scène, et il est fort probable que je fasse bon usage de ces cartes.

Un DJ prend la suite pendant que je rejoins Mathieu, Camille-Lou et son copain, Lorna et Manon, debout autour d'une table de bar pour célébrer l'événement. Je suis accueilli par une ola qui m'aurait réjoui en temps normal, mais je suis trop obnubilé par Manon qui m'ignore royalement. Les commentaires fusent.

— Alors ça, si on m'avait dit que sous la carapace se cachait un véritable showman, je n'y aurais jamais cru ! Tu m'as épaté, mec !

— Tu as été impressionnant, Thomas.

— Je suis d'accord avec Lou, bravo, ajoute Julien.

— C'était incroyable ! Tu n'oublieras pas de me communiquer tes coordonnées bancaires pour la rémunération, c'est amplement mérité vu l'épine du pied que tu m'as retirée !

— Merci, merci, c'était avec plaisir, Lorna, tu ne me dois rien, je préfère ta reconnaissance éternelle.

— Tu as raison, cela a bien plus de valeur ! J'offre une tournée pour fêter ça !

Manon reste silencieuse pendant toute la durée de l'échange et semble se passionner pour le jeton qu'elle fait tourner sur la nappe en velours rouge. J'accepte les louanges d'une oreille distraite, mon regard constamment attiré par la danse de ses doigts graciles, la courbe douce de sa nuque, l'arc de Cupidon charnu de ses lèvres. Il était plus facile de me draper dans ma fierté au loin, maintenant que je l'ai en face de moi, mon corps vibre de manque et l'envie de la toucher m'assaille. J'en ai besoin, retrouver ce mélange de douceur, de quiétude et de légèreté qui m'envahit lorsque nous sommes blottis l'un contre l'autre. Je ne veux penser à rien d'autre qu'à sa chaleur, à nos corps qui se synchronisent et nos respirations qui comptent les secondes. Juste un instant, être apaisé. Mais ce n'est pas seulement son corps que je désire, c'est aussi entendre son rire tintinnabulant, me chamailler avec elle sur le programme de nos séries, ou piquer des frites dans son assiette parce qu'elles sont meilleures que dans la mienne. Nos retrouvailles après une journée de travail, plancher à ses côtés sur *Plurielles*, passer du temps avec sa famille, emmener ma nièce au zoo avec elle. Je comprends que je ne souhaite pas que ce soit la fin. À cause de Raphaël, de mon amour-propre, de nos faiblesses, d'une bêtise. C'est tellement rare d'aimer aussi facilement, sans effort et si fort. Mathieu a raison, une mise au point s'impose.

La déclaration de Lorna s'accompagne de cris festifs, et elle fait un tour de table pour demander ce que chacun veut boire.

— Je m'occupe d'aller passer la commande ! annonce Manon alors que son amie s'apprête à y aller.

— OK, dis à Aurelio de tout mettre sur ma note.

— Ça marche.

— Je t'accompagne ! je m'exclame avec précipitation.

Elle me jette un regard noir par-dessus son épaule, mais je ne me laisse pas décourager. Je m'apprête à la rejoindre quand Lorna me retient par le bras.

— Pas si vite, Roméo ! Heureusement que tu as ma reconnaissance éternelle, sinon je t'aurais arraché les *balls* pour la manière dont tu as traité Manon. Tu as merdé, Thomas. Il faut que tu l'écoutes, même si c'est la fin pour toi, pour qu'elle aille de l'avant. Ne joue pas avec elle, parce que tu m'as peut-être sauvé la mise ce soir mais ma mansuétude a des limites. Tu ne veux pas savoir de quoi je suis capable.

— De quoi *on* est capables, ponctue Camille-Lou en croisant les bras et en me perçant d'un œil qui se veut mauvais.

Lorna est autrement plus flippante.

— Ouais, je sais... Je suis vraiment parti en vrille et je le regrette mais promis, je vais arranger les choses. D'ailleurs, en tant que grande organisatrice, accepterais-tu de me donner un coup de pouce ?

— J'écoute.

— Tu ne connaîtrais pas un endroit au calme où Manon pourrait se trouver par hasard d'ici une trentaine de minutes ? Et il faudrait que j'emprunte ton barman.

— Vendu, il se trouve que j'ai le lieu idéal mais attention..., conclut-elle dans un haussement de voix et en me pointant de ses deux doigts en V dans le signe universel du « je te surveille ».

Lou affiche un grand sourire.

— Bon courage, me lâche Julien.

Mathieu me fait un clin d'œil accompagné d'un pouce en l'air. Je prends tout, j'ai besoin de toutes les chances que je peux mettre de mon côté pour la reconquérir.

Manon

Thomas ne m'a finalement pas rejointe mais a préféré s'éclipser, sans plus de cérémonie, pendant que je passais notre commande. Et je devrais être en colère, je devrais lui en vouloir mais je ne ressens que de la déception et une profonde lassitude. L'espoir était immense quand il a répondu présent, et le voir m'a confirmé que mes sentiments n'avaient pas changé. Je suis toujours éperdument éprise de lui. Ça me fait une belle jambe. Je suis vidée après toutes ces montagnes russes émotionnelles et n'aspire qu'à une chose, rentrer chez moi et me réfugier dans le sommeil, mais Lorna en a décidé autrement.

— Lolo, tu m'emmènes où, là ? Ça ne peut pas attendre ? Je suis cassée.

— Ça ne sera pas long, cinq minutes.

Ses yeux pétillent, et elle a l'air un peu trop contente d'elle-même. Il y a anguille sous roche. Elle ouvre brusquement la porte de la pièce où elle avait un *nervous breakdown* il y a quelques heures encore, me pousse dedans et la referme derrière moi. Je chancelle et manque de m'étaler quand deux bras se referment autour de ma taille et une odeur familière envahit mes narines. Je pourrais me noyer dans son parfum et mourir heureuse. Thomas. Qu'est-ce qu'il fait encore là ? Je relève la tête et croise ce regard brun qui me chavire et me contemple avec une infinie douceur. Je n'y comprends plus rien, après m'avoir jetée en public comme une malpropre puis ignorée, il me fait les yeux doux. Cette fois-ci c'en est trop, il ne peut pas continuer de jouer comme cela avec mes sentiments. Le chaud, le froid, cela va finir par me rendre dingue et la révolte me gagne. Abruptement, je m'écarte et m'apprête à le planter là mais il m'attrape la main. Le bref contact de sa peau contre la mienne m'électrise, et une traînée de chair de poule décore mes avant-bras. Je fais un pas en arrière et pose une main sur ma hanche inclinée.

— Reste, s'il te plaît, j'aimerais te parler.

— Ah, maintenant tu veux parler ? Et si moi,

je n'ai plus rien à te dire ? je cingle en me dirigeant vers la porte.

— C'est entièrement mérité, j'ai agi comme un enfoiré, il n'y a pas d'autre mot.

Qu'il le reconnaisse me coupe dans mon élan.

— Je dois être un peu maso sur les bords parce que j'ai très envie d'entendre la suite. Tu as cinq minutes.

— Tiens, on va en avoir besoin pour la conversation qui va suivre.

Il me tend ce que j'identifie comme un Cosmopolitan, surmonté d'une brochette de bonbons. Des oursons en gélatine. J'adore ça, et il le sait. Ce geste attentionné me touche. Le paradoxe de Thomas, arriver à me désamorcer par sa prévenance alors que je suis en rogne contre lui. J'en bois une gorgée pour humidifier ma gorge sèche avant de le déposer sur un meuble à côté.

— Comment tu en as trouvé ici ? J'ai vu la liste des cocktails proposés et aucun ne mentionnait des bonbons.

— Je suis allé en acheter, je ne suis pas à une tentative de corruption près, annonce-t-il avec un sourire tremblant.

Je reste stoïque, c'est dur mais je ne me laisserai pas si facilement amadouer. Devant mon sérieux, il pousse un profond soupir et reprend avec un air contrit :

— Je te demande pardon, Manon. Pour avoir manqué de confiance en toi, en nous, pour avoir coupé les ponts avec toi. Tu ne le méritais pas.

— Non, en effet. Tu n'as pas idée du mal que ça m'a fait, Thomas. Que tu puisses balayer notre relation aussi facilement, me zapper sans scrupule, ça m'a retournée.

Mes yeux s'emplissent de buée, et je cille pour ne pas laisser couler mes larmes. Accablé, il esquisse un pas dans ma direction mais je m'échappe encore.

— Pardon de t'avoir fait souffrir. Encore une fois, mon manque de confiance en moi a pris le dessus.

— Ce n'est pas une excuse ! Je pensais que nous avions dépassé ce stade. Tout cela aurait pu être évité si tu m'avais écoutée. Tu ne vas pas me le demander ?

— Quoi ?

— Si j'ai couché avec lui ?

— Cela n'a plus d'importance.

C'était la mauvaise chose à dire. Mes yeux lui lancent des éclairs, et je fulmine :

— Comment ça ? Si cela t'était égal, pourquoi tout ce cirque alors ? ! Pour ta gouverne, je ne l'ai pas fait. J'ai failli, le soir du nouvel an mais le sort en a décidé autrement, et j'ai atterri dans ta chambre. On s'est embrassés et caressés mais rien de plus. Après, j'ai eu un rendez-vous atroce avec lui. Cela a eu le mérite de m'ouvrir les yeux sur notre incompatibilité. Depuis, il n'a toujours été question que de toi. Toi et ton sale caractère buté, ta poisse avec les animaux, ta haine des films d'horreur et tes hésitations. Mais aussi ta loyauté, ton regard si doux, ta force tranquille et ton sourire charmant. Tous ces petits riens qui font que tu es toi et qui m'ont séduite.

À mes paroles, la tension dans son corps se relâche alors que l'espoir renaît. Je m'en voudrais presque de l'étouffer aussi sec.

— Cependant, je ne peux plus continuer comme ça, à fermer les yeux à chaque fois que tu te plantes. Cela ne rime à rien, on n'avance pas. Trois pas en avant, deux en arrière. J'ai l'impression de n'avoir fait que cela depuis que je te connais. Qu'il y aura toujours quelque chose pour te faire douter, t'empêcher de t'engager réellement et je suis fatiguée.

Cette fois-ci, quand il m'enlace, je me laisse faire mais ne m'abandonne pas au désir de me blottir plus amplement dans ses bras. Quinze centimètres de vide nous séparent, une péninsule.

— Je comprends tes craintes. C'est entièrement ma faute, je suis un idiot et je ne ferai plus de suppositions. J'ai brisé ta confiance en refusant de t'écouter. J'ai honte aussi, d'avoir remis en question ta sincérité alors qu'il n'y avait pas lieu. Pour ce que ça vaut, tu es impossible à oublier. Tu es la femme de ma vie, Manon. C'est ma seule certitude même quand nous sommes séparés. Je croyais n'avoir plus droit à l'amour. Jusqu'à toi, tu es le petit miracle que je n'attendais pas. Je t'aime à en perdre la tête, ce qui fait que mes réactions ne sont pas très rationnelles. Mais si tu me donnes une dernière chance, je te promets qu'à l'avenir, je tâcherai de faire mieux.

Mes mains agrippent ses hanches pour que je ne vacille pas alors qu'un sentiment de sérénité lumineux m'envahit. L'exaltation m'inonde tout entière d'or liquide.

— Tu ne m'avais jamais dit que tu m'aimais.

— Il faut une première à tout. J'ai succombé, depuis un moment déjà, plus d'échappatoires. Je n'avais pas prévu de retomber amoureux, mais c'est arrivé. En dépit des circonstances, des malentendus et des contingences.

— Je t'aime aussi Thomas, je réponds d'une voix tremblante. Mais est-ce que l'amour est suffisant pour qu'on y arrive ?

— Nous sommes tellement plus qu'un petit mot de cinq lettres. Quoi qu'il arrive, tout ira bien parce que savoir que tu m'aimes suffit à me remplir de cette conviction.

Il a raison. Je ne peux pas laisser la peur de souffrir encore, cette chose que je lui reproche, se mettre en travers de nous. Nous étions deux âmes un peu paumées qui n'auraient pas dû se rencontrer. Pourtant, nos chemins fragiles se sont croisés sur une coïncidence puis entremêlés, s'appuyant l'un sur l'autre pour grandir, s'épanouir et tisser un enchevêtrement d'évidences. Je ne veux pas qu'il devienne mon grand regret, celui que l'on cherche partout, sans cesse, celui qu'on espère secrètement retrouver un jour.

Avec mes talons, je n'ai qu'à lever le menton pour que ma bouche se rapproche de la sienne. Je cède, parce que c'est lui, parce qu'il est imparfaitement parfait pour moi. Mes lèvres se posent sur les siennes, douces et frémissantes sous ma peau. Il me serre contre lui, comme si j'étais précieuse, nécessaire à sa survie. Une de ses mains se perd dans ma chevelure, l'autre s'égare autour de mes reins. Nos langues se rencontrent et effacent tous nos tourments, et je sais intimement que j'ai fait le bon choix. En fin d'année dernière, j'ai songé que mon homme idéal me faisait perdre la tête au pied de la table de mixage. Il n'est pas le prince charmant de mon enfance, ni celui que j'aurais considéré comme mon type mais un homme normal, ni plus fort ni plus faible qu'un autre et pourtant, il les supplante tous à mes yeux. Cette fois-ci, c'est bien meilleur, parce que je ne suis pas en train de rêver, je suis en train de vivre.

Épilogue

Thomas

— Il faut qu'on parle, mon vieux. Je sais que les choses n'ont pas toujours été cordiales entre nous. Enfin, tu en as eu après mes roubignoles quand même ! Ce n'est pas anodin quand on y pense. Mais je suis prêt à passer outre à cette mésaventure et à repartir sur des bases plus saines. Pour Manon. Tu sais ? Ta jolie maîtresse, le distributeur de papouilles et de croquettes. Il est temps d'accepter que tu n'es plus le seul mec dans sa vie. Je ne vais nulle part, mon pote. D'ailleurs, je compte lui demander d'emménager avec moi demain. Ce qui veut dire que tu viens avec elle. Donc, pour que tout se passe le mieux possible, je vais poser les règles avec toi tout de suite. Comme ça, il n'y aura pas de surprises si tu me fais un sale coup et que tu te retrouves puni, tu sauras pourquoi.

Bruce m'observe de ses prunelles intelligentes comme si j'étais un débile et que m'écouter était avilissant pour lui. Bon, sur ce point-là, il n'a peut-être pas tort. C'est moi qui essaye de négocier avec le chat de ma copine pour lui demander son accord sur un futur déménagement.

— Donc petit un, pas d'attaque physique sur ma

personne, sauf si je t'ai marché sur la queue, dans ce cas, je pourrais le tolérer. On ne touche PAS aux bijoux de famille, *comprende* ? Petit deux, pas de déjections et projections de fluides sur mes affaires. Petit deux alinéa un, par « mes affaires » j'entends mes vêtements, mon oreiller, mes meubles, mes chaussures, mes sacs... Petit trois, je n'ai pas de petit trois pour le moment, mais je me réserve le droit d'ajouter des amendements à tout instant. En contrepartie, tu gagnes un espace plus grand avec un balcon et le droit de me faire peur en bondissant de ta cachette aux moments les plus inattendus. Je m'engage également à te gâter de temps en temps, steak haché, thon, etc. Mais pas trop, car sinon Manon va protester. Je sais que tu préfères ses câlins mais si jamais l'envie t'en prend, ma porte reste ouverte. Je fais très bien les massages, caresser un chat ce ne doit pas être si différent. Est-ce que nous avons un accord ?

Il ne bronche pas.

— Bon, je propose que nous le scellions par la caresse de l'amitié. Si tu ne donnes pas signe de mécontentement, je considérerai le traité comme ratifié.

Je rassemble mon courage à deux mains et approche ma main avec prudence. Pas de réaction, je la dépose lentement sur son crâne et la glisse le long de sa fourrure soyeuse. Il vibre infinitésimalement sous mes doigts quelques secondes. Je rêve ou il ronronne ?

— Tu es prêt, Thomas ? Je n'ai pas envie d'être en retard.

Pas le temps de m'émerveiller devant ce petit miracle, nous passons le réveillon de Noël chez sa famille. Notre premier en tant que couple. Après lui avoir ouvert mon cœur à la soirée de lancement, j'ai fait un gros travail sur moi-même pour être plus communicatif avec Manon. Sur mes baisses de régime, mes coups de stress ou mes inquiétudes. Mais j'en ai de moins en moins. Quant à elle, elle n'hésite plus à m'envoyer bouler quand je l'énerve ou à me dire que je dépasse les bornes. Elle me canalise, et je suis l'épaule sur laquelle elle peut s'appuyer, son refuge. Je n'aime toujours pas les films d'horreur et son goût pour le mobilier criard n'a pas disparu. Ma famille est raide dingue d'elle, et ma sœur et son mari sont ravis d'avoir une autre baby-sitter sous le coude. Elle a participé aux célébrations d'Hanoukka et m'a vu me faire victimiser par Gaylord. Ce qui renforce sa théorie de ma poisse avec les animaux.

Laissant Bruce roupiller, je rejoins mon amoureuse. Elle est radieuse dans une robe en satin bronze qui moule la moindre de ses formes. Je suis le mec le plus chanceux de la Terre et je ne peux m'empêcher de la toucher et de lui voler un baiser. Cela n'a pas l'air de la déranger, elle se plaque contre moi, se hisse sur la pointe des pieds et, passant les bras autour de mon cou, les mains dans mes cheveux, se perd dans notre étreinte. Nous nous séparons, le souffle court et étourdis, et je remettrais bien ça mais elle me repousse.

— Ton manteau, maintenant, sinon nous ne quitterons pas cet appartement.

S'il n'y avait eu que ses parents, j'aurais peut-être pris le risque d'envoyer bouler le réveillon de Noël. Julie et Marc m'adorent, ils ont été conquis au moment de l'entorse de Manon. Même si nous n'étions pas ensemble à l'époque, la manière dont je me suis occupé d'elle m'a ouvert les portes de leur famille. Mais je vais enfin rencontrer le fameux Antoine, qui vient accompagné d'Ornella. Et j'ai un peu le trac, mieux vaut ne pas lui fournir des raisons de me détester dès le départ.

Quarante minutes plus tard, nous prenons l'apéro dans le salon des parents de Manon. Antoine m'a accueilli avec froideur mais j'ai dû passer le test à un moment donné, car il s'est détendu, et nous discutons avec animation de la possibilité d'une domination prochaine du monde par les robots. Ornella est un phénomène, mais ça, je le savais déjà. Elle m'a prédit une année de réussite avec un événement qui changera ma vie de manière positive au printemps. L'avenir nous le dira. Leurs chamailleries avec Manon ont également lieu en dehors de la radio pour mon plus grand régal, mais on peut deviner une réelle affection entre les deux.

— Nous allons pouvoir passer à table, nous annonce Julie.

Manon, qui est assise à mes côtés, entremêle nos doigts et me souffle à l'oreille :

— Ça va, tu survis ? Il ne te soûle pas trop ?

— Tout va bien, il est sympa ton frère. Pas aussi timbré que ce que tu as essayé de me faire croire, je lui réponds en l'embrassant sur le front.

Nous prenons place autour de la table et faisons honneur à l'entrée.

— Et sinon, vous faites quoi pour le 31 ? J'organise une soirée dans mon bunker...

Manon s'étouffe avec sa bouchée de pain. Je lui tapote le dos afin qu'elle retrouve son souffle.

— Serait-ce une invitation, Antoine ? J'en suis honoré. Depuis le temps que j'en entends parler, je serais ravi de le découvrir mais je crois que Manon voulait le passer avec Lou et Lorna cette année. Quelque chose de tranquille à la maison.

— Elles peuvent venir aussi ! J'ai changé d'avis. Il y a de la place. Cela me permettrait de jauger la capacité d'accueil et la dynamique de partage des ressources et de l'espace viable.

Manon me contemple avec des yeux emplis d'effroi, la panique est lisible sur son visage, et je ne peux retenir mon éclat de rire.

Remerciements

Ce roman tire sa trame d'une histoire vraie. En avril 2015, je passais quelques jours à Nice avec un groupe d'amies chez l'une d'entre elles. Lors d'une promenade au Château, parc magnifique qui surplombe le Vieux-Nice et offre une vue incroyable sur la ville et la baie des Anges, les célibataires du groupe en sont venues à se lamenter sur leur vie sentimentale et la difficulté de rencontrer un homme bien. On ne va pas se leurrer, à l'époque de l'instantanéité et de la gratification immédiate, nouer des relations amoureuses durables relève de plus en plus du parcours du combattant. De la fameuse question de l'exclusivité, à la recherche d'une passion stable ou bien d'être libre sans s'engager, les écueils sont nombreux. Outre les « ne t'inquiète pas, ça va venir », qui n'ont pas manqué de pleuvoir (à éviter, personne ne peut prédire l'avenir, n'est pas Ornella Bianchi qui veut), il y a toujours cet(te) ami(e) qui vous donne l'exemple de sa cousine qui a trouvé l'amour à la boulangerie ou de ce collègue qui a eu le coup de foudre dans le train. Cela n'a pas manqué, C. nous a conté comment elle avait rencontré son copain en se trompant de chambre lors d'une soirée où elle restait dormir. Cela m'a plu, et je me suis dit qu'il y avait une histoire à en tirer. Les similitudes avec *L'amour est une question de malchance* s'arrêtent là, tout le reste n'est que fiction.

À travers cette rencontre, j'ai voulu explorer la naissance d'une relation improbable au départ, son évolution en amitié profonde, puis le moment où les sentiments s'en mêlent et viennent changer la donne. Il m'a paru intéressant de déconstruire un peu les clichés de la romance et de ses alpha-mâles. Thomas est un monsieur Tout-le-monde avec ses failles et ses vertus, et c'est à mon sens tout aussi séduisant. Ce roman m'a permis aussi d'explorer les mécanismes qui me fascinent et que j'observe et vis au quotidien, ceux de ma génération, la génération Y et les désenchantements qui surgissent au long du parcours. J'espère que vous l'avez apprécié et qu'il a trouvé un écho quelque part en vous.

MERCI à mes lecteurs et lectrices, à ceux qui me suivent depuis le début et aux nouveaux, ceux avec qui j'échange sur les réseaux sociaux, ceux qui m'envoient des photos de mes livres ou qui prennent le temps de les chroniquer. Merci d'être au rendez-vous et de plonger avec moi dans chaque nouvelle aventure, pour votre enthousiasme, votre bonne humeur et votre gentillesse qui m'exalte et me nourrit dans les moments de doute. Merci pour ce bouche-à-oreille et vos recommandations qui portent mes mots, bien au-delà de ce que j'aurais pu imaginer.

Merci à ma maison d'édition, et à toute l'équipe HarperCollins, pour la liberté qu'elle m'offre et pour avoir permis à cette nouvelle histoire de voler de ses propres ailes.

Merci à Florence, ma Wonder-éditrice, pour son œil affûté et ses suggestions pertinentes.

Merci donc à C., pour avoir planté cette petite graine, sans qui *L'amour est une question de malchance* n'aurait jamais vu le jour, et pour m'avoir permis de l'exploiter.

Merci, enfin, à mon entourage pour l'écoute précieuse, les relectures attentives et les « à quand le prochain ? » qui m'assurent que ce que j'écris trouvera toujours des lecteurs. Que demander de plus. À très bientôt, promis.

Composé et édité par HarperCollins France.

Achevé d'imprimer en septembre 2019.

CPI
BLACK PRINT

Barcelone

Dépôt légal : octobre 2019.

MIXTE
Papier issu de sources responsables
FSC® C108412

Pour limiter l'empreinte environnementale de ses livres, HarperCollins France s'engage à n'utiliser que du papier fabriqué à partir de bois provenant de forêts gérées durablement et de manière responsable.

Imprimé en Espagne.